¿ES QUE NO ME CONOCES?

Ramiro Pérez Ucero

¿ES QUE NO ME CONOCES?

Primera edición: septiembre 2024

ISBN: 978-84-10400-46-7
ISBN digital: 978-84-10400-47-4
Depósito legal: M-20642-2024

Editorial Adarve
C/ Luis Vives, 9
28002 Madrid
editorial@editorial-adarve.com
www.editorial-adarve.com

Impreso en España

A mis padres

Índice

INTRODUCCIÓN: Los Estanques del Patriarca.................11

PARTE I: Una correspondencia..15

PARTE II: El peor policía del mundo, el policía con peor suerte.......53

PARTE III: Diario de Juan Lablanca...................................117

PARTE IV: El camino se acaba…..223

PARTE V: Foroagro...235

PARTE VI: El Valle de la Sangre..239

PARTE VII: ¿Es que no me conoces?.................................267

PARTE VIII: Nadie se quería ir a dormir..............................303

PARTE IX: Una carta sobre la mesa....................................347

Epílogo … y el tonto sigue..355

INTRODUCCIÓN:

Los Estanques del Patriarca

Su novela preferida comenzaba así: «A la hora de más calor de una puesta de sol primaveral en los Estanques del Patriarca aparecieron dos ciudadanos…». Ahora él levantaba la vista hacia el cielo de mayo y la dejaba caer con fruición, a través de las aguas del estanque y de los arriates llenos de hojarasca, hasta el libro otra vez. Y, al levantar la vista de nuevo, todo era real.

Se llamaba Ezequías Pérez y había llegado a Moscú hacía apenas un día. Aún no había visitado el Kremlin ni la Plaza Roja; se había impuesto el compromiso romántico de acudir a los Estanques del Patriarca antes que a ningún otro sitio, y eso había hecho, a pesar de que su hotel quedaba realmente a desmano. Pensaba que tenía días de sobra por delante para ver lo más emblemático de la ciudad, pero ignoraba hasta qué punto estaba en un error.

A mil kilómetros de allí, en Soria, sus alumnos de bachillerato se las estarían apañando como pudieran con un profesor sustituto de Filosofía, mientras él violentaba su permiso de excedencia por baja psicológica, traspasando los límites, no solo de la provincia, sino de la Unión Europea. Lo pensaba y no podía evitar regocijarse.

Después de un buen rato de caminata en torno al lago, decidió entrar en algún sitio a tomar una cerveza y descubrió, en una esquina del parque, un bar que habían llamado Café de Margarita, de modo que allí fue, naturalmente, donde se metió. Pidió una cerveza y el camarero le dijo que no, que era demasiado temprano para servirle alcohol; que debía esperar al menos hasta las ocho de la tarde. Le sorprendió —sin duda por el célebre prejuicio— ver los miramientos de un ruso ante el consumo de alcohol, y la dueña del establecimiento debió de notar su desconcierto desde detrás del mostrador y le dijo algo al camarero, que enseguida preguntó a Ezequías si su intención era continuar con vodka. Ezequías respondió que no, y al cabo de un rato, le trajeron una tetera de porcelana blanca y una taza sobre el platillo. El camarero, llevándose el índice a los labios, destapó la tetera y Ezequías vio el giste de la cerveza en el interior. «Así tendrá que ser», se dijo, sirviéndose una tacita.

Había dos parejas más de clientes en el local y todos ellos le daban la espalda. Su mirada se paseó con parsimonia por la habitación. Vio que el sitio estaba por completo decorado con loza rusa y libros viejos sobre los anaqueles de las paredes. Había también pequeños tiestos con plantas y un par de espeteras con cacharros de cobre y estaño, un gramófono sobre el mostrador… No vio la menor referencia a la novela que bautizaba el café, como no fueran dos marionetas vestidas de negro que tal vez representaran a sus protagonistas.

Apenas llevaba diez minutos allí sentado, concentrado en el picor del cansancio sobre las plantas de sus pies, cuando un mensajero con el casco de la motocicleta puesto entró en el bar y entregó a la propietaria un paquete certificado. La señora empezó a dar voces al instante y rápidamente se introdujo en la recámara del bar. Ezequías prestó atención al escándalo sin entender palabra y le resultó algo exagerado y cómico, pero, a tenor de las caras del resto de parroquianos, aquel suceso parecía no ser especialmente risible. Una de las parejas de clientes dejó unas monedas sobre la mesa y se marchó con cautela. Si Ezequías hubiese seguido su ejemplo… Pero a qué darle vueltas a eso ya.

Ezequías continuó allí, vaciando poco a poco su tetera, y leyendo los maravillosos pasajes sobre el procurador de Jerusalén y el aroma a esencia de rosas. Adentro, todo parecía haberse calmado. La propietaria, el camarero y un tercer hombre, al que aún no había visto, salieron de la recámara y se sentaron en silencio a una mesa, con una *tablet* y una pequeña libreta manuscrita.

El sonido de una voz robótica y desacompasada comenzó a oírse por el local y, para sorpresa del profesor, las palabras —al principio bárbaras y extrañas— fueron derivando progresivamente al español, y luego otra vez a lo que él suponía ruso… ¿O tal vez fuera inglés? En realidad, eran todos esos idiomas —quizá alguno más—, pero sonaban sin orden ni concierto, violentando las frases con hipérbatos y anacolutos intolerables. «*Niñic juana la bluanca*», hacían repetir una y otra vez a la máquina. «*Dorogoy yuriy, konets prishel*», se oía también, y los dueños del bar repetían: «*Dorogoy yuriy, dorogoy yuriy!*», o eso creía discernir Ezequías. De repente, una frase en castellano: «Haga con este periódico lo que crea conveniente y esté a gusto», y luego: «*Do with this newspaper what you think is convenient, and be alone*». Y el camarero más joven rezongaba y negaba con la cabeza, y los otros dos lo miraban, confusos. «*Kuznitsy*», empezaron a repetir después, señalando el cuaderno, y «*Chto takoye kuznitsa?*». Y la dueña les decía: «*Fraguas*».

En la mesa de al lado, los otros dos clientes: unos caballeros ciertamente reservados y hoscos prestaban una distraída atención a quienes así discutían; pero a Ezequías aquel jolgorio empezó a resultarle insufrible, y golpeó con un rublo su platillo de porcelana. El camarero se le acercó, mostrándole la cuantía de su consumición con los dedos de las manos. Al cobrarse, reparó en la guía de viajes que Ezequías había dejado sobre la mesa y, ejecutando con elegancia el arte de la sonrisa rusa, le preguntó a su cliente: «*Spanish?*».

Minutos después, tras un rudimentario diálogo en inglés, Ezequías se encontraba junto a la mesa de los propietarios, quienes le habían puesto en las manos aquella libreta que les resultaba indescifrable. Ezequías no la tuvo ante los ojos más de diez minutos, pero eso bastó para que se arrepintiera toda su vida.

Aquello era un diario —no un periódico, aclaró a los dueños, que asintieron conformes— que un tal Juan Lablanca había entregado a Yuri Vinográdov. «*Yuriy moy brat*», dijo el camarero sonriente: «*My brother*». Había también, dentro del libro, un hatillo de cartas que Juan Lablanca había escrito o recibido. El contenido del diario era confuso; parecía obra de un trastornado. Sin duda podría traducirlo al inglés, le dijo al camarero, pero necesitaría llevárselo al hotel aquella noche. Los dueños se levantaron entonces de sus sillas y, uno por uno, fueron dando la mano efusivamente a Ezequías. No era necesario que se tomara esas molestias. Le quitaron el libro de las manos y, a la fuerza, le colocaron en ellas el dinero de su cerveza. Después, permanecieron en solemne formación hasta que Ezequías traspasó el umbral de la cafetería.

La tarde comenzaba a oscurecer y el profesor de Filosofía consideró oportuno retirarse. Tras una hora de metro, llegó a su inmenso hotel del parque Yekaterininskiy, subió a su habitación de la octava planta, se desnudó y enseguida se metió en la cama.

Tal vez pasó dos horas sumido en una irritante duermevela. Afirmó siempre que no llegó a dormirse, pero eso no tiene ni pies ni cabeza. Tuvo que hacerlo al menos unos minutos. La conversación de la cafetería de Margarita se repetía en su cabeza, con descabelladas variantes.

Aproximadamente, a las doce y media se incorporó en la cama y creyó ver a sus pies una sombra ligeramente antropomórfica. Se asustó, sí; pero enseguida se convenció de que era una ilusión óptica. Sin embargo, el hombre que lo miraba desde la cama de al lado no era ninguna ilusión: era uno de los clientes que habían estado en el bar aquella tarde.

PARTE I:

Una correspondencia

Carta de Juan Lablanca al doctor Sebastián Carrillo
Finca Las Fraguas, La Aldehuela de Calatañazor,
Soria, 13 de diciembre

Estimado doctor Carrillo:

Me dirijo a usted a través del correo ordinario y de forma manuscrita con la esperanza de que esta carta merezca de usted un interés especial, que corresponda, siquiera un poco, a la desesperación que me lleva a escribirle. En cualquier caso, tampoco dispongo en este lugar dejado de Dios de los medios para enviarle alguno de esos tediosos correos electrónicos con que sus seguidores deben de abrumarlo y que resultan tan fáciles de ignorar.

Me llamo Juan Lablanca, y sería para mí un motivo de inmensa alegría que mi nombre significara algo para usted, o que aún estuviera tibio en su memoria, pues lo cierto es que los dos nos conocemos, y nos hemos estrechado las manos, y hasta hemos trabajado juntos. Durante algo más de dos años, fui redactor de *La línea de luz*, tanto en su versión televisiva como en la radiofónica. Precisamente por la radio, volví a escuchar su voz hace una semana, después de varios meses sin tener noticias de usted (lo cual espero no se deba a ningún problema de salud), y sentí que acaso usted podría dar remedio, o al menos explicación, al suceso que me atormenta desde hace tiempo, demasiado ya.

No es grato para mí decir lo siguiente, pero debo hacerlo: usted es una de las pocas personas que conocí en la *Línea* que merecen mi sincero respeto profesional. Y para que vea usted que no hablo por hablar, sino con conocimiento de causa, y no me crea un miserable, un maledicente o un desagradecido, le diré que yo mismo me confieso como otro más de los cantamañanas que han transitado por la *Línea* sin despeinarse, tan caradura y tan fantoche como el que más, responsable de la mayor parte de los casos que se analizaron durante los años 2010 y 2011.

Recuerdo, por ejemplo, los sucesos del lagar de Ibdes y del Museo Etnográfico de Zaragoza, en los que usted participó con unas maneras elegantes, asépticas y honradas, tan distintas de las del resto de truhanes que andaban en el ajo. Personas como usted —pues asumo que no es el único justo en Sodoma— son muchas veces motivo de desdén y hasta de mofa dentro de algunos ámbitos de este mundillo. No sé si esta será la causa de que haya estado usted ausente de los medios durante tantos meses. Quiera Dios que no, y que nos guarde de un mundo donde la honradez deba pagar peaje en todas las fronteras, como decía Melville. Sepa que tiene todo mi crédito y mi respeto.

Ahora que me dispongo a exponerle mi problema, me doy cuenta de que una carta no puede ser el método mejor de referirlo. No quisiera por nada del mundo caer en el defecto que tanto me repugna y darle a mi relato un tono literario e improcedente. Pero me temo que no me va a ser posible soslayar este inconveniente: en cuanto me ponga a escribir, narraré; y al narrar, inventaré, resumiré, omitiré, reordenaré los hechos, tal vez no pueda sustraerme de colar metáforas perniciosas... Todo dará impresión de ser falso, y eso sería deleznable. Prefiero no escribirlo.

Si usted lo tiene a bien, yo le agradecería eternamente que me escribiera una carta con algún teléfono al que pudiera llamarlo. O si lo prefiere, puede usted llamar al número que al final de esta carta anotaré, donde le tomarán nota de lo que quiera usted decirme. Espero no resultar insufriblemente osado, pero comunicarme con usted de viva voz es la única forma que impide que mi historia se tiña con los colores de la literatura.

Si mi súplica no basta para moverlo a ayudarme, sepa que, simplemente por el interés profesional que encierran los acontecimientos que me atormentan, le satisfará a usted ponerse en contacto conmigo.

Sin más, le queda muy agradecido,

Juan Lablanca

Carta del doctor S. Carrillo al sr. Lablanca
Madrid, 16 de diciembre

Muy señor mío:

Tras leer la carta que usted me escribió el día 13 del corriente, he de confesar que quedé francamente intrigado por sus palabras y por el enigma que ocultó tras ellas. No le quepa duda de que le hubiera respondido con mayor presteza de no ser porque, por encima de la intriga que suscitó en mí —muy por encima, en realidad—, su carta me produjo una insoportable y nauseabunda sensación de ofensa. Dos veces la leí, y después la arrojé a la papelera.

Si volví a recuperarla fue solo porque el agravio que usted les hacía a tantas personas que estimo no podía quedar en semejante oscuridad.

Confieso que no recordaba nada de usted: ni su nombre me era familiar ni lograba yo ponerle cara al pensar en los dos casos que usted menciona en su carta (el lagar de Ibdes y el Etnográfico de Zaragoza, de los que más tarde le diré unas cuantas cosas). Por eso —porque me resultaba usted tan antipático—, decidí asegurarme de que mi odio no corriera en dirección equivocada. Tuve en aquella época contacto y buenas relaciones con muchachos que participaron en los casos que me fueron asignados por Antonio Olarre, pero en la actualidad no recuerdo el nombre de la mayor parte de ellos.

Como comprenderá, no podía yo descansar pensando que quizá uno de esos mozalbetes que tan bien se portaron conmigo entonces era en realidad un fariseo, un sinvergüenza y un adulador: es decir, usted. Veía sus caras al cerrar los ojos y pensaba: «Ese chico asturiano tan simpático, o ese otro rubio que traía longaniza de su pueblo, o aquel otro tan tímido... ¿Quién de ellos era este Lablanca que me escribe ahora?». Así que recuperé su carta de la papelera para que esta duda no extendiera mi rencor sobre todos, como una gangrena.

Fui a ver a Olarre a la redacción de *La línea de luz* y dejé caer su nombre, sin referirme a su carta, por supuesto; sin mencionar que usted consideraba que aquel lugar era una cueva de ladrones; sin decirle a Olarre que para usted él no era más que un mal telepredicador; sin descubrir que urdía usted y falseaba los casos en los que trabajaba; sin revelar, en resumidas cuentas, que había estado usted estafando al programa durante más de dos años, y que tenía por seguro que allí todo el mundo hacía lo mismo.

Antonio sí lo recordaba, y ¿se imagina qué clase de cosas me dijo acerca de usted? Pues ni una sola maldad. ¿Qué le parece? Solo alabanzas escuché de su boca, lo cual me hizo arder la sangre, como podrá imaginarse; pero aún decidí callar.

Me contó que había sido usted uno de los mejores redactores que habían pasado por el programa, que escribía francamente bien y que tenía muy buen olfato para discernir entre los casos que podían ser interesantes. Me dijo que había lamentado verdaderamente que usted decidiera dejar el trabajo y que ignoraba su actual paradero, aunque en alguna ocasión se había planteado la posibilidad de repescarlo. Me enseñó una fotografía de un muchacho delgado y paliducho, espigado, de negras guedejas que asoman bajo un gorro de lana, detenido frente a unas ruinas prerromanas —creo discernir las de Termancia—. Pero ni aun así lo he reconocido.

En definitiva, no sé quién es usted y, al parecer, tampoco Olarre supo quién era usted en realidad.

Después de esto, perdí cualquier interés en responderle. Poco me importa que se haya usted caído ahora del caballo camino de Damasco, o que se haya encontrado frente a frente con aquello de lo que usted lleva tanto tiempo burlándose. No sé qué diablos le habrá ocurrido, ni me interesa.

Sin embargo, me sabe mal reconocer que, desde hace un par de días, ha conseguido usted incomodarme otra vez con una nueva duda.

Mencionaba en su carta un par de casos que, según parece, salieron de su torva imaginación. El primero de ellos apenas me interesa: como bien dice, yo participé en el asunto de las psicofonías del lagar de Ibdes porque me pidieron que diera mi opinión sobre ellas. Siempre dije que podían ser auténticas, aunque nunca llegué a asegurarlo, y le manifesté a Olarre, en privado, que todo me hacía pensar que eran falsas o poco significativas.

Que usted me dijera ahora que tales grabaciones habían sido realizadas por usted no me sorprendería demasiado, por lo tanto.

Pero el otro asunto al que se refiere —el del Museo Etnográfico— sí me ha trastocado el ánimo, porque ese es un caso en el que yo me impliqué profundamente. Trabajé en él durante un par de meses, hice inspecciones puntillosas, recabé decenas de testimonios, sentí *cosas* mientras estaba en aquel lugar, y es una de las investigaciones a las que doy mayor valor de entre todas las que he realizado en mi vida. Usted dice ahora que todo era un montaje suyo. En realidad, no sé si lo dice o no, porque su carta no entra al detalle. Si usted lo dijera —sépalo bien—, yo lo rebatiría, porque estoy seguro de que es uno de los fenómenos paranormales mejor documentados de los últimos años. Estoy seguro de ello.

No obstante, lo conmino a que vuelva a escribirme y me explique todo lo que sabe sobre este asunto. Escríbame una carta y cuénteme, punto por punto, como si se tratara de una crónica periodística, lo que ocurrió en el Museo de Zaragoza. Así yo sabré qué sabe usted realmente del caso.

Cuéntelo todo a su modo, y yo sabré hasta dónde llega la verdad de sus afirmaciones.

Me resulta inverosímil pensar que hay una mente detrás de los sucesos del Etnográfico. Creo que se ha pasado usted de la raya, señor Lablanca. Es un arrogante; esa es mi opinión. No necesito realmente que me escriba, aunque me agradaría que lo hiciera tal como se lo pido.

Si usted en verdad necesita mi consejo para resolver el problema que lo aqueja, yo estoy dispuesto a escucharlo y a responderle; pero esta es la condición: explíqueme lo que sabe del caso del Etnográfico de Zaragoza y, si su relato me satisface, consideraré ayudarlo. Por supuesto, si lo pillo en un renuncio, esta será la última carta que reciba de mí.

Atentamente,

Sebastián Carrillo

De Juan Lablanca a Sebastián Carrillo
Finca Las Fraguas, Soria, 17 de diciembre

Estimado doctor Carrillo:

No alcanzaría usted a imaginarse el pesar que su carta me ha causado. El alivio que sentí al recibir el sobre —pues ya estaba perdiendo la esperanza de que usted me respondiera— se tornó inmediatamente en dolor.

No recuerdo mis palabras exactas, pero quizá me excedí en ellas.

No era mi intención categorizar como canallas a todas —ni aun siquiera a la mayoría— de las personas que trabajan en este ámbito de la ciencia. Mi deseo de colocarle a usted en el elevado puesto que creo que merece tal vez sumió excesivamente en el lodo a quienes no llegan a la suela de sus zapatos. Eso no quiere decir que todos los demás sean unos sinvergüenzas. Supongo que me expresé mal.

No obstante, querido doctor, hay sinvergüenzas en este oficio y, a juzgar por sus palabras, infiero que no sabe usted hasta qué punto los hay.

Por ejemplo, el propio Antonio Olarre, cuyas palabras me halagan profundamente, no es un sinvergüenza en puridad; no engaña a su audiencia con la intención premeditada de hacerlo. Y no es el único: hay muchos otros como él, y son por ello de lo mejor que uno puede echarse a la cara en este oficio. Y, sin embargo, Olarre engaña a su audiencia, y esto es como haber Dios, querido doctor. Porque todos los casos que aparecen en *La línea de luz* —todos y cada uno de ellos— son mentira; mentira que se crea, o mentira que se recrea; mentira que se diseña en una mesa de redacción, o mentira que se va elaborando a partir de la ausencia de mejores explicaciones.

Así pues, Antonio Olarre miente, aunque no quiera hacerlo. El hecho de que no quiera hacerlo lo exonera de ser un sinvergüenza. Hay muchos otros (parece que usted lo ignora) que no sienten ningún remordimiento en hacerlo. Sin embargo, al fin y a la postre, todos son unos embaucadores, y no he encontrado a lo largo de los años muchas personas que no lo sean: usted, y a lo sumo, tres o cuatro más.

Observe una cosa. Olarre y otros periodistas de lo sobrenatural, que, como él, compadecen a «esos pobres hombres que los critican, tan pagados de sí mismos y de la ciencia que se niegan a aceptar que en el mundo hay más cosas que las que el ser humano puede entender, etcétera», parecen no darse cuenta de que, en el fondo, ellos son también lo mismo que critican. Desde luego, hay en el mundo cosas que el ser humano no puede explicar, ni mediante la ciencia, ni mediante la lógica, ni mediante la psicología, ni mediante la filosofía... ¡pero tampoco a través de sus explicaciones fatuas! Cuando un fenómeno inexplicable trata de explicarse mediante una argumentación *sui generis*, paracientífica, se convierte inmediatamente en falso. Eso es lo que yo quería decir con que todo en la *Línea* es mentira. Sé que, llevando mi argumento más allá, incluso el telediario es mentira.

¡Vaya novedad! Yo me he encargado durante dos años de elaborar esas argumentaciones, o erigir los misterios que las suscitaban, que a veces eran misterios que partían de hechos insólitos que caían en mi conocimiento, y otras veces eran puros embelecos que los redactores nos imaginábamos.

Espero no haberle faltado al respeto con ello.

Si usted merece mi absoluta estima es porque jamás ha incurrido en ese pecado de proponer interpretaciones posibles a lo que carece de explicación. Es usted un hombre honrado, que acepta el desconocimiento y no trata de maquillarlo con casuísticas esperpénticas. Eso es lo que quería decirle, pero ahora temo que cuanto más me disculpe, más me esté perjudicando.

Por lo que se refiere a los sucesos del Museo de Zaragoza, he de confesarle que me da la impresión de ir directo a una celada. Yo no quiero ofenderlo y no sé si usted quiere que lo acabe ofendiendo, y no sé, en definitiva, si puedo hilar tan fino como para salir indemne de esto. En realidad, no hay forma de que escape —seamos sinceros—, porque parece que tiene usted ese caso por tan cierto como el lucero del alba, y a mí me consta, por el contrario, que es una rotunda patraña.

Pero, puesto que usted me solicita que me ahorre mis valoraciones personales y le narre el caso como mero espectador, «como si se tratara de una crónica periodística», ahí va, dando cumplimiento a sus deseos. Espero que la memoria no me traicione.

En primavera del año 2009, uno de los vigilantes jurado del turno de noche encontró, en medio de una galería del Museo Etnográfico de Zaragoza, al compañero con quien trabajaba, tendido boca arriba, convulsionándose, en trance de muerte.

El vigilante, Andrés Salas, corre a atenderlo y ve en su rostro un rictus terrible de horror, y observa que su compañero hace esfuerzos vanos por hablar, aunque no con él, pues su mirada se halla perdida en algún lugar del cielorraso. No está ya oscuro; en la galería no solo alumbran las luces de emergencia, sino también los primeros rayos de sol.

Antes de que Salas pueda volver a incorporarse, su compañero expira. Salas corre entonces a la oficina de vigilancia y llama a emergencias. El resultado de la autopsia: fallo cardiovascular definitivo.

Pasados algunos meses, habiendo entrado yo en la redacción de la *Línea*, Salas se pone en contacto con nosotros. Sigue trabajando para la compañía de vigilancia, pero ha sido trasladado de puesto —lo fue casi inmediatamente después de la tragedia—. Lleva un peso en su conciencia que necesita aliviar. Afirma que el suceso que terminó con ese fatal desenlace no fue un hecho aislado ni mucho menos, y que episodios de parecida índole se habían sucedido de manera regular en el museo durante el año y medio en que él y su compañero (no recuerdo su apellido, pero creo que su nombre de pila era Ernesto) habían compartido el turno de noche.

Nos habla de acontecimientos como golpes en galerías que debieran estar vacías; movimientos de pequeños objetos, sin que con ello se disparasen las alarmas; funcionamiento inexplicable de los ascensores del museo, que, al parecer, ascendían o descendían de planta mientras ellos dos lo hacían por las escaleras.

Salas está convencido de que ninguno de esos fenómenos puede achacarse a la presencia de intrusos o animales en el museo, pues, cuando sale de allí el último visitante, ellos se encargan de cerrar todas las puertas de acceso y activar el sistema de alarmas, que funciona con sensores de movimiento que recogen cualquier anomalía que se produzca cerca de las paredes, más allá del cordón de seguridad. Existe un pequeño cuarto de control en la planta baja, con una radio y los aparatos de microfonía del museo, que carece de circuito de cámaras porque el museo no es muy grande ni sus objetos muy valiosos. El Museo Etnográfico consta de tres pisos de planta muy sencilla: un pasillo amplio en forma de L, más un sótano.

Los dos guardias pasan la mayor parte de la noche en el cuarto de control, excepto cuando les toca hacer la ronda horaria, que, en un principio hacían de forma alternativa, pero, después de varios sucesos inexplicables, empiezan a hacer de forma conjunta.

Salas nos dice que, hasta las Navidades de 2008, los hechos acaecidos en el museo, sin dejar de ser inquietantes, no habían sido realmente graves; incluso él, hasta dicha fecha, no descartaba una explicación plenamente racional. Sin embargo, a partir de 2009, los fenómenos comienzan a ser ciertamente amenazadores y, al parecer, focalizan su acción sobre su compañero.

Por ejemplo, una mañana, cuando ya están dispuestos para retirarse a sus casas y hacer el cambio de guardia, se encuentran, atravesado frente a la puerta de salida, un arado de vertedera de trescientos kilos, que se había desplazado desde la pared sin hacer el menor ruido ni disparar las alarmas.

En otra ocasión, su compañero llega corriendo desalentado a la cabina de control y le explica algo terriblemente inquietante. Mientras hacía la ronda por uno de los pasillos —el del primer piso, creo—, ha escuchado un ruido tras él; se da la vuelta y no ve nada extraño: es una galería dedicada a pesos y medidas, que contiene artesas, básculas, romanas, recipientes de grano para medir fanegas, celemines, etcétera. Tras él no ve otra cosa que una gran espetera en la pared izquierda, donde cuelgan cacharros para tomar distintas medidas de capacidad, y dos artesas grandes en la pared derecha —de dos y cuatro fanegas respectivamente— llenas de grano a rebosar. Junto a ellas, a unos tres o cuatro metros de él, una gran piedra de moler.

Se da media vuelta y sigue caminando, pero, a los pocos pasos, un temor lo hace volverse. Observa que no hay nadie allí, pero la piedra de moler ya no está junto a las artesas de grano, sino que sigue estando a tres o cuatro metros de él, en idéntica posición, alzada junto al muro. El vigilante piensa que se trata de un error de su percepción: él ha pasado mil veces por el pasillo, y lo conoce de memoria. Sin embargo, tras avanzar otros cinco o seis pasos, torna a girarse y allí sigue la piedra de moler, a tres o cuatro metros de él. Ni siquiera ha hecho ruido al rodar, ni ha desplazado ni tirado por el suelo otros objetos que estaban en su trayectoria.

El vigilante huye como alma que lleva el diablo y, a partir de ese día — nos cuenta Salas—, pide el traslado y se niega a ir a ningún lugar del museo si no es con su compañero.

Un mes antes de la muerte del vigilante, le acontece quizá el episodio más espeluznante. A medianoche, Salas abandona la garita de control porque tiene que subir a la planta superior, en la que se han abierto unas goteras que debe ojear cada cierto tiempo. Su compañero no está nervioso aquel día; le dice que vaya solo si no le importa, que él se queda en el cuarto de vigilancia. Salas se marcha, *walkie-talkie* en mano, y su compañero cierra la puerta de la garita y echa la llave.

En cuanto Salas llega al piso más alto, antes aun de poder observar las goteras, su compañero le habla por el *walkie*:

—Andrés, ¿estás abriendo la puerta? Tengo puesta la llave.

—¿Cómo dices?

—¿Estás intentando entrar? —le repite la voz del aparato—. No vas a poder: tengo puesta la llave por dentro.

—Yo estoy en la tercera planta, Ernesto —le contesta Salas.

El compañero entra en pánico:

—¡Andrés, están metiendo una llave por el otro lado de la cerradura!

Salas corre de vuelta a la garita, y mientras baja los tramos de escalera, escucha, efectivamente, el violento tintinear de un llavero y, después, fuertes golpes sobre una puerta. Cuando llega a la garita de control, no hay nadie allí, y tarda un par de minutos en convencer a su compañero de que le abra.

Aproximadamente, un mes después, durante el cambio de guardia — pues era ya de mañana, como he dicho—, se produce el fallecimiento del compañero. Salas no está solo en el museo, afortunadamente, sino que ya han entrado los compañeros de relevo y las señoras de la limpieza.

Y eso fue todo. Salas accedió a contar su caso en antena en marzo de 2010. Dijo también que, a partir de aquel suceso, él había tratado de recabar información sobre hechos similares ocurridos en el museo, y los había encontrado a mansalva: de sus compañeros del turno de día, de los guías, de las señoras de la limpieza, del encargado de mantenimiento... Además, decía que el número de muertes por fallo cardiovascular que se habían producido dentro del museo era sensiblemente elevado, tanto entre trabajadores como entre visitantes, pero ahí las cifras le bailaban.

Y poco más hay que contar sobre el caso del Etnográfico de Zaragoza; al menos, que yo recuerde. Sé que no me ha pedido usted que entre a juzgar estos sucesos, y no voy a hacerlo, ni a arriesgarme a que mi pluma me juegue otra mala pasada.

Callo pues, y quedo en sus manos, esperando que mi relato lo haya satisfecho y tenga usted a bien el ofrecerme esa ayuda que me prometía.

Atentamente,

Juan Lablanca

De Sebastián Carrillo a Juan Lablanca
Madrid, 20 de diciembre

Señor Lablanca:

Observo que en su última carta trata de articular usted una disculpa por sus afirmaciones anteriores, que no sé si nace realmente de un sincero arrepentimiento. Me ha conmovido bastante —no se lo voy a negar— el saber que valora usted mi opinión hasta el punto de hacerlo padecer. Eso no resulta agradable: es desmesurado y me obliga, como no puede ser de otra manera, a aceptar sus disculpas. Pero lo hago con matices, porque nos llama usted a todos (y yo me alineo con mis compañeros, faltaría más) mentirosos y embaucadores, y luego matiza usted diciendo que la mentira es un hecho consustancial a la narración: «Cuando se narra, se miente», parece decir. Es una disquisición sobre filosofía del lenguaje en la que no voy a entrar, pero no tengo claro —como le digo— si no es una argucia para tirar la piedra y esconder la mano; para llamarnos embusteros y luego afirmar que todo hombre lo es desde el preciso instante en que abre la boca.

Hay otras cosas de su carta que comparto: esa sanción a todo intento de explicar lo inexplicable. Yo, personalmente, estoy bastante satisfecho de no seguir aún en las cavernas. Da la impresión de ser usted un hombre obstinadamente polémico, e incluso gran conversador: un mentiroso, por lo tanto, según sus propios parámetros. Pero vayamos al asunto que nos interesa; por lo menos, a mí.

Sinceramente, he de decirle que esperaba algo más de su relato. Para ser usted el redactor que se ocupó de la noticia, entra muy poco al detalle en ese cúmulo de acontecimientos —llamémoslos «menores»— que precedieron a la muerte del vigilante, y nada de nada en los acontecimientos que ocurrieron después; aunque no lo culpo de esto último, pues la *Línea* cerró el caso en su punto climático, o sea, en la muerte del guarda.

No sé qué opinión le merece a usted el señor Andrés Salas. A mí me pareció un hombre absolutamente cabal, que se expresaba con un aplomo y una rotundidad admirables. Doy absoluta credibilidad a sus testimonios y, por eso, no comprendo cómo puede usted sostener que tras este caso haya algún tipo de manipulación o montaje; o que lo equipare al turbio asunto del lagar de Ibdes.

Salas no dice una sola falsedad al relatar los sucesos extraños que vivió junto a su compañero, ni tampoco cuando refiere los que le ocurrieron tras su muerte, aunque de estos últimos no habla usted en absoluto.

Tal como usted apunta, él comenzó a investigar por su cuenta: primero, entre sus compañeros de guardia y entre el resto de trabajadores del museo. Todos le refirieron hechos insólitos, aunque no de naturaleza tan extrema como los vividos por él mismo y su compañero. Se enteró de que cuatro trabajadores de la institución, sin contar a su colega, habían fallecido en los últimos diez años mientras desempeñaban sus labores, en similares circunstancias y por idéntica causa: fallo cardiovascular. Y desde 1998 seis visitantes habían tenido que ser trasladados al hospital Miguel Servet por motivos relacionados (dos de ellos fallecieron, de hecho). Eran todas personas de entre treinta y cincuenta años, sin patologías cardiacas reconocidas previamente —lo he investigado yo mismo—. De modo que ahí lo tiene: siete fallecidos por ataques fulminantes al corazón en diez años, en un museo que no es, ni mucho menos, visitado a millares. Muertos de terror. ¿Quiere explicarme cuántas probabilidades hay?

Yo pasé dos noches en el museo junto con Pedro Ochagavía —lo conocerá usted, me imagino— investigando el caso. Él realizó todo tipo de mediciones, a las que es muy dado: grabaciones psicofónicas, vídeos de infrarrojos, mediciones térmicas, etcétera. Creo que no obtuvo datos muy relevantes, salvo unos curiosos descensos térmicos de más de cinco grados en intervalos de doce minutos. Yo no creo demasiado en la validez de esos registros: no me ha parecido nunca que sean muy esclarecedores. Cuando me llaman y me preguntan sobre psicofonías o cualquier otra cosa, yo doy mi opinión, pero todos saben ya en la *Línea* que mi campo de actividad va por otros derroteros. Me dejo guiar mucho más por mis propias intuiciones y por los testimonios de los protagonistas, a quien sé leer por dentro cuando refieren sus historias. A Salas lo creo.

No le importe, por tanto, la próxima vez que me escriba, explicarme por qué piensa usted que los sucesos del Etnográfico —que terminaron en una muerte trágica, recordémoslo— pueden ser falsos. Pierda usted el miedo a faltarme al respeto.

Atentamente,

S. Carrillo

De Juan Lablanca a Sebastián Carrillo
Finca Las Fraguas, 23 de diciembre

Estimado doctor Carrillo:

Vuelvo a pedirle disculpas si le irrita la forma en que me expreso. Muchas veces me han censurado el estilo —no solo cuando escribo, sino también cuando hablo—, y sé que soy dado al circunloquio y que tengo a veces aversión a llamar a las cosas por su nombre; porque no todas las cosas tienen nombre, y porque los nombres son unos y sus significados, infinitos: uno para cada cabeza. Por eso digo a veces que todo cuanto sale de la boca es mentira (aunque no fuera «mentira» la palabra apropiada, es la que prefiero yo usar).

Yo no afirmo que Andrés Salas mintiera. Es más, afirmo lo contrario: él pensaba, sin duda, que decía la verdad. El problema es que solo era la verdad para él: eso es lo que yo opino.

Cuando lo conocí, pese a ser, como usted dice, un hombre recio y vehemente, no estaba completamente en sus cabales, cosa razonable después de lo que había padecido. Pienso que fue su compañero, que en paz descanse, quien lo introdujo en un estado de sugestión parecido al que él mismo estaba experimentando.

Yo también pasé noches en el Etnográfico, y he de confesar que la atmósfera del lugar es sumamente lóbrega, con todos aquellos cacharros mohosos, las trébedes enhollinadas, los trillos desdentados, los arados romanos, las piedras de moler, que parecen mirarte con los ojos de otro tiempo... Es un lugar desapacible cuando se va el sol y dejan solo las luces de emergencia.

Creo sinceramente que el pobre guarda que falleció estaba impresionado por el lugar y, tal vez, por las historias que de él le habían contado; creo que contagió su miedo a su compañero, y creo que su corazón se fue deteriorando con las fantasías que él mismo introdujo en su mente.

Salas me contó muchos incidentes inquietantes que, desde las Navidades de 2008, vivían en el museo noche sí, noche también. Él los tenía asimilados como fenómenos inexplicables —de ahí su aplomo y su seguridad al narrarlos como hechos anómalos—, pero en realidad no eran tan anómalos ni tan inexplicables.

Es muy significativo que casi todas las experiencias que vivieron en el museo afectaran primordialmente a su compañero y no a él. De los diez o doce episodios que me contó, creo recordar que la mitad le había acontecido a su colega y que él solo tenía conocimiento de ellos de segunda mano. Los sucesos solían comenzar cuando ambos estaban separados, siempre en el lugar donde él no se hallaba; enseguida se reunía con su compañero y vivía los últimos coletazos del fenómeno, sin poder darle explicación. ¿Qué había pasado?; ¿quién estaba aporreando la puerta de la garita?; ¿por qué lo seguía el ascensor piso por piso, y dónde estaba su colega mientras tanto?; ¿era realmente inexplicable que de repente oliera a canela; inexplicable por completo?; el arado estaba en mitad del pasillo, pero ¿cómo estaba tan seguro de que había ido a parar allí por sí solo?

Querido doctor, lamento decirle que no encontré en sus declaraciones ni un solo hecho que no pudiera tener una explicación racional; explicación que apuntaba, bajo mi juicio, siempre a su compañero. Y no estoy diciendo —Dios me libre— que su compañero fuera un embaucador —¿qué mejor prueba de que su comportamiento no era malintencionado que su propia muerte?—, pero sí creo que era él quien propiciaba todos aquellos acontecimientos.

Durante el tiempo que pasé en la *Línea*, llegaron a mis manos multitud de casos cuya explicación residía en el sujeto que más estaba padeciendo los fenómenos. Era él mismo quien de forma inconsciente los creaba en su imaginación, o los elaboraba en su memoria, o los ejecutaba en el mundo real. En su trastorno, se tendía trampas en las que después caía, estando ya en otro estado de consciencia.

Le voy a contar otro de los casos que más repercusión tuvo durante aquellos años en la redacción. Fue un suceso al que se dedicó íntegramente un programa de tres horas, porque la credibilidad del afectado estaba fuera de toda duda: era un policía nacional, o un guardia civil, que no ganaba nada exponiendo a cara descubierta lo que le había sucedido. Le cuento esta historia porque es, en apariencia, tan fiable como el caso del Etnográfico y, a la postre, tan falsa. Posiblemente usted la conoce.

En agosto de 2010 conocimos la historia de Vicente Morona, un policía nacional —creo recordar— que vivía en Algete, en la vega del Jarama, al sur de las estribaciones de la Sierra Norte de Madrid. Su experiencia le había ocurrido diez años antes: Olarre la conocía desde hacía tiempo, pero

Morona no se decidió a contarla públicamente hasta ese momento.

Sucedió que, una tarde de invierno, habiendo ya anochecido, regresaba él a su casa desde Guadalix de la Sierra, donde había estado visitando a su hermana. Antes de llegar a la autovía de Burgos, al tomar una curva cerrada, sintió un leve golpe en la chapa de la puerta del copiloto, y vislumbró brevemente una figura blanquecina a través de la ventanilla. Naturalmente, detuvo el coche en el exiguo arcén de la comarcal y salió del vehículo. A diez metros de él, observó la figura que había pasado fugazmente ante sus ojos. Se trataba de una mujer de apenas treinta años, de cabello claro, largo y ondulado; no muy alta; de proporciones normales y poco llamativas; de tez no más pálida que lo que cabría esperar; ataviada — y eso fue lo que lo desconcertó, pues hacía bastante frío— con un vestido ligero, sandalias en los pies y una mantilla de ganchillo sobre los hombros, blanca y liviana: un atuendo muy «hippie», decía Morona.

Se acercó a ella y le preguntó si estaba bien, a lo que ella respondió solamente con una mirada de incomprensión. Morona insistió en lo mismo; le preguntó si le había hecho daño, pero ella respondió que estaba bien. El policía no podía creerla: «Le he dado con el coche al pasar junto a usted —le dijo—. He sentido el golpe en la puerta». La mujer le repitió que no había recibido ningún golpe y que se encontraba bien. Tenía una lacónica manera de expresarse, pero Morona decía entre risas que había visto casos peores.

Lo cierto era que la muchacha no parecía estar herida, aunque sí aterida de frío, y Morona le preguntó si esperaba a alguien allí. Ella dijo que aguardaba el autobús para Manzanares el Real. Un tanto confuso, Morona miró a su alrededor y no fue capaz de ver marquesina alguna ni señal vertical que indicara que allí hubiera una parada de autobús, pero en lugar de hacérselo notar, se ofreció simplemente a acercarla hasta Manzanares, aunque aquello variaba su ruta prevista. La muchacha aceptó y caminó tras él hasta su coche.

Vicente Morona no es un hombre especialmente locuaz, pero afirmaba que aquella mujer era el colmo del retraimiento. A sus comentarios respondía siempre con monosílabos, cuando respondía. Contaba que la frase más larga que logró obtener de ella no superó las veinte palabras: fue para decirle que no vivía exactamente en Manzanares, sino en el camping, y que su marido era feriante y se encontraba de viaje. A Morona le extrañó que el camping de Manzanares estuviera abierto en invierno, pero no dijo nada, y después de unas cuantas preguntas sin respuesta, decidió no decir nada de nada en lo que restaba de viaje; confesaba que se había sentido irritado por el comportamiento de la mujer.

Antes de llegar a Manzanares, Morona descolgó el teléfono de su coche (no se trataba de un móvil, sino de uno de esos viejos teléfonos fijos que se instalaban en los vehículos; un lujo en aquellos años), y llamó a su mujer para que no se alarmase si se retrasaba. Le contó lo que le había sucedido y le dijo que tendría que dar un rodeo antes de regresar a su casa. Después, siguió conduciendo otros diez minutos hasta que la mujer le dijo que se detuviese.

Morona miró a su alrededor y le advirtió que aún quedaban un par de kilómetros para llegar al camping, pero ella insistió en que se detuviera en un calvero de la cuneta; le dijo que llegaba antes si cruzaba el pinar que se abría a su derecha. Morona redujo la marcha y se internó en el claro al que la mujer se refería. Entonces, sin mediar palabra de agradecimiento, la muchacha salió del coche, cerró la puerta y comenzó a caminar hacia la línea de árboles. El policía pensó que quizá ella agradeciera un poco de luz para enfilar su camino, y puso las luces largas. La mujer se dio la vuelta lentamente hacia el coche y Morona observó, aterrado, que donde debieran estar sus ojos solo había dos cuencas vacías, oscuras como la misma noche.

Lleno de espanto, dio marcha atrás e hizo a toda prisa la maniobra para regresar a la carretera, tan apresuradamente que golpeó el maletero de su coche contra el tocón de un pino. Al verse de nuevo en la calzada, se alejó a escape de aquel lugar y estuvo a punto de salirse de la pista en un par de ocasiones, así que tuvo la prudencia y la sangre fría de detener el vehículo y tratar de sosegarse. Sintió la necesidad de hablar con su esposa y volvió a llamarla.

Cuando escuchó su voz al otro lado de la línea, sintió un inmenso alivio. Trató de explicarle lo que le había sucedido, pero se dio cuenta de que su mujer lo interrumpía constantemente cada vez que intentaba hablar. Medio minuto duró ese diálogo de besugos en el que uno trataba de expresarse y la otra se mostraba reticente. Al fin, Morona, muy alterado, le gritó un improperio y le dijo que por qué no lo dejaba hablar. Su mujer permaneció unos segundos en silencio y le dijo que hablase.

«¿Recuerdas que hace diez minutos te he dicho que había recogido a una chica…?», comenzó el policía, pero nuevamente la mujer lo interrumpió. «¡Vicente! —le decía—, ¡Vicente! ¡Es que no tiene ningún sentido!». «¡Claro que no! — respondió él—, pero ¿por qué lo dices tú? ¿Es que sabes algo?». «Lo único que yo sé es que me acabas de llamar diciéndome que recogías a una chica —empezó ella—. Después —prosiguió—, has colgado, y has vuelto a llamar. ¿Lo entiendes? Me has llamado hace un segundo, has colgado, y ahora me estás llamando otra vez». Morona no lo podía creer: él había llamado hacía diez minutos o un cuarto de hora —le dijo—, exactamente lo que le había costado llevar a la muchacha hasta el lindero del bosque. «Te digo que no —repetía su mujer—. Has llamado, hemos hablado, he colgado y, casi sin que me diera tiempo a retirar la mano del auricular, has vuelto a llamar».

Morona nunca comprendió lo que le había sucedido aquella noche. A la mañana siguiente, escrutó detenidamente su coche y encontró, efectivamente, una abolladura en el maletero, en el lugar —suponía— donde había recibido el golpe. Había un período de tiempo que, directamente, parecía no haber existido.

Olarre daba total credibilidad a este caso de encuentros en carretera, apoyándose —igual que usted con el caso del Etnográfico— en la seriedad y el aplomo del principal protagonista, que no podía obtener ningún rédito al contar aquella aventura, sino todo lo contrario: el desprestigio profesional, tal vez.

Por cumplir el expediente, Olarre consultó también con científicos (psiquiatras, esta vez), pues siempre se afana por que haya una versión positivista y «tradicional» en sus programas, lo cual le honra. Pero creo que nunca dio validez a las explicaciones de estos profesionales. Yo, en cambio, sí se la di; y, además, había ciertos detalles en la narración de Morona que jamás llegaron a cuadrar.

Para empezar, los psiquiatras le dijeron al policía que, en algunas situaciones de actividades repetitivas y monótonas, con pocos elementos en el entorno que resulten alternantes y diferenciadores —como puede ser el conducir de noche—, el cerebro puede entrar en una suerte de bucle, de manera que la mente experimenta una especie de dilatación. Muchos pensamientos pueden concurrir en apenas un segundo, tras el cual, a nosotros nos podría dar la impresión de que ha transcurrido mucho más tiempo. Yo mismo he experimentado esta sensación, querido doctor, y especialmente mientras conduzco; y no solo de noche, por cierto.

Morona rechazó de plano esta interpretación, no sé si por orgullo o porque la intensidad de la experiencia que vivió no podía conjugarse con un espejismo de su mente.

Sin embargo, en el curso de mi investigación, viajé con Morona al calvero donde él había dejado a la muchacha, y ¿adivina qué? No logramos encontrar aquel lugar a plena luz del día. Ningún sitio de esa carretera tenía la apariencia del escenario que Morona describía, y no había explicación —ni siquiera los años transcurridos— para que el paisaje se hubiese transformado de aquella manera. Morona se aferraba también a la abolladura del maletero, aunque en un efímero ataque de dudas, confesó que no podía estar al cien por cien seguro de que no la tuviera antes de aquella noche.

Olarre creyó siempre la versión del policía, y presentó la historia como verídica e inexplicable. Yo tengo para mí que es un caso semejante al del museo de Zaragoza, y a muchos otros. Naturalmente, los sucesos más atrayentes son aquellos que nos narran personas que no mienten, que creen decir la verdad. Pero eso no significa que, efectivamente, la estén diciendo, doctor. Usted ha debido de verse en circunstancias semejantes alguna vez.

Queda a su disposición, no sin antes volver a suplicarle que tenga la bondad de atender al terrible mal que le aqueja.

Juan Lablanca

De Sebastián Carrillo a Juan Lablanca
Madrid, 27 de diciembre

Señor Lablanca:

Vaya por delante que no estoy de acuerdo con usted en lo que se refiere a su versión de los hechos de Zaragoza. Sepa también que, efectivamente, yo conocía el caso de la muchacha de Manzanares y que tampoco estoy de acuerdo con usted en ese punto.

Sinceramente, parece usted una persona extremadamente escéptica para haber desempeñado el cargo de redactor en un programa de tal índole. Tanto recelo ante estos fenómenos —si bien es una actitud positiva en la mayoría de los casos— no dice mucho de quien se ocupa de recabarlos, tamizarlos y presentarlos en un espacio radiofónico dedicado precisamente al misterio. Se diría que no cree usted en nada.

Me sigue resultando indignante que aceptara usted un empleo que despreciaba, pero supongo que, en lo tocante a esto, sería muy difícil encontrar al que le arrojara la primera piedra. Todos, en mayor o menor medida, nos hemos dedicado a trabajos humillantes y desabridos. De todas formas, espero que me aclare usted en sucesivas cartas —si es que nuestra correspondencia se prolonga— por qué insiste en decir que buena parte de la profesión es taimada y manipuladora. Evidentemente, imagino que no es usted una excepción, pero yo no tengo esa percepción acerca de mis colegas.

Por lo que toca a ese mal que lo atormenta, reconozco que ya ha picado mi curiosidad y que, además, se ha hecho merecedor de que yo cumpla la promesa que le hice. Sin embargo, tenga claro que todo el contacto que usted y yo mantengamos ha de seguir siendo epistolar, y que en ningún caso pienso llamarlo por teléfono o atender sus llamadas.

Nárreme usted su historia, procurando que sea lo menos «mentira» posible, y yo le responderé.

Atentamente,

S. Carrillo

De Juan Lablanca a Sebastián Carrillo
Las Fraguas, Soria, 30 de diciembre

Estimado doctor Carrillo:

Le doy las gracias desde el centro de mi corazón. Yo sabía que un hombre como usted no podría sino brindarme su ayuda. Se lo agradezco profundamente.

Pero hoy no puedo contarle nada. Tendrá que darme usted unos días.

¡Si hubiese recibido su carta tan solo ayer!

Pero hoy me es imposible tomar la pluma para hablar de eso.

Yo le volveré a escribir cuando me sienta con ánimos; pierda cuidado. Pero sí querría rogarle una cosa más, y es que no comente nada de este asunto con nadie que pertenezca a la profesión; y mucho menos si todavía es colaborador de la *Línea*.

Lamento tener que volver a ofenderlo, pero guardo un recuerdo espantoso de buena parte de los que andan por allí. ¡Es todo tan desvergonzado...! Y alguno de ellos vendría aquí, a mi casa; lo sé.

Le volveré a escribir.

Quedo eternamente agradecido.

Juan Lablanca

P.D.: Mencionaba usted en una de sus cartas a Pedro Ochagavía, con quien trabajó en el caso del Etnográfico. Siga mi consejo y apártese de él como de la lepra; y haga otro tanto con Vicente Matute, Juan Luis Fernández, Olvido

Ruiz de Medina y Evaristo Yepes. Esos son los peores, pero ya le daré más nombres en cuanto esté sereno para hacer memoria.

De Sebastián Carrillo a Juan Lablanca
Madrid, 3 de enero

Señor Lablanca:

No sé si es usted un sinvergüenza, un imbécil o ambas cosas.

No tan imbécil como yo, por supuesto, pues he acabado por entrar en su juego cuando debí haberlo mandado al diablo desde la primera carta.

No conozco profundamente a todas las personas que menciona usted en su ínclita Post Data (solo a Ochagavía y a Olvido Ruiz de Medina, quien es mi esposa, grandísimo idiota).

Si antes no lo hice, lo hago ahora: ¡váyase al diablo!

De Juan Lablanca a Sebastián Carrillo
Finca Las Fraguas, Soria, 7 de enero

Estimado doctor Carrillo:

Váyase al diablo usted y llévese consigo a la grandísima puta de su mujer. Y pregúntele —si es que no lo sabe—

por la que prepararon ella y su buen amigo Ochagavía en Colmenar de Oreja.

No soy ningún sinvergüenza, señor Carrillo, y tengo mejores cosas que hacer que burlarme del prójimo; puede tener por seguro que ignoraba que Ruiz de Medina fuera su esposa. De haberlo sabido, ¡a buenas horas iba a haber recurrido a usted!

Juan Lablanca

P.D.: Pregúntele a su señora por lo de Colmenar.

Del mismo al mismo
Finca Las Fraguas, 8 de enero

Doctor Carrillo:

Antes que esperar a que me responda usted por carta —cosa que supongo no sucederá jamás—, no quiero dejarlo escapar sin que sepa usted el asunto al que me refería en mi carta de ayer, pues imagino que no va a tomarse usted la molestia de preguntarle a su esposa por lo que ocurrió en Colmenar de Oreja. Y, aunque lo hiciera, ella le mentiría.

Entienda que esta nueva carta es un voto de confianza hacia usted. Si yo en verdad creyera que es usted tan hijo de perra como su mujer, supondría que ya conoce el asunto de Colmenar y que le da igual. Le escribo porque pienso que nunca ha oído hablar de ello, o que ha oído cosas que no se corresponden con la realidad. Le escribe, pues, un hombre honrado que se niega a aceptar que la imagen de bondad que usted le inspiraba sea falsa.

Quizá lo que hago no se conjugue muy bien con lo que se esperaría de una persona decente. Hay propósitos enemigos dentro de esta carta. No voy a negar que esta vez sí escribo para hacer daño, y para hacer justicia, pero sobre todo para hacer daño, aunque no sé exactamente a quién.

Si no quiere leer esta carta, o si ya está predispuesto a no creer lo que en ella digo, tírela a la basura y váyase a la mierda.

En agosto de 2011, estábamos preparando en la *Línea* un programa especial sobre casos relacionados con niños. De entre todos ellos, me llamó la atención uno que estaba sucediendo en ese preciso momento en una urbanización nueva de Colmenar de Oreja, al sur de Madrid. Nos escribía una mujer a la que le acababa de ocurrir un fenómeno de lo más extraño relacionado con su bebé de cinco meses.

Ella y su marido se habían trasladado, tras el parto —se trataba de su primer hijo—, a esta urbanización cercana a Aranjuez, donde él trabajaba. Era una zona recientemente recalificada como urbanizable, a unos dos kilómetros del pueblo, en la que se habían construido cien chalés adosados, exactamente iguales, y aún habían de construirse otros tantos en una segunda fase.

La casa tenía tres pisos, además del garaje. El matrimonio se había instalado en la primera planta, y la habitación del niño estaba en la segunda; él ya dormía en su cuarto, que de momento solo tenía la cuna y un armario con su ropita. Encima de este armario, los padres colocaban una cámara de circuito cerrado, con toma de micrófono también, para tener controlado al chiquillo durante las noches y los ratos en que se echaba la siesta. La madre llevaba consigo a todas partes de la casa el pequeño monitor donde se recibía la imagen de la videocámara, que era de muy buena calidad, a diferencia del sonido, que no siempre llegaba claro.

Habían vivido allí dos meses sin ningún sobresalto, pero un día —precisamente la tarde en que estaban celebrando con sus amigos y parientes una especie de fiesta de inauguración de la casa— ocurrió el primer hecho insólito. Estaban bebiendo y comiendo en la terraza de la planta baja, a la que se accedía desde la cocina. La madre, que estaba constantemente entrando y saliendo con los platos y las bebidas, había dejado el monitor de recepción sobre la encimera. El bebé estaba durmiendo en su cuarto.

En un momento dado, la mujer se dio cuenta de que había una persona en la habitación de su hijo: una mujer que la cámara enfocaba desde atrás y desde arriba (pues estaba colocada sobre el armario, como le digo), que llevaba el pelo recogido en un moño y vestía una rebeca de lana oscura. Era alta y delgada, y la madre del niño no la reconoció, pero en un primer instante no le dio demasiada importancia, pues la casa estaba llena de visitantes aquel día. Después de salir a la terraza y hacer un somero recuento, creyó advertir, sin embargo, que todas las visitas estaban sentadas a la mesa. Regresó a la cocina y volvió a observar el monitor: allí seguía aquella mujer, contemplando al bebé y sin mover un músculo.

La madre regresó a la terraza y preguntó a la concurrencia si echaban a alguien de menos, pero todos le respondieron que no. Entonces, ella le pidió a su esposo que entrase a la cocina y echara un vistazo al monitor. Él también pudo ver a la mujer de la habitación, y no la reconoció, por lo que ambos se apresuraron a subir a la segunda planta, pero cuando entraron a la habitación, no había rastro de la mujer. Consternados, cogieron al chiquillo en brazos y bajaron a la terraza; contaron a sus visitantes lo sucedido y les rogaron que los ayudasen a registrar la casa, cosa que hicieron sin ningún éxito.

Este episodio volvió a repetirse al cabo de una semana. En esta ocasión, el matrimonio estaba en su dormitorio a punto de acostarse. Fue de nuevo la madre quien pudo observar a aquella mujer en la habitación de su hijo. En esta ocasión no estaba a los pies de la cuna, sino en un lateral, pero la cara no se podía ver con claridad —apenas un perfil, cubierto con un mechón de pelo—. La madre llamó al padre y ambos quedaron absortos ante el monitor. De repente, la mujer de la habitación hizo un movimiento brusco y se inclinó sobre la cuna. Ambos se alarmaron, pero observaron que lo único que había hecho era besar al bebé. Salieron a toda prisa de su dormitorio, pero otra vez hallaron vacío el cuarto de su hijo.

La madre estaba, lógicamente, muy nerviosa y no acertaba a encontrar otra explicación que la sobrenatural. El padre insistía en que lo más probable era un cruce de señales: quizá el monitor no estaba recibiendo la señal de su videocámara sino la de algún vecino que también tuviera un bebé. A fin de cuentas, lo que enfocaba la cámara era exclusivamente la cuna, y no recogía más detalles que pudieran servir para diferenciar fácilmente su habitación de otra cualquiera de la urbanización. Era una explicación algo peregrina y no convenció a su esposa. La solución: decidieron retirar la cámara.

Hecho esto, nada extraño volvió a suceder, lo cual quizá animó a los padres a hacer una nueva prueba. La misma mañana en que colocaron la videocámara, mientras el marido estaba en el trabajo, la madre observó que la imagen del monitor no se correspondía con lo que debía verse. Allí había un niño, efectivamente, pero no el suyo, sino otro de la misma edad, vestido con una ropa extemporánea y completamente inmóvil, como si la imagen estuviera congelada.

Tras ir a recoger a su hijo, la madre decidió llamar a la empresa que les había vendido el aparato de vigilancia. Ni siquiera la propia mujer sabía muy bien qué esperaba con aquello —tal vez comprobar la hipótesis de su marido—. Un técnico se presentó en su casa y escuchó las explicaciones de la señora. Le dijo que no era posible que el receptor estuviera captando una señal ajena a la casa. Esto no sorprendió en absoluto a la mujer, pues ella ya se había preocupado por enterarse de que no había ningún otro recién nacido en la urbanización. Acto seguido, tomaron la decisión de hacer una nueva prueba y, según parece, al colocar a su hijo en la cuna y encender el aparato, volvió a reproducirse la misma situación antes mencionada. Y lo más interesante del caso es que la señora guardaba en su poder una copia del parte de visita del técnico, en la que figuraba, en el apartado de «Incidencias», la siguiente anotación del especialista: «Se ve un niño que no es».

Cuando le llevé el caso a Olarre, le entusiasmó y enseguida mandó un equipo de grabación para hacer un reportaje que se emitiría en el programa de televisión. Como directora del equipo de rodaje iba la señora Ruiz de Medina, y Pedro Ochagavía sería quien diera la cara ante las cámaras, haciendo gala de su supuesta hipersensibilidad para los fenómenos extraños. Se vistió muy elegantemente para la ocasión —recuerdo—, con una casaca negra, cuello Mao, muy bien arreglada la melena y la barba; parecía la versión paliducha de Sandokán. Estaba muy emocionado porque se le iba a colocar en primer plano para que pudiera soltar todas sus chorradas sobre fantosmias y demás categorías inventadas.

Después de recorrer la casa siete u ocho veces, y probar el aparato de marras, la cosa quedaba francamente sosa. Eso es lo que dijo su santa mujer. A mí, particularmente, el testimonio de la madre me parecía suficientemente jugoso. Sepa que vi a su mujer y a Ochagavía hablar airadamente y, al rato, decidieron llamar a María Elena Ruipérez, otra de las cantamañanas habituales de la *Línea*. Supongo que usted la conocerá lo bastante bien.

Cuando llegó Ruipérez, les dijeron a los padres del chiquillo que la señora era médium, y que iba a realizar un pequeño ritual para que los fenómenos de la casa se exacerbaran durante un par de horas. La señora hizo sus pases mágicos y, hecho esto, ella misma y Ochagavía volvieron a darse una vuelta por la casa en compañía de los padres. La madre iba frente a la cámara abriendo las puertas de las habitaciones. Al llegar al cuarto contiguo al de su hijo (una habitación que, de momento, usaba para planchar y tender la ropa), Ochagavía hizo un mohín muy exagerado y le preguntó si allí siempre olía así. La madre no entendió la pregunta y Ochagavía entró en aquel cuarto, rogándole que lo siguiera. Cuando los padres entraron tras Ochagavía, prorrumpieron en exclamaciones de sorpresa: «¡Dios mío, nunca lo habíamos notado!», «¡Es intensísimo!», «Pero ¿qué es?, ¿incienso?», «¡Sí, sí, es incienso!».

Ochagavía lo tenía claro: fantosmia. «En muchos casos, los fenómenos paranormales van acompañados de un olor que no emana de nada físico —dice—. ¡Pero no os preocupéis! Cuando el olor es a incienso o a rosas, el ente que se manifiesta no pretende hacer daño. Otra cosa sería si oliese a excrementos o huevos podridos».

Dicho esto, la Ruipérez comenzó su show: veía una mujer en un área de la escalera. No vivía allí, hablaba sobre un niño y no sé qué más gilipolleces.

Resumiendo: la mujer que aparecía en la videocámara era la abuela materna de la madre, y solo pretendía cuidar de la criatura.

La madre llora; el padre gime; la Ruipérez se hincha de orgullo; y su mujer de usted parece decir «de puta madre; ahora sí». Cuatro lagrimeos ante la cámara, y para casa.

Esto que le estoy diciendo es como el Santo Evangelio, señor Carrillo. No tengo nada que ganar con ello y, por lo visto, tampoco que perder. Por mi parte… En vista de que usted me odia, lo que voy a decirle ahora tal vez le reconforte: estoy desesperado como el día en que le envié la primera carta; sigo desesperado. Si quiere, dígaselo a su esposa y ríanse a mi costa.

Se despide de usted, supongo que para siempre,

Juan Lablanca

De Yuri Vinográdov a Juan Lablanca
Madrid, 13 de enero

Señor Lablanca:

Mi nombre es Yuri Vinográdov y soy, como usted lo fue, redactor de *La línea de luz* desde 2006. Soy amigo personal del doctor Carrillo y he trabajado puntualmente como asistente de su mujer: quiero decir que le he servido de secretario, o algo parecido, durante la elaboración de sus dos últimos libros.

He de decirle, en primer lugar, que yo también comparto esa alta estima que usted profesa (o profesaba, al menos, antes de su desagradable desavenencia) a Carrillo como experto en asuntos parapsicológicos. El trabajo del doctor se ha desenvuelto ante mis ojos en estos últimos años sin mácula ni asomo de fraude. Es riguroso y severo, y una excelente persona, además.

Por desgracia, también comparto con usted la impresión acerca de su esposa. A pesar de haber trabajado íntimamente con ella, fueron sus chanchullos y componendas los que provocaron mi expulsión de *La línea de luz* en el año 2009.

Rubén Perales, a quien puede que usted conociera, también fue despedido por la misma causa.

En esa época teníamos muy poco trabajo en la redacción, generalmente realizando investigaciones dirigidas por Carrillo y su esposa, quien llevaba un cierto tiempo sin aportaciones novedosas, viviendo aún de sus viejos laureles en materia de cultos urbanos y satanismo. Creo fue en diciembre de ese año cuando se presentó ante nosotros con un tema muy jugoso, y nos ordenó que lo desarrollásemos para presentárselo a Olarre. Se trataba de una leyenda urbana —una obra maestra de la literatura por internet, en realidad— que había causado sensación en Estados Unidos durante ese año, pero que no era muy conocida todavía por nuestra audiencia española (al menos, eso debía de figurarse ella). Hablo del asunto de *Candle Cove*, o *La vela en la ensenada.*

No sé si usted lo recuerda, pero el planteamiento era sumamente intrigante. En un chat norteamericano, dedicado fundamentalmente a la nostalgia por los años 70, un tipo inicia un hilo preguntando si alguien recuerda un programa infantil titulado *Candle Cove*, que se emitía cuando él tenía 6 o 7 años. Dice que ha buscado referencias de ese programa por todas partes y que no encuentra nada.

Otro usuario le contesta que él sí lo recuerda; que era un programa sobre piratas realizado con títeres, y que se emitió durante muy poco tiempo a principios de los 70.

Una chica, muy enervada al parecer por el recuerdo, dice que también a ella le viene a la mente ese programita tan cutre, en el que las marionetas estaban realizadas con partes de otros muñecos y parecían siempre sucias y ajadas. Dice que se acuerda del pirata Percy.

Entonces, alguien más se conecta para indicarles que él también recuerda el programa y el canal en que se emitía: una televisión local del condado de Lawrence, en Ohio. Se acuerda también de Percy y de lo asustadizo y mal pirata que era, y de su barco, el Almacén de Risas, que era otra marioneta zarrapastrosa, con una mandíbula bajo el mascarón de proa que subía y bajaba cuando hablaba. Todos los usuarios van recordando lo que el barco solía decirle a Percy cuando llegaban a la boca de una cueva: «Tienes que ir… adentro…, ¡más adentro!».

Al parecer, el programa no tenía una línea argumental muy clara. Los participantes en el chat no recuerdan la trama de los episodios; simplemente que había una niña que huía del mundo real para hacerse amiga del pirata Percy y vivir aventuras junto a él. Pero entonces, la cosa se pone siniestra: un usuario dice que se acuerda del villano de la serie, un títere llamado Horacio el Horrible, que solo estaba compuesto por un enorme bigote y un monóculo, montados sobre un grifo cubierto con un trapo, o algo parecido. Un nuevo participante escribe para reflexionar sobre lo bizarra que era la televisión de los 70. Se estremece al pensar en ello y opina que, evidentemente, hoy en día sería inconcebible un programa infantil con semejantes esperpentos. Pero añade algo más: Horacio el Horrible no era el villano de la serie, sino su compinche. El verdadero villano se llamaba el Robapieles.

Esta mención hace aflorar los recuerdos pesadillescos en los anteriores usuarios. «¡El Robapieles, es verdad!», escriben, «¡Qué miedo nos producía!». Era una marioneta más alta; un esqueleto que iba cubierto con un sombrero de copa y un abrigo pardo, fabricado con la piel de los niños que asesinaba. Todos lo recuerdan ahora: la forma en que reía y hacía rechinar sus mandíbulas, y que andaba permanentemente a la caza de la niña que acompañaba a Percy.

Después, los usuarios se animan a confesar que este programa los traumatizó y les provocó terribles pesadillas durante su infancia, a pesar de que el período de su emisión debió de ser bastante corto. Uno de ellos les dice que solía soñar con la sintonía del programa (un calipso, creía) y que después todo se quedaba a oscuras y comenzaba a ver los rostros desfigurados de las marionetas, que chillaban y chillaban sin parar. Otro de los participantes escribe que eso no era un sueño, pues él tiene exactamente el mismo recuerdo, así que debió de ser uno de los episodios. «Imposible —le dice el anterior—. Si no sucedía nada. Eran solo gritos y más gritos». Pero alguien más recuerda ese episodio: «El episodio de los gritos fue el último que emitieron —escribe—. Recuerdo que no lo pude soportar. La niñita temblaba y gritaba sin cesar. Apagué la televisión y nunca más puse el programa».

Y por fin, uno de los primeros participantes escribe que ha visitado a su madre y le ha preguntado si ella recordaba ese programa llamado *Candle Cove*. La madre se ha sorprendido de que el hombre aún se acordara de aquello. «¿Por qué?», le pregunta él. «Pues porque todo lo que hacías era sentarte delante del televisor, poner un canal con la estática y pasarte treinta minutos allí sentado, mirando pura estática. Después venías a contarme lo que había pasado en tu programita de piratas».

Así terminaba el hilo. Confieso que el asunto me maravilló cuando Ruiz de Medina nos lo puso en el ordenador. Nos pidió que le diéramos una vuelta y le dijéramos si de allí podía salir un reportaje para el programa radiofónico o, preferentemente, para el televisivo. No tardamos mucho en descubrir que *Candle Cove* era una invención genial de un escritor llamado Kris Straub. También en Estados Unidos había pasado por verídica la conversación de chat que él inventó, al menos durante un tiempo.

Le dijimos a Ruiz de Medina que el tema era muy interesante, pero que no pasaba de ser una invención literaria: ofrecía muchos puntos de interés para reflexionar sobre la herramienta de internet en la creación de nuevas formas de terror. Sin embargo, a ella esto no le interesaba; le interesaba que la historia fuera real, y si no podía serlo, que al menos quedara irresoluta. Le advertimos de que, en este caso concreto, no había modo de hacer pasar aquello como algo real, ni aun siquiera como una leyenda urbana más, pues el asunto ya estaba desvelado en Estados Unidos y el autor se había presentado públicamente.

No le importó. Tuvimos que redactar un reportaje para veinte o treinta minutos de programa, sin revelar lo que conocíamos de cierto sobre el origen de esta «leyenda». A Olarre le encantó el caso, como no podía ser de otra manera, y Ruiz de Medina lo presentó en uno de los programas de enero de 2010, en la versión radiofónica. De hecho, ya estaban preparando el reportaje televisivo, y habían comprado los billetes para mandar un equipo a Ohio, cuando el público del programa empezó a desvelar la verdad en los foros y puso a Olarre que no había por dónde cogerlo.

Ruiz de Medina nos echó a los leones. Finalmente, ella también fue despedida de la *Línea*. Carrillo, que es un hombre cabal, convenció a Olarre de que volviera a contratarnos a Perales y a mí, cargando toda la responsabilidad sobre su esposa. Y Olarre nos volvió a admitir.

Le cuento esto para hacerle ver que tengo notable confianza en las apreciaciones que hace usted en sus cartas, y que pienso que habla con bastante (*a priori*, naturalmente) credibilidad. De otro modo, yo no me molestaría en escribirle.

Carrillo me enseñó sus cartas, hecho una furia, despotricando contra quien quisiera que fuera usted. Yo las leí y me dejaron muy intrigado, y —¿por qué no decirlo?— henchido de placer con las verdades que dice usted sobre la señora Medina.

Debo confesarle que el principal interés que me mueve a contactar con usted es de carácter periodístico. Como le he dicho antes, me parece usted una persona certera en sus apreciaciones; por eso, me intriga ese asunto que a usted le desespera y que no llegó a contar al doctor Carrillo. Yo no soy un profesional de su talla, pero estoy dispuesto a escucharlo y a visitarlo si fuera preciso. Si decide confiar en mí, escríbame a la dirección que abajo le indico.

Le saluda cordialmente,

Yuri Vinográdov

Juan Lablanca a Yuri Vinográdov
Madrid, 17 de enero

No me queda tiempo, amigo mío. Dios lo bendiga por su carta y su compasión, pero ya es demasiado tarde como para dilatar aún más el asunto con esta correspondencia. Volveré mañana al lugar donde recibo las cartas, y cada día hasta que reciba su contestación. En la carta que usted me envíe espero encontrar un número de teléfono al que yo pueda llamarlo.

No tengo palabras de gratitud suficientes hacia usted.

Juan Lablanca

PARTE II:

El peor policía del mundo, el policía con peor suerte

EL CASO DE LA CHIQUILLA DE SUELLACABRAS

Una calurosa mañana del fresco verano de Soria, Jesús Manrique ascendía pesadamente por las cuestas del Calaverón. Se dirigía a cierta residencia de ancianos que por allí queda, con la esperanza de encontrar en ella a Ezequías Pérez, quien, no sin notables trastornos, había conseguido regresar de Moscú, después de todo. Nada se ha dicho hasta ahora acerca de los años de Ezequías, pero debe aclararse que no era aún un hombre de edad provecta, y que si estaba en esos momentos en la residencia de ancianos era por acompañar a su padre.

Manrique sí apuntaba ya a viejo. Hombre menudo en todos los sentidos, rondaba ya los sesenta años y aparentaba muchos más. Sus escasos cabellos, entre rubios y canos, engominados hacia atrás; sus vivarachos ojos celestes o grises, diminutos detrás de los gruesos cristales ahumados de sus gafas; su nariz afilada; su voz arenosa; sus maneras límpidas y su avasalladora forma de ocupar el espacio le conferían el aire maléfico e inteligente de uno de esos agentes de la Gestapo que se ven en las películas.

Como hacía mucho calor, se había retirado la boina oscura con que se cubría habitualmente la cabeza, y hasta se había visto obligado a ir por ahí en mangas de camisa, con la chaqueta de tweed plegada sobre el bracete. El día era de una pesadez intangible, de nubes vaporosas que se desvaían por el cielo a la deriva sin proyectar sombras. Al llegar a lo alto de la cresta rocosa, que seguía haciendo latir su naturaleza prístina bajo los edificios y los metros de asfalto, miró a derecha e izquierda y encendió un cigarrillo, y se detuvo a pensar como en un paréntesis dilatado de indecisión. Lo apagó contra la pared antes de haberlo apurado y lo dejó caer sobre la acera. Parecía estar sopesando, u oliendo simplemente en el aire, los problemas que pronto llegarían —no solo para él, sino para otros también—, anticipando la responsabilidad que de ellos dimanara y achicándola en su mente, diciéndose que, si él podía asimilarlos y vencerlos, no había razón para que cualquier otro no pudiera hacer lo mismo.

Al llegar a la residencia, se secó las palmas sudorosas sobre la chaqueta de tweed y caminó hasta el mostrador de la recepción, que se interponía en mitad del vestíbulo como un árbol derribado. Se pasó la mano sobre la despejada frente y se limpió la puntera de los zapatos en las perneras del pantalón, que también estaba bastante rozado y viejo y poco entregado al agua desde hacía semanas. Mientras se dirigía a hacer su consulta, vio que un caballero salía con cierta premura del interior de una sala, camino de la calle, y sin pensarlo dos veces, le echó la mano al pecho y le preguntó si no sería por un casual don Ezequías Pérez, con domicilio en el Burgo de Osma.

—*Zí*—le respondió el aludido.

Manrique le retiró la mano del pecho y se la tendió amistosamente, pero Ezequías rehusó el apretón. Se trataba de un individuo difícil de medir, pensó Manrique al instante. Había en su rostro una sombría crispación que lo envejecía más allá de los años, que no obedecía al natural proceder del tiempo y que hacía inútil todo esfuerzo por calcular su edad. Era un hombre alto también, pero cheposo y encogido; de anchos hombros y torso cuadrado, pero tan flaco como si hubiera estado alimentándose de medias raciones toda su vida.

—Soy el inspector Jesús Manrique —le dijo—. Llevo un par de días tratando de localizarlo con motivo de una denuncia que puso usted hace cosa de un año.

—¿Que yo he *puezto* una denuncia? —le preguntó Ezequías, sorprendido y un poco azorado por la resonancia que adquirió la voz de Manrique en aquel corredor sin muebles.

—Sí. No aquí, sino en Moscú —explicó el policía.

—¡Oh!

—Una denuncia por robo y agresión.

—Lo *zé*, lo *zé* —asintió el profesor con pesar, y se quitó las gafas para limpiárselas.

Manrique sintió, con cierta repulsión, una especie de inapropiada clemencia. Ezequías atesoraba en su figura algo así como el monopolio de la conmiseración. Llevaba un camisa blanca, retorcida y acaso mal abotonada; corbata negra y extemporánea, como si algún truhan le hubiera robado la buena; pantalones tejanos rozados y descoloridos y un cinturón negro cuyo extremo se le descolgaba, lacio y penoso, sobre el muslo izquierdo. No se sabía si se estaba dejando bigotito o no, porque el vello de su rostro era como una pelusa entre amarilla y castaña, bastante rala, del color de los topos de las praderas.

—Ha sucedido un hecho de extraordinaria singularidad —le dijo el pequeño inspector con una inclinación de cabeza y tanta gravedad como pudo, imaginando que el profesor quizá apreciaría una mayor solemnidad—. Aunque, en realidad, el hecho no es extraordinario en sí mismo; lo extraordinario es que yo me haya dado cuenta… ¿Podríamos hablar en algún sitio apartado?

Ezequías asintió y los dos caballeros fueron descendiendo junto a la tapia del cementerio del Espino hasta llegar a un banco que ofrecía una hermosa vista de la hoz del Duero.

—Ayer lo estuve llamando a su casa de la mañana a la noche —le dijo el inspector afablemente, echando breves vistazos al movimiento destartalado del cuerpo de su interlocutor. Ezequías percibió un reproche que no correspondía con el tono amigable de su voz. Le pareció que aquel hombre sabía cómo enfrentar audazmente los asuntos graves y mantener a raya al mismo tiempo las consecuencias de tal brusquedad—. También lo llamé al trabajo, pero vi que daban demasiadas excusas como para perder el tiempo con ellos.

—*Ziento* que perdiera tanto tiempo por mi culpa —se disculpó Ezequías—. Lo cierto es que *zí* escuché el teléfono durante la noche, pero no me *guzta* atenderlo a *ezaz horaz*.

—No perdí tanto tiempo. Además, si lo pierdo, sé cómo recuperarlo. Lo puedo descontar del trabajo del día siguiente.

Manrique se acercó a la cornisa de la barranca y se detuvo allí a descansar, observando el panorama, que abarcaba varios kilómetros de agua y roca y nubes pasajeras. Ezequías pensó que el policía venía sofocado y tomaba grandes bocanadas de aire fresco, pero enseguida cambió su percepción y comenzó a pensar que lo que hacía era reír entre dientes, presa de una gran excitación y procurando contener alguna emoción improcedente que aguardaba al acecho. Enseguida tomó asiento y miró alegremente a Ezequías, que dejó también caer su descompuesta figura sobre las tablas alabeadas del asiento. El lugar era hermoso, pero el albedo solar y la fresca brisa resultaban algo irritantes.

—Vaya —exclamó Manrique—, hacía tiempo que no me arrastraba hasta aquí. Es bonito.

—¿Y cómo ha *zabido* que estaría en la *rezidencia*? —dijo Ezequías apartándose de él hasta el reposabrazos del banco, donde apoyó el codo en un incómodo escorzo.

Manrique entornó levemente los párpados y los hizo ondular en una mueca desabrida.

—Ya sabe cómo es este sitio —respondió—. Si dices Ezequías en voz alta las suficientes veces, encontrarás a alguien que sabe de qué hablas. Tiene usted un primo segundo, o algo así, en la Audiencia.

—Vicente Mulas —asintió Ezequías.

—El mismo trastornado. ¿Ha visto usted el coche que tiene? Todo pintarrajeado y con pegatinas de leopardo… Ya le he dicho que el día menos pensado lo cojo con una pala y se lo echo a comer a los cerdos. ¡Madre mía! Presentó usted una denuncia en mayo del año pasado, ¿verdad? —añadió de pronto el inspector, en el mismo tono alegre.

—*Azí ez* —respondió Ezequías.

—Por requerimiento de su abogado, la Policía de Moscú nos mandó una copia de la denuncia y del posterior informe. Nos llegó hace apenas un mes. No sé qué afortunada gotera tenía el ruso que nos lo mandó, porque, según me ha dicho uno que se cree que sabe mucho, este tipo de cortesías no es muy habitual con países de por allí. Pero no se haga ilusiones, no hay ninguna novedad. No es más que una copia de la denuncia —dijo—. Y el subsiguiente informe no dice nada de interés: que se abre la pertinente investigación, etcétera. Nos ha costado un par de días encontrar a quien nos lo tradujera, ¿sabe? —quizá el inspector Manrique iba a añadir: «Y todo para nada», pero prefirió moderar tanto desencanto—. Si no lo hemos traducido mal, parece que dos individuos lo asaltaron en la habitación de su hotel.

—*Azí ez* —asintió el profesor con tono elegíaco.

—Y le causaron algunas lesiones. ¿Fueron de gravedad?

—Juzgue *uzté mizmo* —respondió Ezequías, frunciendo su labio superior y dejando ver unas encías limpias de incisivos.

—¡Por Dios! —exclamó Manrique—. No me diga…

—Me *puzieron* la boca en el borde de la bañera y… —Ezequías levantó su pie derecho y soltó una furibunda coz al aire.

—¿Y algo más?

—*Golpez* por todo el *cuedpo* —respondió—. *Eztuve trez díaz* en *cuidadoz intenzivoz*.

—¡Qué barbaridad!

Y dicho esto, aclarado por fin el origen de la ceceante dicción del pobre Ezequías, le devolveremos gentilmente unos dientes ficticios, tanto por pura compasión como para sostener el decoro en la narración de los funestos hechos que se avecinan.

—Y lo peor es que fue todo por nada. Absurdo completamente — añadió.

—Sí, sí, eso es interesante —asintió vehementemente Manrique—. Por lo que he leído, le robaron cuatro baratijas y algún dinero. Se equivocaron de víctima, parece.

—No sé hasta qué punto… Pero sí, se equivocaron, porque yo no tenía lo que ellos andaban buscando.

—Que no era dinero, claro.

—No —negó Ezequías—. Como ya dije en Moscú, esos tipos (al menos uno de ellos) me siguieron al hotel desde una cafetería. Supongo que lo hicieron porque pensaron que los dueños me habían entregado algo. Se había producido una situación extraña aquella tarde, ¿sabe?

—¿Sí?

—Sí. Tenía que ver con una libreta escrita en español.

—Ya. Una libreta que llegó por correo mientras usted estaba allí, ¿no es eso? Y que más tarde se ofreció a traducir.

—Pero no lo hice —se apresuró a puntualizar Ezequías.

—Ya. Pero, según usted, fue precisamente esa libreta lo que provocó la posterior agresión —el inspector se detuvo y masculló distraídamente unas palabras incomprensibles—. No sé, me parece mucho humo para tan poco fuego, ¿no cree? ¿Piensa que esa gente creyó que usted se había quedado con la libreta y por eso lo siguieron?

—Sí que lo creo —replicó Ezequías un tanto ofendido—. Me estuvieron escupiendo preguntas varios minutos. Cuando entendieron que no hablo ruso, me dieron una paliza y destrozaron la habitación.

Ezequías creyó discernir cierto aire de recelo en su interlocutor, un recelo pesaroso. Más que una duda profesional, más que el deber de sospechar de la validez de esa explicación, parecía que la posibilidad de que la libreta no tuviera nada que ver con todo el cuento abrumara al policía de una manera oscura y privada.

—Eso no garantiza que estuvieran buscando la libreta —musitó por fin Manrique —. Puede que, simplemente, vieran a un turista y lo siguieran para saquearlo. Eso pasa mucho.

—No sé. Me extrañaría que no hubiera relación —insistió Ezequías.

—Ya —Manrique se irguió en el asiento y un ligero carraspeo anticipó que había llegado la hora de exponer la «extraordinaria singularidad» de la que había hablado, singularidad que ahora parecía teñirse con los colores de la decepción—. Usted dijo a la Policía de Moscú que el autor de ese manuscrito era un tal Juan Lablanca, ¿verdad?

Ezequías retrocedió de forma inconsciente hacia el respaldo cuando escuchó aquel nombre, y después asintió con tono impasible.

—Y declaró también que la libreta contenía una correspondencia de varias semanas entre el propio Lablanca y otras personas, una de las cuales tenía nombre ruso.

—Sí —aseveró el profesor muy confiado de sus palabras—; un tal Yuri no sé qué más…

—Yuri Vinográdov —dijo Manrique sin mirarlo.

—¡Eso es! —exclamó Ezequías—. Vinográdov, como el vino.

El germánico rostro de Jesús Manrique se volvió lentamente hacia Ezequías y sus pequeños ojos claros, desvaídos, se clavaron en los del profesor.

—Señor Pérez —dijo, arrastrando su voz de arena—, ¿es usted de Soria?

—Claro —respondió Ezequías tras un leve instante de incomprensión.

—¿Y ha vivido siempre en Soria?

—En el Burgo de Osma, sí. Salvo cuando estudiaba la carrera en Zaragoza.

—Y estaba usted en ese bar de Moscú…

El inspector dirigió la mirada hacia donde las aguas del río se plegaban en una ondulación de blanca claridad. Un vapor fantasmal se elevaba de la hoz en lentas volutas y se deslizaba por delante del panorama de rocas y pinos dispersos. Examinó el rostro que lo observaba en busca de algo que no pudo encontrar y se aflojó la hebilla del cinturón, que empezaba a molestarlo sobre el abdomen.

—¿Qué sucede? —preguntó Ezequías, intrigadísimo.

Manrique se levantó y se enfundó su chaqueta. El airecillo del río le despeinó los mechones de la nuca, los únicos que habían escapado a la robusta gomina de la mañana. Sin despegar los labios, invitó a Ezequías a acompañarlo de vuelta a la ciudad. Poco le importó si el profesor estaba de acuerdo con la dirección que tomaba.

—Lo que sucede —comenzó por fin— es… providencial —se sonrió—. ¿Cree usted en eso?

Ezequías mudó de rostro, incapaz de controlar la mecánica facial del desconcierto. Balbució.

—¿En la Providencia, dice usted? Naturalmente que no. Eso no tiene sentido; no es más que un artificio adaptativo del cerebro.

—¿Qué quiere decir eso que ha dicho? —le preguntó Manrique sin apartar la mirada de ese punto fijo al que parecía dirigirse con decisión.

—Las anomalías son realmente molestas. La inteligencia es amiga de la inteligencia; necesita un sistema permanente y odia las casualidades. Por eso crea fantasías como el destino.

—La casualidad de la que yo le hablo es disparatada —prosiguió Manrique hablando consigo mismo—. Y lo más disparatado es que esta vez… es un golpe de suerte. De buena suerte.

Manrique se detuvo y tomó a Ezequías del brazo. A la sombra del olmo del Espino, aproximando la cabeza a su barbilla, empezó a susurrarle palabras encendidas, igual que en una escena de arrebatada pasión.

—Nosotros tenemos aquí mismo, en Soria, un caso abierto, endemoniado, en el que los principales implicados y, por cierto, desaparecidos a día de hoy, son dos personas llamadas Juan Lablanca y Yuri Vinográdov.

Minutos más tarde, el antediluviano coche del inspector Manrique atravesaba el páramo a toda velocidad. A sus costados iban pasando, raudos, los pequeños enebros y los campos dorados de cereal; los montes grises refulgían al sol de la canícula, y el aire se colaba, caliente y oloroso, por la ventanilla entreabierta. A su lado, Ezequías Pérez miraba pasar los hitos y se concentraba en responder de forma cumplida a las preguntas de Manrique, quien amablemente se había ofrecido a llevarlo de vuelta al Burgo. Sin embargo, no había mucho que responder: Manrique quería saber qué había escrito Lablanca en su diario, y Ezequías apenas recordaba nada.

—El tono era francamente triste —le decía, francamente triste también él—, sentimental; y el estilo resultaba muy barroco...

—¿Por qué cree que pudo suscitar el interés de esas dos personas que lo siguieron hasta su hotel?

—Lo ignoro. Lo cierto es que no era otra cosa que un diario íntimo, aunque es posible que contuviera alguna información de la que pudiera sacarse un beneficio económico.

—Pudiera ser —consentía sin mucha fe el inspector Manrique. Iba consintiendo, por el momento, a todo lo que el profesor se figuraba—. ¿Llevaba usted mucho tiempo en Moscú cuando le sucedió esto?

—No —repuso Ezequías con gran pesar—, acababa de llegar. Era mi segundo día en Moscú. Había llegado la noche anterior, y pensaba quedarme tres días más. Y luego ir a San Petersburgo.

—Siento mucho que se le estropearan así las vacaciones —murmuró el inspector con una voz ronca que se le fue hundiendo lentamente en el pecho.

—No eran mis vacaciones— lo interrumpió Ezequías, pasando por alto el sentido superfluo del comentario—. En realidad, yo no debía haber estado allí. Estaba de baja por depresión, como sabrá. Tenía obligación de permanecer en mi casa.

Manrique lo miró fijamente, sin saber adónde quería ir a parar.

Ezequías respiró hondamente y luego dejó escapar el aire en un dilatado suspiro.

—Después se supo todo, naturalmente —continuó—; no pude ocultarlo, y claro, la Inspección Educativa me abrió un expediente grave.

—¿Da usted clase de Filosofía, no es eso? —preguntó Manrique.

—No solo —respondió el profesor con profundo hastío—. La Filosofía fue expulsada hace muchos años de la educación. Así que suelo dar clase de Lengua, Francés, Historia… Lo que me quieran poner para completar las horas.

—¿Y sabe usted de todas esas cosas?

—No mucho: una clase más que los alumnos.

El coche seguía avanzando bajo el profundo azul del cielo, produciendo un monótono suspiro sobre la carretera del páramo. La llanura llegó a lo más alto y los horizontes se abrieron por los cuatro costados, dejando a la vista extensas tierras doradas circundadas de enebros y de cercas viejas y hendidas, con sus estacas quebradas y sus alambres arrollados y enterrados en el suelo.

—En mi época, sí se estudiaba Filosofía —recordó Manrique—. Nunca se me ha olvidado una cosa, no sé por qué: «Lo que es es; y lo que no es no es» —Manrique soltó una carcajada, y Ezequías se sonrió también—. ¿Parménides, verdad? Lo digo de vez en cuando, pero me parece que no lo uso bien. Lo digo cuando me encarta.

—Es un aforismo sobre la imposibilidad del cambio —le explicó el profesor.

—La imposibilidad del cambio.

—Parménides decía que el mundo había sido igual desde el principio de los tiempos, que no había cambiado un ápice, porque el cambio no existe: es solo una ilusión de nuestros sentidos.

—¿Una ilusión? Que se lo digan a mi próstata, o a sus dientes.

—El cambio consiste en que lo que no existe exista; o al revés, en que lo que existe deje de existir. Parménides decía que no había nada que pudiera obrar ese fenómeno. Por ejemplo, nunca llegaremos a donde vamos.

—¿Está hablando del sitio adonde vamos ahora? —dijo Manrique girando lentamente el rostro mientras el sol del mediodía espejeaba en sus gafas y en su frente.

—Para llegar adonde vamos tenemos que recorrer primero la mitad de esa distancia, ¿no es verdad?

—Claro.

—Sin embargo, esta primera mitad también se puede dividir en dos mitades ¿no?

—Pues sí.

—Y la primera de esas mitades, se puede dividir, a su vez, en otras dos mitades, y así hasta el infinito. Por lo tanto, siempre estaremos intentando recorrer una mitad que se puede ir dividiendo en mitades, así que, aunque nos parezca lo contrario, en realidad, ni siquiera nos movemos.

—¡Joder! ¿Y usted cree que eso es verdad? —exclamó Manrique en alta voz, riéndose.

—No —se reía también el profesor—. Es una trampa lógica.

—Y no es mala trampa —aceptó Manrique—, ya he caído en ella muchas veces. Solo espero que esta vez no sea cierta y sí nos estemos moviendo. Lo que es es; y lo que no es no es. Oiga, Ezequías, retomando lo que me estaba diciendo, ¿ha perdido entonces usted su trabajo?

Ezequías pareció sentirse molesto por un recuerdo desdeñoso, y tardó en responder.

—No. Todavía se está estudiando el caso, pero no creo que vayan a expulsarme. Soy funcionario público; prácticamente tendría que matar a un chiquillo para que me expulsaran… Ahora vuelvo a estar de baja. Va para largo. Lo que pasa —se animó a decir, algo más orgulloso— es que era entonces o nunca, ¿sabe?

—¿A qué se refiere?

—Mi padre empezaba a estar peor. Tiene alzhéimer y yo veía que ya estaba empezando a no poder estar solo. Así que me dije que, si de verdad quería ir a Rusia una vez en la vida, tenía que ser entonces. Y no es que fingiera para me dieran la baja —apostilló tajantemente—; lo cierto es que estaba francamente mal. No sé si sabe usted lo que es esa enfermedad.

—Ya veo. ¡Menudo desastre todo!, ¿verdad? —sonrió con resignación el inspector Manrique, como era su costumbre—. Pero escuche, si finalmente lo ponen de patitas en la calle, yo lo contrataré. Necesito a alguien que me asegure que nos movemos de verdad.

Descendieron una loma a cuya izquierda se amontonaba la tierra removida de una obra civil y prosiguieron por un vallejo estrecho, donde el viento batía mansamente los enebros y los escaramujos. Desviando el curso de la conversación, Manrique le dijo:

—Mire, Ezequías, me imagino que estará preguntándose a qué viene tanto interés por conversar con usted. Todo eso que le sucedió, siendo como es terrible, puede ser muy útil en la investigación de ese otro caso que está en una vía muerta. Un caso, además, en el que me temo que se hayan producido varios asesinatos. Puede usted pensar que ya deberíamos haber terminado, que ya me ha dicho todo lo que me puede decir —añadió, poniéndole la mano sobre el hombro—, y puede que sea cierto, pero no me gusta conformarme ni dejar las cosas así.

Ezequías se encogió de hombros y dio un significativo cabeceo.

—Por otra parte —se vio impelido a decir Manrique—, si es cierto que el origen de su agresión está en ese diario, ahora tenemos una oportunidad de aclarar también su caso. Me imagino que no espera usted grandes progresos de la Policía de Moscú.

—Eso ya me da igual —rezongó Ezequías, mirando distraídamente por la ventanilla.

Habían recorrido aproximadamente treinta kilómetros, dejando a derecha e izquierda pueblos deshabitados y tierras agrestes. Al llegar al empalme con la carretera de La Aldehuela de Calatañazor, Ezequías observó con sorpresa que Jesús Manrique deceleraba y tomaba la salida hacia la derecha.

—Quiero mostrarle una cosa —dijo Manrique antes de que su compañero pudiese hablar. Luego, miró con una sonrisa extraña a

Ezequías y negó, al parecer muy divertido, con la cabeza—. Hay que joderse —exclamó—. Aquí mismo, a treinta kilómetros de donde vive.... No se preocupe; enseguida verá usted.

La pequeña aldea quedó a su izquierda y el vehículo prosiguió su marcha por la sinuosa carretera.

—¿Sabe qué es esto? —preguntó el policía, extendiendo la mano hacia el parabrisas como si pretendiera acariciar alguna posesión invisible.

—¿A qué se refiere?

—Es el sabinar de Calatañazor, el más grande de Europa.

—¡Ah, eso! Sí, lo sabía. Es muy bonito.

—Y por allí, por la otra parte del monte, está el Valle de la Sangre. ¿Por qué le pondrían ese nombre?

—Fue por la batalla de Calatañazor, contra Almanzor —respondió Ezequías—. Ya sabe: «En Calatañazor, Almanzor perdió su tambor». Es por esa batalla.

—¡Ah! Por eso es...

—Los moros venían de saquear Santiago de Compostela, y de arrasar todo el valle del Duero, y aquí se dice que Almanzor perdió su última batalla.

—Unos sorianos cojonudos.

—Luego se fue a morir a Medinaceli. No se sabe si lo del Valle de la Sangre ocurrió de verdad.

—Quién sabe. Las cosas tienen que pasar..., y hay una cantidad de lugares limitada para que pasen. Eso está claro... Pero tiene cojones la cosa —volvió a decir mientras miraba con sorna a su desconcertado acompañante.

La carretera había llegado a lo alto de una loma. Más allá ya se veían las estribaciones de los picos de Urbión. Manrique sacó el coche de la calzada y lo aparcó en un claro arcilloso y cubierto de chirle. Sin decir palabra, se bajó del vehículo y estiró con un gemido la espalda, llevándose las manos a los riñones.

—¿Qué es esto? —le gritó Ezequías a través de la abertura de la ventanilla.

—Esto es la finca Las Fraguas —respondió Manrique, colocándose su boina—. Baje. Tengo que contarle algunas cosas.

Desde el claro, a través del enebral, se abrían tantas sendas como uno quisiera figurarse. Manrique caminaba delante con paso seguro; hablaba gesticulando con las manos, sin prestar atención a si Ezequías lo iba atendiendo o lo seguía de cerca siquiera. Su historia era algo truculenta, pero él la refería con una voz monótona y displicente.

—La propiedad de la familia Lablanca consiste, o consistía, en diez hectáreas de tierras boscosas, protegidas por la ley de parques naturales. O sea, que no valen una mierda, en realidad, porque no se puede cortar una miserable sabina sin pedir permiso. Al otro lado de la carretera, cerca del valle, hay unos corrales donde tenían ovejas hace años. Me imagino que, dentro de lo que era esto, no vivirían del todo mal en el pasado.

—Pero ya no…

—Ni bien ni mal, me imagino. El padre de Lablanca debía de tener las tierras y la casa a medias con un hermano, y siguieron con las ovejas hasta que él murió; el padre de Lablanca, quiero decir. Después, el tío de Lablanca vendió las ovejas y se quedó a vivir en la casa con su mujer. Juan y su madre se fueron a vivir entonces a Soria, pero ella murió joven también; él no debía de tener veinte años aún. Espere…

Manrique se ocultó detrás de un enebro color verde lima, se sacó la chorra y empezó a orinar entre espasmos de deleite. Ezequías se sintió algo violento aquella vez; días más tarde ya conocía lo bastante al inspector como para esperar cualquier salida estrambótica.

—Mal hecho —le dijo, pasando adelante sin quitar la vista de las nubes.

—Perdone usted. Es la próstata de los… Perdone el vocabulario. Me tiene negro últimamente —protestó el policía.

—Lo que está mal es en la orientación. Está usted de cara al sol —se sonrió Ezequías.

—Ya. ¿Y eso qué importa?

—En muchas religiones es una falta de consideración —explicó.

—¿Orinar de cara al sol?

—Sí. Es pecado. Pitágoras lo prohibía a sus acólitos.

—¿Pitágoras? ¿El matemático?

—No solo era matemático. Fundó una congregación; algo así como una secta, diríamos hoy; y orinar de cara al sol era pecado.

—Así que no orina usted nunca de cara al sol —le dijo mientras enfundaba.

—Procuro no hacerlo.

—¿Y qué otras cosas eran pecado?

—Muchas. No permitía comer habas, por ejemplo.

—¿Y tampoco come usted *habaz*?, perdón, habas.

—No. No me gustan.

—Estoy empezando a considerar que todo este día hubiera sido un total desperdicio si no hubiera podido hablar con usted, Ezequías. Piense lo que le he dicho: si se deshacen de usted en su trabajo, yo lo ficho. Bueno, ahí tiene la casa.

El marasmo de sabinas se abría levemente para dar espacio al pequeño claro donde se hallaba asentada la casa. La línea del bosque no distaba de los muros más de cinco o seis metros por ninguna de las fachadas y, aunque esta especie de árboles no es especialmente alta, producía una sensación de asfixia realmente notable. Ezequías observó el edificio con detenimiento. Era una casa de dos alturas, de muros de mampuestos y tejado a cuatro aguas, de planta rectangular —bastante más larga que ancha—, con cuatro pequeños ventanucos en el piso superior y un ventanal enrejado algo más grande junto a la puerta principal. El dintel y las jambas eran de sabina, no de sillería. En ninguna parte se distinguían residuos de un pasado noble: no era otra cosa que la casa de un tratante que, quizá, había medrado un poco hacía siglo y medio.

Junto a los paramentos, crecían desaforadamente las ortigas y los jaramagos amarillos, y las espiguillas cubrían por completo la pequeña explanada del calvero.

—Lablanca nunca tuvo un oficio en Soria, y tampoco acabó el bachillerato —indicó el inspector—. Pero no le fue mal. Cuando tenía veinte años, publicó un libro de relatos de terror, y enseguida empezó a colaborar en una revista sobre esos temas... Y más tarde lo contrataron en un programa llamado *La línea de luz*, y se fue a Madrid.

—Yo he visto ese programa.

—¿Está bien?

—Es una estupidez.

—Tiene cierto éxito.

—Lo cual dice muy poco de nuestra sociedad. A veces he usado sus reportajes en clase para ridiculizar ciertas creencias populares. Parece mentira, pero los jóvenes de dieciséis y diecisiete años, aun hoy en día, creen en esas cosas.

—En cualquier caso —continuó Manrique, abriéndose paso entre la fronda—, no permaneció en Madrid más de dos años. Dejó el programa y regresó; y regresó aquí, no a Soria.

—¿A hacer qué?

—Tenía un contratillo con la editorial que le había publicado el libro. Poca cosa. Supongo que volvería con la intención de escribir.

—¿Cómo se llamaba el libro que publicó?

Manrique extrajo un bloc de notas del bolsillo interior de su americana y pasó varias hojas rápidamente.

—Se llamaba *¿Es que no me conoces?* —respondió—. No sé de qué va. No lo he leído; ¿le suena a usted?

—¿A mí? —exclamó Ezequías con cierta repulsión.

—Bueno, el caso es que volvió aquí y vivió con sus tíos unos dos meses más; después ellos se mudaron a Soria y él quedó solo, hasta que... desapareció.

—¿Y esa gente ya no vive aquí?

—No. Viven en Soria. Cuando los interrogué, me dijeron que habían advertido a su sobrino de que tenían intención de vender la casa y marcharse a la ciudad. Los tíos de Lablanca habían comprado cuatro pisos en Soria después de vender las ovejas y se dedicaban al alquiler. No les iba mal.

—¿Cuatro pisos? ¿Por qué vivían en este sitio, entonces?

—Qué se yo. Razones sentimentales, supongo. Era la casa donde se había criado el tío. Pero una inmobiliaria se la quería comprar, con el propósito de restaurarla y montar un hotel rural, que es el único negocio que se puede emprender por aquí. Lablanca era propietario de la finca al cincuenta por ciento.

—Y supongo que Lablanca no querría vender la casa, claro.

—¿Y por qué supone eso? —preguntó Manrique, sorprendido—. No; Lablanca no se opuso a la venta. Firmó los papeles, de hecho, unos meses antes de su desaparición.

—¡Ah!

—Los tíos no tienen nada que ver con esto, si es lo que piensa. Además, ¿cuánto cree que vale una casa como esta en un sitio como este? ¿Tanto como para hacer desparecer a alguien?

—No tengo la menor idea.

—La operación se cerró en… 38.678 euros —dijo Manrique, tras consultar de nuevo su bloc—. Era una miseria, realmente. Hay un ingreso en la cuenta de Juan Lablanca por la mitad de ese dinero, realizado seis meses antes de perderle la pista, en febrero de 2012. Seguían aquí porque la empresa les había concedido algunos meses antes del desalojo. Los tíos ya se habían buscado la vida y se habían mudado a Soria, pero Lablanca, no. Él debía de ser de otra pasta; un carácter… un poco particular.

—¿Y entonces, por dónde van los tiros?

El inspector Manrique frunció el ceño y se apartó la boina para rascarse la despejada frente. Sacó su pipa de mazorca de maíz y empezó a cargarla con picadura. El sol estaba ahora en el cenit y todo el calvero del bosque era una lámina verde sin sombras. Manrique comenzó a desandar el camino entre los enebros.

—Los tiros no van por ninguna parte, amigo —suspiró—. Y así seguirán a no ser que aparezca un nuevo hilo del que tirar… Como, por ejemplo, ese diario que usted encontró, por casualidad (hay que joderse), a mil kilómetros de aquí.

Ezequías apartó sus fascinados ojuelos del edificio y trotó por la explanada hasta alcanzar al policía.

—Y, ¿qué me dice usted de ese Vinográdov? El tipo de Moscú… ¿Cómo sabía usted de la relación entre ambos?

—Porque consultamos a la compañía telefónica —respondió el policía—. Durante el mes de enero de 2012, Juan Lablanca llamó únicamente, y muy pocas veces, desde el teléfono público del hostal por el que hemos pasado: el que está en el empalme con la N-122. El último día en que alguien lo vio, llamó; a Yuri Vinográdov. Vinográdov trabajaba entonces para *La línea de luz*.

—¡Oh! ¿Y qué les ha contado el tal Yuri?

—El tal Yuri no nos ha contado nada, porque también él desapareció por las mismas fechas y no hemos logrado dar con él.

Llegaron al coche de Manrique y el inspector se apoyó sobre el capó mientras encendía la pipa. Ezequías pateó el suelo arcilloso, cuajado de tomillo seco, y caminó pensativo hasta la cuneta de la carretera.

—¿Cree que ese Yuri tiene algo que ver? —preguntó.

—Algo —respondió Manrique—, pero no podemos saber qué. Aunque no hay modo de probarlo, es bastante seguro que estuviera en Madrid el día en que Lablanca se fue de su casa. Al menos, la noche anterior sabemos que Vinográdov estaba en Madrid, porque nos lo confirmaron en la emisora…; pero, claro, la desaparición de Lablanca se produjo la tarde del día siguiente, así que…

—¿Cómo ocurrió?

Manrique se encogió de hombros.

—Simplemente, se fue de su casa —dijo—. El último sitio donde se le vio fue la Venta Nueva.

—Eso es la gasolinera del empalme, ¿no?

—Sí. Entró en la cafetería del hostal, se tomó un café con leche, hizo una llamada telefónica breve y se marchó hacia el aparcamiento trasero. Y eso es todo. No sabemos si allí lo recogieron en un coche, o si siguió a pie por el páramo, o tomó la carretera de Nódalo…

—Es muy extraño... Quizá regresó a su casa y se desorientó.

—¿Cómo iba a desorientarse en su propia tierra? —masculló con desdén el inspector—. No se desorientó. Algún coche lo recogió, o fue a otro sitio antes de regresar a su casa, pero no sé adónde coño pudo ir en este mar de sabinas y bancales de girasol.

Ezequías se retiró las guedejas de los ojos y se puso a limpiarse las gafas con la punta de la camisa mientras meditaba.

—Puede que ese Vinográdov recogiera a Lablanca en la gasolinera — murmuró.

—Llevo un año buscando a Vinográdov —exclamó, con pesar, Jesús Manrique—: un año yendo y viniendo de Madrid y entrevistándome con especímenes de lo más curioso... Y no he encontrado nada —musitó, mientras dejaba caer la ceniza de la cazoleta—. Nada. Hasta que lo encontré a usted.

El coche del inspector Manrique siguió dejando atrás los kilómetros que los separaban del Burgo de Osma a una velocidad endiablada, por un paisaje de llanuras doradas y pobedas de álamos. Manrique iba callado, mirando cómo se devanaba la mañana a través del cristal, las matas de espliego junto a la carretera, los pueblos deshabitados, abandonados sobre la llanura como coches viejos. Los enebrales ascendían por las lomas de arenisca y las estrías de apagados arroyos bajaban de ellas hasta las cunetas, cubiertas de hojarasca.

Ezequías había dicho algunas vaguedades desde que reanudaron la marcha y después se había quedado en su natural estado taciturno. En él no resultaba nada extraordinario: pensaba que si alguien lo viera solo un segundo desde el arcén, no tendría el menor problema en narrar la historia de su vida de una forma bastante aproximada; pero en el caso del inspector Manrique la cosa era diferente. Hasta ahora el inspector lo había hecho partícipe de todo cuanto pensaba, pero ya llevaba un buen rato callado, y su aspecto de lobo viejo y taimado empezaba a desdibujar aquella primera imagen demasiado obsequiosa y simplona.

La torre de la catedral apareció, imponente, sobre la llanura del Ucero, y Manrique tomó el desvío hacia la única ciudad merecedora de tal nombre en el desértico oeste de la provincia. Ezequías lo fue guiando por calles estrechas y le mandó parar cerca del seminario.

—Vivo aquí —le dijo, indicándole con la cabeza una antigua construcción, encalada hacía ya bastantes años—. ¿Quiere que bajemos a la plaza y lo invite a un café?

El inspector negó con la cabeza.

—¿Qué cree usted que fue de Lablanca? —le preguntó amargamente, manoseándose con lentitud la frente y las sienes—. ¿Cree que está muerto y remuerto, bajo tierra?

—Es posible —respondió Ezequías con amargura.

—Eso pienso yo también. Es una maldita desgracia lo que le ocurrió; también lo que le ocurrió a usted. No puedo estar seguro, naturalmente, pero creo que algo injusto le pasó. Ahora ya no tengo ninguna posibilidad de saberlo. Aunque ese diario fuera a parar a mi regazo, es posible que el caso se me escapara de las manos como si resbalara por un tejado. Es una maldita lástima, pero es lo que es.

Ezequías le tendió la mano y Manrique le dio un buen apretón, cambiando al instante su rictus reconcentrado por una jovial sonrisa.

—La vida está llena de sinsabores, amigo —se despidió—, me imagino que ya habrá conocido bastantes de ellos; pero no se preocupe. Unas cuantas vitaminas, una alegría por aquí y por allí, y enseguida nos sentiremos mejor. Pero hágame un favor: si alguna de estas noches lo llaman por teléfono, esta vez cójalo. Me imagino que seré yo.

A pesar de la insensibilidad que los hombres en el filo de la desgracia acostumbran a mostrar hacia quienes ya están sumidos en ella, especialmente cuando todos los recursos de su mente se hallan concentrados en la propia salvación, Ezequías no pudo sustraerse a la lástima por el desdichado Juan Lablanca. Trató en vano de conseguir el libro de relatos que mencionara Manrique en las librerías de Soria, pero eso no hizo que se desentendiera del caso. El entusiasmo por aquella vida ajena iluminaba de forma fascinante una parte de la suya propia, al menos la parte que había colisionado tangencialmente con ella; y la restauración de aquel recuerdo de la cafetería le ocupó horas de excitado trabajo. Sin embargo, la ausencia de detalles significativos y el peligro de caer en una engañosa elaboración terminaron por causarle un vago, aunque constante, malestar interior.

Manrique no había telefoneado una semana después de su entrevista y esto podía significar que las palabras que intercambiaran no habían resultado, al cabo, una cosa de gran trascendencia. Se sintió un poco humillado por este pensamiento y también algo abatido por el destino de la investigación; había esperado, tal vez, que su conversación hubiese inspirado esa renovada agilidad mental que se despliega cuando las esperanzas vuelven a acariciarse.

Estas reflexiones se volvieron dominantes durante los prolongados momentos en que se hallaba desocupado, que eran todos los del día, a excepción de las horas que pasaba con su padre. En cierto sentido, puede pensarse que era algo natural, pues su presencia en semejante decorado desentonaba con la clasificación que de sí mismo se había formado y esto, en la mayor parte de los casos, resulta placentero. El buen hombre se había pasado veinte años de su vida navegando en un mar calmo, un poco aparte de todo, un poco póstumo de sí mismo, torpe y aparatoso, y ajeno a los negocios que todo el mundo tenía en gran importancia.

Por eso, cuando Manrique lo llamó al fin, diciéndole que tenía pensado viajar a Moscú y que le proponía que lo acompañara, Ezequías aceptó reunirse con él una vez más.

—La acción es la única fuente de consuelo —le dijo el inspector aquella soleada mañana. Estaba tomando una cerveza en las terrazas de la plaza Herradores, y se lo veía animado y en plena actividad—. Hay que actuar para ahuyentar los malos pensamientos, y por eso tengo intención de marchar hasta allí a resolver este embrollo. Ahora creo que puedo lograrlo. Si usted viene conmigo, todo irá sobre ruedas.

Ezequías miró al inspector directamente a los ojos, y una curiosa sonrisa apareció en sus labios. Pensó que había conocido a muchos hombres como ese y como aquel, pero nunca a uno como el inspector Manrique. Aquel tipo simpático y menudo parecía concentrar toda su personalidad —si es que la tenía— en una sola idea que no era nada fácil de adivinar, pero esa idea era él y él era esa misma cosa. Por lo demás, su temperamento resultaba ampuloso y, sin embargo, vacío, o al menos extremadamente fino y depurado, hecho para desenvolverse en la tirantez de todas las situaciones imaginables. En la mayoría de los casos la impresión de aquel carácter lo habría llevado a concluir que el individuo era un estúpido; con Manrique le daba la sensación de que cierto tipo de inteligencia excelsa —solo una, quizá— palpitaba bajo la fina línea de su auténtica personalidad.

—Lo dije en serio, Ezequías. Lo cree, ¿no es cierto? Si no se lo cree, se lo repetiré nuevamente.

—¿Quiere que yo vuelva allí? —murmuró el profesor.

—Yo no conozco el terreno. Intentarlo por mi cuenta no funcionará —exclamó severamente—; no daría ni una moneda de dos céntimos por mí. Llevo días pensando en ello; estoy trabajando durante horas con mi imaginación, como si cavara en la oscuridad. Estoy cavando, pero esa libreta, o más bien su ausencia, es como una roca, y eso es todo lo profundo que puedo cavar. ¿Qué podemos hacer contra eso? ¡Es hora de que los hombres de inteligencia y buen corazón nos unamos alrededor de esta causa! —exclamó dando un golpe sobre la chapa de la mesita.

A Ezequías le hizo sinceramente gracia aquella parodia de arenga para abrir horizontes luminosos a los ánimos consternados, pero quien más se rio fue Manrique.

—Le recuerdo que yo sigo de baja —murmuró Ezequías, parodiando asimismo una excusa.

Manrique soltó una carcajada.

—¡Ha hecho usted sacrificios mayores! —gimió, y le alargó la mano con desembarazada libertad—. Ahora esto es lo que debemos hacer. ¡Trabajar! ¡Ser emprendedores! Y no hay pretexto para no hacerlo, pues solo la actividad es la que nos salvará de nuestros más negros temores.

El profesor, aún divertido pero con cierta solemnidad, le dio cortésmente la razón con su silencio.

—Sí, sí, seguramente —masculló—. En resumidas cuentas…

—Pero hay algo más que tengo que decirle— lo interrumpió Manrique en tono algo destemplado—, y se lo diré ahora mismo para evitar equívocos. Nosotros haríamos el viaje por cuenta propia. No espere que esto esté amparado por la Policía.

—¿No? —preguntó el profesor con un correcto cinismo.

—¿Sufragar la Policía una pesquisa así?, ¿se ha vuelto loco? Nosotros lo vemos claro, pero la Policía no funciona como un hombre, menos aún cuando se trata de dinero. Ya me han tratado como un idiota sentimental en demasiadas ocasiones. Donde no hay idealismo no hay perspicacia; creo que usted me entiende muy bien.

Sentimental era un calificativo tan lisonjero como desafinado en los patrones de Ezequías Pérez; y, sin embargo, conservó su aire de reserva y lo escuchó con frialdad. Por un momento, volvió a sentir recelo hacia los móviles que inspiraban la conducta del inspector.

—Hay una cosa más —añadió este, quizá percatándose de la prudencia de su interlocutor—. Debo decirle que yo ya no soy, en puridad, un policía. Ahora, no lo soy.

—¿En serio?, ¿y qué es ahora? —murmuró Ezequías con displicencia.

—Bueno, es una especie de situación parecida a la suya, ¿sabe? Una excedencia, más o menos, casi una prejubilación.

Manrique sonrió con una especie de pícaro nerviosismo. Ezequías torció el hocico y le respondió severamente —con demasiado amor propio, pensó al instante—.

—Esa situación no es parecida a la mía, y además no es cierta. La verdad sí se parece más a mi situación.

Manrique le respondió con una carcajada ruda y discordante. Su rostro ceniciento y rasurado al detalle se acható casi monstruosamente y las gafas ahumadas le bailaron sobre la nariz.

—¡Vaya, vaya!, ¡caliente, caliente, sí, señor! —exclamó con una audacia indolente—. Me da la impresión de que ha estado usted metiendo las narices más de lo que me esperaba.

—Ya sabe que, en este sitio —se defendió el profesor—, no hay más que decir Jesús Manrique las suficientes veces como para que alguien sepa de qué hablas.

—Me parece muy bien que lo haya hecho, ¡palabra de honor! —declaró Manrique—. Todo el mundo tiene derecho a hacerlo, y además eso me da esperanzas de que acepte mi proposición. Pinta bien, amigo.

—¿Pinta bien? —se sorprendió Ezequías, un tanto deslumbrado por la indecorosa despreocupación del policía—. Me imagino que eso dependerá de lo ciertas que sean las cosas que me han contado sobre usted.

Manrique bebía de su cerveza y movía las manos con desdén, incapaz de recobrar un punto de seriedad. Era una impavidez bufonesca que parecía pretender eximir a su conciencia de cualquier enfoque dramático, y esto desagradaba a Ezequías profundamente.

—Pinta bien, amigo —repitió—. Ahora veo que no habrá fuerza humana capaz de impedir que usted cumpla su mitad. Si logro convencerlo, y ya lo he convencido, usted hará su parte. No importa lo que le hayan dicho de mí. Estoy por abreviar el cuento y concederle que todo lo que haya oído es verdad.

—Me han dicho que no está usted prejubilado, sino expedientado; un expediente bien gordo que le puede causar problemas serios.

—Es cierto —consintió Manrique—. Pero no importa lo gordo que sea, y los problemas me la sudan bastante llegados a este punto. El caso es que ya no espero reincorporarme, así que, a grandes rasgos, es como si estuviera retirado.

—Me han dicho que tiene usted problemas con la bebida.

—Borracho, le habrán dicho —replicó con un descaro ingenuo, que en este caso carecía de su burlón cinismo—. Es cierto también.

—No me han dicho eso —negó Ezequías—. No he hablado con personas que sintieran ninguna animadversión hacia usted. Todo lo contrario. Me han dicho que dejó dos coches de la Policía siniestro total, yendo borracho.

—No iba borracho en ninguna de esas ocasiones —le dijo, recostándose en la silla de aluminio.

—Uno de ellos lo dejó siniestro dentro del garaje.

—Correcto, pero no iba borracho. Oiga, Ezequías, todas esas cosas no tienen ya la menor importancia; son agua pasada. Si le sirve de ayuda, le diré que mi expediente se debe a muchas menudencias, muchas menudencias juntas, pero a nada tan grave como eso de los coches o cualquier otra cosa que haya oído. No le dé vueltas a la cabeza. La cabeza no le va a dictar lo correcto en esta ocasión; la cabeza sirve para tratar con la gente y cosas así, pero para todo lo demás no es más que una manera de complicarse la vida.

Ezequías se revolvió con franco malestar y lo observó con la gravedad que caracterizaba todas sus manifestaciones. Hubiese querido que el inspector entendiese, sin una explicación demasiado grosera y pormenorizada, que aquellas peroratas vacuas a las que era tan aficionado le causaban una sensación de vergüenza pueril.

—Bien, ¿y qué espera usted que decida ignorar? ¿Pretende que lo acompañe sin más, obviando todos los disparates que he escuchado sobre usted, como ese asunto de la cebada?

—¿Qué cebada? —le preguntó Manrique, intrigado en esa ocasión. Rápidamente se percató de que la escasa animación que aún coloreaba el rostro de Ezequías decaía de golpe y que sus ojos se cerraban con desaliento.

—Lo que he podido deducir de todo lo que me han dicho es que es usted un policía desastroso —exclamó sin miramientos—. Un horror, un patán. ¿Es cierto que vino desde Madrid hace ocho años y que no ha resuelto ni un caso desde entonces?

En aquel momento, el cuerpo de Manrique, que hasta entonces había ido escurriéndose por la silla con pereza, se tensó como si se hubiese ofendido ante la acusación de holgazanería.

—Bueno, sin duda tenemos aquí a un hombre que se toma las cosas en serio —exclamó en un tono que procuró mantener a cierta distancia de la irritación.

—Me han dicho que no han procesado a ninguno de los criminales de los que usted se ha ocupado. ¿Y por qué lo trasladaron a Soria? —prosiguió Ezequías—. ¿Por qué lo trasladaron?

—Me trasladaron porque soy de aquí y porque lo pedí —replicó Manrique—. ¿Y qué es esa historia de la cebada?

Ezequías se lo quedó mirando, atónito por la extraña tolerancia, casi bufonesca, del policía. Manrique se cruzó de brazos y lo observó a su vez, esperando el golpe de gracia con cómica curiosidad.

—Mire, Ezequías —comenzó, al ver que el profesor empezaba a sentir reparos ante sus ingenuos deseos de preguntar más—, yo no sé qué cosas tremendísimas se le pasan por la cabeza. No le pega nada el haber cambiado de idea y decidir ahora que ya no quiere hacer lo que traía decidido; pero si necesita que diga algo al respecto, le diré que no es cierto eso que ha dicho. El peor problema de la gente es negarse a creer que es como Dios la hizo, y yo tengo demasiados años para ponerme a patalear y a insistir en que no soy un mal policía.

—¿No lo es? —se apresuró a preguntar el profesor.

—Puede que sea el peor policía del mundo —asintió—, aunque eso suena demasiado drástico. Creo que soy el policía con peor suerte; de ahí la confusión general.

Ezequías volvió un poco la cabeza y se aferró nerviosamente a los brazos de la silla, la levantó del suelo y la anguló levemente hacia la explanada, ocultando así uno de sus perfiles.

—A veces tiene uno que ser serio —dijo tras una pausa—. Un hombre sensato tiene que ser serio cuando dice la verdad. Me enoja que hable usted sin reflexionar y que no diga lo que piensa realmente.

—Lo que a usted le enoja es pensar que no resolveré el caso —respondió Manrique con voz templada—. ¿No cree que sea capaz de comportarme mientras estemos en Moscú?

Ezequías hizo un movimiento negativo con la cabeza, que Manrique no interpretó como una respuesta a su pregunta. Creyó incluso percibir un esbozo de sonrisa en la desdentada boca.

—¿Es cierto que usted, borracho naturalmente, le llenó de cebada el despacho a su comisario? —preguntó en un tono de amarga ligereza.

Manrique murmuró una maldición.

—No fue cebada, sino alpiste —respondió—; y no le llené el despacho entero, sino el escritorio. ¿Quién le ha contado esa historia?

—¿Por qué lo hizo?

—Tuvo su explicación, hombre. Era la noche de Reyes. Y como al idiota lo llaman Periquito... Ya me entiende. A la mañana siguiente, figúrese.

—¿Periquito?

—Su padre se llamaba Perico. Un tío cojonudo, por cierto. Escuche, venga conmigo.

Manrique se levantó apoyándose en la mesa de chapa, tomó a Ezequías del brazo y lo hizo caminar junto a él de la manera más amigable. Después del rifirrafe, decidió entregarse unos instantes a saborear el pacífico silencio y ambos, uno junto al otro, avanzaron por la plazuela hasta las calles solitarias y sombrías. A Ezequías le molestaba hasta cierto punto aquel tipo de rancia proximidad, aunque algo le decía que el inspector no era capaz de llevar más lejos su intimidad y su confianza.

—Le voy a contar uno de los últimos casos que investigué en Soria —comenzó abruptamente Manrique, mirando hacia el fondo de la calle adoquinada, donde resonaban pasos acelerados—, para que usted juzgue si tengo yo la culpa de que no se haya procesado a ninguno de los sujetos que he investigado. Vamos a dejar las cosas más claras entre los dos, porque hay ocasiones en que los problemas provienen de una mala palabra con que definir la realidad. ¡Sí, sí, seré mucho más claro, no se preocupe! Yo he hablado antes de mala suerte y usted no da mucho crédito a esas cosas, así que escuche esto.

»Ocurrió hará dos años, como máximo: el último caso de asesinato con el que me tocó lidiar. Quiera Dios que no sea el de Lablanca. Cerca del Collado, en la calle Libreros, hay una pensión que lleva muchos años allí, aunque desde hace diez o doce la regenta una señora francesa, que denunció la desaparición de su hija de catorce años: Simone. La chiquilla se había quedado en la pensión, supuestamente, la tarde en que se le pierde la pista, mientras su madre estaba en el centro comercial de Camaretas.

»Hicimos las pesquisas oportunas, los interrogatorios a los amigos y a los clientes de la pensión... El padre de la cría estaba en Francia... Total, que no hubo manera de encontrar un hilo del que tirar, pero estaba claro que la muchacha no se había ido por propia voluntad. No es que de eso se pueda estar suficientemente seguro, pero es lo que te cuentan sus amigos, así que es todo lo suficiente que puede ser.

»Al cabo de dos semanas, un ganadero de Suellacabras encontró el cadáver en un paraje aislado de la sierra. Se desplazan allí mis compañeros, levantan el cadáver, los forenses le hacen la autopsia en Madrid y nos dicen que ha sufrido una agresión sexual: una penetración con un objeto estriado. Pero nos dicen también que, aparte de eso, no hay signos de violencia en el cuerpo, y que consideran que la causa más probable de la muerte es una reacción al cloroformo con que debieron drogarla.

»Entonces, ¿qué hace un policía de mierda como yo? Les digo a los del laboratorio que me hagan una lista de productos comunes que lleven cloroformo. Me la hacen, y me dicen que el cloroformo se puede comprar también puro. Luego me voy por todas las farmacias y las droguerías de la provincia, preguntando si recordaban que les hubieran comprado alguna de esas cosas en los últimos meses.

»Y lo encuentro. No me refiero al producto, sino al tipo. En una droguería de Soria me dicen que, precisamente dos días antes de la desaparición, les habían ido a comprar cuatro botes de cloroformo. Me dicen también que al tío lo tienen visto. Es un poco raro porque ¿quién compra cloroformo en grandes cantidades? Es lo que yo me digo. El dueño de la droguería nos da la información que necesitábamos, y resulta que el tío ha pagado el cloroformo con tarjeta de crédito. Se llama José Olmeda y vive en un pueblo cercano a Suellacabras. Le preguntamos a la dueña de la pensión y nos dice que, efectivamente, ese hombre ha alquilado habitaciones en el negocio por días sueltos durante los últimos cinco años. Y atento: miramos los archivos, y el tal Olmeda tiene una denuncia, y una condena, por agresión a una mujer con un aparato de electroshock. Una denuncia antigua, de hace once años; en Zaragoza. Parece ser que en aquella ocasión no hubo agresión sexual. Total, que le pinchamos los teléfonos durante dos semanas más, porque la Policía forense decía que no había habido manera de encontrar huellas en la escena del crimen ni restos biológicos.

»¿Y el cloroformo?, se preguntará usted. Ya lo sé, Ezequías; eso dije yo también. Resulta que el tipo tiene un taller de curtiduría artesanal, y ¿sabe usted qué producto se usa para desgrasar pellejos y limpiar en seco? Pues eso mismo. El tío puede justificar la compra del cloroformo, y una hipotética compra anterior. Así que se le pone una escucha y la escucha no sirve de nada. Se pincharon más teléfonos, no se crea: de amistades y familiares, pero nada.

»Entonces se le detiene, porque hay indicios de sobra y la madre dice al comisario que somos unos inútiles y que va a ir a la prensa; y lo mandan a prisión provisional. Todas las pruebas biológicas dan resultados negativos. Según los forenses, es imposible determinar la causa de la muerte porque no hay heridas en el cuerpo, que ya estaba muy descompuesto y parcialmente momificado; y la hipótesis de la reacción al cloroformo es un tanto endeble y ya indemostrable. No se puede saber a ciencia cierta el lugar, la fecha y la causa de la muerte; solo hay indicios…

»El abogado de Olmeda contrata un perito que analiza algunas prendas que llevaba la chica, y observa que fueron conservadas en sacos de plástico y se llenaron de hongos y larvas de insectos, y empieza a sembrar la duda sobre quién y cómo manejó los restos de la joven en el lugar del hallazgo. Yo me imagino que, realmente, alguien hizo alguna cagada con eso. Total, que tuvieron al hombre algún tiempo más en la cárcel y luego el juez lo dejó marchar porque no había caso.

»¿Asiente? Parece que no hay caso, ¿no es cierto? Pues a mí me parece otra cosa. Me parece que Olmeda tenía echado el ojo a la chiquilla; que entró en la pensión; que la sujetó, la drogó, le metió quién sabe qué por la vagina y antes de irse, se dio cuenta de que se la había cargado. Se las apañó, no sé cómo, para sacarla de allí sin ser visto y meterla en el maletero de su coche, y la tiró en un sitio donde creía que nunca la iban a encontrar.

—¿Eso es a lo que usted llama mala suerte? —preguntó Ezequías fríamente.

—A eso yo lo llamo un contratiempo —respondió Manrique, enojado—. Mala suerte es que este tipo de mierdas te pasen una y otra vez.

EL INFAME CASO DEL MISOPROSTOL

Manrique se vio obligado a recurrir a una agencia de viajes para conseguir sin tardanza los visados turísticos para Rusia. Habló algunas veces más con Ezequías durante ese intervalo de tiempo, y lo vio en persona en dos ocasiones, y notó algo de forzada suspicacia en la mirada del profesor, suspicacia que le bastó para componerse una idea de lo que sus silencios ocultaban. A Ezequías, esa falta de interés que el inspector manifestaba hacia su tácita pero notoria desconfianza empezó a causarle mucha más incomodidad de la que él mismo pretendía suscitar en Manrique. Le costó algún tiempo comprender que el policía entendía la naturaleza de las emociones de una forma monolítica pero suficientemente satisfactoria.

A principios de julio viajaron a Madrid para tomar un vuelo nocturno hacia Moscú. Se habían reunido en el aeropuerto con los demás turistas que conformaban su grupo —casi todos riojanos y vascos—, pero apenas habían cruzado palabra con ellos. Durante el vuelo, Ezequías leía ávidamente una novela de Conrad que había empezado dos días atrás. Manrique, mientras tanto, echaba una cabezada tempestuosa en el asiento de al lado. Todo el viaje desde Soria lo había realizado algo mohíno, y a Ezequías le pareció que debía de estar pasando una resaca de campeonato. Cuando por fin se despertó, Manrique tenía ganas de pegar la hebra.

—¿Qué lee? —le preguntó.

—*Victoria* —le respondió el profesor.

—¿Está bien?

—Muy bien.

—Yo no he leído una novela desde hace lo menos diez años. Pero antes sí leía mucho; antes de dormir, sobre todo.

—¿Novelas policiacas? —dijo Ezequías, incómodo por la interrupción.

—De todas. Me gustaban mucho las de Danielle Steele.

—No me diga.

—Las que más. Además, a veces salían escenas cachondas.

—Yo no he leído nada de ella.

—¿Esta de qué va? —preguntó el inspector dando unos golpecitos sobre las tapas del libro.

—Trata de un hombre mayor, casi anciano, que salva a una muchacha de una especie de cabaret.

—¿Cómo que la salva? —preguntó Manrique mientras trataba de cruzar las piernas en el exiguo espacio entre butacas.

El profesor le explicó que se daba a entender que la prostituían.

—Se la lleva a una pequeña isla desierta, y ella se enamora de él. Pero un tiparraco que odia sin ningún motivo al hombre mayor convence a unos asesinos para que vayan a esa isla, asegurándoles que el tipo guarda una fortuna allí.

—¿Y qué más?

—Voy por ahí ahora.

—Y la muchacha esa, ¿cómo es?

—Muy joven. No sé si lo han dicho; pero de unos dieciocho años o una cosa así.

Manrique lo escuchaba mientras atendía a los ruidos que le llegaban desde el pasaje, apoyando media cara en el respaldo del asiento.

—¿Y se enamora de él? ¿Y eso es creíble?

—Pues en el libro, sí. Lo cuenta muy bien.

—Claro. ¿Y salen escenas cachondas?

—No tiene pinta de que vayan a salir —replicó Ezequías concisamente.

—A mí me gustaban esas escenas, porque también estaban muy bien contadas. Me recordaban a cuando yo estaba a buenas con mi mujer, y todo lo que decía la escritora yo lo conocía bastante aproximadamente.

—¿Está usted divorciado ahora? —le preguntó Ezequías, sin reparar en las consecuencias.

—Viudo —respondió Manrique—. Y divorciado, sí.

—¿Se volvió a casar? —dijo Ezequías, que no había comprendido bien.

—No; digo que me quedé viudo, pero ya hacía muchos años que me había divorciado de ella. No sé si se puede llamar viudo a uno que ya no estaba casado. En cualquier caso, ella se murió, eso está claro. Aunque en realidad, se divorció ella de mí, como usted estará figurándose, sin duda. Era madrileña. Cuando nos divorciamos, pedí el traslado a Soria, así que ya ve que no fue por ninguna cagada laboral, como pensaba. Laboral no.

—Ya.

—Pero el divorcio influyó mucho más en mi trabajo que al contrario; nunca lo hubiera dicho. Desde entonces, las cosas no pararon de ponerse peor. Cuando veía por ahí a alguien que siempre se había mostrado cordial y amable, me daba por imaginar lo que estaría pensando. Se me agrió el carácter, supongo; bebía mucho y no me hacía falta que nadie me dijera que no era bienvenido. Los leía como un libro abierto. Pensar que solo era cuestión de tiempo que ellos se vieran en mi misma situación me hacía sentir mucho mejor. En fin, no paraba de preguntarme cuánto tiempo más soportaría en aquella ciudad; de modo que me largué. Con el caso de Lablanca he tenido que volver a Madrid varias veces, pero no pienso hacerlo más si puedo evitarlo.

Manrique miró a Ezequías con un rápido movimiento, pero cuando sus ojos se encontraron, cambió de expresión y su gesto se volvió algo severo e impermeable. Ezequías no pudo evitar el desagradable efecto que tenían sobre él aquellas incoherencias comunicativas de su compañero, y a su pesar, estuvo un largo tiempo buscando en su cabeza algo que pudiera explicar esta última. Lentamente, una sonrisa se dibujó en el rostro del inspector.

—Sabe —dijo cavilosamente— que esta historia acabará mal.

—¿Qué historia? —preguntó Ezequías inclinando su cabeza con profundo sobresalto.

Manrique señaló el libro.

—Yo sí —asintió Ezequías tras una pausa prolongada—, pero ¿cómo lo sabe usted?

—Cuanto más lo pienso, más me lo parece —dijo resueltamente, y se palmeó los muslos—. Bien; primer día, por la mañana: Plaza Roja, el Kremlin, catedral de San Basilio y visita al metro, desde Kurskaya hasta Novoslo…; no sé qué más. Tarde libre; se recomienda la calle Arbat y el GUM. Segundo día, mañana…

—¿Qué dice? —le preguntó Ezequías como saliendo de un sueño.

—Veo que no ha leído el programa del viaje —respondió Manrique, que parecía complacido por el chistoso comentario y por la escasa perspicacia del profesor para percibir lo esencial dentro de lo absurdo.

—¿Es que piensa unirse al grupo turístico? Creí que habíamos venido a otra cosa.

—Al principio tendremos que ir con ellos —respondió—. Estamos en franca desventaja, dese cuenta. Además, me parece de justicia que pueda usted hacer turismo después de todo.

Aterrizaron en Moscú sobre las siete de la mañana y un autobús los condujo directamente a un viejo hotel soviético del parque Izmailovo: una zona aislada, rodeada de bosques y de un inmenso aparcamiento para el gran mercado de artesanía. Después de un frugal desayuno, la joven guía moscovita los emplazó para una hora más tarde en el vestíbulo del hotel y ellos subieron a sus habitaciones de la undécima planta.

Visitaron aquella mañana la Plaza Roja y los enrevesados pasillos de San Basilio, la momia de Lenin —que divirtió al inspector Manrique sobremanera—, la colina del Kremlin y la catedral de la Asunción. Antes de tomar el autobús que los pasearía por delante del Bolshoi y los llevaría hasta la estación de metro de Kurskaya, la guía recomendó a los turistas que aprovecharan para sacar las entradas de la Real Armería, si es que tenían intención de acudir por la tarde. Mientras los demás hacían eso, Manrique se separó sorpresivamente de Ezequías y se acercó a la guía y hablaron durante cinco minutos. Ezequías los observaba junto a una de las fuentes de los jardines de Alejandro, decoradas con hermosas esculturas que evocan al viejo río Neglinnaya.

—Se llama Sofía —le informó Manrique al volver a su lado.

Era una muchacha de rasgos morenos, largo cabello oscuro y ojos empequeñecidos tras el cristal de sus gafas de pasta. A Ezequías no le había agradado especialmente: se había conducido toda la mañana con una tasada y apacible indolencia, pensaba él; sin tratar de disimular el aburrimiento que impregnaba sus explicaciones de palidez y atonalidad. Hablaba muy bien el español y parecía saber cuándo condescender ante el carácter excesivamente familiar de sus clientes; riendo con ellos, como si agradeciera esos desahogos dentro de la rigidez de su cultura patria. A Manrique, sin embargo, parecía gustarle tanto como cualquiera le gustaba.

—Le he ofrecido dinero para que nos sirva de intérprete esta tarde —prosiguió—. Ha dicho que vendría esta tarde, a partir de las seis, en cuanto devolvamos el grupo al hotel. Espero que no se eche atrás; si no, habrá que buscarse otra persona en algún lugar. ¿Quiere usted seguir la visita por el metro? —le dijo mientras se inclinaba para masajearse las pantorrillas—, porque yo estoy un poco agotado.

—Podemos volver al hotel ya, si quiere descansar —se ofreció el profesor.

Manrique descubrió su cabeza y se echó hacia atrás el escaso cabello de la frente. Suspiró y miró a su alrededor como si acabara de descubrir al fin el sitio en el que se encontraba.

—No, no es necesario volver tan pronto —le dijo amigablemente a Ezequías—. Podemos tomar unas cervezas por aquí, y luego ver algo que a usted le interese. La última vez se quedó con las ganas.

—Podríamos ir a la galería Tretiakov —murmuró el profesor tras pensarlo brevemente.

—¿Qué es, un museo?

—Sí. Si no está usted muy cansado, claro.

—Un par de cervezas y como nuevo —exclamó Manrique, poniendo rumbo a uno de los locales que se asoman a la balaustrada de los jardines de Alejandro.

Después del refrigerio, pasaron el resto de la mañana en el museo de Bellas Artes. Manrique se sentía animado después de los refrescos y disfrutó viendo los fugaces destellos de entusiasmo en el rostro de Ezequías. Le gustó muchísimo el *Jesús en el desierto* de Kramskoy, frente al que Ezequías permaneció sus buenos diez minutos. Cuando llegaron a la sala de Nikolai Gai, Ezequías le confesó que aquellos pocos cuadros sobre la Pasión de Cristo eran el verdadero motivo de que hubiese querido visitar aquel lugar.

—No es que sean muy… No sé cómo decirlo. Pero tienen algo especial —reconoció Manrique.

—¿Verdad que sí? —dijo Ezequías, entusiasmado ante *¿Qué es la verdad?*

—¿Es usted creyente, Ezequías? —le preguntó el inspector.

—No. Me gustaría, pero no puedo serlo —musitó.

—¿Por qué no puede serlo?

—Porque no me lo permite mi cerebro —respondió—. Son cosas que no se deciden. A veces piensa uno que estas cosas lo ayudarían en algunos aspectos de la vida. Hay cosas más duras de lo que uno puede soportar.

—¿Lo dice por su padre?

—Sí —asintió el profesor—. Esa enfermedad es la cristalización más dura de la injusticia, la más clara… Es un puro destilado de injusticia —balbució con una voz que parecía ajena.

—¿Avanza muy rápido en su padre?

—Sí; pero no me siento cómodo hablando de esto ahora. Sobre todo, por los dientes —aclaró—: sé que mi forma de hablar es ridícula, y no quiero hablar de este tema así, con esta voz… Ya le he dicho muchas veces que un hombre tiene que ser serio cuando tiene que serlo. Puede que sea una tontería, *pedo*… Por cierto, a la sazón, quisiera que tuviera usted la delicadeza de no hacerme hablar esta tarde delante de esa chica.

—No se preocupe —dijo Manrique, dándole una palmada en el hombro, y sonriéndole de una forma que casi lo hizo avergonzar—. Usted no tiene nada que no le haga parecer serio, hable como hable. Mire, ¿y ese cuadro que es casi negro?

—Es una maravilla.

—¿Sí?

—La figura que está algo iluminada por la luna es Judas. Los demás apóstoles y Jesús se supone que van en ese grupo en tinieblas que hay camino adelante.

—¡Ah, es verdad que va gente delante, sí!

—Judas se ha quedado solo porque ya sabe lo que va a hacer. Me encanta ese cuadro. No se le ve la cara, pero, no sé por qué, sí se le ve…

—¿Lo ve, Ezequías? —exclamó el inspector con gran vehemencia—. No hay forma de que no parezca usted serio. ¿Sabe una cosa? Me ha gustado ver estos cuadros sobre todo esto, sobre Jesucristo y todo esto. Me ha hecho recordar que no hace mucho vi un documental en el que se decía que el ser humano, por mucho que se diga lo contrario, está genéticamente diseñado para morirse a la edad que murió Jesucristo. Los gorilas y los orangutanes se mueren con treinta y tres o treinta y cinco años, aproximadamente, y nosotros no somos sino simios mayores, como ellos.

—Supongo que, si viviéramos en la selva, moriríamos con esa edad, sí —repuso Ezequías con plomiza desidia.

—Pues ya sabe: todo lo que venga después de la edad de Cristo, es de propina.

—Por mí se pueden meter esa propina donde les quepa.

—Está usted muy negativo, Ezequías —se rio Manrique—. Ahora que todo nos empieza a ir sobre ruedas.

—¿Lablanca estaba ya en tiempo de propina? —preguntó

Ezequías con súbito interés.

—No. Lablanca era del año 83, así que hoy tendría treinta y uno. Por los pelos.

—Qué pobrecito muchacho… ¿Ha tenido usted que investigar otros casos de niños, aparte del que me contó en el avión?

—Pues sí —asintió el inspector—. Una vez tuve un caso con un crío más pequeño; un bebé, de hecho.

—¿Murió?

—Sí, murió.

—¿Y también se le escapó el culpable? —preguntó con más temor que el que hubiera deseado.

—No exactamente —respondió Manrique tras un momento de duda—, pero es casi como si lo hubiera hecho. Sucedió en Soria también, en un pueblo del campo de Gómara.

—¿Qué pasó?

—Pues verá; fue muy curioso porque gran parte de la investigación la llevó la propia víctima: la madre del bebé. Se llamaba Carmen y hacía algo más de un año que tenía relaciones con un médico de la residencia que se llamaba Hernando no sé qué más… Llevaban además tres meses viviendo juntos. Una mañana, por pura casualidad (ya ve usted lo que son las cosas), se estaba Carmen duchando y, al salir de la ducha, escuchó una canción en la radio que le gustaba mucho. Era una canción de amor, pastelosa, que estaba muy de moda por entonces. El caso es que la canción se acaba, ella se dispone a encender el secador de pelo, y entonces escucha que el locutor dice: «Esta canción se la dedica Hernando a Lucía, con amor, etcétera, etcétera».

»Ya se figura, ¿verdad? Carmen recuerda que Hernando le ha contado que tuvo una relación seria antes de conocerla a ella, pero ya no se acuerda del nombre de la anterior pareja. Pero, en ese mismo instante, le parece que, si no era Lucía, no sabe qué otra cosa puede ser. Bueno, al cabo de una semana, Hernando le dice que se va a ir de caza con unos amigos, y Carmen, junto con una amiga de Gómara, decide seguirlo en el coche, y ven que Hernando se dirige directamente a Soria y aparca en unos pisos que habían hecho hacía muy poco tiempo delante de la estación de tren. Paran por allí, y al cabo de un rato, ven que Hernando sale de uno de los adosados, agarradito de la mano de una chica. Salen del coche, ella le monta el pollo y lo manda a freír espárragos.

»Pero unos días después, Hernando le pide una cita y ella acepta y... Bueno, al final, vuelven juntos. Él le explicó que la historia con Lucía estaba acabada y ella decidió perdonarlo, aunque no le permitió regresar a su casa por el momento. Yo creo que lo perdonó, entre otras cosas, porque ella ya sabía que estaba embarazada. Así es, Ezequías, pero esto se lo contó unas semanas más tarde.

»Entonces, empezó a recibir llamadas amenazadoras de Lucía, e incluso vino a poner una denuncia a Soria. Y decía que, claro, eso volvió a perturbar su relación con Hernando, porque no podía evitar pensar que el tema con su exnovia no estuviera del todo zanjado. Y por fin, un día, después de haber salido a cenar con Hernando por Soria, Carmen empieza a encontrarse fatal del estómago y está vomitando toda la noche. Y al cabo de una semana, otra vez lo mismo: vómitos, diarreas y sangrado por ahí abajo. Carmen fue a su médico y él le dijo que la ecografía era normal y que no había nada de qué preocuparse. Sin embargo, una semana después, vuelven a aparecer los mismos síntomas, y luego, otra vez unos días más tarde. Entonces, esta amiga de Carmen le hace ver una cosa en la que no había reparado: que el malestar siempre aparecía en ella después de haberse visto con Hernando. Además, siempre ha ocurrido después de haber estado bebiendo o comiendo con él. Así que Carmen empieza a sospechar de Hernando.

»¿Que qué hizo, me pregunta? Resolver el caso. Colocó una videocámara en un aparador de la cocina, lo invitó a cenar a su casa de Gómara y, en un momento dado, le pidió que le preparase un cubata. Lo dejó solo en la cocina y, cuando ella volvió, ya estaba lista la bebida. Tuvo que beber un poco para disimular, naturalmente, pero luego se fue al cuarto de baño y se llevó la copa con ella. Vació el contenido en una botella de plástico y vio que en el fondo del vaso quedaba una capa de grasa negra.

»Limpió la copa, la rellenó con una Coca-Cola que había guardado allí y volvió con Hernando. Cuando él se fue, comprobó la cámara y vio, efectivamente, que el tipo había vaciado un vial dentro de su copa, así que vino al día siguiente a comisaría y nos entregó la botella de plástico.

»Contenía un medicamento que se receta para la úlcera de estómago: misoprostol, no se me olvida. Está absolutamente contraindicado para las embarazadas, porque puede dañar al feto y provocar partos prematuros. Lo que ocurría era que la trampa de Carmen no iba a ser admitida por un tribunal, y que, además, no había pruebas de que el vial que se ve que Hernando echa en la bebida fuera de misoprostol. Por lo tanto, teníamos que repetir la encerrona nosotros mismos, y así lo hicimos. No tuvimos que exprimirnos la cabeza: pusimos nuestra cámara en el mismo lugar, y nos escondimos en el corral a ver el monitor.

»El tipo volvió a caer en el hoyo. Carmen lo dejó a solas en la cocina y, en cuanto lo vimos derramar el vial en la copa de ella, entramos en la casa y lo detuvimos. En su coche encontramos dos cajas de misoprostol. El hijo de perra nunca había abandonado a su anterior pareja; de hecho, estaba casado con ella. Lo de Carmen era una aventura que se le complicó justo cuando iba a ponerle fin.

—Pensó que debía evitar que ella tuviera un hijo suyo.

—Y lo consiguió. El bebé nació muerto. El problema fue que, durante los dos meses anteriores, Carmen fue periódicamente a revisiones y los médicos le dijeron que el bebé seguía vivo y bien desarrollado. Luego, los forenses no encontraron misoprostol en la placenta, así que se estableció que la muerte del chiquillo era por causa indeterminada.

—¿Y el pájaro se escapó?

—Fue inhabilitado como médico, y cumplió una pena menor; no sé decirle exactamente en qué consistió. Así que, escapó relativamente…

—Yo diría que escapó bien escapado.

—Joder, y yo también.

EL CASO ABERRANTE DEL DESCONGELANTE

A las seis en punto, bajaron de su habitación y encontraron a Sofía en el vestíbulo, consultando el teléfono móvil. Ezequías había tenido tiempo de echar una cabezada mientras Manrique lo iba incordiando con un infatigable *zapping* por las cadenas rusas. La guía había llegado hacía media hora con el grupo de turistas que no deseaban continuar la tarde callejeando por Moscú, y se la veía agotada. A la entrada del hotel cogieron un taxi y, veinte minutos después, ya estaban en la calle Yermolayevskiy, frente a los Estanques (el estanque por mejor decir, pues los otros dos los habían drenado en los años cincuenta para construir pisos) del Patriarca.

Manrique se había entretenido durante el trayecto en alabar las dotes detectivescas de Ezequías ante la muchacha, a sabiendas de que esto azoraba a su compañero y, por consiguiente, también a la chica. Ezequías volvía la cara hacia la ventanilla y se apretaba los lánguidos labios contra el hueco de los dientes.

Bajaron junto a la cafetería y el inspector echó un breve vistazo al lugar; hubo de tirar del brazo de Ezequías, que había vuelto a quedarse absorto, mirando las aguas.

—¿Cómo se dice «buenas tardes»? —preguntó Manrique, componiéndose la americana y colocándose correctamente la boina.

—*Dobryy den* —respondió Sofía.

—¿Será usted capaz de decirlo, Ezequías?

—*Váyaze* a la *miedda.*

—En cuanto entremos, dígales que somos policías españoles.

—¿Pero eso es verdad? —preguntó la muchacha, incrédula todavía.

Aunque Manrique se había presentado como tal, ninguna de las explicaciones del inspector le habían infundido la menor confianza y, de hecho, algunos de sus comportamientos le habían resultado francamente impropios y contradictorios. Quizá era el anodino e inofensivo temperamento del hombre sin dientes lo que más la había apaciguado a la hora de aceptar la tarea, que por más que insólita, no se revelaba compleja ni turbia.

—Yo soy inspector de Policía. Ezequías es un colaborador —respondió Manrique—. Así que, sí, es cierto; no tenga reparo.

—Me dijo usted esta mañana que esto era para conseguir un libro —repitió la chica, articulando con enfática claridad.

—Eso es —respondió Manrique de la forma más apacible—; de una libreta, para ser exacto.

Sofía asintió y entró en el local. Había varios clientes en las mesas y Manrique dio un par de golpecitos en el estómago de Ezequías; este los miró detenidamente y negó con la cabeza. Se aproximaron todos al mostrador y la dueña apareció enseguida por detrás de unas cortinas de lana trenzada. Miró fugazmente a Ezequías y luego retiró la mirada, tratando de recordar de qué lo conocía.

—Pregúntele si recuerda a mi compañero —le susurró Manrique a la intérprete—, y *dobryy den* —añadió.

Sofía mantuvo una breve conversación con la patrona, señalando frecuentemente al profesor de Filosofía, que jugueteaba con las marionetas del mostrador.

—Dice que se acuerda de él —exclamó Sofía.

—¿Le ha dicho que somos policías?

—Sí.

—Y eso no le ha gustado —murmuró maliciosamente Manrique.

—¿Cómo voy a saberlo? —repuso la joven.

Ezequías susurró unas palabras al oído de Manrique, y este asintió, conforme.

—Pregúntele si la libreta que recibieron ese día les sirvió para encontrar a Yuri.

Sofía volvió a inclinarse sobre la barra. Esta vez fue la dueña quien habló durante más tiempo. Antes de que Sofía pudiese traducir lo que había dicho, los visitantes empezaron a figurarse que debían de ser buenas noticias.

—Dice que esa libreta no les sirvió para nada —dijo Sofía. Ellos la miraron con idéntico semblante de desconcierto—. Porque Yuri no se perdió en ningún momento —prosiguió—. Yuri vive en San Petersburgo.

—Vive… ¿Desde cuándo vive allí? —exclamó Ezequías.

Sofía se lo preguntó a la buena señora y enseguida dijo:

—Un año, más o menos. Ella cree recordar que volvió de España tres o cuatro días más tarde que la libreta.

—Joder —mascculló el policía—. Comprobamos los vuelos y… Debió de irse en coche. Pregúntele si Yuri conserva esa libreta.

—Dice que lo supone —dijo Sofía después de hacer la pregunta.

Ezequías volvió a susurrar y Manrique a asentir:

—Pregúntele si llegaron a traducir la libreta.

—Dice que no —respondió la chica.

—Tenemos que conseguir esa libreta —exclamó Ezequías tomando a Manrique por los codos.

—Que le den a la libreta— dijo con desdén el inspector—. Vinográdov está vivo. Tenemos que hablar con él. Pregúntele si sería posible hablar por teléfono con su hijo —le pidió a Sofía.

La señora volvió a observarlos con recelo, y amagó con emprender de nuevo sus labores mientras balbucía lo que se suponían disculpas.

Manrique no dejó que Sofía le explicara lo que significaba todo aquel parloteo nervioso.

—Dígale que estamos investigando la desaparición del autor de la libreta, Juan Lablanca, amigo de Yuri. Dígaselo. Dígale que la madre de Juan está muy preocupada. Solo queremos hablar por teléfono con Yuri.

Sofía, que era el rostro de la desolación, volvió a acodarse sobre el mostrador y le fue diciendo todo aquello a la madre de Yuri. La mujer escuchó sin mirarla, pero, tras unos segundos de incertidumbre, le respondió algo en voz apenas audible.

—*Da, spasibo, mem* —le sonrió Sofía—. Me ha dicho que ella telefoneará.

—¡Estupendo! Muchas gracias. Gracias. *Spasibo* —exclamó Manrique aliviado.

La dueña del café elevó su dedo índice y sentenció algo más de forma vehemente.

—Dice que, si Yuri no quiere hablar de esto, tendrán que irse de aquí sin hacer una sola pregunta más —les advirtió Sofía.

Los dos hombres lo juraron solemnemente, pero la mujer ya no estaba allí para verlos. Durante su ausencia, nada se escuchó. Manrique entregó disimuladamente a Sofía unos cuantos billetes.

—Lo ha hecho usted muy bien. Muchas gracias.

Sofía se quitó las enormes gafas de pasta y miró atónita a Manrique y a Ezequías.

—¿Todo lo que me han pedido que le dijera es verdad? —les preguntó.

—Todo —respondió el inspector.

Sofía dudó y se metió las manos en el bolsillo de la cazadora.

—Entonces, no hace falta que me dé dinero —dijo.

—Se lo ha ganado usted —protestó Manrique.

—No puedo coger dinero por eso. ¿Por qué no me lo explicaron desde el principio?

La dueña del establecimiento regresó, con cierta pesadumbre, tras el mostrador y, una vez más, recorrió de hito en hito con la mirada a los dos caballeros. Todavía sin estar muy segura de lo que hacía, colocó sobre la barra un papel garabateado y dijo tres palabras a Sofía, tras lo cual regresó a la recámara.

—Ha dicho que está de acuerdo —exclamó la guía.

—¿Y qué es eso, el número de Yuri?

—No es ningún número. Es su dirección en San Peterburgo. Está en cirílico; se lo escribiré otra vez.

Salieron del bar y Manrique intentó en vano que Sofía aceptara el dinero que le había prometido. La muchacha se despidió de ellos con premura y los dos caballeros atravesaron la calle y los arriates del parque, y descendieron hasta la misma orilla.

—Esto es muy bonito, Ezequías —le dijo Manrique, como si el profesor tuviera todo el mérito, en exclusiva, de la hermosura del lugar.

Ezequías se irguió y recitó con voz profunda, olvidándose esta vez del efecto de sus encías desiertas:

—«De acuerdo, el hombre es mortal, pero eso es solo la mitad del problema. Lo grave es que es mortal de repente, ¡esta es la gran jugada!».

—¿Qué está diciendo?

—Es una cita.

—Esta es la cita que me preocupa a mí —le respondió Manrique agitando el papel de la tabernera entre sus manos—. Tenemos faena, amigo. Hay que tratar de ir lo más rápidamente posible a San Petersburgo. Recuerde que nuestro avión sale el miércoles. En la guía de viajes decía que cada noche sale un tren en ambos sentidos. Debemos ir a comprar billetes.

—Y un regalo cojonudo.

—¿Qué?

—Un regalo cojonudo para Sofía. Se lo dejaremos a ese matrimonio de Logroño. Que se lo den ellos mañana durante la visita.

—Bien pensado, galán. Recíteme algo más bonito, o en marcha.

Aquella misma noche, el tren Flecha Roja, que salía de la estación Leningradskaya a las doce menos cinco, llevaba en su interior a un soriano que se tambaleaba, borracho perdido, por el angosto pasillo, y a otro soriano que se había acostado en su compartimiento para no tener que verlo ni escucharlo.

Los recados de la tarde habían salido a pedir de boca y hacia las ocho ya estaban uniformados en la estación, y esa diligencia exagerada fue la que acabó conduciendo a Manrique al bar. Ezequías no pudo rehuirlo en aquel momento.

—Le contaré otro de mis casos de mierda, Ezequías —le dijo después de la cuarta cerveza. Eran apenas las nueve de la noche y Manrique ya vocalizaba peor que su compañero—. Le estoy tomando aprecio, sí, señor. Cuando me dijo todas esas cosas en Soria... Ya sabe: las cosas que se dicen sobre mí... Bueno...

—He podido ver que todos los rumores eran infundados —suspiró el profesor, reagrupando en el centro de la mesa los vasos vacíos.

—Yo soy el policía con peor suerte del mundo, y este caso que le voy a contar se lo demostrará fehacientemente. Figúrese que estuve a un paso de mandar a la Policía al demonio después de esto...

—Está bien; cuéntemelo.

—Es de mi etapa madrileña —Manrique frunció el entrecejo, haciendo memoria—: mil novecientos ochenta y nueve —silabeó—. Una mañana recibimos una llamada desde un adosado de El Viso. Es una mujer que nos dice que su marido lleva más de veinticuatro horas encerrado en su habitación y que no contesta cuando llaman a la puerta. Vamos para allá, y la mujer nos cuenta que han discutido hace un par de noches, y que el hombre lleva encerrado desde entonces. Le preguntamos si no ha salido al cuarto de baño o a comer, y ella dice que no; al menos, ella no se ha dado cuenta. Tratamos de abrir la puerta y, efectivamente, la encontramos cerrada por dentro, así que llamamos al hombre y le advertimos de que su mujer nos ha dado consentimiento para romper la cerradura. Lo hacemos, y nos encontramos con el tío desnudo, tumbado boca abajo en su cama, y muerto desde hacía ya un buen rato. Las persianas estaban bajadas por completo y toda la habitación apestaba a vómito.

»La mujer nos dijo que el marido llevaba un mes algo deprimido porque su padre había fallecido, y que estaba muy irascible y muy insoportable. Como es lógico, la primera hipótesis que se plantea en un caso así es el suicidio, pero la descartamos aquella misma mañana: nos bastó con echar un vistazo somero a la habitación.

»Encontramos dos vasos encima de la mesilla de noche: uno de ellos medio lleno con un líquido verdoso; el otro contenía agua. En el suelo había una garrafa de anticongelante, así que supusimos que eso era también lo que contenía el vaso verde moco (luego el laboratorio lo confirmó). Pensará usted que suicidarse tomando anticongelante es una barbaridad, y lleva toda la razón; y muy mala opción, añadiré, cuando además se tienen dos escopetas de caza en el armario. Le preguntamos a la mujer si no había oído ruidos extraños durante ese día que llevaba sin ver a su marido, y nos dijo que no había escuchado nada especialmente preocupante. Sin embargo, en la habitación había vómitos por todos lados; incluso en un lugar donde no debieran haber estado...

»Verá: debajo de la garrafa de anticongelante había vómitos que no debían estar allí porque no los había sobre la garrafa. El vómito había goteado desde la cama, por los faldones del edredón, hasta el suelo, pero la garrafa estaba limpia sobre el charco del suelo. Limpia por ambos lados. De modo que la garrafa se había dejado caer allí después de que aquella mancha de vómito ya se hubiera secado. Además, encontramos un objeto que, sin duda, se hallaba muy lejos de la habitación que le correspondía: una perilla de esas que se usan para introducir los laxantes, los enemas, ya sabe. Estaba caída detrás de la mesilla de noche; supongo que habría rodado hasta allí.

»Cuando analizamos la perilla, encontramos ADN —restos de saliva— del hombre en la boquilla; pero era de suponer, porque todo aquello apuntaba a engaño. Si el hombre se había suicidado bebiendo del vaso que había sobre la mesilla, ¿para qué necesitaba meterse en la boca esa perilla? Y, lo que es más llamativo, ¿por qué no estaban sus huellas dactilares en el vaso? Como es lógico, pensamos en la mujer y en la hija del muerto, que tenía entonces unos veintitrés años. Dos días después del hallazgo, cité a la señora en comisaría y le dije que la causa de la muerte de su esposo era la ingesta de glicol de etileno. Le pregunté si sabía qué era eso, y ella me dijo que era una sustancia tóxica que contenían los «descongelantes»; usó esa palabra. Era rarísimo que supiera que los anticongelantes suelen llevar ese producto, pero, al fin y al cabo, ella había visto la garrafa bajo la cama aquella mañana.

»Bueno; era razonable. Entonces, nos pusimos a preguntar a la gente del barrio, que es, sin lugar a duda, lo que suele resolver los casos. La gente puede evitar cualquier cosa, menos entrometerse en la vida de los demás. Nos dijeron que la buena señora ya había estado casada antes, y que su anterior marido también había muerto intoxicado. Entonces, mi compañero y yo nos reunimos con el técnico de laboratorio y le preguntamos si el glicol de etileno podía dejar huellas a largo plazo en el organismo. Después, citamos a la mujer, que vino con su abogado, y la informamos de que íbamos a pedir al juez una orden de exhumación de su anterior marido. El glicol de etileno, le dijimos, cristaliza en los riñones cuando se toma en altas dosis, y esos cristales permanecen en el cadáver muchos años después de su muerte.

»Y eso es la pura verdad, no se crea que nos lo inventamos. Lo de que íbamos a pedir la orden de exhumación no era cierto del todo. Bueno, pues al día siguiente, emergencias recibe una llamada desde la casa de esta señora: la hija, que no se despierta. Vamos allí y nos encontramos una botella de bourbon en la mesilla y una caja vacía de somníferos. Y, amigo Ezequías, una nota de suicidio impresa con el ordenador de su cuarto, en la que asumía la muerte del segundo esposo de su madre y también la de su propio padre.

—Pero, ¿cuántos años tenía esa chica cuando murió zu padre?

—Doce.

—Eso es inverosímil totalmente.

—Ya. Dígaselo a un abogado… En la nota la chica confesaba sus crímenes y lamentaba el dolor que le estaba causando a su madre. Decía cosas muy duras contra su padre y su padrastro. Y además reconocía haber cometido los dos crímenes…, ¿con qué? ¿Con anticongelante, piensa usted? Pues no. ¡Con «descongelante»!

—¡Descongelante!

—Sic. Pero, naturalmente, el fiscal nos dijo que ese detalle no iba a ninguna parte: ambas mujeres podían cometer el mismo error léxico.

—Ya. Así que se cargó a su hija y se escapó. Qué zumbada…

—Espere, porque todavía no queríamos dar nuestro brazo a

torcer. Analizamos el ordenador de la muchacha y descubrimos una cosa —esto fue todo mérito de los compañeros informáticos, como comprenderá usted—. Resulta que la nota de suicidio había sido escrita con el programa Word, y no había sido guardada; pero este programa tiene la característica de guardar temporalmente en el disco duro cualquier archivo que se crea, siempre y cuando se haya escrito algo en él. Y lo guarda con un nombre extraño, que no hay manera de relacionar. Los informáticos encontraron dos archivos guardados, que eran borradores de la nota de suicidio, y otro más que se correspondía con la nota que finalmente se imprimió. El documento que había sido impreso fue redactado la noche de la muerte de la muchacha, a las dos y cinco de la madrugada. Los forenses nos dijeron que era muy difícil que la muchacha pudiera haberlo escrito a esa hora, tal y como estaba a las nueve de la mañana siguiente.

»Quiero decir que a las dos de la madrugada ya debía de estar muerta, o al menos, inconsciente. Pero eso no había forma matemática de demostrarlo. Cabía una duda razonable de que hubiera muerto a las dos y media en lugar de a la una…, ¿quién sabe? El fiscal, desde luego, nos dijo que con eso no íbamos muy lejos. Probamos suerte con los dos borradores anteriores, que habían sido redactados dos días antes, por la mañana, a las diez y media, y a las once y cuarto. No pudimos demostrar que la chica no estuviera en casa en ese período. Pero aún había otra cosa: en ningún lugar del ordenador se encontraron documentos escritos en Word por la chica, pero sí por la madre. Ni uno solo había sido escrito por ella: todos los que encontramos —tanto los salvados como los guardados automáticamente— eran, obviamente, obra de la madre. La chica siempre usaba otro procesador de textos.

—Pero me imagino que tampoco eso bastaría.

—Se imagina bien, Ezequías. Salió absuelta y, ¿sabe una cosa? A los tres meses se había vuelto a casar.

El CASO DE LA CAJA DE PIZZA

Vinográdov vivía en un apartamento abuhardillado de un gran edificio que se asomaba al canal Obvodniy. Era un hombre avejentado y nervioso; se daba un aire al propio Manrique, solo que Vinográdov tenía sus mal disimulados treinta años menos: más bien bajo y delgado, su mirada opaca era corregida por la enervante expresividad de su boca y su nariz; llevaba bigote ralo, y su cabello era rubio, escaso y vaporoso. Vestía una bata de tela gruesa sobre un chándal, pues la casa, a pesar de ser muy pequeña, resultaba húmeda y fría. Desde la calle ascendía con violencia el ruido del tráfico, y se escuchaba a las palomas arañar las láminas metálicas del tejado.

Los recibió agitado, pero sumamente hospitalario. Había estado limpiando la casa esa mañana y tenía preparado una especie de almuerzo sobre la mesa de café. Enseguida comprobaron que su español era mucho mejor que el de la mayoría de indígenas.

Manrique lo puso rápidamente en antecedentes y, para sorpresa de los dos visitantes, resultó que Vinográdov desconocía gran parte de la historia. Ignoraba, sin ir más lejos, que Juan Lablanca hubiese desaparecido. La noticia lo alteró sobremanera.

—Intenté contactar varias veces con él por teléfono, pero no lo conseguí. No era posible telefonearle directamente a él, ¿saben? —les dijo—. Sin embargo, no pude imaginar que le había ocurrido algo malo.

—No tiene por qué ser malo —aclaró Manrique—. Simplemente, ha desaparecido. También nosotros creíamos que a usted le había sucedido algo malo, hasta que hablamos ayer con su madre.

Pero aquello no sirvió para dar ánimos al joven; de modo que el policía se agarró de las últimas palabras de su anfitrión, y le preguntó cuándo había intentado contactar con él.

—Pues, nada más llegar a Moscú —dijo sin necesidad de pensarlo—. Debió de ser el 14 de mayo del año pasado.

—¿Estaba usted todavía aquí? —preguntó, volviéndose hacia Ezequías, que asintió.

—En cuidados intensivos.

—No consiguió hablar con Lablanca —prosiguió el inspector, dirigiéndose de nuevo a su anfitrión, que se revolvía en el sofá entre los espasmos, quizá, de recuerdos desapacibles.

—En aquella ocasión, no —respondió—. Lo llamé porque su diario y sus cartas habían llegado poco antes a la cafetería de mi madre.

—¿Cómo sabía Lablanca la dirección de su madre en Moscú? —preguntó Manrique sin levantar la vista.

—No la sabía. Aquella vez no pude contactar con Lablanca, pero sí había hablado con él en otra ocasión. En dicha conversación, le facilité mi teléfono y mi dirección en Madrid. El paquete de Lablanca llegó allí cuando yo ya me había marchado. Fue un amigo, mi casero en realidad, quien envió a su vez el paquete a Moscú. Él sí sabía la dirección de mi madre.

—Así que habló una vez con Lablanca —exclamó Manrique, arrastrando las palabras por su voz de arena—. Si se acordase usted de la fecha exacta, sería estupendo. Puede que sea usted la última persona con quien habló.

Vinográdov afirmó lentamente con la cabeza y señaló hacia un paquetito de color manila que reposaba sobre un anaquel de su librería. Ezequías puso sus ojos en él y al instante lo reconoció.

—Teniendo en cuenta la fecha de su última carta, yo diría que debió de llamarme el 19 o el 20 de enero de 2012, tal vez el 21.

—¿Qué es eso? —preguntó Manrique.

Ezequías respondió con evidente rencor:

—Es el sobre.

—¿El de la cafetería?

—Ajá.

—Es para ustedes —se apresuró a decir Vinográdov, que veía cómo Manrique se disponía a salir disparado hacia su biblioteca, y añadió que no tenía el menor interés en conservarlo.

—¿Qué contiene exactamente?

—Es una breve correspondencia poco valiosa, me temo; y un diario personal en el que Lablanca cuenta lo que sucedió en su casa de campo entre los meses de octubre y enero. Es algo confuso y desquiciado; no sé si extraerán conclusiones que les sirvan. Allí explica, más o menos, el problema que lo llevó a escribir al doctor Sebastián Carrillo y, más tarde, a mí.

Manrique y Ezequías se miraron con ojillos ávidos, relamiéndose a la par.

—¿Qué problema era ese?

—No quiero hablar de él —respondió Vinográdov volviendo la cara—. Léanse el diario y sabrán exactamente lo mismo que yo. No es algo agradable, ¿saben? No se trata de amenazas que se puedan tomar a la ligera…

—¿Tenía que ver con su, digamos, especialidad? —preguntó Manrique.

Vinográdov asintió, sonriendo. Había recibido a lo largo de su vida tantos comentarios del mismo pelaje y con idéntico tono mordaz, que ya casi ni le importaba.

—Así es —contestó—: mi *especialidad*; aunque dudo que usted sepa cuál era mi especialidad concreta.

—Trabajaba usted en *La línea de luz*.

El muchacho se levantó, se alejó unos pasos y se encendió un cigarrillo. Permaneció parado unos instantes, balanceándose sobre un pie, con aspecto abatido y las manos remetidas por las mangas de la bata.

Desconfiando de sus palabras, habló con expresión inmóvil.

—Lablanca era un hombre desesperado, ¿saben? —musitó—, pero no estaba loco, o al menos, no completamente loco. Se había metido en un lío del que nadie sabría salir. Creyó que el doctor Carrillo sería la persona idónea, pero ni siquiera él podría haberlo ayudado. ¿Han hablado ya con Carrillo?

—Es la primera vez que oigo ese nombre —replicó Manrique.

—Es igual —exclamó Vinográdov, haciendo un gesto de desdén con la mano—. No les servirá de nada hablar con él. A juzgar por lo que Lablanca escribe en las cartas, parece que ni siquiera tuvo oportunidad de explicarle su problema.

—¿Quiere usted explicárnoslo?

—No —volvió a decir el muchacho—. No quiero. Léanse esa cosa. El día en que me telefoneó no me dijo nada que no esté recogido en su diario.

—¿Ese Carrillo —continuó Manrique— decidió no prestar ayuda a Lablanca, por lo que deduzco?

—Así es. Carrillo extrajo una impresión penosa de Lablanca. Lo consideraba un imbécil.

—Pero usted no. Usted decidió ayudarlo.

—No exactamente —negó fervientemente Vinográdov—. Decidí interesarme por el asunto. Y de hecho —dijo tragando saliva—, llegué a viajar en mi coche hasta la finca *Las Fraguas*, donde Lablanca vivía.

—¿Cuándo fue eso? —exclamó el inspector, presa del entusiasmo.

—Fue el día después de haber hablado con él —contestó el ruso.

—¿El 21 de enero?

—Puede; quizá el 22...

—El 22 de enero Lablanca fue visto en la venta de la carretera 122 —aseveró solemnemente Manrique—, y se supone que es el día de su... Nadie lo volvió a ver nunca más. ¿Usted no se entrevistó con él, entonces?

—No —contestó Vinográdov—. Ni siquiera llegué hasta la puerta de la casa.

—¿Por qué no?

El joven apagó a empellones contra el cenicero su fino cigarrillo, y comenzó a bailotear ridículamente por la habitación.

—Desde luego, no voy a hablarles de eso —dijo con una sonrisa extraña, producto del pánico—. Desde luego, de eso no.

—¿Qué coño le pasa? —susurró Ezequías al oído del inspector.

—¿Qué coño le pasa, Vinográdov? —exclamó este—. ¿Por qué no quiere decirnos por qué no vio a Lablanca?

—Porque me ocurrió lo mismo que a él, ¿entienden? —respondió lívido el muchacho—. ¡Lo mismo que cuenta en su diario! Yo también lo vi… Así que no crean ni por un momento que Lablanca estaba pirado. Léanse el diario.

—Lo haremos, no lo dude —repuso Manrique, levantándose a por él.

El ruso asentía en silencio.

—Sí, lléveselo —murmuraba.

—Está bien —aceptó Manrique—. Usted fue a verlo el día 21 de enero, pongamos, pero no pudo verlo por lo que demonios sea que pone aquí. Conforme. El día 22 de enero, Lablanca camina hasta la venta y echa esto al correo, y realiza una llamada telefónica a su domicilio en Madrid.

—¿Al mío? —respondió Vinográdov, lleno de pavor.

—Así es —confirmó Manrique—, pero nadie le responde. ¿Dónde estaba usted?

—Estaba en Leganés, en casa de un amigo —respondió enseguida el joven—. No quería estar solo de momento. Estaba un tanto, ¿cómo decir?

—Acojonado, diría yo.

—Totalmente —aceptó—. Estuve un par de días allí, y luego me despedí de la *Línea* y me fui a Zaragoza, un mes o mes y medio, y… después a Moscú.

—Parece que estaba usted huyendo de algo— intervino Ezequías.

—Tiene toda la razón —le respondió Vinográdov, con acento entrecortado por la emoción; por un momento, pareció que iba a perder por completo los escasos restos de serenidad—. Hui. Y no le dije nada a nadie durante semanas, ni siquiera a mi familia, que ya me daba por muerto cuando me presenté en la cafetería.

—¿De qué huía?

Vinográdov volvió a señalar el paquete manila y se apartó hacia el ventanal. Manrique lo miró con condescendencia, y después también al sobre que ya tenía entre las manos

—Huía de esto. Bueno, dígame una cosa: ¿qué cree usted que pasó con Juan Lablanca?

Vinográdov guardó silencio unos segundos, compungido. Después dijo que no creía que lo fueran a encontrar jamás.

—¿Está muerto, entonces?

—No sé si está muerto —respondió, encogiéndose de hombros—, pero jamás volverá a aparecer.

Los dos viajeros aún permanecieron una hora más en compañía del muchacho, que, muy cortés, se ofreció a responder cualquier duda que pudiera salirles al paso en el futuro, siempre y cuando no tuviera que ver con aquello que estaba consignado en el diario de Lablanca y que lo había forzado a abandonar su vida de redactor en España y regresar a Rusia casi en la clandestinidad. Al despedirse, recobró su compostura; les dio la mano con tranquilidad, con un antiguo honor que anhelaba borrar cualquier gesto de compasión hacia él, y los dos caballeros salieron del apartamento y regresaron a la soleada calle bañada por el canal.

Caminaron risueños, pero silenciosos, por la orilla oeste del canal Griboyedov, mientras contemplaban los coloridos tejados de la iglesia del Salvador sobre la Sangre Derramada. Tenían todo el día por delante y ambos, especialmente Ezequías, estaban de un magnífico humor.

—San Petersburgo era el destino esencial de mi anterior viaje, ¿sabe?

El inspector se levantó la boina y se atusó los cabellos de las sienes, murmurando con orgullosa conciencia de estar subvirtiendo las nefastas expectativas de su compañero:

—¿Más que Moscú?

—Algo más —respondió Ezequías—. Aquí suceden la mayoría de las historias de Dostoievski.

—¿Es su escritor favorito?

—Casi diría que sí.

—Es usted un tipo curioso, Ezequías. No lo digo peyorativamente, pero hacer un viaje solo para visitar los lugares de las novelas que le gustan… No sé. Nunca había oído una cosa así.

—Pues hay mucha gente que lo hace.

—Usted es la primera persona que conozco yo. Si yo quisiera leerme una novela de Dostoievski, ¿cuál me recomendaría?

—¿A usted? Creo que le recomendaría *Los demonios*.

—¿De qué trata?

—De varias cosas. Una de las tramas es la de un grupo terrorista… Pero la trama más interesante es la de Stavrogin. Es un joven que se ha criado junto con un profesor un tanto extravagante.

—¿En qué sentido?

—Para empezar, el profesor es también el padre del líder del grupo anarquista, pero eso es secundario… Este hombre ha educado a Stavrogin desde que era un niño, y le ha enseñado prematuramente a valorar el arte, la hermosura de la naturaleza, los placeres de la vida… Incluso ha llegado a considerar a su pupilo como un amigo, a pesar de su juventud, y le ha confesado muchas veces sus angustias…

—Vaya tela. Y el crío ha acabado mal de la cabeza, ¿no?

—Peor que eso. Ha acabado mal del alma. Stavrogin conoce todos los placeres y dolores de la vida mucho antes de lo que le correspondía, y llega a un punto en el que ya es incapaz de conmoverse: la belleza ya le resulta inapreciable, y se pasa la vida buscando emociones que lo hagan sentirse vivo.

—Es una especie de drogadicto.

—Algo así. Se siente vacío. Y descubre que, aunque la bondad, el amor y la belleza ya no provocan efecto sobre él, todavía hay algo que sí lo consigue: el mal. El mal en todas sus formas: crimen, autohumillación, ofensas a la gente honrada… Pero, claro, llega un día en que eso ya lo conoce y deja de servirle.

—Y tiene que aumentar la dosis.

—Tiene que aumentar la dosis; es decir, tiene que encontrar el delito... ¡No! El pecado más atroz que el ser humano pueda cometer.

—¿Y cuál es ese pecado?

—¿Cuál cree usted?

—No sé. Se me ocurren unos cuantos... No es un pensamiento muy agradable con el que solazarse.

—No se lo voy a decir, en todo caso. Le estropearía la novela.

—Me la leeré. Me ha picado la curiosidad.

—Tal vez usted ha conocido a alguien así. Alguien que necesite el mal para sentirse vivo.

Manrique vaciló durante un segundo, y Ezequías entrevió cierta repugnancia a pronunciar lo que había cruzado por su mente.

—No sabría qué decirle —murmuró al fin, venciendo su idea de escurrir el bulto—. Algunas veces me he topado con criminales que, efectivamente, buscaban, ansiaban, el mal por el mal. Pero no me ha interesado ensuciarme con sus motivos íntimos.

—Estoy pensando que Stavrogin lo va a decepcionar.

—¿Por qué? ¿No es tan horrible lo que hace?

—¡Oh, sí, es horrible! Pero ahora recuerdo que la realidad supera a la ficción.

Manrique sonrió, ocupado aún con aquel pensamiento misterioso.

—Con eso tenemos que contar —dijo—. De todas formas, esos tipos que ansían el mal como si fuera un gramo de heroína no constituyen el tipo más odioso de criminal que uno puede echarse a la cara, ¿sabe? En el fondo, son enfermos, aunque ellos mismos se esfuercen por demostrarte que son otra cosa. Los peores son los que se saben impunes. No los que se creen impunes; los que *saben* que lo son. Para ellos el mal no es un fin en sí mismo, sino un procedimiento, y eso es mucho más repulsivo.

—¿Va a contarme otro de sus casos desafortunados?

El inspector contestó con una risa breve y burlona.

—Le diré una cosa. Tengo antiguos compañeros en Madrid

que, en su felicitación de Nochevieja, cada año me escriben una postdata que dice: «Este año tampoco. Esperemos que no pase del siguiente». ¿Sabe por qué lo dicen?

—¿Por qué?

—Por un tipo que, desgraciadamente, aún no ha muerto.

—¿Y debería hacerlo?

—Debería. En su trabajo son frecuentes los accidentes laborales.

—Del calibre veintidós, como decían en una peli de gánsteres.

—De ese mismo tipo, sí. El hijo de perra lleva muchos años en el lado afortunado de una pistola. Supongo que es cuestión de tiempo, pero me molestaría tener que morirme sin saber que le han dado de su medicina.

—¿Qué hizo? —preguntó el profesor. En el fondo, debía admitir que cuando Manrique le hablaba de sus casos, la luz de cinismo que habitualmente lo alumbraba se cubría con una humareda extraña, de la que egresaba un hombre de una gravedad más apropiada para su oficio, aunque la figura impresionaba a veces debido a un duro destello de crueldad.

—La primera vez que lo vi era un niñato de veinte años; sería hacia el ochenta y siete. Había llegado a Madrid para hacer la carrera, pero después decidió usar el dinero de sus padres en otra cosa y se montó una especie de servicio de prostitución con chicas bien jóvenes, españolas todas, que tenían su clientela principal en la base de Torrejón. Era un guaperas de familia bien, ¿sabe?, pero se creía lo bastante listo para jugársela a la gente de Las Rosillas y del Pan Bendito. Y me jode reconocerlo, pero lo hacía. Trabajaba con dos piezas del Puente de Vallecas, dos pobres diablos que acabaron fritos…

»Y no, no fue él quien se los cepilló. Fueron accidentes laborales, sin más. La primera vez que lo trincamos fue porque el angelito quiso borrar del mapa a la competencia. Sabía que había otro figura como él, que pescaba también por los mismos caladeros y que se dedicaba a vender en los mismos mercados. Así que una noche contrató los servicios de una chica de la competencia y, en cuanto la tuvieron en la habitación, él y uno de los del Puente la encañonaron y la obligaron a decirle dónde paraba su chulo. Después, fueron para allá y se lio el lejano Oeste.

—¿Lo mataron?

—No. No murió ninguno de ellos. Al del Puente lo hirieron, y a dos o tres del otro bando. Aquello se saldó con detenciones y dos o tres años de cárcel. En aquel momento fue un caso más, sin pena ni gloria. Lo grave ocurrió después, cuando el tipo salió.

»Esto sería ya hacia el año noventa y cuatro. Un día nos avisaron de que una mujer había muerto acuchillada en su piso, en Alcobendas. Fuimos para allá y nos encontramos el cadáver en un rincón de la casa, tendido de una manera un poco extraña. Las paredes estaban llenas de salpicaduras, pero lo más curioso fue que, al parecer, la muchacha había tenido tiempo de escribir sobre el muro un nombre con su propia sangre.

»Ya sé que suena muy novelesco, pero eso es lo que nos encontramos. Aunque es verdad: son cosas que se ven mucho en las películas y nunca en la vida real. De hecho, esa es la única vez que me he encontrado algo así. Y además era falso, naturalmente.

»Comprobamos que el nombre había sido escrito sobre manchas previas que no había desleído, de modo que el nombre debió de escribirse algunos minutos después del asesinato, cuando la sangre de la pared ya estaba seca. Por otra parte, los médicos nos dijeron que no era verosímil que la víctima, que tenía treinta puñaladas, hubiera tenido la capacidad de hacer una cosa así. Y, por último, el dedo que supuestamente había usado para escribir, que tenía completamente rojo de sangre, era el índice de la mano derecha, cuando la chica era zurda.

—¿Qué había escrito en la pared?

—Fran.

—¿Y ese quién era?

—Su antiguo novio. Llevaban más de un año sin verse y, cuando fuimos a verlo, me pareció un completo gilipollas, pero enseguida supimos que no era él. Tenía una coartada a prueba de balas; lo mismo que otro novio anterior. Pero aún había un novio más, el que tenía en ese momento.

»Efectivamente, el novio era... el tipo. Santiago Roa. La casa estaba llena de las huellas del tal Fran, claro, pero era lógico, porque había convivido mucho tiempo con la chica. El asesino sabía todo esto, pero no sabía que Fran estaba en una competición de kárate en Málaga; así que el engaño y los antecedentes llevaban directamente a Roa. Estaba claro que había sido él; a mí no me hacían falta pruebas. En realidad, nunca me han hecho falta pruebas para saberlo.

»Roa tenía coartada. Un amigo de su familia aseguraba que había pasado la noche con él en su finca de La Pinilla, en la provincia de Segovia. Nos dijo que Roa había llegado allí sobre las diez de la noche.

»Había una forma de establecer una franja aproximada para situar la muerte de la chica: en la cocina nos encontramos una pizza que, según rezaba su ticket de compra, había sido encargada a las siete y media. Fuimos a la pizzería y hablamos con un repartidor que nos confirmó que había entregado la pizza a la chica en persona hacia las ocho menos diez. No sabía si había alguien más en la casa. Entonces, el asesinato se había producido a partir de las ocho, y los forenses nos dijeron que la muchacha no podía haber seguido viva más allá de las diez.

»Dirá usted que, entonces, la coartada no era demasiado buena. Desde el apartamento de la chica hasta la casa de La Pinilla, se tarda aproximadamente una hora y cuarto. El amigo de Roa nos dijo que este lo había llamado hacia las nueve de la noche, diciéndole que en ese momento se disponía a salir de su casa para ir a visitarlo. El plan de pasar ese fin de semana juntos ya lo tenían preparado desde hacía varias semanas, según nos contó. Roa vivía en El Molar en esa época. Desde allí se tarda, efectivamente, algo así como una hora hasta la casa de su amigo.

»Parecía cuadrar, pero Roa se pasó de listo. Confiscamos su móvil y consultamos con la compañía telefónica, la cual nos confirmó que la llamada que Roa había hecho a las nueve de la noche había sido direccionada desde un repetidor que está junto a Alcobendas, no desde el que gestiona las llamadas de El Molar. De modo que Roa estaba en Alcobendas a las nueve, y no saliendo de su casa, como le había dicho a su amigo. Por supuesto, lo encerramos; fue a prisión provisional, pero se negó a confesar nada, muy seguro de que era intocable. Y fíjese lo que son las cosas... Había una prueba más que lo incriminaba y, sin embargo, fue su tabla de salvación. A la pizza que habían entregado le faltaban tres porciones, pero la autopsia de la chica reveló que no había pizza en su estómago. El asesino había comido pizza antes o después de matarla, por lo tanto, había manipulado la caja, pero... ¿cómo extraer huellas dactilares de una superficie como el cartón?

—¿Se puede hacer?

—No. Pero sí se podía hacer otra cosa. Los del laboratorio nos dijeron que existe un producto llamado ninidrina, que se rocía sobre las superficies porosas y reacciona con los aminoácidos del sudor revelando huellas. Las de Roa estaban allí.

—¿Cómo se pudo escapar?

—No solo estaban las de Roa; estaban también las de uno de los tipos del Puente de Vallecas. Los dos habían estado en la casa a partir de las ocho de la tarde. Y no sé si la mataron juntos, pero yo creo que no. El hermano de la chica nos había contado que ella estaba pensando en romper con Roa. Al parecer, en un arrebato de sinceridad, Roa le había confesado que era un expresidiario, y también los motivos por los que había sido encerrado. Debió de creer que el amor de la chica sería tan ciego —tan imbécil— como para perdonarle aquello, pero no lo fue. Yo creo que esa tarde fue a su casa para restablecer la relación. Pidieron una pizza, hablaron, y finalmente ella quiso zanjar el asunto.

»Treinta cuchilladas solo las da un tipo muy motivado. El amigo vino después. Roa lo llamó para ver cómo podían resolver aquello. Comieron pizza los muy hijos de perra. Supongo que hicieron la inscripción en la pared, y alguna cosa más que no sabemos. Días después, Roa tenía una cosa que declarar: nos dice que llevaba algún tiempo intentando reconstruir la red de prostitución que había tenido, y que esta chica era uno de los fichajes, pero que se mostraba reacia. Imagínese el rebote de la familia de ella cuando oyeron semejante barbaridad.

»Nos dice que esa tarde fue a su casa para tratar de convencerla, que comió pizza, que sus intentos fueron en vano, y que a las nueve se marchó e hizo la llamada a su amigo de La Pinilla. ¿Por qué dijo que la había hecho desde El Molar? Un error de memoria es sencillo de justificar. Nos dijo que su compinche del Puente estaba muy quemado con la chica, y que llevaba días advirtiéndola de que no iba a permitir que ella se saliera con la suya. Por tanto, lo más probable es que el amigo apareciera por casa de la chica después de que Roa se marchara; entonces la mató y también cogió un trozo de pizza.

—¡Vaya chorrada!

—Si se da cuenta, Ezequías, es una chorrada perfectamente válida siempre que se dé una condición.

—¿Cuál?

—Que el chico del Puente reconociera que fue así.

—¡Cómo! ¿Que cargara él con el muerto siendo inocente?

—Pues lo hizo, créalo o no, y no me haga explicarle por qué. ¿Usted por qué cree que pasan cosas así? Roa tenía dinero, y el muchacho del Puente tenía mujer y tres o cuatro hijos. Supongo que llegarían a un acuerdo. A fin de cuentas, él también estaba ya pringado.

—Pero… ¿lo condenarían a muchos años? ¿Nunca ha dicho nada?

—A los seis meses la palmó de sobredosis en el trullo.

—¡Madre mía!

—Sí. En fin, si algún año, por Nochevieja, me dicen que ha caído, se lo comunicaré a usted también; pierda cuidado.

Se dieron un hermoso paseo por la orilla del Neva: vieron los jardines del Palacio de Verano, el crucero Aurora y el Hermitage, la aguja dorada de la fortaleza de San Pedro y San Pablo, la Catedral de Nuestra Señora de Kazán y, por deseo expreso de Ezequías, descendieron el Nevski Prospect (que Ezequías nombraba con fruición) hasta el monasterio de Alejandro Nevski, donde se hallan enterrados los restos de su amado escritor. Pasaron la jornada un tanto despreocupados de la hercúlea tarea que les tocaba afrontar. Manrique, que llevaba el obsequio de Vinográdov cuidadosamente envuelto en el bolsillo interior de la chaqueta, lo acariciaba cada cierto tiempo desde el exterior, con temor y reverencia, sabedor de que ya había pospuesto su lectura todo lo que le era posible posponerla.

Por la noche, ya en su compartimiento del tren de vuelta, se sentaron uno junto al otro en la litera inferior y, tras echar cuidadosamente el pestillo, abrieron el diario de Juan Lablanca.

PARTE III:

Diario de Juan Lablanca

21 de octubre

Hoy he salido a caminar por los alrededores de la casa. No debí haberlo hecho, pues desconozco estos lugares mucho más de lo que mi presunción me ha hecho creer; no obstante, ha sido sobrecogedor comprobar hasta qué punto los desconozco. Regresé a la finca hace una semana y en todo este tiempo no he hecho otra cosa que zascandilear por las habitaciones y el corral, y molestar a mis tíos en su escrupulosa labor de holgazanear y murmurar a escondidas. Desde luego, ya daba por descontada esta contrariedad de tener que sentirme como un intruso en una casa que no deja de ser mi propia casa —al menos por el momento—, y al menos al cincuenta por cien. Sin embargo, he soportado perezosamente hasta hoy este ambiente aborrecible sin animarme a dar una vuelta por el sabinar.

He dicho que regresé a la finca hace una semana, pero quizá sería más exacto decir, simplemente, que vine. Es cierto que viví en este lugar los cuatro primeros años de mi existencia, pero enseguida —tras la muerte de mi padre—, antes de que tuviera yo formado el más tenue recuerdo, nos trasladamos a Soria mi madre y yo, y ya jamás volvimos a habitar la casa.

Veníamos de cuando en cuando, en las fechas de la Trinidad —no sé muy bien por qué—, y pasábamos con mis tíos tardes desabridas e interminables. Cuando la gente mayor me veía ya abrumado por el tedio, me dejaban salir al corral de la casa y al sabinar que lo circunda, y la memoria de esos instantes siempre ha ido acompañada de un hálito tibio y benéfico. Más adelante, cuando supe que yo mismo era el copropietario de la finca, cierta vanidad se infiltró también en mi mirada; aunque dudo que alguna vez mis tíos llegaran a vislumbrar síntomas de codicia en mí. Pero ¿a santo de qué podían haber vislumbrado tal cosa, si yo no la sentía? Tal vez, lo que quiero decir es que jamás mis actos ni mis palabras ni mis ademanes pudieron causarles ofensa. Aunque en realidad, lo que quiero decir es que no comprendo la atmósfera de hostilidad que reina en la casa desde que vine aquí, hace una semana. Y a pesar de todo, aun sin comprenderla, no me resulta inesperada.

Les dije que venía aquí porque no tenía otro sitio adonde ir. Ellos no pudieron sino bajar la cerviz y aceptar que mi decisión no tenía nada de reprochable, pues esta era también mi casa —no sé por qué lo repito tanto; por convencerme a mí mismo, tal vez—. Pero asentir con la cabeza y decir una cosa no es suficiente para velar los pensamientos, que a veces gritan en el silencio mucho más fuerte que si en efecto se pronunciaran.

Lo primero que me respondieron mis tíos —casi lo primero— fue que la casa estaba a punto de ser vendida; que ya lo estaba en realidad, a falta de que yo diera mi beneplácito. Les contesté que no tenía el menor reparo: no es mi intención quedarme por una larga temporada. Mi dimisión de la *Línea* me ha dejado con una mano delante y otra detrás, pero tengo firmados dos libros con el grupo editorial de la emisora que tal vez me mantengan entretenido durante varios meses. Esperaba poder quedarme ese tiempo en la casa, y es posible que a la postre sea así: depende de los plazos que nos imponga la inmobiliaria, me ha dicho mi tío. Ellos se marchan a Soria el mes que viene; vendieron las ovejas hace dos años y deben de tener un piso comprado. No tengo confianza con mi tío para preguntarle ciertas cosas. Ni siquiera sé qué edad tiene exactamente, pero supongo que está ya jubilado.

Mi tío es una persona ajena a cualquier interés que yo pueda tener: en ese sentido creo que estamos en las antípodas exactas. No sé si es taciturno; lo que sí puedo afirmar es que conmigo no habla, y creo que no se debe a una especial antipatía; me da la sensación de que siempre fue así, incluso en los sumarios instantes de mi infancia. El carácter de la familia de mi padre se exacerba en él, creo. Mi madre rara vez me hablaba de mi padre, y eso casa muy bien con la hipótesis de que no fuera muy distinto de mi tío, pero eso no son más que conjeturas. No creo que me odie. Creo que le resulto algo estúpido, pero no es la primera vez que el espejo de los demás me devuelve esa imagen. Creo que me considera una especie particular de holgazán, o quizá de inútil. Le debo de resultar completamente insustancial, y sé que —deliberadamente, o no— me ignora.

Pero no lo culpo: en realidad, creo que mis sentimientos hacia él son perfectamente recíprocos. Quizá él me considera un haragán y un inútil; yo considero que todas las cosas que él hace o ha hecho en la vida carecen completamente de interés. Sería una enorme sorpresa descubrir, en una conversación que nunca se producirá, que estoy errado en mis suposiciones.

La esposa de mi tío comparte con él la férrea certeza de que todo lo que hace y piensa es apropiado. Su desinterés hacia cualquier cosa que se escape de la esfera de lo inmediatamente práctico es casi idéntico al de su marido. Por lo demás, su carácter es algo más dúctil y posee en mayor grado la facultad de la conversación, aunque apenas la utilice. Todavía no puedo afirmar qué significa su actitud hacia mí: dudo entre la antipatía y la displicencia. Es una mujer bastante más joven que él; o más bien lo parece, porque ya debe de andar por los sesenta años y no es posible que mi tío sobrepase los setenta. Creo que es por su resolución por lo que están ausentes largo tiempo de la finca: casi todas las tardes (yo duermo hasta el mediodía) me dicen que se van a Soria, y regresan a la noche con bolsas de supermercado. Quizá esta sea su rutina habitual durante todo el año, pero sospecho que lo hacen porque algo de mí los hace sentirse incómodos.

Yo no soy quién para recriminarles nada; bien lo sabe Dios. Pocas personas habrá más recelosas que yo mismo; tan susceptibles a incomodarse con sus semejantes a las primeras de cambio y sin apenas haber cruzado dos palabras. Es una tendencia reprobable, por supuesto, y aunque intento que mis emociones no trasluzcan, sé que no siempre lo consigo. Creo que hasta ahora me he mostrado relativamente afectuoso con mis tíos, pero puede que sea una impresión equivocada.

En cualquier caso, y yendo al terreno práctico, no existen motivos de rencilla objetivos, pues he dado mi conformidad a la oferta de venta de la casa. Treinta y ocho mil euros, que ya están divididos e ingresados. Cuando la constructora nos notifique la petición de desalojo, me marcharé; como he dicho, creo que mis tíos pretenden hacerlo en breve. No me hace mucha gracia permanecer estos meses en estado de espera —me trastorna un poco esta indefinición y me perturba a la hora de escribir—, pero supongo que así ha de ser. Cuando llegue la hora de mudarme, no sé muy bien qué haré; ahora mismo soy reticente ante la idea de regresar a Madrid, pero puede que todo esto cambie dentro de un tiempo.

Hoy, como decía, he salido a caminar por los alrededores. Mis tíos se habían marchado a Soria después de la comida y la tranquilidad de la casa se me hizo algo molesta. Además, la tarde era soleada y curiosamente cálida para estar a finales de octubre. Decidí encaminarme hacia la carretera comarcal, lo cual fue una idea providencial, visto lo que ocurrió después, y me dirigí hacia el oeste. Por todos lados, excepto por allí, la casa está cercada por un descomunal bosque de sabinas, pequeñas y retorcidas, no muy frondosas ni dispuestas de forma abigarrada, pero exóticamente bellas, con sus troncos encrespados y grises, como si se hubieran petrificado.

Tomé la carretera hacia Abejar y anduve un par de kilómetros sobre el asfalto, cercado por el fárrago arbóreo que, en ocasiones, llega casi a cubrir la pista con un dosel de ramas. En lo alto del páramo, el bosque se va diluyendo y aparecen calveros para pastos. Las moles del Urbión se ven azules e imponentes, como una ola gigantesca.

En ese punto ya me encontraba fatigado y los pies me escocían por el roce con el asfalto tibio. Iba a darme la vuelta cuando vi a mi derecha un cartel turístico que anunciaba el inicio de una ruta a través del sabinar milenario. La lluvia y los elementos habían descolorido las fotografías y los textos, pero me pareció entender que la caminata no excedía los veinte minutos y que el sendero era circular, de modo que devolvía al caminante al mismo punto. Decidí tomarlo, por ver si, efectivamente, el sabinar atesoraba parajes recónditos de curiosa belleza. Debo decir que no fue así, aunque eso es lo de menos.

Al cabo de media hora de paseo, comprendí que me había perdido.

Las balizas de la senda turística desaparecieron de mi recorrido. Caminaba por veredas abiertas entre los árboles, transitadas sin duda por hombres y rebaños, e incluso por vehículos que habían plasmado las huellas de sus rodadas sobre el suelo arcilloso. Sin embargo, aquellos senderos —caminos de concentración que llevaban a las piezas del valle, o cañadillas para el ganado— eran otros, y eran muchos y diversos.

Por un momento osé recurrir a mi sentido de la lógica y pensé que bien podía orientarme sin necesidad de caminos en el suelo, pues estaba seguro de que mi casa estaba hacia el sur, y la tarde ya estaba avanzada y el sol, inequívocamente, tendido hacia el oeste. No sé si hubiera tenido fortuna en semejante empresa, pero creo que hice bien descartándola enseguida y volviendo sobre mis pasos. Como he dicho, el marasmo de árboles en aquella zona del alto páramo no es tan abigarrado como en las zonas bajas de cerrillos, de modo que pude desandar con absoluta certeza el camino que me había llevado hasta donde estaba. Salí otra vez a la carretera y regresé a mi casa cuando ya oscurecía: mis tíos todavía no habían regresado de Soria y decidí acostarme enseguida, después de lavarme los pies en una palangana con sal.

22 de octubre

Es muy tarde. Un último rescoldo del día brilla tras los montes. Yo aún no me he levantado de la cama. En tres o cuatro ocasiones he estado a punto de hacerlo, pero entonces, una pereza lánguida me hacía recostarme nuevamente y el sueño me vencía una y otra vez como si fuera un monstruo de hambre insaciable. Me sorprende —y humilla— la debilidad de mi cuerpo. Me parece ridículo que tres horas de caminata por el bosque hayan bastado para dejarme hasta tal punto exangüe. Mi enfermiza constitución, mi palidez mortal, la endeblez de mis muñecas y mis manos —hechas, parece, solo para pasar hojas—; mis manos femeninas o infantiles; mis escuálidos miembros... No son imágenes falsas o exacerbadas por una mente que se contempla a sí misma con reproche; creo que, objetivamente, mi cuerpo es motivo de vergüenza. Los hombres más fuertes —mi tío, por ejemplo— me han observado siempre con desprecio y recelo. Recelo, sí. También la debilidad infunde miedo, pues la debilidad y la vida son realidades contradictorias, y la paradoja de un hombre débil, de edad madura quizá, compartiendo el aire y los contados víveres con otros congéneres fuertes y vigorosos, causa espanto. ¿Cómo él?, pensarán acaso, ¿sigue entre nosotros, si no puede participar en esta sublime e interminable batalla?

Pensarán, tal vez, que ese ser menguado solo puede prosperar moviéndose en las sombras, haciendo trampas, siendo malvado... Es lógico que lo piensen. Es lógico que, en las culturas antiguas, la debilidad fuera extirpada nada más presentarse. Yo conozco esas miradas de repulsión y miedo.

Los pies me duelen horriblemente. No creo que pueda calzarme hoy ninguno de mis zapatos, y tiré a la basura mis viejas zapatillas de andar por casa antes de venir aquí, así que deberé apañarme con dos o tres pares de calcetines superpuestos. Me horroriza pensar la clase de laceraciones que debo de tener en la planta de los pies; siento unos latidos constreñidos bajo las sábanas, como en las llagas infectadas. A pesar de mi aspecto enfermizo, me producen una enorme repugnancia la enfermedad y las heridas. Pero va siendo hora de que me levante; no quisiera estar aún acostado cuando mis tíos regresen de Soria.

Se marcharon a las tres de la tarde. Mi tía golpeó en mi puerta y me preguntó si estaba bien, pues había pasado toda la mañana en la cama y sin rebullir. Lo cierto es que había estado durmiendo; durmiendo hasta esa hora, de manera continuada y placentera. Miré el reloj. Le respondí que me encontraba perfectamente; que había trasnochado, escribiendo. Después la oí bajar las escaleras y, minutos después, el automóvil se alejaba entre las sabinas.

Debí haberme levantado entonces, pero volví a reclinarme y me puse a contemplar por la ventana las rápidas evoluciones de las nubes claras sobre los cerros. El viento se escuchaba ulular sobre el frondoso follaje de los árboles, y la luz intensa del sol y el calor reconcentrado de la cama hacían pensar en una brisa tibia y suave. Y me volví a dormir.

Tuve un sueño extraño. Creo que reviví de nuevo mi excursión del día anterior, pero, en el sueño, el desasosiego no procedía del cansancio, ni del dolor de pies. En el sueño, me encontraba en el mismo lugar donde descubrí haberme extraviado, pero esta circunstancia ahora me horrorizaba. Tomaba la misma determinación que la tarde anterior y decidía desandar el camino por la misma senda que me había llevado hasta allí, y esa senda —es curiosa la mella que la experiencia de la tarde pasada ha causado en mí— era prácticamente idéntica al camino real que había recorrido apenas unas horas antes. Sin embargo, esa certeza de estar desandando el camino correcto no lograba tranquilizarme. El desasosiego crecía en mi interior a medida que me iba aproximando al punto donde se iniciaba la ruta circular; y, al llegar a ella, todo el campo parecía hablarme, y me decía que, a pesar de las apariencias, no estaba ya allí…

Luego me desperté, pero volví a dormirme unas cuantas veces más, envuelto aún en la atmósfera neblinosa del sueño; y volví a soñar lo mismo.

Ahora la tarde ya está muy avanzada, y mis tíos estarán a punto de regresar. Será mejor que salga de la cama.

23 de octubre

Mi tío me ha dicho hoy que su traslado a Soria es inminente. Toda la mañana los escuché enredar en el piso de abajo y, a la hora del almuerzo, cuando por fin me decidí a salir de la cama, encontré a mi tía en la cocina, vaciando el cajón de los cubiertos y depositando las piezas en una fiambrera de plástico.

Según parece, han terminado de amueblar y limpiar su piso esta última semana, y solo les queda ya llevarse el ajuar y los objetos menudos; muchas otras cosas, viejas y estropeadas, las dejan en la casa —no sé si es porque no son suyas o porque no las desean—.

Creo que la partida les alegra o alivia, pues incluso mi tío estaba hoy notablemente risueño, y hasta habló conmigo durante la comida, y me convidó a visitarlos en Soria una vez estén instalados. Creo que yo también me mostré significativamente ufano: tal vez la noticia me complació un tanto a mí también, pues me libera de esta penosa incomodidad de sentirme un ocupante extraño. Sin embargo, a medida que ha pasado el día, he ido sintiendo cierta melancolía opresiva. Puede que solo se trate de una preocupación de índole práctica: me veo ahora obligado a procurarme la compra y atender a la limpieza de la casa... Pero creo que hay algo más; algo que, francamente, tiene poco que ver con la futura añoranza de compañía. No sé lo que es, o sí lo sé a grandes rasgos: es la soledad lo que me contraría. Pero no por un motivo sentimental, sino más bien... ¿cómo decirlo? Es una cuestión de desconfianza; incluso de salud en cierto modo. No me aflige esta soledad; más bien me incomoda, y me da algo de miedo, aunque no acierto a saber por qué.

Desde que murió mi madre, he vivido solo: los escasos meses que continué en Soria, y después en Madrid. La *Línea* me pagaba un sueldo irrisorio ante la expectativa de vivir por cuenta propia y sin compañeros en una ciudad como aquélla; y, sin embargo, lo hice. Apenas pude ahorrar nada porque gastaba buena parte de mi salario precisamente en comprar eso: soledad. Y nunca me he arrepentido.

Pero todo aquello era distinto: la ciudad te impide percibir el aislamiento físico. Por otro lado, esa soledad anímica de la que se habla me resulta a mí ajena o, al menos, irrelevante o subsumida por completo en mi naturaleza y, por ello mismo, indiscriminada. Quiero decir que no debiera haberme afectado en absoluto la noticia, y sin embargo lo ha hecho. ¿Me apena quedarme solo en esta casa? Por supuesto que no. La opresión no procede de esa idea, sino desde el sabinar, desde el exterior. No me sentiría así si estuviéramos en Soria. ¿Tendré miedo a quedarme a solas en este paraje desierto? Tal vez deba asumir que es eso, pues no sé qué otra cosa podría ser.

Por lo demás, he pasado el día leyendo en mi habitación. Debería iniciar alguno de los dos libros que tengo pendientes, pero no me animo a comenzar. De hecho, ni siquiera he decidido los asuntos sobre los que escribir. Han de ser pseudorreportajes novelados acerca de episodios de carácter paranormal. Tendré que recurrir al material de la *Línea*, supongo. No creo que a la editorial le importe que las historias estén ya manidas y sobrexplotadas. Estoy pensando en inventarme por completo una de ellas, lo cual —dicho de paso— es lo que acostumbraba a hacer en el programa cuando la realidad ofrecía bocados insípidos. Pero me resulta tan tedioso siquiera pensar en hacerlo…

¡Si pudiera salir a dar una vuelta, quizá me quitaría de encima esta asfixia!

Hoy no he podido dar cuatro pasos seguidos. El calzado infame que llevé anteayer me ha producido erosiones en la planta de los pies, y ahora los tengo en carne viva. Mi tía me ha ofrecido unas chirucas viejas de mi tío por si se me ocurre volver a salir. Cuando se me alivie el dolor, veré si son de mi número. Tengo ganas de volver al bosque. Creo que conocer al dedillo estos lugares me hará bien, y tal vez alivie esta sensación irracional de amenaza.

24 de octubre

Esta mañana me levanté algo más temprano de lo habitual, pero mis tíos ya no estaban. Es bastante tarde e ignoro si van a regresar a dormir.

Todavía hay cajas en el zaguán y algunas ropas en los armarios, así que me imagino que la mudanza aún no se ha consumado.

Apenas he hecho nada en todo el día. Salí a merodear por el corral de la casa, con los pies doloridos todavía. El perro de mi tío, que es bastante más amigable que él, me acompañó por el lindero del bosque amablemente. Es bonito todo esto, ahora que aún se distinguen en el campo los últimos rescoldos del verano. El sabinar parece otra cosa cuando los hilos dorados y polvorientos del sol se filtran entre los gálbulos de las ramas, y calientan el sotobosque umbrío, y sublevan los aromas del cantueso y el tomillo. El invierno ha de ser terrible, sin embargo. Tengo vagos recuerdos infantiles de estos parajes, pero sí me viene a la memoria la imagen durísima de un cielo mezclado con la tierra, grises los dos tras una pátina de metal galvanizado... Pero es probable que ya no esté aquí a finales de año; dependerá de lo que la constructora decida, y de lo que yo esté dispuesto a tolerar del rigor invernal.

Más tarde —y con mayores dificultades de las que tenía previsto— busqué algo para comer y me subí a mi habitación, donde he permanecido el resto del día, dormitando sobre un papel en blanco, los codos sobre la mesa y la mirada perdida en el marasmo de copas verdes. Me he dado cuenta de que ninguna carretera se acierta a ver desde la casa, ni tampoco el mesón del empalme; y ni siquiera el rumor del tráfico se percibe. Todo eso, unido a los vetustos muros del edificio y a su pobre mobiliario, lo transportan a uno a épocas pretéritas en un simple parpadeo. De no ser por el repetidor de telefonía que se ve en lo alto del cerro, y de la línea eléctrica que llega a la casa, apenas se hallarían vestigios aquí de una civilización contemporánea.

Supongo que la civilización y sus artificios nos han hecho perder por completo la perspectiva que estos páramos nos hacen recobrar. La tierra es el único hogar para el hombre, pero no es un hogar acogedor.

Veo que mis tíos llegan en su coche. Bajaré a cenar con ellos y a informarme sobre sus intenciones.

25 de octubre

Hace un tiempo espantoso.

Anoche el relente venía frío y se oía tronar por la parte de Calatañazor. No sabría decir si este preludio invernal mitigará sus arrebatos en los próximos días, pero sospecho que no. El invierno se adelanta un mes en el alto páramo y me temo que ya lo tenemos aquí.

Lo cierto es que se trata de un trastorno importante con el que había contado solo muy vagamente. Algunas actividades se van a complicar de forma notable con el frío: en esta casa jamás se instalaron las cañerías del agua corriente, así que ciertas necesidades ineludibles deben satisfacerse en el exterior. No creo exagerar si afirmo que anoche no se alcanzaban los cero grados.

Después, toda el agua del cielo se desplomó sobre las tejas. No he logrado pegar ojo.

El perro estaba insoportable, además: no sé si eran los relámpagos lo que lo sobresaltaban. Mis tíos me han dicho que no pueden llevárselo con ellos, por cierto. Me han dejado cinco sacos de pienso y me han prometido que en breve le buscarán acomodo en Soria. Yo no he querido protestar; lo cierto es que no me importa que el animal ande por aquí, siempre que las serenatas nocturnas no vuelvan a repetirse.

Ellos, por su parte, se han ido hoy definitivamente.

Han dejado en la antigua cuadra unas cuantas cajas de cartón y el coche viejo, al que le faltan las llantas y medio motor. Ya cuando se iban —sospecho que por iniciativa de ella— mi tío me dijo que habría de volver uno de estos días, así que podía entregarle una lista de productos que me fueran imprescindibles. Lo hice, pues no puedo adquirir determinadas cosas necesarias en ningún lugar de los alrededores. No hay riesgo de que muera de inanición, supongo: la venta del empalme se halla a una hora de camino por la carretera; y el panadero y el frutero pasan por la comarcal una vez a la semana, tocando la bocina como demonios. Pero cualquier otra cosa que a uno se le pueda ocurrir está a más de cuarenta kilómetros a la redonda.

No creo que se pueda encontrar un supermercado —o un mísero colmado de los de antes— en ninguna aldea de la comarca hasta llegar a Soria, o al Burgo de Osma en la otra dirección. Yo no sé conducir, de manera que hacer la compra de esos productos va a requerir de algún procedimiento alternativo, y sin duda más caro. Comprar en grandes cantidades… No sé. No tenía pensadas estas cuestiones.

Otra incomodidad que podría hacerse insufrible y forzarme a marchar antes de lo contemplado es que la casa carece de otro sistema de calefacción aparte de la chimenea de la cocina y de la estufa de un pequeño cuartito de la planta baja, cuyo tubo horada el techo y pasa por la habitación donde duermen mis tíos. La cuadra tiene sus cuatro paredes forradas con un parapeto de leños, cortados en el monte por mi tío y bien afeitados con la motosierra. Me da la impresión de que han de ser suficientes como para resistir el invierno más duro, pero ese no es el problema; el problema es que en el resto de estancias de la casa no hay medio alguno para caldear el ambiente. Y, aunque nunca he puesto a prueba mi tolerancia al frío, me da en la nariz que no ha de ser demasiado alta. ¿Qué haré cuando no se pueda salir de la cocina?, ¿dormir en los escabeles?, ¿o trasladar la cama allá abajo, y pasar el resto de los días que me queden aquí oliendo a humo y a comida? Y supongo que no podré asearme como es debido; tendré que lavarme por partes, junto al hogar, en uno de los barreños que tiene mi tía.

Son demasiadas cosas las que ahora me vienen a la mente, y es el primer día que estoy solo, y no es invierno todavía. Algún prurito romántico me empujaba a quedarme aquí —a solas, además, para coronar la tarta—, y escribir mis libros del tirón, en el plácido y eremítico retiro campestre. Pero ya estoy desconfiando de estas ideas.

26 de octubre

Mi primera noche a solas en la casa ha resultado exasperante. Me acosté mucho más tarde de lo habitual, en parte por la pereza que me causaba el tener que dejar el calor de la lumbre; aunque, en realidad, sería más acertado decir que llevaba varios días acostándome más temprano de lo que es mi costumbre, principalmente por eludir la compañía insípida de mis tíos. Mi tío se pasaba el rato mirando la pequeña televisión de la cocina, y levantándose cada dos minutos a toquetear la antena de cuernos, cuando la imagen se tornaba neblinosa; y mi tía se sentaba a coser en el escabel, reconcentrada, sin avanzar un ápice en su labor, por lo que yo pude apreciar. Así que procuraba esperar apenas una hora desde el fin de la cena, por no resultar notoriamente grosero, y después me levantaba de la butaquita de mimbre y me despedía de ellos entre bostezos fingidos.

Mi tío se llevó a Soria el televisor de cuernos, así que no tengo otro recurso para combatir el tedio nocturno que la lectura o el sueño. Estuve frente al hogar un par de horas después de la cena, leyendo en mi libro electrónico una novela que quizá debería abandonar de momento, pues no hace más que cebar esa insana sensación que produce el aislamiento.

A las doce me acosté. Subí a mi habitación a toda velocidad; me desvestí, me puse el pijama y me arrojé al interior de la cama con una agilidad que me maravilló a mí mismo. Hacía un frío atroz. Esta noche no cometeré los mismos errores: bajaré el pijama a la cocina y me cambiaré frente al fuego. Luego, una vez entre las sábanas, pasé un pequeño calvario hasta que estas se templaron, y después, naturalmente, ya no me moví durante toda la noche. Sin embargo, tampoco ayer pegué ojo.

El maldito perro no para de gimotear y dar vueltas por el corral. Y eso a pesar de que, esta vez, la noche era fría pero plácida. Quizá el animal echa en falta a sus dueños —supongo que es probable—. En cuanto venga mi tío por aquí, le explicaré la situación, omitiendo en la medida de lo posible los trastornos que el perro me causa. Puede que por pura conmiseración decida llevarse al chucho.

Y, claro está, lo que no duermo durante la noche he de dormirlo por la mañana, así que de nuevo me desperté cerca de las tres de la tarde. Si continúo con estos horarios que cada vez postergan más el sueño, acabaré por despertar al anochecer. Por otro lado, no descanso bien ni aun cuando duermo: los sueños son confusos y procelosos. Vuelvo a soñar con mi excursión por el bosque, con pequeñas variaciones que no sé describir, aunque sé que se producen. Me despierto cansado, y luego soy incapaz de trabajar.

Si no fuera por este diario, que redacto al caer la noche, y que se ha convertido en una pequeña gimnasia cotidiana, no tomaría el bolígrafo ni un minuto al día. Mi mente está completamente abotargada; hasta las viejas ideas me resultan ahora anodinas, o bien empresas monstruosas e impracticables.

27 de octubre

Mis tíos han estado hoy aquí. Me llamaron por teléfono hacia las once de la mañana —me despertaron de mi primera cabezada— para preguntarme si necesitaba que me comprasen algo. Les dicté una pequeña lista y después decidí levantarme de la cama. Espero haber acumulado la suficiente fatiga durante el día de hoy para poder dormir del tirón cuando me acueste esta noche.

Al poco rato, mis tíos se presentaron aquí y comimos lo que mi tía había traído en unas fiambreras de usar y tirar. Me vieron algo demacrado y me preguntaron si todo iba bien. Aproveché entonces para sacar el tema del perro, que de nuevo esta noche ha hecho de las suyas, y se han comprometido a llevárselo en breve, en cuanto arreglen el asunto de las vacunas y el microchip. El animal se comporta además de un modo un tanto errático —mi tío me lo hizo notar, pues yo, sinceramente, solo le presto atención cuando no me deja dormir—, y ni siquiera mostró especial alegría al ver aparecer a sus dueños. Hemos comprobado si come el pienso que le pongo, pero parece que ese no es el problema. Mi tía dijo que tiene ocho años, y luego frunció el entrecejo; yo no entiendo mucho de perros, y no sé lo que quería decir.

No tardaron en volverse a Soria. Mi tía me enseñó fotos del piso en su teléfono móvil, mientras mi tío cogía algunos objetos de las cajas de la cuadra. Me han dicho que no tienen aún ninguna noticia de la inmobiliaria, pero sospechan que el proyecto del hotel rural va para largo.

En cuanto se marcharon, intenté escribir algo en mi portátil, pero lo di por imposible enseguida. Me exaspera esta faena como nunca hubiera llegado a imaginar. Así pues, como el cielo estaba límpido y azul, decidí calzarme las viejas chirucas de mi tío y salir a pasear por la carretera, convenientemente abrigado.

El paseo fue agradable esta vez. Pensaba que iba a poder caminar alegremente por el centro de la vieja y ajada carretera, pero, para mi sorpresa, me encontré un tráfico considerable: coches con bacas atestadas de canoas y bicicletas, y mesas de camping, y otros objetos de recreo. Caí en la cuenta de que regresaban del pantano de la Cuerda del Pozo, que no está muy lejos de Abejar. Yo nunca he estado allí, pero desconfío de los parajes acuáticos que esta tierra pueda ofrecer. Tengo entendido que más al norte, hacia la Tierra de Pinares, han abierto en los últimos años algunos negocios de acampada y de excursiones campestres destinados a urbanitas aburridos. Yo nunca hubiese creído que se pudiera sacar dinero de estos lugares, pero tal vez las cosas así tengan futuro —lo mismo que ese hotel en que planean convertir mi casa—.

De todos modos, el trasiego de coches no era para tanto. Pude caminar tranquilamente por el leve arcén y, la mayor parte del tiempo, por la tierra blanda de las orillas. Me percaté de que el sabinar está surcado por pequeñas sendas que van a desembocar en la carretera: veredillas enanas, pero perfectamente trazadas y transitadas, que aparecen en un número escandalosamente alto si atendemos a la densidad de población que hay en esta región, que no llega ni al medio habitante por kilómetro cuadrado. Me imagino que son vestigios de épocas pasadas; caminos que llevaban a majadas que hoy están en ruinas y a heredades que han sido devoradas por el bosque. En ciertos lugares —no junto a la carretera, sino en los oteros lejanos— aún se ven trabajadas algunas piezas de cebada o girasol, pero por todo ese monte no hay otra cosa más que sabinas.

Me acordé entonces —es raro que no hubiera pensado en esto hasta hoy— del antiguo cuento que me dio cierta notoriedad entre los escritores de misterio y me abrió las puertas de *La línea de luz*. Yo había situado su acción en estos lugares, no sé muy bien por qué, pues casi nunca venía por aquí y desconocía el sabinar por completo; pero ahora me doy cuenta de que algo de su atmósfera se puede reconocer en estos sitios.

Llegué hasta el punto del alto páramo donde comienza la ruta circular. Vi los carteles herrumbrosos a lo lejos y me di media vuelta en ese preciso instante, como si me hubiera topado con el demonio. Después regresé sobre mis pasos, con cierto recelo —¡hay que ser estúpido!— por si aun así acababa extraviándome. La luz empieza a ser débil ya, y eso me enervó todavía más.

Ahora estoy algo agotado. El perro ha empezado a ladrar desde la puesta de sol, pero creo que ni siquiera él me estorbará esta noche.

28 de octubre

Tengo que hacer algo con ese maldito animal. No me apetece telefonear a mi tío para urgirlo a que se lleve al perro ya, este mismo día, pero me siento incapaz de seguir así mucho más tiempo. No entiendo qué diablos lo altera de esa forma en cuanto cae el sol; durante el día está más o menos tranquilo, o al menos eso pienso yo, porque en realidad ni siquiera se lo ve por el corral. Digo yo que no se irá muy lejos, de todas formas, pues en cuanto lo llamo para comer, aparece a los pocos segundos. En cambio, nada más oscurecer, empieza su ir y venir por la explanada del corral; al principio, soltando unos amagos de ladrido, que suenan como una tos seca; luego, se arranca a trotar por el calvero al tiempo que gimotea de forma estridente; y por fin, ladra sin descanso lo que resta de noche. Es odioso. Me dan ganas de saltar de la cama y sacudirle una tunda con el palo de la fregona. Creo que lo haría, de no ser por el frío, y porque temo que pudiera morderme; en verdad que no parece estar en sus cabales cuando empieza a comportarse así.

He pensado en ponerme tapones en los oídos, aunque la idea me desagrada. No creo que estuviera cómodo así, y me produce cierta claustrofobia el tener ese sentido completamente anulado.

Luego, la fatiga se arrastra durante el día como una cadena pesada.

Llevo tres días comiendo los mismos macarrones con tomate que me preparé el domingo, y es por pura extenuación, y un poco de desidia, quizá; pero, principalmente, por extenuación. No tengo cuerpo para atender a ciertas cosas. Como es natural, la casa empieza a estar hecha unos zorros. No he limpiado aún la ceniza del hogar y, esta mañana, tal vez porque se colaron algunas ráfagas de aire por el tiro de la chimenea, me he encontrado la cocina espolvoreada de gris. Eso debo resolverlo antes de acostarme.

¿Pero qué puedo hacer si no descanso? Hoy me quedé dormido al solecillo sobre el poyo de la entrada, como un viejo. Había echado de comer al perro, que vino alegremente hacia mí, con una mirada tierna de embaucador de ancianas, y después me senté un instante en el poyo, con el libro entre las manos… Y me desperté dos horas después, aterecido y moqueando —solo falta que me haya resfriado—. El perro ya no estaba por el corral, pero sin duda volverá al anochecer para darme otra serenata infernal.

Por supuesto, sigo sin escribir. No quiero exculparme aduciendo solo esta fatiga, pues además no sería sincero. Supongo que todo contribuye a esta inquietante infertilidad de mi imaginación, pero debo reconocer que me falta determinación para acometer y sufrir las penalidades del folio en blanco. No sé qué hacer.

Como ayer me vino a las mientes aquel cuentecillo gótico que escribí hace años, estoy dándole vueltas a la idea de repetirme —quizá se pueda encontrar en él algún hilo del que tirar—. El problema es que mi compromiso es el de hacer dos libros de, al menos, 180 páginas, y no veo cómo podría dilatar ese argumento hasta tal punto. Además, los editores no quieren ficción. Tendría que tomar la idea principal y descoyuntarla, y mezclarla con infinidad de testimonios falsos… Supongo que podría hacerlo sin que nadie descubriese el engaño. Bastaría con utilizar un viejo truco que ya se empleaba en la *Línea*: atribuir dichos testimonios a personas que ya han fallecido. Tal vez podría visitar el cementerio, y buscar allí a unos cuantos testigos del hecho misterioso.

No sé. Tengo que salir de esta situación de impasse inmediatamente. Me da en la nariz que mis problemas de descanso se disiparán en cuanto dé comienzo a la redacción de una obra, y ya no habrá perro que pueda hacerme pasar otra noche toledana.

29 de octubre

José Luis Vinuesa Aldea, nacido en 1905 y fallecido en 1956. Antonio Caballero Sánchez, nacido en 1877 y fallecido en 1962. Isabel Manrique Rubio, nacida en 1897 y fallecida en 1955.

Sebastián Rubio López, nacido en 1911 y fallecido en 1960.

Verónica Arranz García, nacida en 1889 y fallecida en 1949 (con esta voy a ir un poco justo).

Pedro Calvo Manrique, nacido en 1885 y fallecido en 1959. Juan García Vinuesa, nacido en 1879 y fallecido en 1954.

He anotado estos nombres en el diario esta misma tarde. Son vecinos de La Aldehuela de Calatañazor, el pueblo más cercano, que están enterrados en su cementerio. Hay algunos más, naturalmente (pero no muchos más: es un cementerio extraordinariamente pequeño), pero las fechas de su vida —y concretamente las de su muerte— no encajan en la horquilla que me interesa.

Salí de casa hacia las doce, pensando que me daría tiempo de sobra para echar un vistazo a las lápidas y regresar a comer. Otra vez me traicionó, sin embargo, mi completo desconocimiento de la región. Tomé la carretera comarcal y me dirigí hacia el sur. El perro decidió acompañarme durante un trecho —no sé qué se figuraría que íbamos a hacer—, pero al cabo de diez minutos empezó a demorarse por los enebrales y enseguida lo perdí de vista definitivamente.

El camino hacia el pueblo se realiza cómodamente, pues la carretera discurre suavemente hacia el páramo bajo, y la venta del empalme con la carretera nacional se ve durante todo el trayecto, sobre un cerrillo. Lo más molesto es el sol de aquellas horas; el sabinar se va desvaneciendo en torno a la carretera como a los dos kilómetros de descenso, de modo que no hay sombra alguna que te resguarde. Por allí abajo he visto rastrojos de cereal y otras tierras labrantías en barbecho; algunas más plantadas de matas verde lima, con bayas redondas y negras que no he sabido identificar. Y girasoles por todas partes. Se respira mejor en aquella zona, donde se ve el horizonte y no se siente la opresión del fárrago de sabinas.

Pero el viaje es más largo de lo que pensaba, y llegué al pueblo a eso de las dos. La aldea, escondida en un collado menudo, entre cuatro oteros, parecía desierta —como ya suponía—, pero no tan arruinada como me había figurado. En mi niñez, recuerdo que la miraba a través de la ventanilla del auto, cuando íbamos de visita a la finca, y me provocaba una sensación de absoluta desolación, con aquellos rimeros de piedras desvencijadas, y los tejados hundidos, con las vigas y los machones hacia arriba, como la arboladura de un barco naufragado. Mi madre me decía que allí nunca había vivido nadie: se refería, como es lógico, a lo que ella misma había conocido; pero, mirando el pueblo detenidamente, no hubiera sido difícil tomarse aquel comentario en un sentido literal.

Sin embargo, observé que había andamios levantados en varios solares; y que los muros de algunas construcciones estaban revocados y las tejas nuevas. Alguna gente se estaba tomando el trabajo de rehabilitar las antiguas casas familiares, según parece. Aun así, el pueblo estaba completamente desierto hoy.

Como ya era algo tarde, decidí hacer un último esfuerzo y ascendí la cuesta que lleva hasta la venta. Fueron apenas diez minutos más, pero me hicieron sudar lo que no había sudado en toda la caminata. El aparcamiento siempre está plagado de camiones, lo que es un buen indicador gastronómico, según dicen. Entré y comí un menú del día, extasiado mientras escuchaba las conversaciones entrecortadas de otros congéneres, dándome cuenta de hasta qué punto los había añorado.

Después descendí de nuevo al pueblo y crucé el pequeño río por la pasarela que hay ante la fuente. Atravesé un hermoso camino entre ciruelos y olmos y me dirigí directamente hacia la iglesia, que es la primera construcción que se ve por esta parte. El cementerio se halla en el mismo recinto que la iglesia, pero no aledaño a ella. Aproveché el pretil de una cerrada colindante para encaramarme a la tapia y, desde allí (y no sin dificultad, pues los hierbajos alcanzaban el metro de altura en algunas zonas), fui buscando las lápidas y anotando los nombres que mejor me cuadraran. Estas personas son las que dieron testimonio, allá por los primeros años cincuenta, del fenómeno aterrador que va a ocupar uno de mis libros.

30 de octubre

Si esta noche pasada hubiera tenido un rifle a mano —y si hubiera sabido cómo utilizarlo— creo, honestamente, que habría liquidado al perro.

Creí que el trabajo me recompondría la cabeza y me daría el sosiego necesario para volver a dormir. Pero ayer escribí —escribí por fin el boceto de una idea interesante— y aun así no he logrado pegar ojo.

En fin; centrémonos en lo bueno.

El libro se ha aparecido ante mí ya terminado: ordinario y trivial, no cabe duda; pero creo que resultará satisfactorio para la editorial, y su escritura —eso me alivia— apunta a ser vertiginosa y regalada, pues ya tengo en la cabeza un armazón más o menos estable de lo que ha de ser el libro.

La estructura es algo manida —la estructura clásica de los reportajes de la *Línea*—, pero a los lectores que entran en este juego supongo que les da igual ocho que ochenta. He pensado presentar el fenómeno clásico de la procesión de luces (algo de eso aparecía también, si mal no recuerdo, en ese viejo cuento mío), adornado de la manera más espeluznante que pueda.

Digamos que se empieza dando por hecho que un fenómeno extraordinario ha sido presenciado. De momento, la realidad de dicho suceso no se afirma ni se desmiente; simplemente se constata que ha sido presenciado, y se establece la premisa de que eso es incuestionable: los testigos lo han presenciado, sin duda; o al menos creen haberlo presenciado. Lo que no es negociable, bajo ningún concepto, es valorar la hipótesis de que estén mintiendo deliberadamente: se aduce que no existen motivos para tal cosa y que sería una canallada sospechar siquiera de su buena fe.

¿Qué fenómeno extraño vamos a presentar? En principio, algo perturbador, pero relativamente inocuo y, por ello, más aceptable; hasta razonable, verosímil. Se ven luces en los montes. Más adelante, esas luces han de interactuar con la gente e, inexorablemente, causarles mal. La necesidad de una explicación razonada para el suceso se irá diluyendo poco a poco en el marasmo del terror y de lo anecdótico. El punto de vista *lovecraftiano* disipa esa necesidad en el lector, porque el placer se ha trasladado desde lo intelectual hacia lo atávico: no es necesario comprender, lo único necesario ya es mantener la dosis de horror, y no hay nada más horrible que lo que carece de explicación y excede la propia razón humana.

El libro comienza con un testimonio dado por uno de los hombres que descansan en el cementerio de La Aldehuela; pongamos, José Luis Vinuesa. ¿Cuándo se tomó nota de tal testimonio? Digamos que a comienzos de los cincuenta —poco antes de que muriese—. Ha llegado hasta mí gracias a unos documentos privados de mi abuelo, pero se hace notar que estas historias eran *vox populi* en la región. Si se halla en el *Heraldo de Soria* alguna noticia sobre crímenes no resueltos —o resueltos, qué más da— en los que participen salteadores de caminos, miel sobre hojuelas: los aldeanos nunca dieron por buena la explicación de las autoridades, etcétera.

Pues bien, empezamos con Vinuesa. ¿Qué dice que le pasó? Volvía de guardar el ganado en las tainas y lo llamaron por su nombre, o eso creyó él. Había visto las luminarias desplazarse por los oteros. Nos narra los momentos de horror que se suceden; se da cuenta de que vaga a tientas por el sabinar, o algo por el estilo. Finalmente, escucha de forma nítida una sentencia que debe tener gran fuerza perturbadora: «¿Dónde está el otro?», o algo así de incomprensible. Después, el resplandor se hace insoportable y, en los días siguientes, se empiezan a manifestar las secuelas físicas, que se mantuvieron durante toda su vida.

Entonces, antes de continuar con nuevos testimonios, nos desviamos hacia el folclore local —y si no es precisamente local, decimos que sí— y ocupamos nuestras buenas páginas hablando de leyendas tras las cuales pueda estar el mismo fenómeno que trastocó la vida de Vinuesa. Las procesiones de luces son la cosa más recurrente del folclore español. Nos preguntamos qué son, o por mejor decir, qué dice la tradición popular que son.

¿Qué pueden ser? Lo más obvio es que sean almas en pena —una cosa así como la estantigua, o la santa compaña—, difuntos que vuelven del purgatorio porque se les debe una misa. Me acuerdo de narraciones populares que vienen al pelo aquí —no son de la zona, pero poco importa; basta con situarlas en los pueblos de la contornada hacia mitad del siglo XIX. Algunas de estas historias son cuentos populares muy extendidos por España. No importa. Se sitúan también aquí, en el alto páramo. Fulanito de Tal, hombre insigne de La Revilla, por ejemplo (tendré que acudir a los censos), cobró notoriedad en la región por un curioso fenómeno que le aconteció tras la muerte de su esposa. Resulta que escuchaba pasos por las habitaciones vacías de su casa y, por las noches, cuando estaba acostado, hasta creía sentirlos sobre el tejado: pasos livianos sobre las tejas. No encontraba sus pertenencias: las hallaba escondidas en los lugares más inopinados. Y una noche, abominando ya del sueño que lo rehúye, se levanta de la cama y sale de su casa, y allí, tras la tapia de su cerrada, ve a su mujer, ataviada con la mortaja, mirándolo en silencio y sin apartar la vista. A la mañana siguiente, Fulano se lo cuenta al párroco y la noticia corre de boca en boca, pero Fulano no es objeto de mofa, pues es un ciudadano conspicuo y valiente. Los fenómenos se siguen produciendo. Una noche, después de guardar el ganado, vuelve al pueblo y siente que una mano lo ha agarrado de la ropa; Fulano trata de zafarse, pero el abrazo de la oscuridad se hace más fuerte. Oye que le susurran algo; no lo entiende. ¿O no le susurran? No. Es solo un silbido sordo, como el que se exhala al pedir silencio, como el que musitan las madres para dormir a sus hijos, como el que se susurra a las reses atadas, para tranquilizarlas antes de clavarles el cuchillo. Fulano no se atreve a volverse siquiera, recordando la imagen atroz de su mujer amortajada sobre la tapia. «Fulana —le dice—, déjame ir». Llora, gime, le promete pagar misas por su alma, pasa la noche rezando por las almas del purgatorio. Está a punto de desfallecer; de morir de horror. Pero al fin amanece. El sol despunta sobre los cerros y le infunde algo del valor perdido. Fulano se vuelve lentamente, y la impresión lo hace desmoronarse de nuevo sobre el rocío del monte: es una zarza. Fulano saca la navaja y corta la rama espinosa. Dicen que dijo (o dice él mismo que dijo), henchido su pecho de orgullo herido: «Y lo mismo haría si fuese la mano de un fantasma». Pero, al volver a su pueblo, hace inmediatamente lo que prometió en la hora más oscura y corre a pagar las misas por el alma de su mujer. Los fenómenos se detienen en ese mismo instante.

E historias como esta inundan el folclore local y tratan de explicar el origen de las procesiones de luces en los montes, que son un suceso conocido en la región desde tiempos inmemoriales.

En realidad, creo que no hay lugar peor que este para ubicar fenómenos así, pues la rudeza de estas gentes, la dureza de la vida en el páramo, o quizá la falta congénita de cualquier predisposición a la fantasía, hacen de Soria un lugar poco proclive a las supercherías de ninguna clase. Convencer de que estos relatos existen, efectivamente, en el imaginario colectivo va a ser una tarea ardua —ya lo es, simplemente, defender que exista un imaginario colectivo—. El punto a favor es que esta tierra está deshabitada por completo: no queda nadie en estos pueblos que pueda refutar lo que yo quiera decir.

Creo que voy a ir ligero como el viento.

¡Si pudiera dormir…!

El perro está cada vez más enloquecido. Anoche se le oía correr desaforadamente alrededor de la casa, como si estuviera siguiendo la falsa liebre en un canódromo. Me pareció que no abandonaba el perímetro de la casa; y en realidad, no podía hacerlo, pues la velocidad de su carrera implica que se hallaba en terreno despejado, en el corral que se extiende hasta la linde del sabinar.

Y gime, y gime, y gime sin cesar…

31 de octubre

He estado todo el día escribiendo. Tendré que darle un repaso al estilo, naturalmente, pero diría que este primer borrador tiene ya un cariz definitivo. He proseguido esa primera parte del libro con una serie de capítulos en los que narro otras posibles explicaciones que el folclore da al fenómeno de las procesiones de luces. Ni siquiera he tenido que revisar mis archivos, pues conozco al dedillo estas narraciones tradicionales.

He comenzado hablando de los clásicos fantasmas camineros, que se presentan a veces dando voces y lamentos; a veces con candiles en las manos. La Llorona, de inmensa extensión en América Latina, tiene también su correspondencia española: la Llorona de Barcelona, que ahogó a sus hijos en el puerto y después se suicidó; y la Llorona soriana, que, si bien no existía, ahora existe. Una mujer despechada por su amante, de linaje superior, enloquece y se venga de él matando a sus bastardos. Después se suicida, entre lamentos, comprendiendo en el postrer instante la horrible acción que ha cometido. Su fantasma descarnado sorprende a los caminantes nocturnos con desgarradores gemidos: «¡Ay, mis hijos!», llora, y su visión causa la muerte.

También hablo de las famosas luces del Carnero, historia muy extendida en las Canarias, a la que dedicamos un programa en la emisora, en el que yo mismo colaboré. Tiene poca enjundia para el caso, sin embargo, porque carece del componente horrible de la interacción —de la agresión, en particular—.

Y he seguido acumulando viejas historias de aparecidos hasta rellenar una veintena de páginas. Todo absolutamente insustancial; pero creo que la cosa aún se mantiene a flote.

A última hora recordé que esta noche es Noche de Difuntos, y tuve que volver, avergonzado por el lapso, a mis apuntes. Rellené diez hojas más hablando del Monte de las Ánimas, la leyenda soriana más universal, que también puede colorearse con el fenómeno de las luces andariegas.

Hoy es Noche de Difuntos. Para mí será, sin duda, otra noche más de tormento. Si pudiera escribir a esas horas... Pero eso es absurdo. No podría. Con el maldito perro aullando en el corral... Sería imposible concentrarse, y entonces sí acabaría moliéndolo a palos con un leño de la cuadra. Me es más necesario el silencio para trabajar que para dormir.

Tal vez podría intentar algo nuevo. Si el perro aúlla y corre porque hay algún animal ahí afuera que lo enerva, quizá se tranquilice si le dejo pasar la noche aquí dentro, en el zaguán. Tendré que salir ya a por él, pues está casi anocheciendo y a estas horas es cuando el perro se marcha por el sabinar —debe de ser la hora de la caza—. Luego vuelve hacia las diez; toca con las uñas el portejón de abajo y, como lo encuentra ya cerrado, se va al caldero del pienso, come y bebe y luego parece que se tiende en el poyo. A las doce, empieza su recital de gemidos y lamentos.

1 de noviembre

Mi tío acaba de marcharse a Soria.

No querría haber llegado a este punto —creo que ya lo dejé escrito en el diario—, pero la situación se ha vuelto insostenible.

Lo que ocurrió anoche la hizo insostenible. No podía seguir con el perro por aquí ni un solo día más; no después de lo que sucedió la noche pasada.

Esta mañana llamé a mi tío y le dije —no sé si le exigí o le rogué, pues me encontraba fuera de mí— que se llevase al animal inmediatamente.

Rezongó y me colgó el teléfono sin dejarme claro si iba a acudir y, de hecho, me sorprendió verlo aparecer esta tarde por aquí. Supongo que mi tía intercedió.

No ha dicho gran cosa, como siempre, ni ha querido saber a qué venía tanta urgencia, ni yo he pretendido explicárselo al detalle —una cosa así se la contaría a cualquier persona antes que a él, creo—. Simplemente le dije que no me era posible descansar y que me sentía enfermo, y añadí —pues es cierto— que también la bestia estaba pagando con su salud los estragos de su excéntrica conducta nocturna.

Y no me extraña.

No quiero ni pensar en el sufrimiento que ha debido de padecer allá afuera si esta noche, al abrigo de los gruesos muros de la casa, su tormento ha sido así. Es una pobre bestia martirizada. Su congoja sobrecoge, pues se reduce a ese horror primigenio que va más allá del raciocinio y es naturalmente asumible por cualquier criatura dotada de sistema nervioso.

Después de presenciar aquello, los aullidos y carreras desaforadas por el corral me parecen una anécdota: es cierto que impidieron mi descanso en la última semana, pero ahora... ¿Cómo volver a dormir, aun en el más escrupuloso silencio, sabiendo que un pobre animal es cada noche torturado por inefables horrores? El perro no puede seguir un día más aquí. Creo que moriría. Me asombra que no haya muerto esta misma noche.

En cuanto dejé el bolígrafo sobre estas páginas, salí por él y lo hice entrar al zaguán. El animal tiene buen carácter durante las horas de sol y, más o menos, confía en mi bondad; sin embargo, se mostró algo reacio a entrar en la casa, acostumbrado, supongo, a las restricciones de mis tíos. Finalmente entró, y estuvo tranquilo hasta el anochecer; ni siquiera pareció recelar de la nueva situación, ni se incomodó por ver el portejón cerrado.

Se tendió bajo la bombilla y se hizo un ovillo. Así lo hallé las veces que asomé la cabeza por la puerta de la cocina.

A las once, aproximadamente, mientras leía junto al hogar, me sorprendió un ruido extraño y una sombra fugaz que me veló la comisura del ojo, y vi que el perro había metido, pudoroso, la cabeza por la puerta de la cocina, y me miraba dolorosamente. Me levanté del escabel y él, quizá imaginándose que lo iba a reprender, salió otra vez raudo al zaguán. Fui tras él y me quedé en silencio bajo la bombilla, que pende, desnuda, bajo una viga encalada y cubierta de trébedes, cepos, candiles de aceite y otros artefactos menudos y herrumbrosos. No escuché nada. El perro me miraba, ya tranquilo, meneando la cola y, de cuando en cuando, erguía sus orejas lacias y dirigía los ojos a la puerta, que ya hacía tiempo que estaba cerrada y con los pasadores atravesados. Volví a prestar atención y de nuevo fui incapaz de distinguir otro sonido que el de la vibración insectil del filamento de la bombilla.

El perro se tendió en su lugar y yo me volví a mi escabel junto a la lumbre, atento a partir de entonces a cualquier sonido extraño que pudiera colarse entre el aplastante silencio de la noche. Los leños de encina crujían con calma y silbaban cuando las llamas lamían los líquenes prendidos a su corteza y húmedos aún. Al cabo de diez minutos, escuché cómo el perro se levantaba y sus uñas repiqueteaban y resbalaban sobre las baldosas, y él se precipitaba en una carrera torpe hacia la cocina. Entró por la puerta como el rayo, patinando sobre el suelo cenizoso, y fue a parar bajo una mesita auxiliar sobre la que mi tío había tenido la televisión de cuernos. No gemía ni producía ruido alguno, pero me observaba con una mueca, perfectamente humana, de horror.

Dejé mi libro sobre los cojines y me levanté. El animal me echaba vistazos fugaces, pero sus ojos volvían enseguida a la puerta de la casa, que nos miraba, muda, desde el fondo del zaguán, levemente iluminada por la lánguida bombilla. Creo que murmuré algún improperio, que el perro ignoró. Me dirigí hacia el portal y descorrí los cerrojos de los portejones. El perro ladró, o gañó, desde debajo de la mesilla, y yo maldije de nuevo, pues me había asustado en un momento tan confuso. Abrí el portejón superior y me asomé por el vano, sintiendo al instante el relente helador del páramo.

Afuera, la oscuridad era completa, y el silencio también.

Salí al exterior y me alejé unos pasos de la puerta, más allá del romboide mustio que la luz eléctrica dibujaba sobre la tierra. Se alcanzaba a distinguir levemente la línea de árboles que circuyen la casa, y hasta allí me dirigí. El silencio de la noche era tal que no pude menos de sobrecogerme. «Será el invierno —pensé—, que impone su letargo a las bestias». No se oía ya el chirrido de los grillos, que hasta hacía una semana inundaba el bosque con su frenesí, ni el ulular del viento entre el marasmo de enebros: era silencio sobre capas de silencio; un silencio tal que mis pisadas sobre la hierba híspida tronaban con un estruendo incongruente.

¡Qué silencio!, ¡qué densidad, casi corpórea, se sentía en las sienes! Era una sensación sumamente desagradable, como cuando te cubres las orejas con un par de vasos de vidrio. Por un instante, pasó por mi cabeza la idea de romper esta quietud con unas palabras, pero no sé por qué este pensamiento suscitó en mí una profunda aprensión, y no lo hice.

Regresé a la casa y cerré la puerta. El perro seguía bajo la mesa, hecho un ovillo. Creo que apenas le importó verme aparecer de nuevo ante sus ojos, pues continuó temblando en el rincón, concentrado en su propio terror, que debía de ser evidente para él y mucho más real que yo.

Volví a mi puesto junto a la lumbre, pero ya no leí más. El pobre animal estaba cada vez más nervioso y aterido, tan obcecado en su horror que ya me ignoraba por completo, y ni siquiera atendía a mis llamadas. Su musculatura se delineaba perfectamente clara bajo su pellejo, y todas las vértebras de su espinazo asomaban, afiladas, en la curva de su espalda.

Pensé que un hombre que estuviera en tales condiciones sin duda tardaría poco en morir, y luego me dio en suponer que quizá el perro fuera a correr la misma suerte, y que, tal vez, si no había muerto aún —en las noches precedentes— era porque había estado en el exterior, donde podía correr y gemir, y desatar los nervios. Tal vez debiera dejarlo salir, me dije; pero luego pensé que la puerta había estado abierta hacía apenas unos minutos y que el perro no había hecho la menor intención de marcharse. Además, ahora ya resultaba inútil forzar al perro a salir, o hacer cualquier otra cosa; ni siquiera a prestarme atención. Aquella situación me produjo una lástima indecible. El animal no atendía a mis palabras y yo no me atrevía a acariciarlo. No había modo de reconfortarlo ni de comprender qué diantres lo aterrorizaba.

Pasada la medianoche, la cosa empeoró. Miré el reloj del horno, por si ese dato pudiera después servirme para entender algo, y vi que eran las doce y veintiocho, aunque el episodio se había desencadenado hacía ya unos minutos. El perro comenzó a gruñir, quejumbroso al principio; después, terriblemente amenazador. Se revolvía bajo la mesa y mostraba los dientes en todas direcciones, incluso hacia las paredes; y sus ojos, acerados, profundamente concentrados en su enemigo, no atendían a nada corpóreo en realidad, o al menos, a nada que viera yo. No sabía qué podía hacer; cerré la puerta de la cocina, por probar algo, por quitarle de la vista el portón de la calle, pero comprendí que no había nada que yo pudiera quitarle de la vista, pues su vista no estaba puesta en la materia circundante, sino en algo etéreo y móvil —móvil para él, al menos, pues, en su frenesí, lo seguía con los ojos, inyectados en sangre y locura—.

A ratos gañía y se revolvía violentamente, y eso era lo más aterrador; su enemigo invisible lo hería de alguna manera, y la pobre bestia parecía inerme ante sus acometidas. Hice un último esfuerzo desesperado por aliviarlo y probé a cubrir la mesa con una gran manta que uso para abrigarme mientras leo; la arrojé sobre la mesa y la arreglé para que los faldones cayeran al suelo por todos sus lados, también los del rincón. El perro quedó cubierto por completo, y también a oscuras, pues apagué la luz eléctrica, quedando solo iluminado por el rescoldo mortecino de la chimenea. Pero esto no obtuvo el menor resultado. El animal siguió ladrando y revolviéndose en la oscuridad, de modo que volví a prender la luz y le retiré la manta de encima. Entonces un grito de horror quedó atascado en mi garganta. Vi un reguero de sangre que descendía desde la cruceta del animal y manaba de una espantosa herida, que le levantaba la piel del lomo y le perforaba la carne hasta el hueso amarillento. ¿Lo habían atacado?, ¿era aquello posible, entonces? ¿El invasor que solo él podía ver era real? Semejante disparate hizo eclosionar en torno a mí una atmósfera de absoluta incomprensión y horror. Creo que di vueltas y vueltas en el mismo sitio, aterrado, como si en un solo instante hubiera sido arrojado a un océano sin fondo, a un lugar desconocido de extrañas leyes. Sin embargo, logré sosegarme y volví a sentarme en el escabel. Quizá fue solo un minuto de pavor; luego, intenté razonar. Al instante lo comprendí: era el propio perro quien se había herido a sí mismo, y, de hecho, lo vi de nuevo clavar sus dientes en su cuadril derecho y tratar de desollarse con furia.

Maldiciendo mi estúpida ocurrencia de hacerle pasar la noche en el interior, me dirigí a la cuadra, dispuesto a poner en práctica la única solución que se me antojaba para proteger al perro de sus propios embates. Cogí la fregona y le desenrosqué el palo; acto seguido, regresé a la cocina y comencé a hostigar con él al animal. Al principio, pensé que mi plan iba a ser infructuoso, pues el perro obviaba mis leves pinchazos y continuaba sumido en su particular pelea. ¡Si pudiera tomarlo en brazos y lanzarlo a la calle!, pensé. Pero no podía, y me complace añadir que no creo que lo hubiera hecho aunque sí hubiese podido. Decidí sacudirlo de lo lindo entonces, y descargué una lluvia de violentos zurriagazos sobre el animal.

La mayoría iba a parar tangencialmente a las patas metálicas de la mesita, que temblaba y resonaba espantosamente, pero otros sí acertaron sobre la pobre bestia.

Aunque el perro continuó ignorando mis golpes durante unos segundos, en un determinado momento —lamento recordar que sucedió tras acertarle precisamente en la herida del lomo—, se volvió con furia hacia el palo de la fregona y lo mordió, reteniéndolo un instante entre sus fauces.

Esto me dio ánimos y seguí atizándole golpes y puyazos, en el hocico y lomo principalmente, donde sabía que más daño le haría. Y entonces sucedió algo realmente extraño y hermoso a su manera: el rostro del perro sufrió un tenue cambio mientras se defendía a dentelladas de mis golpes; sus ojos enloquecidos regresaron a la habitación y volvieron a posarse en los objetos circundantes, y también en mí, y su mirada denotó entonces la sorpresa y el oprobio de verse atacado por su dueño. La incomprensión regresó a su rostro, y supe que había vuelto en sí.

Dejé caer el palo, y el animal me observó en silencio. Estaba extenuado y ni siquiera era capaz de despegar la panza del suelo. Yo respiré de nuevo, pero la tregua fue breve. Apenas dos minutos más tarde, el perro comenzó a gemir y a enroscarse como hubiera hecho al inicio del episodio, y otra vez vi velarse sus ojos tras la pátina del horror. Se reanudaron los aullidos y los mordiscos al aire, y tuve que tomar de nuevo la vara.

La noche ha sido un agotador combate entre el dolor que yo le infligía y el dolor que le causaba el monstruo de su locura. El pobre perro ha sido el campo de batalla, y me sorprende, sinceramente, que haya logrado sobrevivir al duelo interminable. Los descansos que yo le concedía se volvían cada vez más breves, pues enseguida regresaba a ese estado mental en que era acosado por fuerzas inmateriales. Sin embargo, hacia las seis de la mañana, la batalla finalizó. El animal quedó tendido de lado bajo la mesa, reclinó su cabeza sobre el suelo y comenzó a respirar profundamente.

Creo que esperé una hora más antes de tomar el teléfono y llamar a mi tío. Después, subí a mi habitación y me acosté entre las sábanas heladas. Al despertar, el perro seguí inconsciente en la misma postura, y así ha continuado hasta media tarde —poco antes, en realidad, de que mi tío apareciera por aquí. Le he explicado lo sucedido y no me ha prestado demasiada atención—. «¿Así andamos?», ha dicho, y creo que se lo decía al perro. Luego lo subió al maletero del coche y se marchó. Ahora me siento horriblemente triste y fatigado, pues me da la impresión de que los desvelos de esta noche han de ser en vano. Quiera Dios que estos episodios de locura dejen de cebarse en el animal una vez que cambie de ambiente, pues sé que, si esto se repitiera en Soria, mi tío llevaría al perro al monte y le daría un tiro. De hecho, no me extrañaría nada que el perro ya esté en un arroyo, con una bala en la panza.

2 de noviembre

Esta tarde he llamado a Soria. Por fortuna, ha sido mi tía quien ha respondido al teléfono. Me ha dicho que el perro está bien; que lo han llevado al veterinario para coserle la herida del lomo y actualizarle la cartilla de vacunas. Le pregunté si se había comportado de forma extraña durante la noche y me ha respondido que el perro ha dormido tranquilamente en su patio.

Espero que todo sea cierto.

Yo no he hecho gran cosa en todo día. Supongo que estoy aún algo atacado por lo ocurrido. Esta noche, de hecho, apenas pude dormir. No me sacaba de la cabeza al animal y sus horribles tormentos. Después he estado todo el día deambulando por la casa, zaguán arriba, zaguán abajo; y comiendo porquerías sin cesar. El ordenador lleva diez horas encendido, sobre la mesa de la cocina, pero he sido incapaz de escribir una palabra.

Empieza a hacer demasiado frío como para salir largo rato.

6 de noviembre

El frutero no ha venido hoy, y debería haber venido, pues es jueves.

10 de noviembre

Tengo que escribir algo, aunque sea aquí.

Hace días que el sopor se ha adueñado de mí por completo y, aunque los efectos que ha producido son... ¿Cómo decir? ¿Placenteros? Eso por descontado, pero es algo más. Tal vez, gratificantes, y hasta salutíferos... Pues sí; aunque los efectos son gratificantes, creo que debo hacer un paréntesis en mi vida contemplativa para escribir algo y comprobar que las máquinas aún no se han anquilosado.

Hace días que duermo a pierna suelta. Durante algunas noches me costó conciliar el sueño; creo que fueron dos o tres noches desde el día en que mi tío se llevó al perro. Los recuerdos de su terror, unos desconocidos ¿remordimientos? y ese silencio me impedían dormir. Pero era, sobre todo, ese silencio... La casa; no, la noche entera, el páramo, todo alrededor se ha quedado mudo. De noche y de día, mudo. Es el sonido del frío, me decía al principio; el toque de queda que el invierno impone al campo. Pero no solo es el campo. No se oyen pájaros ni animales en torno a la casa, ni se escucha ya la carcoma en la madera, ni los ratones tras el revestimiento de las paredes. Las vigas no crujen al contraerse con la helada nocturna. El viento sopla afuera, pues los enebros se agitan y los jaramagos secos se hienden y se quiebran; pero no suena entre las hierbas híspidas y afiladas, ni en las aristas de los muros de la casa. Ha llovido estos días, y la lluvia era muda.

Tardé algún tiempo en descubrir que era esto lo que se me hacía insufrible. Debí de encontrar en el continuo impenetrable del silencio la fisura pertinente para discernir su existencia. Entonces, cuando entendí que era eso, las molestias disminuyeron.

Una mañana saqué la butaca de mimbre al corral, me cubrí con la manta y me abandoné a la contemplación de la línea de árboles, que se mecían con la brisa sin producir ningún sonido. Reconozco que fue un desafío a ese irritante silencio circundante. Y no sé si lo gané o lo perdí. Me quedé dormido, y me desperté profundamente reconfortado. Después, me dejaba sumir a voluntad en la quietud y gozaba en una especie de éxtasis inmóvil, en el que nada hay que trascender. Simplemente, me siento en la butaca, o en el escabel, junto al fuego, y me adentro en el silencio de la casa mientras el tiempo va cayendo, seco y mudo, a mis pies.

Y no hay nadie a quien escuchar, ni nada que responder, y creo que ni siquiera he fabricado un solo pensamiento innecesario; todo se ha reducido a la práctica, a la satisfacción de las necesidades básicas.

Naturalmente, no he escrito. El libro está encarrilado, creo; por lo menos, sé hasta dónde debo llevarlo mientras pueda tirar del archivo. Pero eso no hace que se escriba solo, y me hastía pensar que no todo ha de ser material de archivo; que en algún momento habré de ser original...

Por eso, creo que debería escribir algo; salir por un rato de este vivir absorto y mudo, y zarandear un poco el cerebro.

11 de noviembre.

¡Qué placer en la autoafirmación! ¡Y cuánta vergüenza, también!

Hasta ahora nunca pensé que mi amor por la soledad, o más bien, por la ausencia de otras personas a mi alrededor, estuviera tan acendrado en mí.

¡Y cuánta desolación —por más que sea una desolación que destila dulzura— al comprobar fehacientemente que lo que me ocurre —lo que siempre me ha ocurrido— se reduce a pura misantropía!

Al abrir los ojos por la mañana, gozo con este primer pensamiento súbito; con la certeza de que no voy a tener necesidad de despegar mis labios; de que no van a ser enervados mis oídos con palabras banales; de que no he de clavar un clavo más en el ataúd donde yace mi confianza en el ser humano.

Este lugar ha satisfecho, en parte, aquella deleitosa fantasía infantil en la que yo me convertía en el único hombre vivo en el mundo, y vagaba alegremente por las ciudades, disponiendo de todos los bienes que veía a mi alrededor. Aquí no hay bien alguno del que disponer, es cierto. De hecho, los escasos bienes de que dispongo ya se están agotando: creo que quedan un par de paquetes de carne en el congelador, y dos o tres piezas de fruta. Me irrita profundamente pensar que voy a tener que resolver estas necesidades tarde o temprano. Tendré que acercarme a la venta un día de estos, o llamar a algún servicio de entrega a domicilio. Prefiero no recurrir a mis tíos en lo sucesivo.

Por lo demás, todo transcurre plácidamente. El silencio me arrulla como a un niño de pecho, y no hago otra cosa que alimentarme y dormitar. Ya no echo de menos ningún *entretenimiento*: no leo mi libro ni escucho la radio ni tengo el menor prurito de sentarme ante un televisor. Claro está que no escribo.

15 de noviembre

Vuelve a llover. Goterones gruesos como monedas, reventando sobre las tejas con un estrépito de mil demonios. Recuerdo lo que escribí hace apenas una semana. La lluvia aquella que no repicaba, que era muda y hueca; el páramo silente… ¿Sería verdad que todo estuvo en calma? Ya no lo recuerdo. Debió de ser así.

Me maravilla la transformación que se ha operado en mi mente, y no puedo comprender qué fenómeno prendió la chispa del cambio. Ahora me parece mentira que yo venerase el placer de ese sopor envenenado. Pero yo fui quien escribió aquellas líneas, no puedo negarlo.

Desde hace unos días, algo ha sacudido mis percepciones hasta tal punto que diría que ahora están invertidas por completo. ¡Gozo en la soledad! Eso escribí. Y ahora, sin embargo, el encantamiento se ha perturbado y se ha vuelto aborrecible, y la palabra se ha revelado por entero, y conozco al fin su verdadero significado: *soledad...*

Quizá es la venganza que la soledad me inflige por haberla traicionado. Hace un par de días salí de la casa y caminé hasta la venta del empalme. No tuve más remedio que hacerlo: los alimentos se me estaban acabando, y en esta casa no hay ninguna cobertura que me permitiera realizar la compra a través de mi teléfono móvil. Fui a la venta sin otro interés, lo juro. Quería comer tranquilamente en una mesa, hacer el pedido a algún supermercado de Soria y regresar sin demora a mi retiro de completa inacción. Y fue lo que hice.

Llegué cerca de la una de la tarde, pues procuré madrugar, y me senté en el comedor a aporrear una y otra vez la pantalla de mi teléfono. Me llegaba el olor grasiento y delicioso de los torreznos recién hechos. Pedí uno solo, pues son de un tamaño indecente, y lo devoré con fruición. El camarero me dijo que eran los ganadores del concurso provincial de torreznos. Lo felicité y pedí otro.

El resto de la comida estaba muy sabrosa también. Hacía tiempo que no probaba nada que no me hubiera preparado yo mismo, y sabe Dios que noté la diferencia. Estuve algo más de una hora allí sentado. Me entretuve escuchando las conversaciones que la gente mantenía en la barra del bar: se trata de un restaurante de camioneros, con lo que el tránsito de clientes era incesante. Y... no sé si lo pasé bien, pero... Lo pasé muy bien. Me reconfortó de una manera inesperada el oír las voces afables de otros seres humanos. Me costó trabajo despegar las posaderas de la silla y salir de nuevo al frío del aparcamiento, y después, al frío de la carretera solitaria, y al frío y a la soledad del páramo.

Anduve las dos horas de camino con paso lento y rezongón, y las dos horas de camino se convirtieron en tres, y se hubieran convertido en cuatro de no haber comenzado a tronar por la parte de Urbión.

Llegué a la casa cuando ya empezaba a mojarse la tierra, y me refugié en la gélida cocina, donde me apresuré a hacer fuego. Me calenté en la lumbre mientras escuchaba acercarse la tormenta, que rugía entre las sabinas y desgarraba los cielos con horrísonos truenos. Salí a cerrar los portejones y observé el vaivén demencial de los enebros y las sabinas que circuyen la casa: el viento los agitaba de forma enloquecida y aullaba entre sus ramas con un ronco silbido, como si de un grito animal se tratara. Sentí espanto de aquel sonido, y regresé rápidamente al hogar.

Dos días ha durado esta tempestad infatigable. Ayer ni siquiera abrí las puertas. El encierro es a medias voluntario, pues en cierta manera me siento —¿cómo decir?— como si fuera un crío castigado en su habitación. La soledad traicionada me castiga ahora con este aislamiento forzoso…

¡Sé que son estupideces! ¿Dónde iba a ir, aunque quisiera? Y si, en efecto quisiera, ¿qué iba a impedírmelo? Tengo que volver a escribir y a ser consciente del tiempo, pues he pasado más de una semana en un estado absurdo que no me ha hecho bien. Debo recuperar una rutina diaria.

¡Pero es tan tedioso este aislamiento!

17 de noviembre

El sabinar se agita como un péndulo, como una marejada que fuera efecto de la inercia de un movimiento primigenio ya olvidado. No hay viento ahora. El sabinar se eriza y se repliega acompasadamente. Es el propio planeta el que lo mueve.

El cielo es una lámina de mercurio. Las fluctuaciones de la luz no se deben a los astros, sino a la refracción de capas oleaginosas sobre la bóveda celeste. Es el planeta el que las mueve; el que las condensa y las expande con sus rotaciones contrarias.

18 de noviembre

Si estuviera en un barco, me arrojaría por la borda.

Saltaría la balaustrada del balcón de mi cuarto, desde el que observo hace horas la nada, una nada inquieta y gris, igual que si otease desde el castillo de popa; me precipitaría al aire si supiera que abajo me aguarda la dulce muerte del agua.

La monotonía me aplasta y me acosa, me ha puesto cerco, y penetra los poros de mi piel, y pretende que me subsuma en ella, y que me vuelva un apéndice más del bosque: otra sabina mecida al compás de la mágica vibración.

Las tormentas han cesado. Han retornado la antigua calma y el sopor.

Pero su murmullo tenue, que en los anteriores días acariciaba mi cerebro hasta postrarlo en una gozosa catatonia, ahora desgarra esas membranas sutiles, y me hiere y desespera.

La radio está en silencio sobre la mesilla, pues sus efectos son vanos. Esas voces estúpidas son remedios inermes antes el muro de la soledad. Es peor que el silencio.

Si estuviera realmente en alta mar…

Hoy el cielo es un reflejo macilento del bosque. Ni siquiera se ve a lo lejos la línea del horizonte, pues las nubes caen sobre los cerros y disipan las copas de las sabinas lejanas, mezclándose con ellas. Y todos los árboles danzan a tiempo, y dejan en la retina su presencia perdida un instante y vuelta a recuperar, como una espuma mística y acre.

Si estuviera en un mar auténtico —pues la soledad no puede ser mayor allí—, me arrojaría por la borda y lo dejaría vencer.

20 de noviembre

Todo lo que necesitaba era saberme acompañado, aunque se tratara de una compañía muda y distante.

Leo lo que escribí estos días pasados y no puedo evitar sonreírme con una condescendencia paternalista, como si pudiera salir de mi propia estupidez y juzgarla como algo ajeno, como si sancionara en otro una actitud pueril y ridícula. Sin embargo, solo sonrío; con una sonrisa falsa que a mí mismo me esconde algo. Y esa sonrisa... ¿la esboza el juez, o el reo? Debe de ser el reo, porque el juez se reiría a carcajadas al leer esas páginas desmesuradas. El reo no se carcajea; se sonríe con pudor, incapaz de objetivar esas cuartillas, pues sabe que él las escribió, y sabe que las escribió con sincero temor.

Ayer no pude aguantar más bajo este techo. El día era espantoso, pero no vi otro remedio para mí más que salir de la casa y caminar hacia la carretera. Sentía en mis ojos y en mi boca la opresión de esta atmósfera viciada por la soledad y como el hormigueo de una carcoma húmeda sobre mi piel.

El sabinar estaba enloquecido por el viento. Me cubrí la cabeza con la capucha de un viejo abrigo de mi tío y eché a andar entre las hierbas secas y ya hendidas. El frío era devastador, pero la sensación de asfixia que aún me atenazaba me forzó a descubrirme no bien llegué a la cuneta de la comarcal. El aire me golpeó las orejas como una pedrada, pero no me importó: hubiese querido que se me colara por los oídos, adentro del cráneo, y me barriera toda la bazofia que la soledad estaba depositando en mi cerebro.

Algo así debió de suceder, pues al instante me sentí mejor.

Y entonces, un milagro surgió de la circunstancia más anodina: un coche silencioso, con las luces prendidas y tenues, pasó a mi lado con parsimonia. Miré al conductor y el conductor me miró a mí; me miró con desconcierto, es verdad, casi como si yo fuera un aparecido, o —más bien— un loco o un imbécil. Siguió adelante y se perdió tras la curva.

Inmediatamente me encontré recuperado, y no tardé en regresar.

Hoy, después del mediodía, recibí una llamada a mi teléfono móvil. Era el repartidor del supermercado al que hice el encargo hace cinco días. Me dijo que estaba parado en una explanada, aproximadamente en el kilómetro que yo había indicado en el pedido, pero que era incapaz de localizar la casa. Le dije que el edificio no se veía desde la carretera, pero que podía esperarme allí mismo.

Al cabo de dos minutos estaba junto a él en el calvero. Creo que fue algo desagradable conmigo, pero no estoy completamente seguro —me figuro que también debí de producirle una pésima impresión, pero igualmente es una suposición, pues su mera presencia y sus palabras duras y breves cayeron en mis oídos como un bálsamo y apenas pude responderle con coherencia—. Cargué con las bolsas hasta la casa y me he sentido aliviado durante el resto del día.

Ya no me preocupa tanto que esa opresión morbosa pueda volver a hincar sus dientes en mí, pues he visto cuán fácil es volver a la normalidad, por usar una palabra. Lo terriblemente volátil que se ha vuelto mi ánimo sí me tiene inquieto. No creo que resista aquí todo el invierno: ahora estoy seguro.

22 de noviembre

Estos días me he encontrado con las energías necesarias para escribir un poco más: todo resúmenes del material de archivo, por supuesto; nada original.

Me da vergüenza lo que estoy haciendo. Si yo fuera mi editor, me despediría en el acto no bien leyera diez páginas de lo que hay escrito. Y el problema principal es que estoy empezando a pensar que esta pobreza de ideas y de determinación no deriva, en realidad, del lugar, ni del aislamiento, ni aun de la tensión mental que he padecido: siento ahora la infertilidad como un mal que no ha de acabarse aunque me vaya de aquí.

No obstante, me iré. Creo que me iré dentro de unos días; unas semanas a lo sumo —sin duda antes de que acabe el año—. Iré a Soria, tomaré un piso en alquiler y terminaré mis libros. Y luego los entregaré, apestando a fraude y mediocridad, qué importa; y luego, no sé qué haré…

Ayer pasó por aquí el cartero. Él sí sabía cómo llegar a la casa, pues ya lo había hecho otras muchas veces, y conoce bien a mi tío. Además, hace el reparto en motocicleta y puede maniobrar por la pista forestal y el sendero de los enebros. Hablé con él tres minutos y luego me entregó las facturas de la compañía eléctrica. Me dijo que solo pasa por aquí una vez al mes, de modo que, si esperaba recibir correo de forma habitual, sería mejor que diera otra dirección, en una oficina de Soria, o quizá en la venta del empalme, que suele ofrecerse a prestar esta ayuda a los vecinos de la zona —he visto, por cierto, que, junto a la tienda de la gasolinera, tienen anclado un pequeño buzón público—.

24 de noviembre

Llevo una hora con los pies metidos en el barreño, y el dolor no se me pasa. La plancha del hogar no ha dejado que el agua se enfríe, al menos, y no he tenido necesidad de moverme del escabel. ¡Estoy hecho una piltrafa! Pero ya he aprendido la lección, bien lo sabe Dios… ¡Que me haya vuelto a suceder exactamente lo mismo!

El día había salido claro y templado, y yo llevo una racha funesta en lo que a escribir se refiere, si es que puede llamarse escribir a lo que hago. De modo que, a eso de las cuatro, me he decidido a salir para estirar las piernas. Pensaba llegarme solo hasta la carretera, pero se estaba tan bien allí que me decidí a seguir un poco más, y otra vez tomé hacia arriba, en dirección a Abejar, donde los montes refulgían bajo un cielo radiante de color azul desvaído.

Allí donde el dosel de ramas se retiraba a los costados de la carretera, el sol caía sobre el asfalto y lo calentaba todavía, y daba gusto acuclillarse y colocar las manos sobre él. Más allá de los árboles, no se oía el menor ruido. Unos buitres trazaron una elipse gigantesca a muchos metros de altura y luego se retiraron hacia los cañones del Ucero.

Supongo que me dejé llevar por la placidez del momento. Antes de llegar a la muela del alto páramo, se abre una explanada de tierra roja a la izquierda de la carretera, semejante al calvero que lleva a mi casa. Es un claro circular cercado por altos matorrales de escaramujos y rebollos enanos y pelados —creo que secos—, débiles como esqueletos fosilizados. El lugar es un tanto siniestro de ordinario, pero no hoy. Al final de la explanada comienza un camino amplio y bien trazado para lo que son las pistas forestales de por aquí, con rodadas profundas de tractor y orillas desbrozadas por el tránsito de vehículos y rebaños. Supongo que ni siquiera se me pasó por la imaginación la idea de que pudiera perderme por esta vereda —no sé si, en puridad, debo decir que me perdiera—, y me encaminé tranquilamente a ver adónde conducía.

Ojalá hubiera mirado el reloj, pero quién puede anticiparse a... a nada, en realidad. Quiero decir que, si hubiera consultado la hora, no me hallaría en este desasosiego, pues sabría definitivamente que lo que ha sucedido se ajusta por completo a la normalidad... Y no es que diga que no se ajuste; es solo que *sabría* que no tengo motivos para recelar. Quizá debiera adoptar costumbres sistemáticas —tomar referencias de todo—, aunque sea un comportamiento extravagante y, sin duda, molesto. Pero también es extravagante y molesta esta tendencia a exacerbar cualquier hecho que se preste a la fantasía.

No sé, en definitiva, cuánto tiempo anduve por la pista forestal. Yo diría que no fue más de media hora —una hora, en el más optimista de los casos—, pero no puedo saberlo a ciencia cierta. El sol aún brillaba en el cielo cuando me di la vuelta —eso sí lo sé, y sé también que anochece a las seis en esta estación—. Por otra parte, fui todo el camino embelesado en pensamientos placenteros sobre el devenir del libro. El camino era hermoso. Las sabinas se abigarraban a veces en las orillas, tapiando la senda con sus troncos grises y retorcidos y otras veces dejaban al descubierto pradillos de hierba fresca, salpicados de encinas solitarias y enormes, o rastrojos de cebada, pardos ya y medio podridos por las lluvias. No se escuchaba un solo ruido en el bosque.

Anduve hasta llegar a lo alto de un otero donde se yergue, aún con buena presencia, una gran majada, con su pretil todavía en pie y el techo sobre las vigas. Delante de ella, el camino que yo seguía desaparece y se diluye en la hierba del alto cerro. En la muela se ven, aquí y allá, grandes losas y otras rocas caballeras talladas con herramientas: creo que se usaban antiguamente para colocar las piedras de sal para el ganado; ahora parecen los altares de minúsculas criaturas. El lugar resultaba profundamente desolador en medio de aquel silencio y de las incipientes sombras del ocaso. Pensé en darme la vuelta en el acto, pero entonces me di cuenta de que, a pocos metros, no bien se descendía el talud por la vertiente contraria, un pequeño arroyo había construido a su alrededor el paraje más inesperado en aquellos contornos. Crecía una docena de álamos enormes en aquel lugar, y las orillas del regato estaban cubiertas de oscura hierba y flores blancas y amarillas. Fue una hermosa visión: un vergel en mitad de un bosque de árboles que parecen piedras y de prados de hierbas pardas, afiladas y crujientes.

Pero, al iniciar mi descenso por la cuesta, escuché una esquila. Una esquila cercana, que vibró varias veces para desengañarme de la idea de que hubiese sido una ilusión. Me detuve al instante y la volví a escuchar —o escuché otra, más bien, pues su timbre era más hueco y apagado—. Y entonces, una multitud de esquilas y cencerros comenzó a sonar entre los árboles de aquel lugar.

Volví a la muela del cerrillo, frente a la majada, y traté de penetrar la lejana línea de árboles con la mirada, pero el lugar parecía tan solitario como antes. Y, sin embargo, las campanillas de las bestias se escuchaban tintinear allí mismo, a mi alrededor. Puse los ojos en los vanos oscuros que se abrían en las paredes de la taina; me dije: «¿Será que están dentro las ovejas?». Inmediatamente, fui a asomarme por algún ventanuco, pero, tras dar dos pasos, me detuve, pensando en si no habría también perros pastores por allí. El estrépito del rebaño se hacía entretanto mayor; ahora oía también el balido de los animales, y —fuera quizá por efecto del eco en algún talud pedregoso— he de decir que lo sentía en torno a mí.

Me di media vuelta y me alejé del lugar por el mismo sendero. Antes de perder de vista la pequeña llanura, me detuve y esperé un par de minutos, por ver si aparecía por fin el rebaño remontando las pendientes que conducían a la majada. Pero ningún animal apareció por el llano, y el sonido de los cencerros, lentamente, se desvaneció, como arrastrado por el aire.

Emprendí el camino de vuelta y enseguida me hice consciente del nerviosismo que me atenazaba. Ahora ya no se oía nada por el sabinar, y no era probable que los mastines de los pastores me salieran al paso, pero aun así el hormigueo del miedo me corría por las piernas. Me percaté además de que se hacía de noche a marchas forzadas. Y ahora pienso que tal vez fueron estas dos circunstancias las que interfirieron en mi percepción...

¿Qué otra cosa pudo ser? Si se me hubiera ocurrido comprobar el reloj... El caso es que he tardado más de tres horas en regresar a la casa —o a la carretera, por ser más exacto, pues una vez salí al asfalto, el camino hasta la casa fue casi regalado—. Pero, hasta que regresé a la carretera... ¡Dios Santo! No consigo darle explicación. Y ahora que lo pienso... ¡No la tiene!

¡Qué interferencias ni qué niño muerto!

Anduve tres horas por el camino en sombras. ¡Tres horas, cuando llegar hasta allí no me había costado más de media —una, exagerando las cosas—! Y estoy seguro de que no me perdí, porque ese camino está bien trazado y cubierto de rodadas. Es cierto que a cada poco lo cruzan otras pistas forestales menudas, y algún caminito de concentración, pero no es posible que tomara estas veredas por error. ¿Cómo podía haberme equivocado en algo así? Nunca tomé ningún sendero estrecho ni herboso; siempre seguí el camino principal.

Sin embargo, tardé tres horas en llegar a la explanada rojiza, que para entonces era negra por completo. La luna creciente brillaba levemente en el cielo —no había nubes, al menos—, y gracias a aquello pude continuar la caminata con algo de sosiego, un tanto ajeno al dolor horrendo que hormigueaba en las plantas de mis pies. Pero, he de ser sincero… ¡No fue sosiego lo que la carretera me insufló, sino el mayor alivio que uno pueda figurarse! Temí —y no una sola vez, por qué negarlo— no poder encontrar el camino de vuelta, y morir esta misma noche en el sabinar; de frío, o de algo así como pura desesperación.

26 de noviembre

Hoy hablé con mi tío, pero no recuerdo apenas la conversación. Supongo que algo lo preocupaba hasta el punto de sufrir el tener que hablar conmigo.

No importa. Le colgué el teléfono, dejándolo con la palabra en la boca. Cuando vuelva a Soria, iré a verlos y resolveré, de una vez por todas, lo que me vincula a ellos. Ahora sé que tampoco me quedaré en Soria.

Regresaré dentro de un par de días, cuando mis pies estén recuperados… Firmaré lo que haga falta. Y me iré a Madrid de nuevo.

No puedo seguir aquí.

El encanto bucólico se ha tornado en una áspera regresión a un mundo asolado por lo salvaje, sin más. Sé que el idilio de placidez que esperaba vivir hace unos meses no era otra cosa que una estúpida añoranza, fruto de mi fantasía enfermiza; y puede que esta imagen atroz en la que se ha convertido también lo sea, pero de esto no estoy tan convencido.

Los dos últimos días han salido tormentosos y violentos. Ayer ni siquiera llegó a amanecer. El Urbión no deja de mandar nubes negras y pesadas, que se encienden furiosamente con fogonazos rojos. Un halo dorado se ve a veces por sus resquicios, pero no llega a iluminar la tierra. Han sido dos días de continua noche, como digo.

He intentado escribir mientras tanto. Me he sentado muchas veces en el escabel y he tratado de garabatear unas líneas en el manuscrito. Sin embargo, me siento incapaz de hacerlo —y aún no hago otra cosa que poner en limpio el material de archivo—. Me dan ganas de quemarlo todo en el hogar. Ni siquiera tengo hoy la esperanza de ver remontar esta sima cuando me vaya de aquí. El libro no va hacia ningún lugar.

Aunque resulte extraño, siento deseos de salir al sabinar, a pesar del estado de mis pies. Es la casa la que me oprime: la presencia de ese manuscrito infame, la radio apagada, el teléfono, por el que no puedo esperar oír otra voz que la suya de nuevo… Pero el día es espantoso, y el bosque acabaría conmigo esta vez. No sé cómo dejar pasar el tiempo. Son las seis o las siete de la tarde. Es muy temprano para dormir.

28 de noviembre

¡Otra vez esa terrible sensación! Esta angustia de sentirse abandonado en un mundo ciego y sordo, que inconscientemente, como una lenta enfermedad sin inteligencia, conspira contra ti.

Soy el único habitante de un paisaje monótono en su violencia. La tormenta agita el sabinar y lo convierte en una masa abigarrada de… ya no de árboles, sino de bulbos indistintos, manifestando poco a poco su naturaleza monstruosa.

Las horas caen como siglos, y el viento golpea la casa en un rito estúpido de alabanza al caos y al vacío. Nada cabe en medio de esta vacuidad. ¿Qué voy a escribir? No hay espacio para el pensamiento. El tiempo se ha desvanecido en la mecánica de los ciclos diurnos y nocturnos.

29 de noviembre

Sé que existe un complot contra una parte de mí. Quizá no contra mi vida, pues eso apenas vale nada, pero sí contra algo preciado que reside en mi pensamiento, pero que no es el pensamiento en sí.

La tormenta es una parte de ello. Y también la permanente oscuridad, y la uniformada soledad del bosque.

Y yo desearía vencer. Me iré de aquí en unos días, pero ahora no quisiera irme. Quisiera que mi risa estremeciese al bosque y a los cielos negros. Cuando me azotan estos pensamientos, diría que la tormenta se aplaca afuera, y una calma extraña y falsa ocupa su lugar.

30 de noviembre

Soy un niño, tal vez; no un hombre ridículo y menguado. Las fantasías que me acosan no son propias de los hombres, y es notorio que los niños no pueden escribir —no son escritores ni lo pueden ser—, porque un niño es incapaz de hablar sin decir nada.

He quemado el manuscrito en la chimenea.

1 de diciembre

¡Lo hice al fin!

No pude soportar más el aislamiento de la casa, y salí al páramo en medio de la tempestad.

Caminé al azar entre los árboles, que vibraban como vellosidades erizadas, y me alejé de la casa hacia el sur, creo. No me importó el fárrago terrible. Alguna vez tuve que dar media vuelta; vagué en círculos, supongo.

Pasaron los siglos ante mis ojos. La monotonía de las ramas secas y petrificadas dejó en suspenso mis sentidos, y apenas fui consciente del cansancio y la humedad. Llovió y tronó; el viento me arrojó un par de veces sobre las piedras afloradas, usando como vela mi descompuesto abrigo, pero no me causó dolor alguno. Caminé sin cesar hasta que, al fin, una pureza magnífica en el aire —o en la luz, tal vez— me hizo regresar a mí, y observé un pequeño valle a mis pies, y el horizonte quebrado en lluvia a lo lejos.

Estaba en lo alto de un collado solitario. Campos ocres de girasol se pudrían en la vertiente que quedaba frente a mí. A mi espalda estaba el sabinar macilento: la casa se veía entre el frondoso follaje, como una balsa a la deriva. En una cumbre cercana, la luz roja de una antena de repetición se prendía intermitentemente, y el rumor de la carretera nacional llegaba también a mis oídos.

Me reí entonces, tal como lo tenía pensado. ¡Por encima de la tormenta me reí, viendo cuán fácil había sido la victoria! La antena de repetición, los tráileres de los camiones enormes y estruendosos... «¡Qué fácil —me dije— desbaratar el complot!».

Me resulta inverosímil que todo pueda volver a su lugar en cuanto me marche de aquí. Pero eso pensé en lo alto del collado. Ahora vuelve a ser diferente, porque he regresado a la casa.

La idea del regreso me turbó. No pude menos que recordar las peripecias de mis anteriores excursiones. Sin embargo, todo sucedió de una manera anodina y grácil. En pocos minutos, volví a encontrarme en el corral de la casa.

Pero la indiferencia del bosque no es sincera. No me importa. Mañana me iré.

2 de diciembre

Ahora que duerme, yo también debiera aprovechar para dormir. Pero es necesario anotarlo todo.

Soy consciente de que en muchas ocasiones he escrito aquí mismo que estaba decidido a marcharme al día siguiente, pero, en esta ocasión, estoy convencido de que mi propósito era firme.

Dormí bien anoche; ni siquiera me desperté cuando la tormenta dejó de martillear sobre el tejado y se deshizo. Por la mañana brillaba el sol y un hálito de vida resplandecía sobre las hierbas hirsutas y las sabinas glaucas. Me sorprendió la transformación, naturalmente, y consideré la sutil belleza que destilaban estos augurios de renacimiento. Sin embargo, nada de eso me conmovió: en mi resolución de marcharme no había resquicio para la duda. Además —y sé que es notoriamente absurdo—, sentí como una añagaza detrás de esa pálida belleza; una trampa tramada por el misterioso complot. Pero no me dejaría atrapar.

Almorcé y me puse a preparar el equipaje. En realidad, no había abierto la mayor parte de mis maletas. He usado y lavado una y otra vez la misma ropa desdolida desde que llegué, y ni siquiera me he preocupado por colgar en los armarios mis camisas y pantalones de hilo.

Pensaba llamar a un taxi antes de las dos; comer después, y salir a la carretera a esperarlo. Me temo que tengo necesidad de pasar por casa de mis tíos antes de marcharme a Madrid; en otro caso, le hubiera dicho al taxista que se dirigiera directamente allí. Creo que mi cerebro solo se repondrá cuando el mundo circundante sea absolutamente extraño a este ambiente. Mientras quemaba mis escritos en la chimenea, me dije: «Algún día, cuando te recuperes —si es que te recuperas—, cuando te marches de aquí, lamentarás lo que haces». Pero ahora creo que no, que no me costará ningún trabajo rehacer esa bazofia que ni siquiera ardió bien.

En estas estaba cuando escuché el rumor de un motor al ralentí, distante, pero perfectamente perceptible. Estaba a pocos metros de la casa — «En el calvero de la carretera tiene que ser», me dije—, y creí escuchar también las voces de dos personas que hablaban. Enseguida, el ruido del motor se hizo más grueso y llegó hasta mí el crepitar de la tierra bajo los neumáticos. Salí a la puerta de la casa y miré desde el umbral a la línea de sabinas.

Ella venía caminando con un paso doloroso y certero, como un animal que atraviesa, impávido, el territorio de las fieras. Puso sus ojos en mí y se detuvo. Llevaba solo una bolsa de viaje raída y sucia, que dejó caer sobre la hierba.

Me preguntó quién era yo —no sé si se le ocurrió saludarme antes de eso—, y yo le devolví la misma pregunta, supongo que con un semblante terrible.

La hija de mis tíos, me dijo. La hija de mi tía, en realidad.

No puedo saber cómo reaccioné; qué ha traslucido mi rostro. Pero sé que aquella noticia me desagradó, pues no esperaba encontrar otro vínculo de la casa con el mundo, por más que fuera un mundo —una casa— que ya me disponía a abandonar. Me imagino que resulté desagradable.

Le dije quién era yo, y también que sus padres no se encontraban ya en la casa, lo cual la sorprendió enormemente y también —muy pronto lo supe— la reconfortó. Pasamos adentro. Ella se dirigió espontáneamente hacia el pequeño cuartito de la estufa; le advertí que no la encendía jamás y que era mejor entrar en la cocina. Sus ojos vacilaban y por su rostro iban cruzando sombras de desconfianza: pensé que no recordaba, quizá, lo que veía, o, más probablemente, que lo recordaba con dolor. No le pregunté.

Se sentó en el escabel que yo suelo ocupar, a la derecha de la chimenea, y yo me acomodé en uno de los butacones de mimbre. Todavía quedaba una buena lumbre del último tronco de encina.

Se llama María —al fin lo dijo, vacilando fingidamente, tras preguntarse en voz alta si no lo había dicho ya—. Su rostro es joven y pálido, algo anguloso y, en su color, enfermizo; a causa de ello resulta triste. Creí al principio que era más joven que yo, pero que, al igual que yo, y por el mismo motivo, parecía mayor. Sus mejillas son prominentes y su barbilla huesuda y masculina; sus ojos, grandes, castaños y algo saltones; su mirada, inteligente y resuelta, pero huidiza y angustiada; los trazos de sus labios son firmes y varoniles; su cabello, que llevaba sucio y pegado al cráneo, se desparramaba tras la goma con que lo sujetaba en un marasmo de hebras gruesas, morenas y onduladas.

Su expresión debe de ser serena de ordinario —lo era al menos cuando callaba y me prestaba atención—, pero carece de la dulzura que yo asimilo a la belleza femenina. Es esbelta y de estatura considerable. Bajo sus prendas, un tanto ligeras y extravagantes, se adivina un cuerpo delgadísimo, y, sin embargo, algo en su porte —en la tensión de sus hombros, o en la musculatura de su cuello—, denota un brío especial. Creo que en ninguna circunstancia de mi vida me hubiera sentido cómodo al hablar con ella.

Le expliqué lo más detalladamente que pude todo el asunto del cambio de residencia de sus padres, pero después, como si todos esos detalles le hubiesen resultado nimios, resumió para sí misma:

—Así que no están…

—Tengo su número de teléfono —le dije, y enseguida quise enmendar la frase—, aunque me imagino que tú también lo tendrás —pero, a decir verdad, no lo creía.

¿Cómo aparecía de improviso en un lugar tan recóndito como este, por más que sea la casa de sus padres?, me preguntaba.

¿Pretendería darles una sorpresa, tal vez? Su semblante no daba pie a pensar en tales jugueteos.

—Yo también tengo su número —me respondió con un susurro—, pero me había hecho a la idea de encontrarlos aquí.

—¿Tienes su dirección de Soria? —le pregunté.

Ella negó con la cabeza. Me dijo que sabía que mi tío había comprado varios apartamentos en la ciudad, pero ignoraba cuál de ellos habían elegido para vivir.

Inmediatamente, saqué una nota de mi cartera y le di las señas.

—Yo pensaba marcharme esta misma tarde. Puedes venir conmigo; debo verlos, de hecho.

—No —dijo enseguida—. Prefiero quedarme aquí. Si te soy sincera… —se detuvo, y me sonrió por primera vez—. Bueno, no sé hasta qué punto tú sabes de mí.

—No mucho —le respondí—. Nada, en realidad, aparte de… En fin, de que existías.

—¿No me recuerdas, entonces? —me preguntó, adoptando esa especie de condescendencia adulta—. Aunque, a decir verdad, creo que solo nos vimos una vez en la vida. Fue aquí mismo.

—¿Aquí?

—Hace muchos años. Tú eras bastante pequeño… Aunque no tanto. Teníamos fiesta en el internado de Arcos aquel día. ¿O fue un fin de semana?

—No lo recuerdo —le dije—. Sería por la Trinidad. Solo veníamos a la casa por esas fechas. ¿Ya había muerto mi padre?

—Sí —respondió al instante—. Te digo que no eras tan pequeño.

—¿Tú eres mayor que yo, entonces? —le pregunté asombrado, y ella se rio.

—Si te digo la verdad —prosiguió—, no he venido propiamente a ver a mis padres, sino a… estar, a estar aquí unos días. Una temporada larga, en realidad. Pensaba pasar las Navidades aquí.

—Pues tus padres se han marchado de forma definitiva, me temo.

La preocupación volvió a aflojar a la línea de sus párpados, y se frotó con angustia las mejillas.

—No quiero causarte trastornos —exclamó con gravedad—. Si tenías pensado marcharte tú también, puedes hacerlo tranquilamente. Yo me quedaré unos cuantos días.

Me sobrecogió un poco tanta vehemencia, he de reconocer, y la prontitud y seguridad con que había tomado posesión de un territorio recién hollado. Le dije que no me parecía mal, pero que yo no tenía más que una llave y… varias excusas más, y que creía que lo mejor sería telefonear a sus padres e informarlos de lo que ocurría. Esto hizo que se revolviese en el escabel y me mirara con congoja.

—Es una pésima idea, Juan —me dijo—. No discuto que sea la más razonable, pero aun así arruinaría mis planes. Ya sé que no me entiendes —se apresuró a añadir—, pero te repito que no he venido aquí a ver a mis padres; no es esa mi preocupación ahora mismo.

Luego se quedó en silencio; un silencio que, supongo, sería elocuente para quien ella esperase que lo fuese, pero no para mí. Solo entendí que no iba a darme más explicación que esa mirada dura. No he sabido cómo decirle que todo aquello me resultaba improcedente, y que su familiaridad hacia la casa y el ambiente me desagradaba. Ella no pretendería ser descortés, sin duda, pero su vehemencia en la apropiación del sitio casi me ofendió, pues me dejaba entre la espada y la pared: ¿cómo exigirle que se marchara, si la casa es —aunque no en puridad— tan suya como mía; y la necesidad que tiene de ella parece tan apremiante?

—Mañana llamaré a mis padres, te lo prometo —dijo por fin al ver mi reticencia. Supongo que dijo la verdad pues sabe que, en cualquier caso, yo tengo que pasar por Soria y entrevistarme con ellos. No me ha pedido que modifique mi propósito de marcharme (tan solo en el punto que atañe precisamente a la visita a mis tíos).

—No les digas que estoy aquí —me pidió—; yo se lo diré mañana.

He decidido, pues, aguardar un día. No tiene sentido que me marche hoy si no puedo resolver los asuntos de la venta y proseguir viaje. Ella no puede saber, pues no me conoce en absoluto —ahora lo pienso con más calma, pues en ese momento casi me disgustó—, que yo jamás podría conversar con mis tíos sin revelar lo que sucede en la casa. Se excusó por el trastorno que me causaba y me pidió que prosiguiera con mis planes. Me azoré. He tratado de explicarle que no me causaba ningún trastorno el permanecer un día más o menos en la casa, porfiando con las palabras para evitar que trasluciera algún pensamiento que en realidad creo que no tengo: como que no puedo permitir que se quede aquí sola, con mis llaves, etcétera.

Hemos comido en la mesita portátil. Creo que todo se fue volviendo más incómodo progresivamente. Ella dijo que estaba fatigada, y ha pasado la mayor parte de la tarde durmiendo en uno de los cuartos de arriba: uno, en concreto, que carece del más nimio detalle femenino, aunque, por lo que me ha dicho durante la comida, ella apenas ha habitado esta casa, pues ha estado siempre interna en colegios o en casa de una hermana de su madre, en Barcelona.

Su bolsa de viaje ha permanecido todo el tiempo sobre el suelo del zaguán. Es pequeña y parece medio vacía, como hecha en un ambiente de urgencia y aprensión. Esto es solo una impresión mía. Naturalmente, no he querido curiosear. He estado leyendo toda la tarde en el poyo de la casa, al calorcillo del sol de este día de tregua. Los deseos de huida han ido menguando en mi interior, yo creo, lo cual corrobora lo errado que he estado siempre en mi autoconcepto, en mi insensibilidad hacia la compañía de mis semejantes.

Por supuesto, no he logrado librarme ni un segundo de la incomodidad de no saber. Ella es joven —no tanto como yo, pero en algunos aspectos lo es mucho más—, y posiblemente su conducta obedezca a un motivo fútil y melindroso. Parece en verdad atemorizada, pero el miedo es perfectamente libre y estúpido. No soy yo el más indicado para hablar de conductas estúpidas. Ni siquiera deseo que me cuente nada, en realidad.

Mañana me iré y, si ella se niega a acompañarme, pondré a mis tíos sobre aviso, especialmente si pretende permanecer en secreto en la casa.

Sobre las siete ha vuelto a aparecer por el portal. Me dijo que había dormido muy bien; incidió varias veces sobre el hecho de que lo necesitaba desde hacía algún tiempo. Después, quizá debido a mi pobre y destemplada locuacidad, tomó su abrigo y me dijo que iba a salir a pasear en torno a la casa. La advertí de que no quedaban más de diez minutos de luz, pero no le importó. Salió y regresó cuando ya el cielo había perdido los últimos rescoldos de añil.

Ahora está acostada de nuevo.

3 de diciembre

Dos hechos inesperados y molestos han ocurrido hoy, u ocurrieron durante la noche de ayer, por ser más precisos.

El primero es un tanto insustancial, pero aun así engorroso: mi teléfono móvil se niega a encenderse. Es un aparato viejo, que se calentaba de más en los últimos tiempos, a pesar de soportar un uso francamente liviano. Es una menudencia, pero me obliga a pedirle el aparato a María, lo cual es un tanto obsceno, pues lo necesitaría precisamente para revelarle a sus padres lo que ella desea mantener en secreto, o para pedir un taxi y marchar a Soria y, una vez allí, hacer otro tanto.

El segundo, que no he presenciado, es algo más peliagudo, incluso aunque no sea cierto.

María estaba despierta cuando me levanté. Había preparado algo de desayunar y se encontraba sentada en mi escabel, hecha un ovillo dentro de la manta. Le pregunté si tanto frío tenía y me respondió que acababa de entrar en la casa; que había estado paseando por el corral y por la senda entre los enebros. Algo la preocupaba: su rostro mostraba aristas más duras y marcadas que la tarde de ayer, y su color de tez era ceniciento o amoratado. Había perdido la noche, evidentemente. No tardó en confirmar las evidencias.

—¿Tú sí has dormido bien? —me preguntó.

Le dije que sí, pero que esta era una costumbre relativamente reciente, pues yo también había padecido el insomnio durante muchas semanas. Volvió la mirada al fuego, indiferente.

—¿Sabrías decir si alguien ha estado en torno a la casa? —preguntó de súbito—. Quiero decir, si echaras un vistazo por los alrededores. ¿Tú sabes hacer eso?

—No sé a qué te refieres —le confesé.

—¿Sabrías advertir si alguien ha pasado entre los arbustos? ¿Reconocerías huellas en el suelo, o cosas así?

—Diría que no —admití enseguida—. Nunca lo he intentado, pero aseguraría que soy un rastreador nefasto. ¿Por qué lo preguntas?

Repuso lacónicamente:

—Porque desearía saberlo.

Acto seguido, la informé de la avería de mi teléfono. Me preguntó si pretendía abandonar la casa inmediatamente y le respondí que sí, en la medida de lo posible: ya tenía hechas las maletas y… Me interrumpió, con la voz quebrada y los ojos vidriosos. ¿Iría enseguida a ver a sus padres?, me preguntó. Más que compasión, fue una incomodidad extraña la que me crispó los nervios. Ni siquiera tenía que ver con el pudor ante las lágrimas ajenas. Era solo que… me parecía demasiado temprano para llorar, o algo así. Le dije que, en efecto, eso pretendía.

—De acuerdo —dijo enérgicamente, despojándose de la manta con que se cubría—. Dame un rato para prepararme y nos marcharemos juntos. En cualquier caso, puede que ya no sea tan buena idea permanecer aquí.

En mala hora le pregunté que por qué decía aquello.

—No estoy segura en absoluto, vaya eso por delante —comenzó—, pero toda la noche he tenido la impresión de que una persona caminaba por el corral de la casa.

—¿No te levantaste para cerciorarte? —le pregunté de forma estúpidamente redundante, pues de sus palabras se deducía que no—. La noche estaba clara. He tenido la luna metida en el cuarto todo el tiempo.

—Me dio miedo —contestó—. Figúrate que me levanto y veo, efectivamente, a alguien merodeando por allí.

—Sí —admití—. En estos parajes sería cosa para preocuparse. Pero lo más probable es que se tratara de algún animal. Esto está infestado de corzos y jabalíes, y hay también rebaños de ovejas y perros pastores que campan a sus anchas…

Negó con la cabeza.

—Se distinguen los pasos de un hombre. Incluso se distingue entre los de un hombre y los de una mujer.

—¿Cómo puedes distinguir?

—Hay una inteligencia precisa detrás del acto más inocente. Me pareció que un hombre caminaba por el corral, y hasta escuché el roce de su ropa contra las ramas de los cantuesos y los jaramagos. No me crees, ¿verdad?

—No sé —le dije—. Si te hubieras levantado a mirar, no tendría que creerte ni que desconfiar.

—Tuve miedo.

—De todos modos, ya no importa demasiado, puesto que en una hora nos marcharemos de aquí.

Volvió a languidecer en un segundo, como si toda su anterior energía hubiera quedado amortecida en el guiñapo con que se había cubierto y que ahora yacía desamparado sobre el escabel. Le pregunté qué le ocurría.

—Necesito saber esto antes de irme —me imploró, y pronunció después mi nombre de una manera que no sabría describir, lleno de ecos tan lejanos como todos mis años de orfandad. Es aterrador esta confirmación: nunca sabe uno qué cosas simples bastan para curarte, o para hacerte desplomar.

Quizá podría escribir un libro entero sobre la dulzura de su acento, y aun así quedarme en remotas aproximaciones... Mi nombre es Juan, pero nadie nunca lo ha pronunciado igual.

—Está bien —balbucí—. Iremos a comprobarlo.

Salimos de inmediato. María no había abierto aún la puerta de la casa; su temor era sincero, por más que ingenuo. Los cerrojos chirriaron sobre la chapa y un día plomizo y muerto, tan distinto del anterior, nos dio la bienvenida. Una lluvia callada y vaporosa se agitaba sobre los árboles como un cendal de gasa. Las hierbas pardas se habían reblandecido y ahora eran mudas y muelles.

Caminamos por el corral un buen rato; miramos en cada una de las fachadas del edificio sin encontrar nada que llamara nuestra atención, lo cual no era extraño, pues ni ella ni yo sabíamos a qué atender. Tomamos la senda arcillosa que lleva a la explanada de la carretera, con los ojos en el barro recién formado, pero tampoco dimos con lo que andábamos buscando. En la carretera vimos resplandecer el cielo en los montes del oeste, y el sonido del trueno llegó al instante, mucho antes de lo que ambos esperábamos.

—¡Está ahí mismo! —exclamé.

—¿Qué? —preguntó ella, esperanzada.

—La tormenta.

Torció la cara desdeñosamente y continuó observando el claro encharcado. Ya nos marchábamos del lugar cuando vimos la huella. No recuerdo ahora quién de los dos reparó primero en ella; tal vez la descubrimos a la par, pues nos precipitamos sobre el vestigio con la misma exclamación resonando en nuestras gargantas.

Era una pisada profunda, estampada por una bota de gran número sobre una antigua rodada de tractor ablandada por las lluvias de la noche. La dirección del paso enderezaba hacia la casa, y no reconocí el dibujo de la suela; no era mía. La angustia devoraba el rostro de mi prima.

—Aquí es donde recibo la compra que encargo —se me ocurrió decir—. Puede que sea la huella de uno de los repartidores. ¿Tú sabrías discernir si es muy reciente? Yo no sé qué decir…

—Me parece reciente —respondió—. Además, ¿no está un poco alejada de la carretera? ¿Hasta dónde se alejan esos repartidores?

—No tanto —admití.

Le tomó una fotografía con su teléfono y regresamos a la casa, atentos a las orillas enlodazadas del camino, pero no encontramos ninguna otra huella. María se acurrucó de nuevo junto a la lumbre y las llamas fueron iluminando en su rostro una infinidad de los matices de la congoja. Yo no podía estar seguro de nada, pero aun así lo estaba: estaba seguro de que ella había cambiado de opinión sobre el viaje a Soria, y de que aquello me hacía cambiar de opinión a mí también.

—¿Qué es lo que sucede? —pregunté por fin.

María se levantó sin decir palabra y salió al zaguán a toda prisa; la oí abrir una cremallera y enseguida regresó con un cigarrillo en la boca, cosa que me desagradó. Volvió a sentarse en el banco y sus mejillas se crisparon otra vez con esa determinación y vigor muscular que había apreciado en ella a su llegada. Tenía los dientes apretados, bajo los labios tensos. Los contorneados trapecios y las fibras de su pecho se contraían nerviosamente por arriba y por abajo de sus prominentes clavículas. Parecía un animal pequeño y feroz. Creí ver durante un segundo las líneas de tinta de algún tatuaje que debe de tener sobre el hombro derecho, y que asomaron fugazmente por el cuello de su jersey.

—Puede que él me haya seguido hasta aquí —musitó—. Puede que yo dijera más de lo que creía, y que haya sido capaz de encontrarme. Es un hombre vago y estúpido, pero este tipo de canalladas se le dan muy bien.

—¿Hablas de un marido? —pregunté, y me respondió que, evidentemente, hablaba de uno, y no de uno bueno.

Lo ha dejado en Madrid sin mediar explicación; supongo que tras algún tiempo de tormento y oprobio. No se ha extendido en comentarios ni yo se los he requerido, pues todo ello comenzaba a irritarme. Una persona no es otra cosa que sus circunstancias y me ha dolido sentir cómo estos hechos que la circundan me resultaban tan repudiables.

Ella cree que nunca le habló a él de este lugar en términos precisos; sí de la casa y de estos contornos, pero no de su exacta ubicación (¿cómo hacerlo de forma sencilla?), ni de los pueblos de la región. Él ha estado en Soria, en una de las propiedades de mis tíos —no la que ellos habitan ahora—. Cree que no tiene manera de encontrarla, pero no duda de que lo está intentando.

Hay, en cualquier caso, más elementos que se me ocultan. Debe de existir otra razón distinta y anterior —quizá hasta más dolorosa— por la que ella no quiere ir a casa de sus padres, por la que respiró satisfecha al enterarse de que ya no estaban aquí.

Ahora, naturalmente, seguimos aquí. Dormiremos aquí una noche más. Velaré otra noche más en esta casa. No me sentí con ánimos para forzarla a marcharse después de su enervante confesión.

No me ha pedido que aplace mi marcha, aunque sospecho que algo ha cambiado en el ambiente y que, tal vez, podría ser admisible que ahora lo hiciera. Eso me disgusta, aunque, quizá, no por completo. No me lo ha pedido, en cualquier caso.

Quizá una noche tranquila suavice el desconcierto que nos ha perturbado a ambos durante todo el día. Confío en que mañana acepte de buen grado mi marcha, y espero que me acompañe a Soria, además. Si no lo hace, he de dar aviso a sus padres —creo que ha vencido las reticencias respecto a este punto—.

4 de diciembre

Espero poder recordar punto por punto lo que sucedió anoche. Tuve la disciplina de anotar las horas en que fui despertado o, más bien, sacado de la cama por mi prima. No tiene la menor importancia en realidad, pero tal vez me ayude a recordar los hechos precisos.

Antes de acostarnos, estuvimos un buen rato charlando frente al hogar. María me refirió una de serie sucesos vagos —o al menos a mí (con mi particular sentido de la atención hacia lo ajeno) me parecieron vaguedades— en torno a los prolegómenos de su huida. No fue al detalle en ningún momento, creo; no describió pasajes de especial violencia; los episodios más ásperos rezumaban un aroma de sutil crueldad, fría y calculada; no entendí al completo el intercambio de humillaciones y de castigos recíprocos; pero todo estaba impregnado de un odio tangible, que —supongo— podría derivar, en el momento menos pensado, hacia cualquier cosa.

Sí me interesaron más los motivos por los que me dijo prefería mantener su situación en secreto a sus padres. Al parecer, no está en muy buenas relaciones con su madre —no así con mi tío, su padrastro— desde hace varios años, a raíz de unos enfrentamientos suscitados en un clima de absoluta adolescencia mental —por ambas partes, me temo—. No profundizó en ello, y sabe Dios que, tras mi paciente semblante (espero), se lo agradecí de corazón. Lo sustancial está en que ella piensa que mis tíos —su madre— intervendrían en el asunto (no podrían evitar intervenir, inmiscuirse) para mediar entre ella y su marido: delatarían su paradero; se pondrían en contacto con él, incluso, si fuera necesario. Prosiguió narrando una buena cantidad de anécdotas, absolutamente prescindibles, que corroboraban esa actitud por parte de su madre: según parece, el matrimonio con este tipo es la única decisión de su vida a la que la buena mujer ha dado su beneplácito. Puso varios ejemplos más, que he de confesar no escuché; en parte por el tedio que estas cosas me suscitan; en parte, porque de todo lo dicho ya se deducía un argumento necesario que ponía su credibilidad contra las cuerdas.

Si todo aquello era así, le repuse, ¿por qué había acudido a la casa del páramo, siendo el caso que desconocía la ausencia de sus padres?

Entonces, tras un instante de mutismo absolutamente inexpresivo, me confesó que había mentido. Ella siempre ha sabido que sus padres estaban instalados ya en Soria.

Por qué pensó que resultaría más aceptable presentarse ante mí fingiendo ignorar la presencia de sus padres es algo que se me escapa —tal vez tenga su lógica, pero a mí, honestamente, me resulta irrelevante—.

También admitió —aunque eso siempre ha sido obvio— que tampoco sabía que yo estaba en la casa; es decir, que había elegido el lugar precisamente por la completa soledad. Pero ella no tiene llaves de la casa; ¿acaso pensaba dar un golpe en un cristal y colarse adentro? Sin pensarlo dos veces, me respondió que eso era, en efecto, lo que se proponía. Otra mentira, me dije: todas las ventanas del edificio tienen barrotes, incluso las de la planta superior. Entonces, ella me hizo levantar y me condujo hasta la antigua cuadra, cuyas paredes de mampuestos y adobes están, como ya he dicho, cubiertas hasta el techo por grandes rimeros de leña.

—Detrás de aquel montón —me dijo, señalando la pared que da al sur— hay una ventana; la única de la casa que no está enrejada.

Como es imposible advertirla tras la leña, y ni siquiera el más leve resplandor del día se ha colado jamás tras la maraña de maderos, decidí salir a la calle y di la vuelta al edificio. Allí hay, en efecto, una ventana de cristal ahumado y sucio, bajo la que crece un alto matojo de oscuras ortigas. Nunca había reparado en ella.

—¿Pensabas romperlo y empujar la leña hasta desmoronar la pila?

Ella asintió sin darse la menor importancia. Volvimos enseguida al interior, pues la noche era horriblemente fría. Cerré los portejones y coloqué los pasadores, que chirriaron en la oquedad del zaguán con un eco definitivo y fatal. Ella debió de percatarse de mis recelos e, insospechadamente, me puso la mano sobre el hombro y yo la sentí pequeña y tibia, como la de una niña, ajena por completo a la vehemencia de su voz y sus decisiones.

—Puedes preguntarme todo lo que quieras, Juan.

Otra vez mi nombre. Como si fuera la primera vez en la vida que se pronuncia.

—¿Cuáles son tus planes exactamente? —le dije—. ¿Hasta cuándo pretendes quedarte aquí?

—No lo sé —repuso—. Me digo que tengo que tomar una decisión, pero en realidad no es cierto, porque no he de decidir nada. Supongo que solo es cuestión de tener un lugar donde esperar a que la mente claudique ante el hecho de que no hay ninguna elección que hacer.

Todavía no sé si es razonable su manera de conducirse —razonable en sus circunstancias, quiero decir—. A mí no me cabe en la cabeza el trayecto que lleva desde una infancia aquí hasta aquí nuevamente en condiciones tan deplorables. Quizá fue precisamente eso lo que trató de explicarme cuando regresamos junto al hogar: principió (tal vez concluyó también) una serie de anécdotas más o menos sórdidas e irritantes. No las escuché y le pedí que no me las contara; no quisiera repudiar ni un poco más la vida que ha llevado —nuestra vida es nosotros mismos, concurra como concurra el azar. No quiero repudiarla a ella—.

—¿Te irás mañana? —le pregunté cuando ya me levantaba para ir a mi habitación.

—Veremos. Si después de esta noche me cercioro de que no hay nadie rondando por aquí, me quedaré. Si sospecho que él me ha seguido, entonces me iré contigo por la mañana.

—Vengas o no, yo he de avisar a tus padres. No tengo derecho a ocultarles que estás aquí, compréndelo.

—Está bien —dijo sin más, atizando la lumbre.

—Compréndelo —repetí—. La casa ni siquiera es de tu madre, sino de mi tío. No puedo ocultárselo.

—De acuerdo —volvió a decir, pero lo que pienso que quiso decir era algo así como: «De acuerdo, tengo otros sitios adonde ir», o algo por el estilo.

Yo no quiero forzarla a marcharse, pero me ata las manos y, en cualquier caso, si —como yo pienso— tiene otros sitios adonde ir, que se vaya. ¿Qué diablos va a hacer aquí ella sola?, ¿repetir mis errores y revivir mis desvaríos? ¡Por Dios; si yo tenía ya los dos pies fuera de esta casa! No le hago ningún favor permitiendo que se quede en el páramo.

No quise prolongar la conversación y me fui a la cama. Me despertó a las dos menos cuarto. Golpeó a mi puerta y debió de responder entre susurros a mi gruñido ronco y destemplado. No la oí y, cuando le pregunté en alta voz qué quería, abrió la puerta quedamente mientras me chistaba, nerviosa.

—No enciendas la luz —me dijo—, y ven a la ventana.

La obedecí y, a tientas y descalzo, pues no pude dar con mis chirucas, caminé sobre la tarima hasta que palpé su brazo desnudo en la oscuridad. La noche era mucho más tenebrosa que la anterior y el marco de la ventana, lejos de refulgir, no era más que una sombra algo más difusa que la oscuridad circundante. Toqué el visillo, pero ella me retiró la mano.

—Observa allí —me dijo—, entre los arbustos.

Acerqué la nariz a una rendija que dejaban las cortinas entre sí e hice lo que me pedía. Presté atención a la tiniebla exterior, que de ninguna manera dejaba distinguir los arbustos de los que ella hablaba, ni las sabinas ni los montes en lontananza. Solo el cielo, por el norte, era algo más pálido. Estuve así hasta que el frío que atravesaba mis calcetines se me hizo intolerable.

—No veo nada —reconocí.

—Fíjate bien. ¿No has visto una pequeña luz, blanquecina, que brilla justo bajo la ventana? Yo la he estado viendo durante un buen rato.

—¿Una luz blanca?

—Blanquecina. Quizá no completamente blanca, y diminuta. Se movía a veces y dejaba tras de sí una pequeña estela.

—Creo que yo no he visto nada de eso en todo este rato. ¿Es algo parecido a lo que viste ayer?

María se retiró de mi lado y oí chirriar los goznes de la puerta.

—Ayer no vi nada. Simplemente escuché pisadas —me dijo mientras salía.

La desazón con que me dejó casi me dio ganas de volver a mi puesto de espionaje, pero el frío me las quitó de inmediato y me volví rápidamente a la cama.

Volvió a despertarme a las cuatro y diez. Esta vez me asustó, pues la encontré ya dentro de la habitación cuando abrí los ojos. La luz de su teléfono móvil bailoteaba en la oscuridad alumbrando caóticamente su rostro, los machones del techo y la forja de la cama.

—¡Pon atención! —exclamó, y tras unos instantes de muda tensión, volvió a gritar—. ¡Eso! —yo no entendí a qué se refería, en qué tenía que reparar, y ella se apresuró a decírmelo antes de que pudiera responder—. Es un ruido como el de anoche.

—¿Pisadas? —le pregunté.

—No. No las pisadas. El otro ruido. Un rumor como de tela que se frota contra las ramas. Aquí no es tan nítido como en mi habitación. Ven conmigo.

La seguí. Su temor era profundo y en sus gestos se apreciaba una especie de fatiga, causada sin duda por las largas horas de agitación y vela. Al entrar en su cuarto, noté la vaharada de calor que solo un cuerpo alerta y en continua actividad puede producir. Aunque todo estaba en penumbra y no se acertaba a ver la cama, me imaginé que ni siquiera estaría abierta. Se detuvo en mitad de la pieza y me puso la palma de la mano sobre el pecho. Entonces lo escuché: se trataba de un rumor vago, causado por una fricción, sí, pero era tan acompasado y monocorde que difícilmente podía ser efecto de lo que ella pensaba.

—No creo que sea ropa rasgada por los enebros —le dije—. Creo que es un animal. La respiración o el gemido de un animal.

Lo que se oye es el aire a través de la garganta.

—¿El aire? A mí me suena como la loneta arañada —repuso.

—Creo que no —respondí—. Si fuera eso, se apreciaría algún cambio en el sonido. Quien lo hiciera se desplazaría por el corral. Sin embargo, el ruido parece provenir del mismo punto. Yo creo que es un bicho.

—¿Qué bicho? ¿Un ave?

—No lo sé.

Permanecimos en silencio un par de minutos, oyendo el rumor, que aparecía y se desvanecía cada diez segundos, aproximadamente. Ahora ya ni siquiera me parecía producto de un animal, sino de dos objetos inertes mecidos por el viento. A ella, esta explicación le resultó aún más absurda. Le propuse bajar y comprobar qué ocurría a los pies de su ventana. No se trataba de una bravata —puedo decirlo con orgullo—; no sentía ningún temor en aquel momento. Ella rezongó al principio, pero yo ya estaba descendiendo las escaleras. Me cubrí con un abrigo viejo de mi tío y descorrí los pasadores.

El frío era atroz afuera, lo que reducía un poco más la posibilidad de un ser humano haciendo rozar la ropa contra la fronda espinosa, una y otra vez, con una cadencia estable, como un completo imbécil. Encendí una linterna y doblé la esquina de la fachada hacia el lado de las habitaciones. La pequeña explanada del corral deja por allí unos cinco o seis metros hasta el lindero del bosque. Tropecé con una matilla de espliego, que crece allí en soledad, y por poco doy con mis huesos en el suelo. Volví la cabeza y me alivió no ver allí a María, que debía de haberse quedado en la casa más por temor que por frío. El enebral estaba quieto y silencioso. Di unas pasadas con el haz luminoso sobre el parapeto vegetal y no vi nada. Tampoco el rumor volvió a escucharse.

—Huyó —le dije a mi prima en cuanto entré al zaguán.

—¿Lo viste?, ¿qué era?

—No vi nada. Debió de huir al oír los pasadores. No dudes de que era un animal.

Pero ella no se conformó con esa explicación y creo que subió las escaleras sin pronunciar una sola palabra. Con esto creía yo que se daban por concluidas las peripecias nocturnas, pero de nuevo me equivoqué.

Hacia las cinco escuché otros sonidos, esta vez perfectamente identificables: me parecieron las vibraciones y pitidos propios de un teléfono móvil. No me levanté de la cama ni llegué a sacudirme por completo el sopor. Esperé unos instantes antes de desplomar la cabeza sobre la almohada, completamente exhausto y hastiado.

El ruido de la puerta de la casa me sacó nuevamente del sueño. Serían poco más de las seis: el resplandor lechoso del amanecer otoñal iluminaba tenuemente los visillos. Pensé que ella debía de haber estado, durante el resto de la noche, en vela, aguardando precisamente eso: un poco de claridad para poder salir. Inmediatamente pensé en salir tras ella, pero entendía que ya no podría alcanzarla; la falta de sueño me tenía extenuado, además. Me quedé dormido a medio tapar —quizá un par de minutos—, pero enseguida abrí los ojos y salí de la cama, pensando que el hecho de que hubiera abierto la cancela no significaba necesariamente que se hubiera marchado. Sin embargo, no estaba en la cocina ni en ningún lugar.

La puerta del zaguán estaba encajada en su marco metálico, pero los pasadores estaban, efectivamente, abiertos. Di un par de voces que no obtuvieron respuesta. Afuera, el páramo yacía, congelado, bajo una capa plateada de escarcha, y hasta los árboles permanecían inmóviles, aterecidos y muertos de frío o pavor. No se escuchaba un ruido.

Entré en la cocina y encendí la lumbre. Mientras tomaba un bocado, perdí la noción del tiempo —acaso me dormí con los ojos abiertos, hipnotizado por el fluctuar de las llamas— y cuando miré el reloj, comprobé que ya hacía más de una hora que mi prima andaba por el bosque. Salí a la puerta y volví a llamarla a grandes voces. Ni un sonido emergió del bosque en respuesta a mis gritos; ni un ave salió volando, espantada; ni el eco se dignó a contestarme. Me alejé unos pasos de la casa y me encaramé a un pequeño collado que se eleva a unos cien metros; no es lo suficientemente alto como para ofrecer una vista que supere las copas de los árboles, y, aunque así lo hiciera, tampoco hubiese alcanzado a ver a ningún caminante vagando por el marasmo de sabinas. Decidí volver a la casa.

Las horas fueron transcurriendo lentamente mientras la esperaba.

Primero pensé que se habría extraviado en el sabinar, como a mí me había sucedido en dos ocasiones; luego, lleno de angustia, empecé a figurarme que ella estuviera en lo cierto y fuese su marido quien se la había llevado... Otras tantas ideas, a cual más descabellada e incongruente, pasaron por mi imaginación mientras el sol trazaba su elipse matinal por la ventana enrejada y desaparecía al fin tras la esquina del marco.

Tuve tiempo suficiente para inspeccionar su habitación con cuidado. El teléfono no estaba allí; tampoco el abrigo con que había llegado dos días antes. Sin empacho, abrí su bolsa de viaje y rebusqué en su interior, pero no vi más que un par de camisas y otras tantas camisetas y pantalones vaqueros, ropa interior, un neceser de cuero...; la incertidumbre terminó por agotar las pocas fuerzas que me quedaban; también, los continuos paseos de la cocina al corral y vuelta a la cocina. Hacía muchísimo frío a pesar del sol radiante, y resultaba penoso permanecer más de diez minutos en el exterior. Asumí que no me quedaba otra opción que emprender camino hacia la venta y llamar a emergencias.

Pero entonces apareció. La vi aparecer de pronto entre los enebros, con la cara descompuesta de fatiga y los brazos lánguidos e inermes. Me tomó de las manos en un gesto inextricable para mí, y luego pasó de largo y se dirigió al hogar. En efecto, se había perdido: había salido a echar un ojo al corral de la casa, pero luego, algo la había instigado a proseguir por uno de los senderos que se internan en el sabinar, y después —pero no mucho después— se había sentido completamente perdida. Le dije que sabía muy bien de lo que hablaba, pero… ¿qué era aquello que la había llevado a penetrar en la espesura?

—¿Reconoces esto? —me dijo, mostrándome un paquete de tabaco, arrugado y húmedo, pero relativamente nuevo. Le respondí que yo no fumaba y que jamás había visto hacerlo a sus padres—. Es de la marca que yo fumo —continuó—, pero no es mío. También es la marca que fuma él.

—¿Dónde estaba?

—En los arbustos; en la parte hacia la que dan las habitaciones —respondió—. ¿Recuerdas las luces, anoche?

—¿Crees que era el resplandor de la brasa? —pregunté.

—Hubiese jurado que no —me respondió enseguida—. Eran luces pálidas y débiles, y no parecían rescoldos incandescentes, como las brasas de un cigarrillo. Sin embargo, ahora no sé…

—Oye, dime una cosa. Debo preguntártela, por más que la respuesta me atemorice. A juzgar por tu actitud…, yo diría que no, pero… si ese hombre diera contigo, ¿te haría algún mal?

Por fortuna, empezó a negar con la cabeza antes aun de que yo hubiera concluido mi pregunta.

—No me haría el menor daño —dijo lentamente—, pero esa no es la única razón por la que rehuir a alguien, ¿no crees? Para rehuirlo incluso hasta el punto de preferir ese mal del que hablas.

—Supongo que no —balbucí sin tener la menor idea de lo que hablaba.

Luego se arropó con la manta y se abrazó las piernas con los brazos, aterida. Me dirigí a la cocina de butano, a poner agua a calentar, y le preparé café; me dijo que lo tomaría, pero que no tenía hambre, a pesar de su largo periplo por el sabinar.

—¿Has dado con otra señal? —le pregunté.

—No —repuso con semblante sonámbulo; luego, volvió en sí—. Solamente la cajetilla.

—¿Qué hiciste después?

—Pensé, como es lógico, que podía ser de él, y regresé a la explanada junto a la carretera. No había huellas de neumáticos ni de zapatos, y eso que el claro estaba mucho más embarrado que ayer. Me disponía ya a volver cuando pensé que quizá él podía haber tomado otro sendero para llegar a la casa, así que, en lugar de tomar el caminito entre los enebros, me interné en la fronda y... Bueno, supongo que hubo oportunidad para que me desorientase... Durante cinco o diez minutos estuve dando vueltas por el mismo sitio, con la vista puesta en el suelo y en las ramas de los árboles. Sin embargo, no es cierto; no pude estar dando vueltas por el mismo sitio, porque cuando quise regresar a la casa, me fue imposible dar con un camino de vuelta, y no podía estar a más de cien metros.

Bien sabía yo de lo que me estaba hablando, pero aun así le pregunté:

—Entonces, ¿llevas vagando por el bosque desde el momento en que te escuché salir de la casa?

—Prácticamente —me respondió—. Pongamos que perdí media hora en comprobar la explanada. Desde entonces no he hecho otra cosa que intentar volver a la casa.

—¡Jesús! —exclamé, sinceramente impresionado—. Son más de siete horas.

Me explicó lo que yo ya he experimentado en mis propias carnes: cómo el sabinar la fue arrastrando lentamente a su interior; cómo, ineludiblemente, le hizo tomar la vereda equivocada cuando le ofrecía la mordaz y tramposa ilusión de elegir; y cómo, finalmente, se topó de improviso con la casa, sintiendo que era el propio bosque el que condescendía a terminar así con la broma.

Le conté entonces que a mí me habían sucedido un par de aventuras parecidas, pero no sé si esto la reconfortó, pues permaneció impasible, con la mirada en las llamas.

A pesar de sus protestas, la convencí para que tomara algo de comer, y después se marchó a descansar a su habitación, de la que aún no ha salido, a pesar de que son ya más de las ocho de la tarde. Hace casi dos horas que ha anochecido y ya no nos iremos hoy de aquí. Con todo, lo ocurrido hasta ahora me infunde cierto ánimo para afrontar las decisiones ineludibles que se me presentan. Estoy seguro de que no hay motivo para pensar que el marido de mi prima ande rondando por aquí y, por otra parte, no puedo evitar sentirme reconfortado al ver que la casa y el bosque han causado en otro ser humano los mismos desvaríos que produjeron en mí. Ya sé que el mal de muchos, etcétera.

5 de diciembre

El panorama es desquiciante, y doy gracias por no estar solo en estos momentos, pues, de lo contrario, posiblemente me resultaría aterrador; volvería a aquellas disparatadas ideas del complot circundante... La presencia de otro ser humano me controla esos impulsos, por más que haya sido este humano el disparador del nuevo episodio.

Sin embargo, una cosa es incuestionable y no se le puede achacar, pues con tener oídos que funcionasen habría bastado para encararla ineludiblemente. Esta noche se ha vuelto a escuchar el rumor cadencioso y africado que oímos ayer, solo que esta vez no fue un rumor, sino un estrépito violento y pavoroso.

Me despertó hacia las tres. Creí en un principio —sin duda a causa de lo sucedido anoche— que otra vez mi prima se habría colado en mi habitación para requerir mi atención. Sin embargo, me encontré solo, mirando el techo con ojos como platos y los nervios crispados por el escandaloso crepitar. El ruido era en todo igual al de la otra vez: una fricción acompasada que reposaba durante cinco o seis segundos en un silencio enervante para luego repetir el horrísono murmullo. Pero el volumen del sonido era tan alto que, incluso en los espacios de silencio, permanecía un eco vibrante y metálico que resultaba aún más irritante y significativo.

Salí de la cama y miré por el ventanuco, pero la noche era oscura. No hubiera sabido decir el lugar desde el que el sonido se irradiaba: daba la impresión de circundar la casa por todos sus lados con igual intensidad.

Casi diez minutos estuve con la boca abierta frente al cristal, sacando maldito provecho de la guardia, como no fuera un resfriado que creo que empieza a hervirme en la garganta. Después, extrañado por el hecho de no ver junto a mí a mi prima, salí al pasillo y caminé hasta la puerta de su habitación.

Adentro, se la oía balbucir y revolverse entre las sábanas, sumida en un sueño proceloso. Dudé. Finalmente decidí regresar a mi cuarto y dejarla descansar, si es que descansar se puede llamar a aquello. Entonces, sacudió la casa entera un gemido de dolor indescriptible, un grito pavoroso que procedía del corral y que puso fin al murmullo cadencioso y feroz.

Tan atónito quedé que no escuché a mi prima salir al pasillo, hecha un manojo de nervios. Ella debió de verme allí plantado, con los ojos clavados en la pared, y prorrumpió en chillidos. Una cosa de locos, sin duda. En cuanto salí de mi estupor, la hice regresar a su cuarto y le rogué que se quedara en silencio. Ahora ya nada se oía, salvo los ruidos interminables de una casa decrépita.

—¿Qué ha sido eso? —balbució.

—Animales —le dije, pero ella se mostró reacia—. El sonido que oímos anoche era, hasta hace unos minutos, ensordecedor. No lo digo por quitarte ideas peores de la cabeza: yo creo, sinceramente, que es un animal. Debe de estar enfermo, pues su manera de gemir es completamente antinatural.

—Antinatural, sí —repitió ella—. Eso me parece a mí. ¿Y ese horrible chillido?

—Otro animal —le respondí—, cazado por el primero.

—No me convence en absoluto —dijo, tras meditarlo unos instantes.

—Podemos salir de dudas ahora mismo —dije, y en verdad lo dije convencido y resuelto.

Ella me siguió escaleras abajo y me retuvo por el brazo mientras yo rebuscaba por el arcón tratando de encontrar la linterna.

—No salgas —me pidió de forma lánguida y hasta diría que serena, casi como si fueran unas palabras de consuelo, como si casi supiera de antemano que no iba a moverme del zaguán—. Si hay algo afuera, te vas a llevar un susto de muerte —prosiguió—; y, si llevas razón y es un animal, puede ser peligroso.

—¿Y si llevas tú razón y es él? —le pregunté.

—No es él —negó—. ¿Por qué iba a estar haciendo esto? No es él.

Y tras rezongar un par de veces, antes de que empezara a traslucirse en mí una bravuconería que habría resultado perfectamente obscena, así como mezquina y estúpida, cerré el arca y no salí. El caso es que los sonidos del exterior habían cesado desde el momento en que mi prima me había sorprendido en el pasillo. Volvimos a la cama y creo que he podido dormir algún rato hasta el amanecer.

He estado solo toda la mañana, como ya es habitual. María se levantó un poco antes de la hora de comer, pero fue solo para beber un poco de agua e informarme de que se volvía a la cama. Su aspecto era horrible; su tez, macilenta; pero, como en ella es normal, a pesar de su malestar, se desenvolvía con un vigor intenso y profundo. Le pregunté si pensaba comer y me respondió que no; no me molesté en decirle que qué había de nuestra marcha.

Hacia las cuatro he subido a su habitación con un poco de sopa. Inesperadamente, me permitió pasar y se dispuso a comer algo; llevaba varias horas despierta, según me dijo, y también me aclaró que su languidez debía de ser resultado de un resfriado reciente, pero no era eso, al parecer, lo que la había dejado postrada todo el día en semejante estado de debilidad.

Me contó que había pasado la noche soñando el mismo sueño atroz y que, en realidad, llevaba en vela desde antes del amanecer. Todo lo que me dijo yo ya lo conocía vagamente, pues sufrí de pesadillas similares durante los primeros días de soledad.

El sueño comenzaba siendo como un recuerdo reciente, pero no igual por completo. Ella iba por el bosque de sabinas, por el mismo sendero que había seguido la tarde anterior. Y todo era idéntico hasta el menor detalle, hasta el punto de que, si hubiera tratado de recordarlo, jamás habría logrado hacerlo con tal precisión. Los lugares adonde dirigió la mirada, los olores, los leves traspiés sobre la pista arenosa… Todo lo soñó, y al mismo tiempo lo recordó.

Se alejaba de la casa, con la cajetilla de tabaco en la mano, e iba recorriendo las sendas del sabinar, tratando de no perder de vista la chimenea colorada, que aparecía y desaparecía entre las copas frondosas. Pero en el sueño, revivía esos momentos confusos que precedieron a su extravío en el bosque; esos instantes que habían pasado desapercibidos en la realidad, borrados de su memoria. Quiero decir que en el sueño se formulaba de manera explícita y consciente el proceso de desorientación y olvido.

Los árboles empezaron a aparecer ante ella como seres de naturaleza extraña y vaga, como meros disfraces de una realidad recóndita y horrible, y ella intuía que, tras aquella materia engañosa, se escondían centinelas que auspiciaban su deambular por el bosque, juzgando de manera implacable y severa sus actos, que ya no podían ser inocuos y cándidos.

Pasaba junto a las sabinas, y el bosque cambiaba a su alrededor, como si, inconscientemente —no; mejor diría impenetrablemente—, estuviera asumiendo decisiones de inmensa gravedad; y ella no entendía cómo elegía, ni qué repercusiones tenían esas elecciones, ni por qué se había visto involucrada en semejante juego; pero sí sentía la gravedad de la situación.

La tarde se hizo oscura y la atmósfera densa.

Sombras más oscuras que la sombra la observaban, inmóviles, desde el interior de la fronda. Luego entendió que era otro ser, solo uno, quien se agazapaba en aquella oscuridad. Y entendió también que aquello era lo que esperaba que ella errara en su vagar, tan solo para acompañarla después en su camino de vuelta.

Supongo que la pesadilla la trastornó hasta un extremo que no puedo adivinar. Traté de consolarla. Le dije que yo había sufrido de algo similar y me escuchó con atención y ánimo de ser reconfortada, pero fue en vano, pues ella debió de saber enseguida que solo vagamente lograba entenderla.

Luego bajó conmigo al hogar. Toda la tarde ha estado mustia y taciturna. Volví a sugerirle que lo mejor sería marcharnos cuanto antes, y ella accedió a hacerlo mañana mismo. Supongo que condesciende a ello porque, aunque no lo quiso decir abiertamente, piensa que eso la ha seguido desde el fondo del sabinar.

7 de diciembre

Mañana debo madrugar, así que no me entretendré demasiado en dejar escrito todo lo sucedido durante el día de hoy. Debo dormir y reponer las fuerzas necesarias, pues debo caminar hasta la venta y tratar de volver antes de que María se despierte; le dejaré una nota prendida a la puerta, como es natural, pero no sé hasta qué punto esto servirá para tranquilizarla si al despertar se encuentra sola en la casa.

Anoche me costó dormir. Estuve largo tiempo frente a la lumbre, leyendo y esperando; esperando el rumor. Cuando el sueño ya me impedía continuar con la lectura, decidí acostarme, pero una vez entre las sábanas, el sopor se desvaneció en un instante. Pasé otras dos horas esperando, con los ojos puestos en el cuadrado de la ventana.

Hacia las cuatro, me desperté sobresaltado. Me había quedado dormido profundamente y, al abrir los ojos, todo estaba en silencio; sin embargo, sentía la certeza absoluta de que un grito horrible acababa de rasgar la noche: lo había escuchado en mi sueño, quizá. Inmediatamente, la puerta de mi habitación se abrió con violencia, y mi prima entró enloquecida para confirmarme que lo que yo había presentido era cierto.

—¿Otra vez el mismo rumor acompasado? —le pregunté.

—No solo eso —me respondió, temblando de miedo.

La hice sentar en mi cama y la cubrí con la colcha. Estos actos de desacostumbrada intimidad me enervan y excitan; hay una pulsión en mí desde hace días que me resulta placentera, como la fatiga que sigue a un gran dolor. Me dijo que llevaba una hora despierta, escuchando el gemir alucinante de la criatura que ronda la casa; se oían también los píos escandalosos de algunas aves asustadas, y el batir de sus alas, y el roce en la fronda de animales que se escabullen. Eso fue lo que me dijo.

—Después —continuó—, se hizo el silencio y entonces he podido escucharlo hablar con toda claridad. Hablarme a mí…

—¿Hablarte? —pregunté, más acongojado por las líneas de su rostro que por el sentido estrambótico de sus palabras.

Sus ojos se abrían de manera lastimosa, como si el anzuelo de su mirada se hubiera prendido en una imagen recóndita y le resultara imposible recuperar el sedal y devolverla al presente.

—Cuando gustes —susurró; yo no la entendí—. Eso fue lo que me ha dicho: «Cuando gustes».

—Cuando gustes.

—Me he quedado tan aterrorizada que no he podido ni pronunciar palabra, ni preguntar quién andaba por allí. Entonces he pensado las palabras, he pensado la pregunta que iba a tratar de exclamar, de gritar… Pero no ha hecho falta porque él ha vuelto a repetir lo mismo.

—Cuando gustes.

—Y ha gritado cuando me he destapado para venir a buscarte; antes de que yo lo haya hecho, en realidad; ha gritado cuando he pensado en hacerlo.

Ella estaba absolutamente segura de que esto era lo sucedido. Ya digo que su expresión era más significativa que cualquier cosa que pudiera decir.

—Entonces, quizá sí es tu marido quien anda por el corral —le dije, con ánimo de parecer razonable ya que no por otra cosa, pues en realidad no valoraba en absoluto esa posibilidad, y ella tampoco, según me respondió enseguida. Eso no había sido su marido.

Me contó después lo que había estado soñando justo antes de despertar, que es, en esencia, lo mismo que soñó la noche pasada y tres cuartos de lo que yo había estado soñando durante mis primeras noches en la casa. En mí, todo ese desenfreno de la imaginación había cesado con la mera presencia de otro ser humano junto a mí: no parecía que el caso de mi prima fuera el mismo.

Me prohibió salir al corral a echar un vistazo, y no creo mentir si afirmo que esta vez lo hubiera hecho. Se prendió de mi brazo y me obligó a permanecer sentado junto a ella a la orilla de la cama, sin dormir ni hablar durante una hora. Después la convencí para que se tumbase a descansar, y yo me acomodé como pude en la butaca donde arrojo las ropas del día. No fue una noche plácida: los ruidos de la madera vieja nos arrancaban del letargo no bien caíamos en él; mi prima mascullaba palabras quejumbrosas en su duermevela, y yo aguardaba de continuo cualquier sonido abrupto y estentóreo. Pero no puedo detenerme en ello; nada especialmente grave sucedió, en cualquier caso.

Por la mañana, hemos encontrado su teléfono móvil calcinado sobre la mesa de la cocina. Esta circunstancia me ha alterado a mí tanto como a ella, debo confesarlo. Estando también mi teléfono estropeado, no nos quedaba otro remedio que caminar hasta la venta del empalme y llamar desde allí a un taxi que viniera a recogernos. Metí algo de ropa en una vieja mochila de deporte y nos encaminamos hacia la carretera.

María salió detrás de mí —en un principio igual de determinada que yo a abandonar la casa—, pero antes de recorrer los cien metros que conducen hasta la explanada, se detuvo y comenzó a tirar de mi manga como hacen los niños chicos, y a balbucir, de forma atropellada, súplicas para que no siguiéramos adelante.

—Está allí —decía una y otra vez, con la seguridad inmarcesible de los locos.

Tuve que dar media vuelta y regresar a la casa. No permitió tampoco que la dejara sola y casi sufre un síncope cuando le dije que me proponía ir sin ella hasta la venta. Al parecer, está convencida de que hay algo agazapado en el sabinar, que no hace otra cosa que esperar el momento de tenderle una celada en el bosque. Es ciertamente descabellado, pero no cabe duda de que la muchacha está persuadida de que todo esto es real. En cierto modo, sus reacciones de pánico de las últimas horas no pueden menos que recordarme lo acontecido con el pobre perro que convivió conmigo hasta hace apenas un mes. O quizá sea que mi incomprensión es idéntica hacia ambas crisis de terror, pues, por mucho que me duela admitirlo, no encuentro en los balbuceos de mi prima nada que resulte más inteligible que en los ladridos del animal.

El asunto del móvil sí me tiene más preocupado —de los móviles, debería decir tal vez—. No entiendo nada sobre el funcionamiento de esos aparatos; no sé con qué facilidad pueden echarse a arder, como parece que ha hecho este, pero no dejo de pensar en la posibilidad de que ese hombre —su marido— ronde por aquí, y hasta tenga acceso a la casa.

Es imprescindible salir inmediatamente de aquí. Mañana me acercaré a la venta y llamaré a sus padres. Había pensado en un taxi al principio, pero luego dudé de si ella estaría dispuesta a recorrer la senda hasta la explanada. Es mejor que mi tío traiga el todoterreno hasta la puerta misma de la casa.

7 de diciembre

Esto es desalentador; hasta diría que ridículo si no nos fuera tanto en ello. Creo que el sentido de la responsabilidad es el que me impide entregarme a la idea del complot universal…

¡Por el amor de Dios! Quién iba a figurárselo. Una tormenta de semejantes proporciones… ¡Y hoy precisamente, como no podía ser de otra manera! En tales circunstancias, ¿quién puede persistir en el convencimiento de que todo se ajusta a la normalidad? Si lo pienso, todas las veces que he tratado de abandonar este lugar, algo me lo ha impedido…

Dormí con los postigos abiertos de par en par, para que me despertase la primera luz del amanecer. Creí que nos esperaría otra noche de angustia, pero no sucedió nada extravagante esta vez; me levanté en una ocasión para poner el oído sobre la puerta de mi prima, y la escuché respirar de forma agitada y febril, pero no quise despertarla.

A las siete y media, salí de la cama. El cristal de la ventana era como una lámina gris galvanizada; no era vaho ni escarcha: era simplemente el color uniforme del páramo. Una cellisca silenciosa se movía entre las sabinas en ráfagas acompasadas y suaves; ni siquiera el viento se dejaba oír.

No me di cuenta de que la cosa era tan atroz hasta que me alejé treinta pasos de la casa. Creo que jamás he sentido un frío así. Avancé, aterecido, hasta la carretera comarcal. El suelo de la explanada era como un yunque de hielo; los pasos repercutían sobre su dureza sobrenatural y el dolor destrozaba las plantas de los pies. La carretera de la venta estaba congelada; creo que me hubiera matado en cualquier pendiente. Intenté avanzar por las cunetas de graba, pero fue en vano. Después de dos caídas, decidí volverme a la casa y esperar a un mejor momento.

No le he contado nada a María, pero me da la impresión de que se figura algo. Ante cualquier alusión a dejar la casa, reacciona de una forma tajante y expeditiva. Creo que lo mejor es hacer una nueva intentona mañana por la mañana.

8 de diciembre

No sé si no estaré cayendo enfermo. ¡El maldito temporal en el que yo mismo me adentré ayer! No me duele nada en particular, pero me encuentro muy fatigado y algo descompuesto del estómago.

Esta mañana no logré despertar a la hora que tenía prevista. De hecho, fue María quien me despertó, pasadas ya las once. Ella también es la viva imagen de la decrepitud: sigue envolviéndola esa misteriosa energía que le dota de una inefable gracilidad y determinación, pero en su rostro ya se aprecian claramente los estragos de ese obsesivo terror. Dice que ha pasado muy mala noche; que ha vuelto a soñar. Yo no tenía cuerpo para oír la relación de sus tribulaciones, pero su estado me conmueve profundamente y me duele verla tan destruida, sobre todo por lo sencilla que se me antoja la solución. Pero ella se niega a salir de la casa. Su sueño, precisamente, se centraba en este asedio misterioso: ella deambulaba por la casa, buscando un lugar por el que abandonarla, pero cada vez que se aproximaba a la puerta o a una ventana, vislumbraba a ese ser oscuro, acechándola desde las sombras del sabinar.

Pasamos lo que quedaba de mañana junto a la lumbre. Por momentos la conversación se desviaba hacia asuntos livianos, y entonces sentía —y creo que ella también— un aliento benéfico recorrer mis pulmones. Pero siempre acabábamos en parajes tétricos y desoladores. El día era algo más claro que ayer, pero yo me sentía tan débil y disperso, tan... descoordinado, por decirlo así, que me resultaba inconcebible tratar de alcanzar la venta a pie. Y entonces cometí un error que vamos a lamentar: al calor de la charla, le confesé mi propósito de acudir a la cabina de teléfono y llamar a su padrastro. Ella me advirtió —más triste que alterada, pero con una solemnidad que me impresionó— que mi plan era una estupidez; que jamás abandonaría la casa, pues aquello que teme siempre la acompañará.

¡Es algo tan descabellado lo que piensa! Y al mismo tiempo..., lo percibo como algo tan verosímil. ¿Qué me pasa?, ¿me estoy volviendo loco yo también? Todo el día he estado incómodo, con esta inquietud, pero al anochecer, mientras ella observaba lánguidamente las llamas, me di cuenta de por qué todo lo que cuenta me resulta tan familiar. ¿Cómo no ha de resultarme conocido, si yo mismo lo escribí hace unos años? Todo lo que dice me recuerda a un relato que incluí en aquel libro de cuentos que me abrió las puertas de *La línea de luz*, concretamente a uno que titulé *¿Es que no me conoces?*

Inmediatamente se lo fui a decir, pero ella no ha leído mis libros. Me pidió que se lo contara y yo le dije que haría algo mejor, pues suponía que una copia de mi libro estaría en la menuda biblioteca de mi tío, pero me equivoqué. Tras buscarlo durante un rato, regresé a su lado y me esforcé por resumirle el argumento del relato —a duras penas, la verdad, pues ya casi no recordaba la trama, por más que se trata de un cuento bien breve—. Sin embargo, al acabar de narrarlo, ella me miró fijamente y me juró que era precisamente ese ser inventado por mí el que nos observa desde el bosque.

Hemos cenado hace apenas media hora. Pretendía permanecer con ella durante un rato; charlar distendidamente y tratar de reconfortarla. Creo que no está en sus cabales; que nunca lo ha estado. Ya ni siquiera confío en la historia del marido celoso... No sé. Puede que sea cierto, pero no creo que nadie la haya seguido hasta aquí. Desconfío también de sus motivos para mantenerse alejada de sus padres. No digo que esté mintiendo, pero hasta la forma de dosificar la poca información que me proporciona me parece exagerada y sacada de quicio. Sigo en mis trece: iré a la venta en cuanto me sea posible.

El malestar inconcreto que he sentido durante todo el día vuelve a incordiarme. Me voy a acostar sin más, y procuraré levantarme mañana temprano para realizar el trayecto hasta el hostal. Estoy agotado, pero anoche dormí más de doce horas, y ahora son apenas las nueve y media. Confío en despertar pronto y recuperado. Es el primer día —pienso ahora— en que me retiro a dormir antes que mi prima. Espero que también se acueste temprano y sin sobresaltos. La casa se vuelve un poco tétrica y deprimente en cuanto se hace de noche.

9 de diciembre

Los ojos se me cierran. Debía estar ya dormido, desarbolado por el cansancio más bien, desmayado sobre el colchón... Pero no puedo entregarme al descanso (¿descanso?) hasta que acabe de anotar todo lo sucedido; no, todo lo sucedido no: todo lo que sucede en este mismo instante.

Esta mañana he vuelto a despertarme tarde y cansado. María ya estaba levantada y hacía una serie de anotaciones en un cuadernillo, retrepada en el escabel, junto a una frugal lumbre. Ha debido de asustarle el aspecto atroz de mi rostro, pues me ha preguntado si me encontraba peor, cosa que nunca antes había hecho; pero enseguida regresó a sus propias preocupaciones y me habló de un nuevo sueño, que —cosa notable— venía a ser como una lectura en alta voz de ese cuento que yo traté de recordar la noche pasada, especialmente en un punto concreto. La historia era la misma de siempre: ella caminaba por las estancias sombrías de la casa, anhelante por hallar una salida que no estuviera vigilada. En este sueño, la amenaza se presentía tras la fronda, pero no se vislumbraba, como en el anterior. Al fin, se decidía a salir por la puerta y tomaba el mismo camino que había seguido aquella mañana en que se extravió.

—Es lo que he estado anotando en la libreta —me dijo, mostrándome el cuaderno—: la ruta que seguí por el bosque.

A medida que caminaba, se iba dando cuenta del peligro en que ella sola se adentraba. Sabía que la carretera se encontraba muy cerca de allí, y era a la carretera adonde ansiaba llegar, pero no conseguía apartarse de aquella ruta predefinida y maléfica, pues ese era el derrotero que habían seguido sus pasos la mañana en que salió a caminar.

Todo se repitió punto por punto. Me describió la senda pedregosa, entre las matas heladas de tomillo y cantueso; las montañas nevadas del norte, su albedo insoportable; la desviación de la sombra, los árboles... Y en un momento dado, sin que nada hubiese cambiado en su apariencia, ella adivinaba que nada era lo que parecía. Las sabinas no eran tal cosa ya: ella tocaba su tronco retorcido y gris y notaba una vibración casi animal, como un pulso profundo. Empezaba a ver símbolos incognoscibles en los elementos del bosque —ya sé que es un absurdo hablar de signos sin significación, pero así lo contaba ella: cifras de un código arcano, que tuviera ya los significados perdidos en la oscuridad, y los significantes fosilizados en esas criaturas que solo parecían árboles—.

Sin poder detener su camino, el terror la iba subyugando, pues ella sabía que ya cada paso era más que un paso; era una elección de vida, pero una elección tomada sobre el absoluto vacío, un juego definitivo cuyas normas y cuyo objeto permanecían ocultos.

Algo sí entendía: cada sabina era una encrucijada, un altar blasfemo donde elegir. Pero ella continuaba su camino sin detenerse en reflexiones condenadas a la locura, irreverente ante ritos incomprensibles. Solo sabía que todo aquello tendría consecuencias, pues los caminos siempre conducen a un lugar.

Solo al fin comprendió que su camino azaroso era en realidad el sendero que trazaba para que aquello pudiera seguirla en su viaje de regreso. Sus pasos inocentes habían sido las vueltas de la llave dentro de la cerradura. Y la puerta ya estaba abierta. Ella había visto al ser en mitad del sendero: alto y oscuro; sombra en la sombra. Llevaba un traje talar con capucha, o esa imagen se había conformado en su cerebro. En la oquedad donde debiera estar su rostro, más sombra. Sus pies no se veían, pues su figura densa se disipaba y se desvanecía cerca del suelo. Sus movimientos, ajenos a toda lógica y continuidad, recordaban al paso fugaz de fotogramas inconexos. Cuando aquello se disponía a hablarle, ella se despertó.

—No es más que un sueño —traté de calmarla.

—Un recuerdo —me respondió.

La narración había sido tan vívida y conocida para mí que volví a insistir y le pregunté si en verdad ella no había leído mi libro.

Respondió que no, y rompió a llorar. Repetía que aquello vendría hasta la casa y se la llevaría no bien pusiera los pies en el corral; que ya no había ninguna esperanza y todo era cuestión de tiempo… Fue desolador. Entonces le pedí que me enseñara la libreta. Era extraordinariamente precisa la descripción que allí hacía de sus trayectos: decía, por ejemplo, que había que tomar el sendero de la carretera y doblar hacia la izquierda en la tercera sabina, pasando concretamente por detrás de ella; luego llegar hasta la quinta sabina en línea recta y doblar a la derecha… Me dijo que soñaba lo mismo cada noche.

—Sé por qué has hecho esto —le dije—: es porque no estás tan desesperanzada como afirmas. Crees que, si puedes llegar hasta el punto donde sueñas que te encuentras con esa cosa y luego desandas el camino en orden inverso…, quizá…

—Ya no pienso eso —me atajó—. Lo creí así, pero todo ese bosque es en realidad un tablero de reglas incognoscibles y puede que hasta aleatorias y variables. ¿Cómo deducir nada? Lo único de lo que puedo estar segura es de que eso está cada vez más cerca de aquí.

—Olvidas una cosa: yo he caminada por este bosque antes que tú, puede incluso que por los mismos lugares.

Ella entornó los ojos, diría que con condescendencia. Trató de no ser cruel.

—¿Y qué sabes tú de este lugar? —me dijo—. ¿Puedes estar seguro de que tus paseos han sido inocuos? Tú mismo me hablaste de sueños, y de un desasosiego semejante.

—Pero todo eso pasó —repliqué, tras un momento de desconcierto en que vi perdida la batalla.

—Quizá tú aún estés a salvo —me respondió—. Deberías irte. Yo sé que eso me seguirá adonde vaya.

Una atmósfera venenosa de desolación fue invadiendo la estancia, ocupando los espacios que nuestro silencio dejaba libres. Por fin, me decidí a hacer lo único que cabía en tales circunstancias.

—Dame esas anotaciones —le rogué—. Esta tarde iremos a poner en práctica tu plan.

Ella se negó, furibunda; hizo ademán de arrojar el cuaderno a la lumbre. Yo parecía no entender, me reprochaba: aquel plan ya no era ninguna solución para ella y, por otro lado, ni por todo el oro del mundo saldría de la casa.

—Está bien —propuse entonces—; dame las anotaciones e iré yo solo. Te demostraré así que nada de esto es real —pero en el fondo de mi corazón (y en la superficie también) yo tenía un miedo atroz.

Después de la comida, he salido de la casa. María me ha pedido, sin mucho ánimo, que recapacitase. Creo que no le molesta en realidad que algún perro querido —pero perro a fin de cuentas— vaya a reconocer el terreno, aun a riesgo de que jamás vuelva. Y ella debió de intuir que yo estaba asustado. En cualquier caso, fui.

Me sorprendió la exactitud de las anotaciones; más aún cuando recordé que no estaban realizadas por medio de la observación directa sino a través de recuerdos, y recuerdos de un sueño para más extravagancia. Los puntos de referencia eran de lo más variado (rocas, lindes de antiguas piezas, alguna majada hundida) y todos estaban en su lugar; aunque los elementos que marcaban los virajes en la ruta eran siempre los árboles, árboles cuya morfología estaba descrita al detalle, a veces mediante metáforas ciertamente perturbadoras: *pasar por la derecha a la sabina que devoró a su compañera*, y cosas por el estilo, tan equívocas en apariencia como reveladoras en la práctica.

Estuve cerca de media hora caminando y no puedo negar que, a medida que veía que las indicaciones llegaban a su final, comencé a sentir esa punzada paranoica que provoca el saberse observado. Hasta llegué a pensar que María había decidido seguirme a escondidas.

Entonces llegué al punto donde la lista de anotaciones concluía. No era un lugar muy distinto de todos los parajes por los que había caminado: la falda de un pequeño promontorio, fuera del camino de concentración, con varias sabinas dispersas y una encina achaparrada en la cumbre. El suelo estaba lleno de chirle y bellotas secas, y matas glaucas de espliego. No se oía nada alrededor; el sonido del invierno en el páramo. No sé cuánto tiempo permanecí en aquel lugar: ¿cinco minutos? Di vueltas sobre mí y no vi nada extraño; solo esa sensación molesta en la nuca. Y decidí volver.

Quizá la sugestión empezó a hacer mella en mí en aquel momento.

Traté de caminar raudo a través del sabinar, y de seguir fielmente las indicaciones de la lista, en especial porque temí perder el sendero, como ya me ha ocurrido en otras ocasiones en este bosque sin sentido. El caso es que todos los cuentos de mi prima empezaron entonces a indigestársele a mi imaginación, y las sabinas dejaron de aparecérseme como árboles indiferentes y sin alma. En algunos tramos despejados, he corrido como un idiota.

Y al llegar a casa, ha sucedido lo peor. Mi expedición sin altercados ha parecido enfurecer a María; quizá ella esperaba que yo confirmase sus horribles pronósticos. Cuando he tratado de reconfortarla explicándole —tal vez más risueño de la cuenta— que el bosque es un lugar solitario y anodino, me ha dejado con la palabra en la boca y se ha encerrado en su habitación por lo que quedaba de tarde.

Al anochecer, ha bajado a la cocina y me ha pedido excusas, o algo parecido. Ha vuelto a preguntarme por mi salud; lo cierto es que me he ido encontrando peor progresivamente. El recuerdo de la caminata —en especial, la de regreso— venía a incordiarme permanentemente. Ella estaba algo más sumisa, pero en absoluto más calmada. Tras la cena, me ha dicho que tenía algo que enseñarme. Yo estaba ya desfallecido, pero la he acompañado a su habitación.

—Esta mañana he notado que me faltan algunos objetos de la maleta —me ha dicho—; pequeños objetos, como horquillas y gomas para el pelo. Sé que las había traído, así que he rebuscado por el neceser, y… mira lo que he encontrado.

Ha señalado unos cuantos lápices de ojos y otros productos —pintalabios y rímel— que había depositado sobre la colcha. Como todos eran de color oscuro, he tardado unos instantes en advertir el problema al que ella se refería: todas las pinturas —en los lápices era más notorio— tenían las marcas bruñidas y hollinadas de la carbonización, como si les hubieran estado pasando una lumbre durante un buen rato. Otro montoncito de cenizas, puesto sobre un papel en la mesilla de noche, era según mi prima lo que quedaba de esas gomas y horquillas desparecidas.

—Las horquillas no arden de esa manera —le he respondido.

—Aquí no ha ardido nada —me ha dicho con desdén—, compruébalo.

He tomado uno de los lápices y he tratado de rascar la parte quemada con la uña de mi pulgar. En efecto, no parecía estar carbonizado, como había pensado en un principio, pues nada de hollín se desprendió ni tiznó mis dedos. Parecía, más bien, como si la madera —cosa que es notoriamente imposible— se hubiese ido derritiendo como la cera de una vela. Me la he llevado entonces a la nariz y el hedor putrefacto que emanaba de aquello casi me ha hecho sentir arcadas. Mi prima me ha repetido que aquello no eran cenizas, aunque no ha sabido precisar el origen de este nuevo fenómeno que no va a hacer más que incrementar los obstáculos para nuestra partida.

Ahora debo intentar dormir. He decidido que mañana iré a la venta de una u otra forma y a la hora que se tercie. No puedo seguir permitiendo que este terror absurdo se vaya alimentando de nosotros hasta devorarnos por completo.

10 de diciembre

He visto algo en el bosque. No he querido decírselo a María, pues sé que perdería la cabeza por completo. Las horribles dudas que se han suscitado en mi mente, en la suya serían férreas certezas. Ni siquiera yo me atrevo a dejar aquí escrito el nombre de lo que creí ver… Eso tal vez sean los estertores de mi razón, que está perdiendo la batalla. Prefiero escribir que ignoro qué cosa vi entre los árboles, pues en verdad lo ignoro. ¡No!

¡No sé lo que vi, lo juro!

Quizá esta enfermedad que me aqueja esté detrás de las horribles impresiones de este día. Los reflejos me fallan otra vez, en este preciso instante, igual que ha sucedido desde hace un par de noches.

Otra vez mi prima me despertó esta mañana. Creo que habría dormido hasta la tarde si no hubiese irrumpido en mi habitación hecha un manojo de nervios. El sopor siguió prendido a mis párpados mientras me llevaba de la mano hasta su habitación, y tuvo que conducirme a su jofaina para que me lavase la cara. No entendía una palabra de lo que me decía, además; no sé qué demonios puede ser esto.

Me llevó hasta un rincón, donde había volcado el contenido de su bolsa de viaje: un par de pantalones y algunas camisetas arrugadas. El hedor corrupto que ascendió hasta mí me hizo volver el rostro con repugnancia.

—¡Toda mi ropa está negra! —chillaba—. El olor me ha despertado esta mañana.

Las camisetas estaban, efectivamente, tiznadas con aquella especie de betún putrefacto, y los lápices de ojos, que enseguida me mostró, estaban ya casi consumidos por completo, como si aquella sustancia negra los hubiese corroído. Me aparté de aquellos repugnantes residuos y salí de la habitación, recriminándole haber traído a la casa semejante ponzoña. Se debió de llevar una sorpresa de mil diablos al observar mi reacción y ver que descargaba en ella las congojas que yo también arrastro dentro de mi cerebro. Después me sentí culpable por haber arrojado sobre mi prima aquellas acusaciones, producto del terror y la enfermedad; no le pedí disculpas, sin embargo.

Ni ahora ni entonces tuve una vaga idea de cuál podía ser la causa de tal putrefacción. Esta mañana, mi naturaleza hipocondríaca temblaba ante la hipótesis de una toxina que acabara por provocarnos cualquier enfermedad terrible; después de lo ocurrido por la tarde, ya no sé qué pensar, y el horror se multiplica en mi mente con inefables envolturas.

Estuvo sin hablarme un par de horas; al fin le dije que me proponía ir a la venta y llamar a sus padres. No me importaba en ese momento lo que pensara hacer: si prefería pudrirse en esta casa, comida por el hollín apestoso, yo no iba a impedírselo. Tomó mis palabras con odio y me recriminó una cobardía que no acerté a comprender. Pero no me dolió, eso sí lo sé. Sin embargo, al cabo de unos minutos, se acercó de nuevo a mí con lágrimas en los ojos, y me doblegué ante sus súplicas de una manera infame. ¡Todo lo que hago es acumular errores tras de mí! Ahora me doy cuenta de que soy yo mismo el principal saboteador de mis planes, el artífice principal del complot.

Me suplicó que no me fuera, que intentase, junto con ella, una cosa más. María está segura de su condenación; sabe que jamás saldrá de este lugar con vida, o que morirá al cabo de poco tiempo, acosada por el ser del sabinar. Me pidió que la acompañara de nuevo a lo profundo del bosque: esta vez ella se proponía venir conmigo, hacer un último intento y desandar ella misma el camino que había marcado la ruta de llegada a aquella criatura. Quizá así, la llave giraría en sentido contrario dentro de la cerradura. No tenía esperanzas —me di cuenta— de deshacer lo que ya estaba hecho en ese juego fatal cuyas normas entendía azarosas y mudables, pero me dijo que no le quedaba ya otra opción, especialmente si yo pretendía dejarla sola.

Accedí a hacerlo, pero la advertí de que, en cuanto regresáramos a la casa, yo seguiría camino hasta la venta. Emprendimos el paseo: ella detrás de mí, pero indicándome el camino y la manera de flanquear los árboles —no llevaba la libreta, me di cuenta después—. La actitud de hastío y despreocupación que había decidido adoptar me hicieron caminar rápido y con decisión por el sendero sinuoso; pocas veces volví la cara atrás para fijarme en mi prima, pero oía su respiración quebrada y angustiosa.

Llegamos al promontorio y me detuve en el punto donde lo había hecho anteriormente, pero ella me indicó, balbuciente, que debíamos ascenderlo por completo y llegar hasta la encina solitaria.

Le dije que eso no estaba consignado en sus anotaciones y ella me respondió que lo sabía, pero que era en la cumbre donde finalizaba el periplo del sueño.

Mientras ascendíamos, la vi cubrirse el rostro con las manos, presa de un indecible pavor. Su mente y sus piernas estaban al borde del colapso.

Empecé a tener yo también un miedo atroz a que perdiera el conocimiento o algo peor. La tarde era ventosa y desabrida, muy distinta de la del día de ayer. El aire azotaba las ramas petrificadas de las sabinas y silbaba entre los enebros y las briznas hirsutas y muertas del tomillo. En lo alto del cerro, la encina aparecía más grande y frondosa; bajo ella, un área de perpetua umbría conservaba un gran nevero del temporal reciente. María se agarró de mi brazo y, sin apartar los ojos de mi abrigo, exclamó:

—Ahora demos la vuelta y regresemos por donde yo te diga.

—¿Por qué no echas un vistazo a tu alrededor? —le pregunté, impostando valor, pues yo también estaba deseoso de marcharme. Ella negó con la cabeza y tiró de mi ropa. Quise insistir. Elevé la cabeza para observar el panorama que ofrecía aquel pequeño collado: otro lienzo pardo y monótono de la paramera helada. Las moles del Urbión se elevaban hacia el norte azotadas por los cirros de la ventisca; me parecieron más altas y amenazadoras que otras veces, y más cercanas también—. Observa… —le dije, y entonces lo vi.

No estaba en mitad del sendero, como ella me había contado, sino entre los árboles de una pobeda solitaria, a unos cincuenta metros de nosotros. Pero ¿cómo explicar lo que era? Creo que no podré describir nada en concreto, pues el horror me hizo apartar la mirada en cuanto el cerebro reunió las escuetas impresiones que recibía.

Creo que lo primero que vi fue una especial oscuridad que se destacaba entre la oscuridad del bosquecillo. La sombra del follaje se veía interrumpida parcialmente por un contorno bien delimitado que, aun dando esa impresión de materialidad y volumen, no era otra cosa que una sombra más: una sombra dentro de la sombra. ¡Oh, Dios! ¡Qué inocencia la mía al creer que sabía lo que es la oscuridad, lo que es el color negro! No lo he sabido hasta hoy.

La figura sombría quedaba oculta por el tronco de un árbol y las copas frondosas del resto de árboles, pero para mi espanto, la cabeza de lo que fuera que allí estaba tornaba a aparecer más arriba del marasmo de hojas, y su silueta quedaba ahora recortada contra el fondo glauco y terroso del páramo, volviendo insoportable su negritud, que se sitúa mucho más allá del margen de lo concebible. No puedo describir con precisión su forma, pues fue en ese instante cuando retiré definitivamente la mirada; quizá sea por la impresión de las palabras de mi prima, pero sí afirmaría que era una especie de capucha lo que cubría aquella cabeza...

Volví la vista hacia el suelo y empujé a María sin atreverme —sin ser capaz, yo diría— a hablar. En cualquier caso, no hacía ninguna falta que supiera que yo regresaba a la casa mucho más asustado de lo que ella había partido. Supongo que el trastorno debió de hacerse notorio después y que ella lo apreciaría; para empezar, renuncié a mi propósito de llegarme hasta la venta. Aduje como excusa mi pertinaz sopor y malestar, y ella no dijo nada hasta mucho después, cuando, al subir a su habitación, descubrió que toda su ropa se hallaba reducida a un rimero de cenizas pestilentes.

11 de diciembre

Ahora sí que estoy metido en un lío... ¡Oh, Dios! ¿Por qué no me iría mientras he tenido posibilidad? Es demasiado tarde para hacerme trampas en miserables solitarios morales. No soy ningún caballero andante, y no amo a mi prima. Quizá esa turbia concupiscencia haya jugado en mi contra, como siempre ocurre; tal vez por ese deseo mórbido me quedé más allá de lo debido. Pero ahora tengo miedo y sé... sé que la vendería para salvarme. ¡Si todavía pudiera huir, la abandonaría a su suerte! Pero no puedo; ya no. Si ella tiene razón, ya no puedo. Estoy en el mismo lío en que ella se metió; en que ella nos metió a los dos. Me dice que mis sueños de días pasados, mi desazón, el episodio del perro —que le he contado, naturalmente— la exoneran por completo; dice que yo había principiado por mi cuenta toda esta vorágine de horror. ¡Qué absurdo! Mi tío ha vivido aquí durante toda su vida y jamás se vio en estas circunstancias —se lo dije, y ella rompió a llorar, porque sabe que es cierto—. Puede que la soledad me trastornase en aquellos días de noviembre, pero estoy seguro de que ningún rito blasfemo había sido iniciado. ¡Ha sido ella! Y ahora...

¡Maldita sea! Una combinación azarosa de pasos... ¿Solo eso ha desatado este horror; un inocente deambular por el bosque?

Anoche me acosté enseguida. Creía imposible dormir, pero se ve que debía hacerlo; que debía soñar esas horribles pesadillas. Volví al bosque en sueños, y volví a caminar entre los troncos centenarios. A diferencia de lo que le ocurre a María, yo no reviví el paseo con idéntico proceder: fue un sueño descabellado, por bosques imposibles e interminables. La inteligencia se desataba en el sueño, y hasta creía encontrar un sentido en el extraño juego, sus normas arcanas. Pero, en la propia pesadilla, sin necesidad de abrir los ojos, yo me daba cuenta de que soñaba y de que todas mis dilucidaciones eran engaños de la razón.

Luego me desperté, creo. Me dolía terriblemente la cabeza; tenía pastosa la boca y una punzada tras los ojos. La duermevela se hizo tan confusa... En un determinado momento, debí de dormirme otra vez, y desperté dentro del sueño —eso es lo único que puede tener sentido.

Desperté dentro del sueño y escuché palabras ahogadas. Mi prima hablaba con alguien, y protestaba fervorosamente.

Me levanté y salí de mi habitación. Recuerdo el frío de la tarima bajo mis plantas y la textura arenosa de las paredes en la yema de mis dedos.

Caminé a tientas hasta la escalera y bajé al portal. Entonces las palabras se hicieron más claras. Mi prima lloraba, y una voz extraña le decía: «No pretendo hacerle ningún daño…». Lo repitió varias veces con tono monocorde y oscuro. Mi prima le respondía: «Mientes», y aquel hombre severo repetía una y otra vez: «No le haré ningún mal, pero debo entrar».

Terminé de descender por la escalera y me quedé parado sobre el enlosado del zaguán. Supe que la conversación se desarrollaba en la antigua cuadra: vi la bombilla prendida y a mi prima tras la cortina de cuerdas; miraba hacia la pared del fondo y en su perfil derecho se alcanzaban a ver los surcos de las lágrimas. La discusión se hizo más tenue, y avancé hacia allí para poder escuchar. Entonces, me encontré conmigo mismo frente a mí. Mi figura, sombría e inerme, me observaba desde el rincón del zaguán. Avancé hacia ella sin temor; estaba a dos palmos de mi propia cara, aunque en realidad no podía apreciar mis rasgos, tan solo la silueta oscura. Supe lo que hacía allí: ni siquiera me miraba —puede que incluso me diera la espalda— y supe que me ignoraba para significar que todo estaba ya perdido, que no me podría marchar de aquí aunque quisiera.

—¡Inténtalo! —le gritaba en el sueño—. ¡Inténtalo! —me gritaba a mí mismo una y otra vez, pero mi imagen me ignoraba.

Volví la mirada hacia la cuadra y vi a mi prima plantada ante mí. Se tapaba la boca con las manos, y parecía que prestaba atención a alguna otra cosa que por allí estuviera sucediendo. Desde luego, no reparó en mí un solo instante. Después, se dio media vuelta y volvió a cruzar la cortina de cuerdas. Escuché un largo murmullo, y después, la voz extraña e inhumana replicó, casi se diría que con un deje de malvado sarcasmo: «Déjame entrar ya. Sabes que no os haré ningún daño».

Cuando desperté, quedaban apenas tres horas de luz. Aun así, me he quedado en la cama hasta que ha oscurecido por completo —esto ha sucedido hace un par de horas, no más—. He bajado a la cocina y he encontrado a mi prima garabateando en su libreta. Estaba pálida y ausente. No ha tardado ni un minuto en contarme el extraño sueño que tuvo anoche, y que coincide punto por punto con el mío.

—Vino a verme —comenzó…

No quiero seguir escribiendo sobre esto.

Le he dicho que hoy no pienso cenar ni dormir. Ahora bajaré otro rato para estar con ella y dar una vuelta por la casa. Debemos hablar y poner las cosas claras.

Por cierto, la podredumbre ha devorado ya el equipaje de María, y ahora se ven incluso manchas negras por el revestimiento de madera de su habitación.

12 de diciembre

He decidido recurrir al doctor Sebastián Carrillo.

El impulso de irme ha sido refrenado por la horrenda realidad: María me ha dicho infinidad de veces que eso no serviría de nada, y ahora sé que tiene razón.

Anoche no pegué ojo. Me quedé frente a la lumbre sin hacer absolutamente nada. Creo que ni siquiera estaba asustado; desesperado simplemente. Sin embargo, ese odioso sopor febril no me ha atacado esta vez, y me he sentido más entonado durante todo el día.

Le pedí a María que me dijera todo lo que tenía en la mollera. Me miró más confusa que aliviada: sé que lleva días queriendo que la escuche con honestidad y sin el trato paternal del que no he logrado —supongo— desprenderme hasta ahora, en que lo veo todo perdido.

Pero todo lo que me dice, su elaboradísima explicación, no es más que una glosa horripilante de lo que yo ya escribí hace unos años en aquel despreciable relato.

La presencia de ese ser se hará cada vez más notoria, dice. La podredumbre de sus pertenencias no es más que un proceso imparable que culminará con la devastación de ella misma y también de mí mismo.

Hemos contraído la enfermedad, dice.

Han aparecido pequeños topillos muertos en los alrededores del corral.

Debo buscar ayuda lo antes posible.

Mañana iré a la venta y trataré de ponerme en contacto con el doctor Carrillo. María dice que no volverá a pisar el exterior. No he podido soportar la terrible pulsación del miedo y le he preguntado si cree que yo corro peligro al salir. Dice que sí.

No sé. Mañana iré a la venta. Debo ahora redactar la carta.

13 de diciembre

La carta está en el correo. Rezo por que no tarde demasiado en merecer respuesta.

He estado a punto de quedarme allí. Contemplar a la gente en el restaurante ha supuesto un impacto que no esperaba experimentar. Ha sido extraordinariamente duro no arrojarme al suelo suplicando ayuda. Si no lo he hecho es porque me siento condenado: las palabras de María me han calado como si se trataran de la verdad desnuda. Y no quiero ser tan mezquino conmigo mismo: he decidido regresar también por ella. Esta vez ha sido así.

La carretera me dota de cierta confianza, a pesar de que la línea de árboles me flanquea permanentemente, a pocos metros de distancia.

Camino sin observar las márgenes; el asfalto me alivia. Desde la casa hasta la explanada corrí; corrí como un chiquillo, con los ojos medio cerrados y las manos por delante de la cara. Y a la vuelta hice lo mismo. Pero hoy parece que la atmósfera de la casa es diferente. Hay un cierto olor a madera, como en tiempos ya lejanos…

14 de diciembre

No hay nada. Lo sabía, pero igualmente fui a la venta.

No ha ocurrido nada más extraño de lo que ya sucede, pero María se ha trasladado a otra habitación porque el hedor en la suya era ya insoportable.

15 de diciembre

Nada aún.

17 de diciembre

Creo que lo estropeé con Carrillo. Ahora debo enmendarlo.

La alegría que sentí al ver la carta en el casillero de la venta se ha trocado un tanto en decepción. Aun así, confío en poder ver dentro de poco a Carrillo por aquí. María también está algo más animada desde que sabe que estoy recurriendo a especialistas en la materia. De todos modos, sigue inquieta: piensa que el tiempo se consume rápidamente, y no logro apaciguarla en absoluto. En fondo, ella ya sabe que yo estoy convencido de lo que dice. Hoy, durante la tarde, estuve a punto de confesarle que había visto a esa criatura durante nuestra expedición al collado de la encina. Tuve que marcharme de la cocina para contenerme.

La podredumbre de su cuarto se ha comido ya el revestimiento de madera de la pared oeste.

20 de diciembre

Los animales que aparecen en el corral no muestran rastro de la tizna hedionda. No puedo asegurar que este hecho esté relacionado... Hoy eran dos topos y una víbora pequeña, abiertos en canal todos ellos.

23 de diciembre

Carrillo no quiere darme un número de teléfono. ¡Estúpido! ¡Si supiera lo que ocurre aquí! Se empecina en que discutamos de asuntos intrascendentes. Me fuerza a transitar ese camino absurdo para concederme finalmente su atención.

Estoy algo más preocupado hoy. En el rodapié de mi habitación, he descubierto una fina grieta negruzca. No hiede..., y no sé si ya estaba allí antes de todo esto. Ahora me da por examinar esas cosas. Mañana debo retirar la madera del cuarto de María, pues el olor es ya apreciable desde el pasillo.

24 de diciembre

Carrillo no ha respondido hoy. Creo que por el momento contesta inmediatamente. He de contar con un día de tardanza para mis cartas, aunque las envío por correo urgente..., y tres o cuatro para las suyas. Aun así, voy cada mediodía al hostal. Cuando el sol está en su cenit, sobre la carretera, diría que apenas siento temor.

26 de diciembre

¡El horror ha venido a mi casa esta noche!

María ha estado gritando en sueños. Ahora duerme en una alcoba minúscula del piso inferior, junto a la antigua cuadra. Sus terribles gemidos me sacaron de la cama y acudí a atenderla. Me fue imposible despertarla, pues no se hallaba dormida estrictamente. Sus ojos estaban abiertos por momentos y hasta fijaba sus pupilas en mí cuando yo le levantaba la cabeza. Después, presa de un tormento indescriptible, se arrojaba de nuevo sobre el colchón y farfullaba palabras inconexas.

Cuando el reloj de la cocina dio las tres en punto, se irguió violentamente y quedó sentada sobre el lecho. Mi miró con unos ojos que parecían ajenos.

—No le abras —me susurró sin fuerzas.

Al instante, llamaron a la puerta: dos golpes que reverberaron en la oquedad del zaguán como dos campanadas terribles. La tomé de la mano y subimos a mi habitación, cuya ventana queda directamente sobre el portón. Nos asomamos en silencio al cristal, pero el ángulo y la oscuridad nos impidieron discernir lo que se hallaba junto al muro. Los golpes sobre la chapa metálica sonaban una y otra vez, de dos en dos, con iguales lapsos entre sí.

Dejé a María sentada sobre mi cama y salí al pasillo.

—No le hables —imploró.

Descendí al zaguán y caminé hasta la puerta, pero no fui capaz de acercarme a ella. Tomé una vieja garrota y la blandí frente a mi rostro.

—¿Quién anda ahí? —grité.

Me niego a creer que escuché bien.

27 de diciembre

He decidido clavetear los postigos del piso de arriba y apuntalar la puerta de entrada con dos tablones. María dice que no tiene sentido hacerlo. Me ha pedido que nunca vuelva a hablar con la cosa que viene del sabinar. Según ella, aún no puede entrar en la casa, a menos que nosotros mismos se lo permitamos…

Creo que ella no lo teme tanto durante las horas de luz. Antes no se atrevía a acercarse a la puerta, pero ahora pasa largas horas sentada en el poyo del corral, con la mirada perdida entre los árboles, como si tratara de desentrañar algún misterio en ellos. De hecho, creo que eso es justo lo que intenta y, sinceramente, ojalá lo consiga…

Las noches son otra historia.

Todas sus posesiones han quedado reducidas a un rimero de polvo hediondo. Su antigua habitación está totalmente renegrida, como si hubiese sido calcinada por el fuego. La atormenta el sonido del reloj, pues cree que su tiempo ya expira.

Sigo yendo a la venta todos los días, pero Carrillo me exaspera. ¡Si no fuera la única opción que se me ocurre…! Se me agota la paciencia.

Tengo que regresar al bosque.

29 de diciembre

El temporal no remite.

Ella descansa ahora, desfallecida por tanto sufrimiento.

Ayer se descubrió esa horrible mancha negruzca en la planta del pie derecho. Todos nuestros esfuerzos por limpiarla fueron vanos. Ella se niega a que yo la toque, lo cual, en parte, le agradezco. Fue un día infernal. Debió de caer rendida en la cama, igual que hoy, abatida por la tortura mental como por un disparo.

Hoy el tiznado le tomaba ya la punta de los dedos. Dice que no hiede, pero no lo sé de propia mano. No sé qué hacer…, excepto huir.

30 de diciembre

Cinco derecha, por la derecha. Tres derecha, por la izquierda. Dos derecha, derecha.

Dos izquierda, derecha.

Vereda del medio hasta el segundo de la derecha, por la izquierda. Trece derecha, por la derecha.

Cuatro izquierda, derecha. Encina por la derecha y voltear.

Si lo que ella dice funciona, tendré que volver, así que debo anotarlo.

Carrillo ha escrito y quiere que le cuente lo que sucede. Creo que acabaré mandando al demonio a ese cretino.

31 de diciembre

¡Funcionó!

La mancha ha menguado en la planta del pie y se ha retirado por completo de los dedos y las uñas. Pero ahora teme no tener ninguna otra cosa con que hacer la ofrenda. El collar era lo único a lo que tenía amor, según ella. Parece que es indispensable ese dolor por la pérdida. Buscaré por la casa.

3 de enero

La quinta por la derecha es pequeña y escuálida. Las ramas inferiores del tronco están secas y son endebles; quebré varias al pasar junto a ella —espero que eso carezca de relevancia—. Tiene dos ramas hacia el norte, superpuestas, anchas las dos, y una hacia el suroeste. El *bulbo* está a media altura, digamos que en la intersección donde las tres ramas nacen. Pero no produce la misma impresión desconcertante que en el siguiente caso. Esta sabina se pasa por la derecha; es decir, por el oeste.

La tercera de la derecha sigue estando aún en la orilla de un camino visible. Es frondosa y no tiene ramas jóvenes ni vegetación de sotobosque a sus pies. El viento la ha inclinado un tanto hacia el este, donde le crece una rama gruesa con una bifurcación y muchos gálbulos sobre sus ramificaciones. Más arriba, una rama hacia el norte exacto y, más arriba, otra rama hacia el oeste, o noroeste. Tiene dos bulbos: uno en la cara norte —anodino, como el del primer árbol, diría yo—; otro, hacia el sur. Este segundo emerge del tronco con una profusión increíble de circunvoluciones, como un ofidio que hubiera sido capturado por la madera. Su tacto no difiere en nada del que se siente en otros lugares del tronco. Se pasa por la izquierda: esto es, sentido sureste.

Dos en el lado derecho, pero ya no estamos en ninguna pista; es una cañada estrecha plagada de aliagas y matas de cantueso. El árbol es viejo y frondoso; sus ramas arrancan poderosamente del tronco apenas a cincuenta centímetros del suelo: una hacia el este, otra hacia el suroeste y otra hacia el sur; todas anchas y casi iguales en su longitud. Más arriba, dos ramas hacia el este y una hacia el norte o noroeste. No se puede ver bien el bulbo —tardé varios minutos en hallarlo—, pero está precisamente en este nivel de ramas. La copa es redondeada, con multitud de tallos enmarañados. Se pasa por la derecha, pero el siguiente árbol está justo allí, a tres o cuatro metros.

Dos a la izquierda, y se pasa por la derecha. Espero descubrir algo a partir de este en especial, pues carece de ramas; es una sabina seca y retorcida con apariencia de tocón, salvo por la altura y porque no creo que nadie la haya mutilado. El tronco termina en una punta ennegrecida e irregular, como les suele ocurrir a los árboles a los que se les hiela la punta cuando están creciendo y se quedan enanos para siempre. Pero no es eso, porque la sabina tiene más de tres metros. Quizá un rayo la dejara así. El tronco no tiene rastro de muñones; simplemente, carece de ramas. El bulbo está en la cara norte, y es enrevesado, igual que en el segundo árbol, solo que aquí parece trazar el perfil de un rostro humano, según desde qué ángulo se mire.

Se regresa al camino y se alcanza el segundo del lado derecho a unos quince metros —creo que este tramo endereza hacia el oeste de nuevo—. Dos ramas anchas por el lado sur, tres hacia el este y otra, un poco más alta, hacia el norte. El bulbo es pequeño y está renegrido. Como debe pasarse por la derecha, en sentido sureste, acabas saliendo del sabinar en un instante. Son trece árboles por la derecha: los tres primero están próximos y dentro del bosque, pero los diez siguientes quedan muy espaciados entre sí y están relativamente aislados —alguno recuerdo que estaba dentro del cadejo de un zarzal—. De ellos, algunos tienen bulbo y otros no. Sin embargo, el itinerario continúa hacia sudeste, ignorándolos.

Se rodea esa sabina por la derecha. Es alta y tiene dos ramas en la copa, contrapuestas: una hacia el este, y otra hacia el oeste. El bulbo es pequeño y apunta al sur. Está tres o cuatro palmos más abajo del nacimiento de las ramas.

El collado de la encina ya se ve desde allí, pero se accede rodeando por la derecha el cuarto árbol que nos topamos a nuestra izquierda. Es una sabina seca y de tronco que debe ser doble, pues se retuerce sobre sí mismo en la base para luego dejar una oquedad ojival en su parte media. Más arriba, de nuevo los dos troncos se enroscan entre sí y culminan en una única rama sin vegetación, que se comba y serpea más o menos hacia el oeste o noroeste.

El cerrillo aún queda algo alejado. Hay más sabinas por esta parte, pero tal vez las chaparras empiezan a ser más numerosas. Al subir el talud, debes hacerlo por la derecha del árbol, y voltear.

Luego corrí.

No sé si aquello estaba en el mismo lugar que la vez anterior, en la pobedilla cercana.

Espero que María sepa encontrar algún detalle que nos permita introducirnos por fin en el código secreto. Ahora parece que está mejor, pero he tenido que sacrificar numerosas pertenencias mías. La noche de ayer, con todo, ha estado caminando por el corral.

4 de enero

Creí que la disposición de los árboles podía ser circular, concéntrica con respecto a la casa, pero no es así. Lo he comprobado esta misma tarde y no es así.

7 de enero

Vuelve a nevar de forma desesperante.

No hay nada que pueda hacer, y María se encuentra muy alicaída. Está enfermando, creo. Esa cosa sigue merodeando por aquí. Lo único bueno de la ventisca es que nos impide oírlo por las noches.

Esta mañana, antes de que comenzase a nevar, caminé hasta la venta y recogí el correo. No le he contado nada a María, pero la vía de Carrillo se ha cerrado para siempre. Algo dentro de mí —mi asquerosa soberbia, quizá— me impide sentir remordimiento alguno.

8 de enero

Nieva.

Acabo de terminar una nueva carta, cargada de odio y de mentiras. María no encuentra nada significativo en mis notas sobre el bosque.

Y se encuentra peor.

10 de enero

María no se ha levantado en todo el día. Está muy trastornada y me dice cosas terribles. Nunca había oído insultos tan repulsivos.

Discutimos a mediodía.

Me preguntó por qué llevaba dos días sin bajar a la venta y le hablé de mi discusión con Carrillo. Creo que eso la desesperó, pues en el fondo, también ella cifraba en este camino todas nuestras esperanzas. Se levantó y me mostró la pierna izquierda, que presenta una mancha bastante amplia en la corva de la rodilla.

Le he prometido que no dejaré de ir al hostal cada mañana, por lo que pueda suceder. Quizá escriba a Olarre, o… En cualquier caso, debo ir por comida.

Pareció quedar conforme y sosegada en cuanto me comprometí a seguir bajando. Después, al llegar las sombras de la noche, ha vuelto a ponerse irascible. Es una transformación atroz la que experimenta. Yo creo que todo esto se debe a que intuye —o sabe, de alguna forma— que hoy va a venir, y que será aterrador.

Apenas puedo soportar el miedo.

Si no supiera que yo también estoy condenado, la abandonaría a su suerte. Ella estudia día y noche mis notas, los esquemas del sabinar. ¡Si ella supiera que en realidad es la única esperanza que albergo!

13 de enero

Caminamos en la oscuridad con nuestra excepcional dolencia, removiéndose furiosa en el interior del cerebro. No sabemos nada, hasta el final —algunos ni siquiera eso—, el final en que por fin sabemos eso: que todo era nada. Peor: mentira.

Siempre se siente el odio de la tierra —también su amor en ciertos lugares—, pero se siente demasiado tarde. Al principio no se nota ese rechazo: en los días de verano nos tendemos plácidamente sobre la tierra umbría, y su frescor y blandura parece que nos recibe con tierna caricia; pero, al despertar, apenas diez minutos después, nos encontramos rígidos y aterecidos, y sentimos que con otros diez minutos bastaría para que la tierra ladrona nos dejara allí yaciendo, definitivamente tiesos, secos y muertos.

Tardamos cierto tiempo en percibir el odio de los lugares. Después de nuestros afanes pedestres, cuando muere el día y el cuerpo se sosiega, podemos poner el oído y, a veces, escuchar una nota lejana y vaga que nos dice: «Estoy contra *ti*»; o bien: «*Aquí estarás a salvo*». Y a veces, esa nota chirriante se envuelve en extraños pensamientos, ajenos por completo a nuestra psicología, y esa es la admonición que preferimos ignorar —porque no sabemos digerir—, que nos dice que estamos en la frontera de una región prohibida.

Nos tapamos los ojos y buscamos en las tinieblas de nuestra inteligencia, y nos preguntamos: «¿Cómo es que se amontonan en mi mente estas abrumadoras fantasías?, ¿cómo se han podido erguir ante mí los horrendos objetos de mis delirios?». Pero no hay fantasías ni delirios.

Esta noche me agita una extraña y terrorífica paz de espíritu, la sincera aquiescencia que disipará por fin las cenizas de la esperanza. El bosque —por qué llamarlo de otra forma después de tanto tiempo— oscila bajo mi ventana. Las sabinas se mueven al compás y danzan prendidas unas a otras a través de la maravillosa tracería de ramas y gálbulos, y en su vaivén, se adivina un hálito —el perfil de una forma monstruosa— flotando sobre las copas. Todavía está vivo en mí el impulso de negarlo todo, de decir simplemente: «Qué extraña agitación siento esta noche…».

El complot universal no era tal cosa: era solo un caminar azaroso e ignorante por las lindes de esta región distinta. Ahora veo las notas que he tomado durante estos días, y siento lástima de mí. No hay nada que mi inteligencia pueda aportar en este sitio. La mera comprensión de lo que ocurre bastaría para matarme. Pero más absurdo aún es negarlo.

Me quedaré hasta que María rinda cuentas. Así sabré lo que me espera si no tengo el valor de matarme yo antes. Ella se resiste aún a claudicar; yo no le hablo de mis recientes conclusiones. No quiere dejar la casa, y no quiere que yo la deje. Seguiré bajando a la venta como es su deseo, y cuando todo esté cumplido, me iré.

No pienso acabar mis días en este lugar.

15 de enero

María no me deja ver sus lesiones, pero no me hace falta. Hieden.

16 de enero

Hay un zorrillo abierto en canal y empalado en el tronco de un enebro deshojado. Está frente a la puerta de la casa, en la línea del bosque.

El tallo le atraviesa el ano y asciende frente a su espina dorsal; penetra su estómago y su pulmón izquierdo; se esconde entre los conductos de su garganta y brota de su cabeza a través del ojo derecho.

Así es como serán las cosas de ahora en adelante con ese bastardo.

17 de enero

Ha llegado una carta a la venta. Allí mismo pedí papel y bolígrafo y la respondí.

Supongo que tardará dos o tres días en llegar, y otros tantos en ser respondida. Voy a decirle a ese tipo que se presente aquí. Creo que lo hará.

PARTE IV:

El camino se acaba…

Cuando terminé de leer el diario, estábamos ya a medio camino de Moscú. Entonces aún tenía los dientes rotos, ¿te acuerdas de eso? Manrique había empezado a beber en la estación y decía que se sentía incapaz de fijar la vista en aquellas páginas mugrientas y arrugadas, y que nunca había entendido cómo la gente conseguía leer durante los viajes; de modo que tuve que leerlas yo en voz alta, con aquella dicción desdentada y tan ridícula.

No hace falta que te cuente de manera detallada lo que decía el manuscrito; baste decir que no despejaba ninguna incógnita —muy al contrario, sembraba dudas nuevas y abría hipótesis enmarañadas—. Manrique no despegó los labios durante la lectura; se revolvía en su camastro y se pasaba las manos por el rostro ansiosamente, como si se estuviera dando unas friegas. Supuse que era la falta de alcohol lo que lo enervaba de aquella forma.

No bien cerré el cuadernito, él se levantó y salió al pasillo del vagón para colmarlo de improperios y maldiciones. Figúrate que varios rusos ojerosos y mal encarados tuvieron que asomarse a la puerta de sus compartimientos para hacerlo callar. Ya te he dicho que el inspector es un tipo intratable cuando está bebido. Cuando anda sobrio, tampoco es que sea una persona muy llevadera, porque siempre se conduce de manera imprevisible y algo grosera: cambia constantemente de conversación, sin darte tiempo a entender qué es lo que en verdad le pasa por la mollera; lo mismo se interesa por asuntos triviales sobre tu pasado y tus costumbres como deja de escucharte sin más, sin reparar siquiera en que sus modales son infectos y desquiciantes; da la impresión de estar todo el tiempo de paso, como esperando otra cosa. Ahora ya sé qué es eso que espera continuamente: el momento de pegar un trago, claro está. No es mal tipo, ¿sabes?, pero esa dispersión... se conjuga mal con las cualidades preceptivas de un buen policía, como seguramente pensarás. A mí, al menos, me lo parece. Él dice que siempre ha tenido mala suerte en sus casos, pero no sé qué decirte: todo el mundo tiene mala suerte cuando va borracho.

Volvió a entrar en nuestro pequeño cubículo y exclamó:

—Está muerto.

Pero no era cierto que lo pensara. Yo creí que sí, pues lo dijo con una rotundidad y un aplomo inapelables, pero en realidad era la frustración y la inopia lo que le hicieron pronunciar estas palabras. De hecho, a día de hoy —más de un año después de todo aquello— seguimos en la misma oscuridad.

¿Está muerto Lablanca? Pues yo creo que sí, para qué negarlo, pero no hay un solo indicio más que entonces. Le pregunté por qué era tan categórico de repente, pero no contestó; se tendió en la cama y se cubrió el rostro con las manos.

Le dije que parecía obvio que Lablanca había perdido la cabeza, pero que eso no significaba necesariamente que hubiera muerto. Él me observaba a través de los intersticios de sus dedos, colorado como una ciruela. Me preguntó qué creía yo que había sucedido, y yo le respondí lo que me resultaba evidente —supongo que a ti también—: que sería imprescindible hablar con esa prima de Lablanca en cuanto regresáramos a Soria. Se quedó un buen rato callado e inmóvil, resoplando bajo sus manos amarillas.

—Esa es una idea excelente —murmuró por fin.

—¿Por qué no lo es? —protesté yo, pero él se puso en pie de un brinco y volvió a salir del compartimiento.

Lo oí alejarse por el pasillo, rezongando y golpeando los vidrios de las ventanas. Ya puedes figurarte adónde fue.

Dos horas más tarde, escuché abrirse la puerta de la habitación. Yo estaba ya acostado en la litera superior y lo esperaba despierto, aunque tenía decidido no prestarle la menor atención y fingir que dormía. La vaharada fétida del vodka penetró antes que él. No dijo nada y se acostó directamente en la litera inferior, sin prender ni un momento la luz. Como lo oía resoplar fatigosamente, pensé que se habría dormido al instante —o desmayado, por mejor decir—, pero entonces habló:

—Esa mujer no existe, Ezequías —dijo con voz cavernosa—. No existe ninguna prima de Lablanca —prosiguió, apagándose poco a poco—. El camino se acaba —concluyó.

Quizá yo también estuve demasiado displicente y desagradable con Manrique durante aquellos días, te lo confieso. Supongo que la misma frustración que a él lo hacía beber me hacía a mí detestarlo. Si me hubiera dicho entonces: «Eureka, Ezequías, resolví el misterio», estoy seguro de que no me hubiese importado tanto que no se separara de la botella. El diario de Lablanca nos había desarbolado a ambos.

A nuestro regreso, nos hospedamos en un hotel cercano al parque Gorki, de modo que pude al fin conocer al detalle el centro de Moscú durante los dos días que hubimos de esperar para tomar el avión. Las visitas a la Plaza Roja y a la galería Tetriakov, en aquel dulce sopor de las tardes veraniegas, me reconciliaron definitivamente con la ciudad que tan mal me había acogido la primera vez, y casi me hicieron agradecer que mi impresentable compañero hubiese decidido entregarse por completo a la bebida y dejarme a mi aire. ¿Sabes que al fin pude ver el cuadro que tenías en el despacho cuando yo era pequeño? ¿Te acuerdas de *Cristo en el desierto*, de Kramskoi? Pues está allí, y es bastante más grande que la copia que tú tenías. Te hubiera sorprendido. También estaban los cuadros de Nikolai Gay, todos en una sala: *La última cena, Judas, ¿Qué es la verdad?...* Tú tenías también colgado en casa el de la *Crucifixión*, pero ese está en París, creo. Te hubiera encantado visitar la galería.

Manrique se levantaba bien entrada la tarde, solo en la habitación.

Suponía yo que se daría al vodka no bien se hubiera puesto en pie, pero no me interesé en preguntarle a qué dedicaba el tiempo mientras yo andaba pateando las calles. Al regresar por la noche, lo encontraba recostado en la cama, borracho, pasando los canales de televisión de una forma demencial, y con ganas de palique. Estos momentos eran los más irritantes, pues tenía que esperar necesariamente a que el sueño lo venciera a él para poder yo también dormir.

—¿Ha estado pensando en el caso mientras hace turismo? —me preguntó la última noche. Yo le espeté que mucho más que él, pero no se lo tomó a mal. Nunca se tomaba nada a la tremenda, eso hay que concedérselo—. ¿Y qué ha sacado en claro? —me dijo. Yo le confesé que nada en concreto; ideas vagas—. Pues quiero oírlas —se empeñó.

Lo que le respondí era bastante perogrullesco, hay que admitirlo. Le dije que no cabían más que tres posibilidades: la primera era que todo lo que decía el diario fuese cierto —opción que él descartó sin darme tiempo a mayores explicaciones, pues, como ya me había anticipado en el tren, esa prima de Lablanca era una invención—; la segunda posibilidad implicaba que todo lo que venía recogido en el diario fuera falso, una fantasía de Lablanca, que se tratara de un pseudodiario en realidad. Un cuento de terror, apostilló Manrique. Esta segunda explicación pareció intrigarle un tanto, pero enseguida observé que no pensaba darle demasiado crédito, pues, a los efectos de resolver el caso, era tan estéril como la primera opción.

Le dije que la tercera posibilidad suponía que Lablanca fuera un hombre perturbado. La historia del perro y del merodeador venido de otro mundo... La gran incógnita que me sublevaba era la manera de encajar a Vinográdov en toda esta armazón. ¿Qué demonios le había pasado a ese hombre? De su desquiciante testimonio parecía desprenderse que él en persona había sido testigo de lo mismo que Lablanca presenció… Era una locura. ¿Serían un par locos los dos; o un par de farsantes? ¿El loco era el ruso? En cualquier caso, yo tenía para mí que la opción más plausible era la segunda, pero me dio la impresión de que Manrique se inclinaba en principio por esta última. Sin embargo, mullendo la almohada de su cama y dándose media vuelta, murmuró:

—Aún hay otra posibilidad —y el canalla se quedó dormido sin decir más. Le lancé un cojín desde mi cama, exigiéndole que hablara. Solo levantó una mano, de forma penosa—. Da lo mismo, Ezequías —suspiró—; en cualquier caso, el camino se acaba.

Así pues, volvimos a España. Durante una semana, no tuve el menor contacto con él, pero fui yo finalmente, venciendo el hastío, quien lo telefoneó. No me imaginaba que hubiera sido tan miserable de avanzar en nuestra investigación sin hacérmelo saber; a veces resulta muy difícil confiar en la benevolencia de este hombre, te lo digo de verdad —no siempre podemos excusarnos esgrimiendo nuestra falta total de inteligencia para el trato con los semejantes—. Por otro lado, Manrique es alcohólico, de modo que tiene mejor coartada que los demás, supongo. En fin, el caso es que procuré no montar en cólera y acepté verlo en el lugar que él me indicó.

Lo encontré muy desanimado. Me dijo que había llevado a cabo las pesquisas de rigor de una forma rutinaria y molesta, sin esperanza ninguna de encontrar nuevas pistas. Todo había quedado como él esperaba: un campo yermo y desolado en todas direcciones. Su voz brotaba de su garganta igual que el fango de un pozo, puedes creerlo. Le pregunté qué pesquisas tan infructuosas eran aquellas que había realizado, aunque cualquiera podía figurarse la respuesta.

—Fui a ver a los tíos de Lablanca —respondió— y les leí el diario de cabo a rabo. Me confirmaron ciertos detalles que tanto usted como yo habíamos dado por meras ficciones. Por ejemplo, el asunto del perro ocurrió realmente: el tío corroboró que había tenido que llevárselo de la finca ante las protestas continuas de

Lablanca. Ese mismo día le dio un tiro y lo enterró al lado de la carretera. Me dijo que el animal era ya muy viejo y que, si bien lo que su sobrino narraba en el diario le parecían fabulaciones, podía ser cierto que el pobre bicho hubiera empezado a chochear y a perder la cabeza. Naturalmente, jamás le habló a Lablanca del fin tan terrible que había tenido el animal; en realidad, creo que me dijo que, después del problema con el perro, solo volvió a hablar con su sobrino una vez más.

Después, Manrique habló con ellos sobre el carácter de Lablanca. Ya lo había hecho durante la investigación oficial, pero ahora debía volver a hacerlo a la luz de los disparates que contaba en el diario. Le respondieron de igual manera que la vez anterior: el muchacho era muy particular, tímido hasta lo enfermizo, desconfiado…, pero no estaba loco, no hasta el punto de los desvaríos que allí narraba. ¿Te acuerdas de las tres hipótesis? Ellos abogaban, como yo, por la segunda: su sobrino estaba escribiendo un cuento de terror.

Por fin, les preguntó por la muchacha y, ¿quieres creer que le confirmaron que esa mujer existe? Manrique me lo dijo de una forma pretendidamente anodina, pero no engañaba a nadie. Él había negado la existencia de esa mujer en Rusia: le recordé lo que había dicho al respecto en el tren de vuelta a Moscú. Por supuesto, la excusa del vodka barato le sirvió para hacerse el olvidadizo, pero también en esto se notó que mentía. Me imagino que habría hecho un censo de los familiares directos de Lablanca, pero, claro, la muchacha de la que se habla en el diario no era estrictamente de su familia, pues es simplemente hija de su tía política… No lo sé; en realidad, todo esto son figuraciones mías. No descartes que jamás se hiciera semejante censo. Me han contado cosas un tanto preocupantes sobre los modos de trabajo de este hombre.

En cualquier caso, Manrique ignoraba que la esposa de su tío tuviera una hija. Lo ignoraba antes de viajar a Rusia y, tras leer el diario, persistió en no dar verosimilitud a lo que allí se decía. Eso creo yo.

Sin embargo, la prima política de Lablanca era real y vivía en Calatayud, aunque pensaba trasladarse a Soria de un momento a otro.

—¿Ve cómo las cosas jamás cuadraron? —me dijo—. ¿Pensaba trasladarse a uno de los pisos de sus padres? En el diario, esta mujer no quería tener relación con ellos.

Yo le respondí que las cosas podían haber cambiado durante estos meses, pero él negó inmediatamente con una mueca triunfal.

—Fui a Calatayud ese mismo día —prosiguió—, pero no piense que lo hice con la menor esperanza de hallar algo jugoso. Créame que le habría hecho partícipe a usted también si ese hubiera sido el caso —mintió—. En cuanto vi a la *muchacha*, corroboré que jamás había comparecido por la finca Las Fraguas. No me hizo falta hablar con ella para saberlo desde el primer segundo. La tal María, que en realidad se llama Eugenia, tiene cuarenta y cinco años, tres hijos, metro setenta de altura y unos ochenta kilos encima. Esto ya lo sabía yo antes de viajar a Calatayud, porque su madre me lo explicó, pero ya ve que, aun así, me desplacé para constatarlo —añadió.

De modo que la prima que aparecía en el diario no era más que un personaje. La señora, al parecer, sabía de la existencia de su primo, pero no era más que un dato vago y borroso, aislado, sin imagen que lo acompañara. No recordaba haber visto jamás a Lablanca en persona; acaso en la niñez..., cuando él era apenas un recién nacido. En cuanto a la finca Las Fraguas, le dijo a Manrique que no había pisado por allí en los últimos diez años; que eran sus padres quienes se desplazaban a Calatayud cuando decidían verse.

—Me volví como había ido, como esperaba volverme, pero mucho más agotado mentalmente —me confesó—. No sé por dónde seguir. El camino se ha terminado ante mis pies, Ezequías, y Lablanca nunca volverá. No volverá, ¿verdad? —me preguntó a mí, de una manera dolorosa. Quizá esa pregunta era el único motivo para haber aceptado verme después de tantos días. Eso creo.

—No lo sé —lamenté responder.

—¿Ha muerto?— insistió.

—Supongo que jamás lo sabremos, como dice usted. Pero también sabemos que eso significa que sí.

—Debo pedirle disculpas por haberle creado ciertas expectativas, a sabiendas de que iban a quedar incumplidas —añadió entonces trocando su expresión hacia otra que ya no me pareció sincera. Le pregunté que a qué se refería—. Le hice acompañarme a Rusia ante la perspectiva de poder localizar a sus agresores —explicó—, pero me temo que no va a ser posible. En realidad, Ezequías, siempre tuve claro que los delincuentes que lo atacaron no tenían nada que ver con el diario. Como le dije, lo más probable es que lo siguieran simplemente porque era un turista solitario y débil.

—No lo acompañé a Rusia por ese motivo —le aclaré, no sé por qué, algo ofendido—. Yo tampoco confiaba en que hubiera el menor nexo entre ambas cosas. Quizá sí confiaba…, pero en el fondo, no. Quédese tranquilo en ese punto.

Nos separamos sin más y no he vuelto a saber de él desde entonces. Aunque no es cierto, ahora que recuerdo. ¿Te acuerdas tú de que te lo conté el mismo día que sucedió? Hace un par de meses me telefoneó a las dos de la madrugada —me dio un susto de muerte; creí que se trataba de algo relacionado contigo—. Estaba como una cuba y su voz sonaba extrañamente asfixiada y opaca, como si estuviera tendido en la cama boca arriba.

—Parece que no nos movemos, pero sí lo hacemos, Ezequías —farfulló—. Lo parece, nada más. Puede pensar que estamos todo el tiempo recorriendo la mitad de una distancia, y la mitad de esa mitad, y la mitad… Pero no es cierto. No renuncie todavía a encontrar a Lablanca. Lo encontraré; encontraré sus huesos y su carne muerta, y los jirones de sus ropas. No he llegado hasta aquí para detenerme ahora, después de la oportunidad que usted me brindó.

Y después debió de soltar el aparato sobre el colchón, porque dejó de atenderme hasta que al fin hube yo de colgar. No quise saber más del tema; no fui en su busca. Más tarde, la hija de Juana

Salduero —¿sabes quién?, la que se casó con un policía de Almazán— me contó algunos rumores que circulan sobre Manrique: escenas de insubordinación y todo eso... No lo tienen por un policía ejemplar, desde luego, pero tampoco por un buen policía; ni siquiera eso.

Y hoy, cuando subía a verte, oigo que me llaman a gritos y le veo asomar medio cuerpo por la puerta de una taberna de la calle Caballeros. Me doy cuenta de que va trompa. Las doce del mediodía y ya va fino.

—Voy a ver a mi padre —le digo—, no puedo entretenerme ahora.

Y el tipo no es idiota en absoluto —es mucho más inteligente que cualquiera en ese aspecto—, pero le importa un comino quedar como un memo con tal de salirse con la suya. La gente así me resulta muy chocante, ¿sabes?, la que ha renunciado abiertamente a la honra y al orgullo, por decirlo de alguna manera. No sé si la desprecio o la admiro, pero casi me inclino más por esto último. Creo que Manrique es así: un tipo invulnerable a las ofensas. Las entiende y las soslaya. Podía haberle dicho que se fuera al diablo y le habría importado lo mismo. Creo que hay en él cierta dosis de interesante estoicismo, y algo de condescendencia paternalista: ofendeme cuanto quieras —parece significar—, que yo no lo haré, a pesar de que seamos ambos igual de penosos; no tengo tiempo para estas cosas. Supongo que también se puede considerar una especie sublimada de sentido del humor.

—Iré con usted —me responde—, aquí ya he terminado.

Así que hemos venido conversando hasta aquí, y después hemos seguido por la tapia del cementerio hasta llegar al banquito en el que hablamos la primera vez. Todo el camino hasta allá se dedica a alabar las bondades de mi nueva dentadura. Me incomoda un poco al cabo del rato.

—Estoy dispuesto a resolver el caso —me dice una vez en lo alto de la barranca—. He comprendido que aún no es tarde. Ese ha sido el gran error.

—¿Ha dado con algo nuevo? —le pregunto intrigadísimo, pero él suelta una carcajada.

—Tal vez sí —contesta para mi sorpresa—. He seguido, como un perro, mordiendo el cabo del caso que aún nos quedaba. Mordiendo y mordiendo, a pesar de que era un cabo endeble, deshilachado y asqueroso… ¿Sabe una cosa? Toda mi vida debiera haber sido así; pero ahora he comprendido que nunca es tarde.

—¿Qué es lo que ha averiguado? —insisto, pero él me dice que todavía no ha averiguado nada.

Se pone a contarme la fábula de los dos ratones que cayeron al cubo de leche, ¿te lo puedes creer? No lo dejé terminar, claro; además, me dio la impresión de que pretendía insinuar que yo era el ratón que se rindió y él el que braceó hasta convertir la leche en mantequilla.

Ahora mismo no sé si pretendía querer decir eso… En cualquier caso, me puse de mal humor y le dije que tenía prisa.

—Espere, espere —me suplica—; no se vaya enfadado. De hecho, debo decirle que pensaba llamarlo cualquiera de estos días, amigo. Ha sido una preciosa coincidencia la de hoy. Lamento, sin embargo, haber bebido, porque mi intención era mantener sobrio esta conversación con usted, pero… ahora que lo pienso, tampoco es esta la conversación importante, la definitiva. Lo que quería decirle es que pensaba llamarlo para comunicarle que, dentro de unos meses, volvería a llamarlo para pedirle un favor, si es que usted me entiende.

Le dije que no.

—Dentro de unos meses, lo llamaré por teléfono —volvió a empezar—, y le pediré que me acompañe a un lugar.

—¿Con qué fin? —le pregunto de muy malas pulgas ya.

—No le puedo responder —balbució—; no se merece usted que le mienta de nuevo.

Ya estoy perdiendo los nervios y me levanto del banco. Pero no quiero irme sin más, e insisto:

—Dígame de una vez si ha descubierto algo nuevo.

Y el idiota vuelve a carcajearse.

—He realizado el trabajo policial, Ezequías. El trabajo policial completo; ahora que ni siquiera soy policía. Un trabajo de sabueso. Un buen sabueso debe morder y no soltar el hueso, ¿no? Porque nunca es demasiado tarde. Si lo hubiese sabido hace unos años…

Me alejo unos pasos.

—Es usted un idiota —le digo.

—Lo soy —me responde—. Dentro de unos meses, lo llamaré.

—Déjeme en paz —le contesto—. No tiene usted nada. No hay ningún hueso que morder, lo sabe tan bien como yo. No es más que un borracho, un pobre tonto, y el camino se ha acabado. Es lo único sensato que le he oído decir últimamente.

Me marcho de allí. Entonces me grita desde el banco:

—¡No sabe hasta qué punto tiene usted razón! El camino se acaba…, y yo no soy más que un tonto. Pero ya sabe lo que dicen…

Me voy de allí definitivamente. Sí. Ya sé lo que dicen: cuando un tonto coge un camino, el camino se acaba y el tonto sigue.

PARTE V:

Foroagro

FOROAGRO

Tema activo: Facturación, una duda. 27 de marzo de 2012

CLM (Nuevo usuario), 27 de marzo; 21:04 horas

Buenas noches. A ver si alguno de ustedes me lo puede explicar bien, porque hay alguna cosa que aún no tengo clara. A ver, tengo que vender unas ovejas dentro de unos días y, claro, con lo de las facturas a partir de 2500 euros, no sé qué tengo que hacer: ¿pedirle la factura al comprador y luego presentarlas, o qué?

Jorgito44 (Experto), 27 de marzo; 21:18 horas

Me parece que será al revés, ¿no crees, majo? XD

Sotosalbos (Experto), 27 de marzo; 21:25 horas

La factura la tendrás que hacer tú y llevarla a Hacienda. Pero, vamos, que eso es así de toda la vida. No tiene nada que ver con lo de los 2500 euros.

RubencioVN (Experto), 27 de marzo; 21:28 horas

A ver, CLM, son dos cosas distintas. En principio, una cosa es la forma de pago y otra lo de la factura. Pero de esto ya se han abierto varios hilos en este foro. Estamos siempre con lo mismo.

Santos131 (Experto), 27 de marzo; 21:29 horas

Sí, son cosas distintas, pero relacionadas. Son trabas que no hacen más que darte ganas de hacer lo contrario de lo que pretenden: no hacer facturas.

RubencioVN (Experto), 27 de marzo; 21:31 horas

No es tan grave como lo pintas, Santos. Vamos, me parece a mí. Tú puedes vender las ovejas y no hacer factura, cobrar en billetes y a correr, como se ha hecho toda la vida. Dinero negro. Sin entrar en cuestiones morales, a mí me parece una soberana cagada hacer eso, especialmente si estás vendiendo animales con DNI o guía de traslado, porque, aunque no ingreses el dinero en el banco, estás dejando huellas y no sé qué coño le vas a decir a Hacienda si te investigan. Yo cada oveja que vendo va con factura, aunque me paguen cuatro duros.

Sotosalbos (Experto), 27 de marzo; 21:32 horas

Te quitas problemas, qué duda cabe. Con animales con guía no tienes escapatoria. No sé cuántas ovejas estás pensando en vender, CLM, ni si llevan guía o bolo.

Si Hacienda te hace la inspección y has dejado huella de la venta, estás jodido. Les puedes poner excusas baratas, como que has vendido y trasladado las ovejas ya, pero que aún no las has cobrado. Pero no te van a creer.

SR798 (Experto), 27 de marzo; 21:35 horas

Eso no se lo creen ni de coña, Sotosalbos. Mejor que ni lo intentes, que se te ven las intenciones. XDXDXD

CLM (Nuevo usuario), 27 de marzo; 21:41 horas

Serían bastantes ovejas. Por encima de 2500 euros, seguro.

Sotosalbos (Experto), 27 de marzo; 21:42 horas

Pero no te pongas cerril con lo de los 2500 euros, que eso no tiene nada que ver.

Jorgito44 (Experto), 27 de marzo; 21:44 horas

Sí tiene que ver, Sotosalbos. Porque la norma ya no solo afecta a los ingresos en el banco; es que en la propia operación de compra-venta te pueden sancionar. Con dinero en efectivo, quiero decir.

Sotosalbos (Experto), 27 de marzo; 21:45 horas.

Si lo haces todo a través de factura, ¿por qué?

RubencioVN (Experto), 27 de marzo; 21:48 horas

Joder, Sotosalbos, ¿tú también, hermano? Si lo hemos explicado mil veces. La nueva ley te puede crujir con factura y sin factura. Bueno, sin factura, ya ni te cuento.

Vamos a ver. Tú antes podías cobrar en metálico y emitir una factura, o bien podías cobrar con un cheque o con una trasferencia bancaria, y ahí ya pagabas el IVA y toda la pesca. Lo que ha cambiado con la nueva ley es que ya no se pueden hacer operaciones de compra por más de 2500 euros en metálico; ni siquiera existiendo factura. Ahora ya debe hacerse por trasferencia. Si tú ingresas el dinero por una factura en el banco, y el importe es superior a 2500, Hacienda os puede sancionar a ti y al comprador. En realidad, no sé si al vendedor lo sancionarían, pero al comprador sí, porque la ley ahora impone que se justifique de dónde viene el dinero de toda compra superior a 2500.

Perry (Experto), 27 de marzo; 21:53 horas

O sea, que la ley lo que persigue en realidad es la circulación de dinero negro.

RubencioVN (Experto), 27 de marzo; 21:54 horas

Claro. Es una medida totalmente absurda si lo que se quiere combatir es el fraude. Y en cuanto al dinero negro…, no sé si realmente ellos se creen que va a dejar de circular porque impongan estas medidas.

Jorgito44 (Experto), 27 de marzo; 21:56 horas

Hombre, no sé qué decirte. A mí, personalmente, me jode la medida. Ya no solo tienes que preocuparte de hacer tú bien las cosas. Ahora viene un tío que no quiere hacer trasferencia, aunque quieras tú, y se jodió el negocio.

SR798 (Experto), 27 de marzo; 21:57 horas

Pero ¿esta medida ya está vigente?

RubencioVN (Experto), 27 de marzo; 21:58 horas

Si lo piensas, siempre ha sido así, Jorgito.

Sotosalbos (Experto), 27 de marzo; 22:04 horas

Coño, pues está bien claro entonces. Yo lo que no voy a soportar son más trabas absurdas. A fin de cuentas, ¿quién te va a decir lo que tienes que cobrar por una vaca, o por veinte ovejas? Tú pones el precio en la factura por la cantidad que sea, siempre inferior a 2500, y el resto que te lo paguen en B. Si no es muy cantoso, ¿cómo te van a pillar? ¿Qué te van a decir?

Oiga, ¿por qué vende usted una vaca a 400 euros? Les dices que tú vendes por lo que te sale de los cojones, y se acabó.

RubencioVN (Experto), 27 de marzo; 21:58 horas

Ya puestos, puedes hacerlo a la vieja usanza, claro, y guardar el dinero debajo de una piedra. Ya he dicho que no voy a entrar en esas cuestiones, Sotosalbos. Que cada cual haga libremente lo que le parezca, pero después tendremos que asumir las consecuencias de nuestros actos.

PARTE VI:

El Valle de la Sangre

En el interior del hotel rural Valle de la Sangre, un hombre llamado Salcedo quitaba parsimoniosamente los adornos de loza y madera tallada que decoraban, sobre tapetes de punto de cruz, la gran mesa oblonga de sabina roja. Sobre uno de los sillones, había dejado los manteles y servilletas que se disponía a colocar. Un fuego intenso ardía en la chimenea y doraba la panoplia y los viejos arreos de cuero que adornaban la pared de la campana. Completaban la decoración un par de sillones más, un aparador con botellas de licor y vasos baratos, y una alfombra de hilo sobre el suelo de barro. Todavía se colaban unos tenues haces de luz crepuscular entre los barrotes de la ventana, cuando dos golpes metálicos sonaron a lo lejos y Salcedo salió de la habitación, dejando la tarea a medio hacer. Segundos después, regresó al comedor, seguido por un caballero de mediana edad. Alberto Ruiz sobrepasaba con creces a Salcedo en altura y corpulencia; también en elegancia, por qué no decirlo. Sus ojos errabundos, descolgados sobre las prominentes bolsas de los párpados, parecían los de un hombre ebrio y le daban cierto aire de despreocupada superioridad. Tenía bastante cabello aún, entrecano, peinado sobre la frente en un acusado tupé. Un gesto de enigmática premura atenazaba su por lo demás hierático semblante.

SALCEDO: En principio, las habitaciones no están asignadas. Tienen todas ellas dos camas dobles, y son prácticamente iguales.

ALBERTO RUIZ: Está bien. Deme la que usted quiera; no me importa demasiado.

SALCEDO: ¿Viene alguien más con usted?

RUIZ: No; solo yo. Oiga, eso de la entrada...

SALCEDO: ¿Sí?

RUIZ: El coche, quiero decir. ¿No hay forma de acercarlo más a la casa?

SALCEDO: No. No hay ningún camino entre los enebros.

RUIZ: ¿Y en ese claro estará bien? Queda bastante cerca de la carretera.

SALCEDO: Sí, pero no se ve desde ella; lo tengo comprobado. Además, ya habrá visto usted que no hay apenas tráfico.

RUIZ: Ya. Yo también he comprobado eso.

SALCEDO: ¡Por cierto! ¿No habrá dejado usted equipaje en el maletero? Voy a buscárselo de inmediato...

RUIZ: No he traído equipaje; no se preocupe.

SALCEDO: Lo siento mucho, me he despistado por completo.

RUIZ: No hay problema.

SALCEDO: Quizá, lo mejor sería que le enseñara las habitaciones, por si alguna le parece mejor.

RUIZ: Bueno. Espere que me caliente un poco (*Ruiz se colocó ante la chimenea, de espaldas a la lumbre, recibiendo con fruición el calor en las nalgas*). Hace un poco de frío para ser octubre, ¿no es cierto?

SALCEDO: No sé qué decirle. ¿No es usted de Soria?

RUIZ: No.

SALCEDO: Entonces será eso.

RUIZ: ¿Qué?

SALCEDO: Que no; que no hace especialmente frío. ¿Y no ha traído nada de equipaje, entonces?

RUIZ: El neceser. Oiga, eso del coche...

SALCEDO: ¿Sí?

RUIZ: No, me refiero a que... ¿Cree usted que la casa se ve desde la carretera?

SALCEDO: Se ve..., si uno sabe que está aquí y se esfuerza en buscarla. Alguien que vaya concentrado en el volante dudo que se percatara.

RUIZ: Eso pienso yo.

SALCEDO: Pero sí vería la señal, y la pista forestal hacia el aparcamiento.

RUIZ: ¿De noche? No sé.

SALCEDO: Yo diría que sí. Oiga, ¿ni siquiera ha traído pijama? Tenemos algo de ropa por ahí dentro.

RUIZ: No. He pasado por un pueblo al venir, ya en la carretera comarcal...

SALCEDO: La Aldehuela de Calatañazor. Vino usted por la carretera de Valladolid, ¿no? Entonces, La Aldehuela. Abejar queda al otro lado.

RUIZ: Está deshabitado, ¿no? La Aldehuela, quiero decir.

SALCEDO: Lo más seguro. A estas alturas del año, y siendo jueves...

RUIZ: Miércoles.

SALCEDO: Pues eso. Lo más seguro es que no haya nadie.

RUIZ: ¿Es habitual por esta zona?

SALCEDO: Mucho. En Abejar deben de quedar treinta o cuarenta personas, y en Calatañazor, otras tantas. Los demás pueblos de por aquí: Nódalo, Nafría, La Cuenca, La Revilla... Vacíos todos.

RUIZ: Qué curioso.

SALCEDO: Y qué triste.

RUIZ: ¿Triste?

Dando por zanjado el asunto del aparcamiento, se diría que Alberto Ruiz había concentrado su interés en otras cuestiones íntimas. Se paseaba por las baldosas del salón con la mirada infatigable, revoloteando sobre los objetos circundantes.

SALCEDO: Es una pena que un pueblo se muera, ¿no cree?

RUIZ: No creo que un pueblo pueda morirse.

SALCEDO (*con cierta condescendencia, como si asumiera benévolamente la ignorancia que desbordaba de las palabras de su cliente*): A mí me entristece. Me da pena observar este abandono.

RUIZ: ¿Antes no era así?

Le habló sin pesar, y sin interés en que se lo explicaran. No se sabía muy bien qué andaba buscando, pero era obvio que no estaba satisfecho en absoluto.

SALCEDO: Pues, en realidad sí (*se rio*). Al menos desde que yo era pequeño. Supongo que hace mucho tiempo que se agotaron por aquí los medios de subsistencia.

RUIZ: Entonces, según lo veo yo, no tiene usted demasiado que lamentar.

SALCEDO: Puede que tenga usted razón, y…, a decir verdad, tampoco es que lo lamente demasiado. También tiene su encanto una tierra tan agreste, ¿no cree?

RUIZ (*igual de anodino, esbozó una sonrisa leve*): Si usted lo dice...

SALCEDO: Últimamente, se han abierto varios negocios de este tipo por la zona: casas y hoteles rurales. La gente no vendría de estar esto más poblado, creo yo. Bueno, usted me lo podrá decir, supongo.

RUIZ (*se había despistado en sus meditaciones*): ¿A qué se refiere?

SALCEDO: Digo que habrá venido usted a hacer turismo.

RUIZ: Claro, turismo.

SALCEDO: ¿Dónde piensa ir?

RUIZ: Iré a la Laguna Negra, y a Soria por la tarde.

SALCEDO: Se lo pasarán muy bien en la Laguna. Va a hacer algo de frío, pero daban sol toda la semana.

Ruiz clavó sus impávidos ojos grises en la nuca de Salcedo, que daba vueltas en torno a la mesa, aderezándola con los cubiertos y las servilletas de la cena.

RUIZ: Eso espero, que lo… pasemos bien. ¿Cuántas habitaciones tienen ocupadas?

SALCEDO: Pues todas.

RUIZ: ¿Todas?

SALCEDO: La primera vez que nos pasa, pero son ustedes bastantes.

RUIZ: Qué curioso. ¿Vamos arriba, si le parece bien?

Salcedo terminó de alisar los frunces del mantel y coronó su obra con una jarrilla de barro por la que asomaba un ramillete de tomillo y romero.

SALCEDO: Claro. ¿Le llevo el neceser?

RUIZ: Vamos, vamos.

Salieron los dos al zaguán en penumbra y caminaron por el enlosado crepitante. Por el portejón superior de la entrada, se colaban los últimos estertores del día, que alumbraban apenas los volúmenes de un arca de roble y una mesita baja con teléfono, un par de jarrones con romero y cantueso y una espetera con cazoletas y calentadores de sábanas. El estrecho portal acababa en el inicio de un tramo de escaleras, a cuyos lados se abrían sendas puertas de contrachapado raído.

SALCEDO: Son la cocina y el baño.

RUIZ: ¿El baño?

SALCEDO: El baño común. No se alarme: cada habitación cuenta con su baño privado. En cuanto a la cocina, no sé si tendrán necesidad de usarla. La cena está incluida y se la serviré antes de marcharme.

RUIZ: ¿No duerme usted en el hotel?

SALCEDO: Es muy generoso llamarlo hotel, ¿no cree?

RUIZ: La verdad es que sí. Muy generoso.

SALCEDO: Yo duermo en mi casa. Mañana vendré a las nueve.

En el piso de arriba, un solitario corredor iba a parar a un estrecho ventanuco protegido por una red de gallinero; en la pared izquierda, pendían de cualquier manera varios cuadros de tema cinegético; y en la de la derecha, se abrían cinco puertas a las cinco habitaciones.

SALCEDO: Todas iguales, como le he dicho.

RUIZ: ¿Adónde dan?

SALCEDO: Dan todas al sabinar, claro.

RUIZ: Me imagino. Hay sabinar por los cuatro costados. Hablo de su orientación.

SALCEDO: Pues… Me pilla usted. Yo diría que dan… al este.

RUIZ: ¿Ninguna da a la carretera?

SALCEDO: Supongo que la de la esquina, tal vez. Tiene ventana, y balcón por la otra fachada.

RUIZ: Me quedo esa.

SALCEDO: No quiere decir que se vaya a ver la carretera. Bueno, no lo sé…

RUIZ: Es igual. Me gusta.

SALCEDO: Pues, hecho. El primero es el mejor servido, ¿no?

RUIZ: Eso dicen.

Ruiz no llegó a entrar en su habitación. Se limitó a echar una ojeada desde el umbral y a lanzar su neceser sobre una de las camas. Mientras su escueto equipaje daba vueltas por los aires, se volvió al escuchar una llamada metálica en la puerta de entrada, y Salcedo se encaminó hacia ella con un bufido. Ruiz anduvo lentamente por el corredor, inspeccionando las habitaciones con desidia y, cuando ya había llegado al primer escalón, rezongó algo —quizá algo así como «qué más da»—, y se dio media vuelta; entró en su habitación, cogió su neceser y volvió a meterlo en el bolsillo interior de su gabardina. Después, descendió. En el comedor se escuchaba a Salcedo hablar con una mujer. No. Con una mujer y con un hombre. Ruiz abrió la puerta y entró.

Una menuda joven, de unos treinta o treinta y cinco años, morena y de tez blanca, cadavérica, hablaba con el encargado sin apartar la mirada de la lumbre, que fulguraba sobre su desaforada bisutería. Algo le molestaba, pues se contoneaba con la incomodidad que causa un picor. El timbre de su voz era asimismo molesto por algún motivo extraño. El hombre era otro ejemplar famélico de la especie; de su misma edad, barbudo y mal vestido. Ambos destilaban un aire de abandono y un aroma extraño y no muy bueno.

RUIZ: Buenas tardes.

CARLOS: Buenas.

SALCEDO: Hola... (*Se volvió a hablar con la mujer, mientras apañaba los manteles*). Pues eso; el desayuno a partir de las nueve. No sé si tenían ustedes intención de madrugar... En estos lugares se pegan las mantas más de lo normal. Cosas del frío...

ANA: Págale ya.

CARLOS: ¿Sí?

SALCEDO: Mañana, sin problemas...

ANA: Págale ya, por si acaso.

CARLOS: Bien. Tengo el dinero en la maleta.

SALCEDO: Voy por ella; permítame. (*Salcedo recogió las llaves que Carlos Huertas dejó sobre el mantel, y se encaminó a la puerta del salón. Antes de salir, se volvió hacia sus huéspedes, con una sombra de duda bajo el ceño*). Ustedes... se conocen, ¿verdad?

CARLOS: ¿Nosotros? (*dijo, mirando a Alberto Ruiz con desconfianza*).

SALCEDO: ¡Ah! Perdón. Es un poco extraño.

RUIZ: ¿A qué se refiere?

SALCEDO: Supuse que todos se conocerían.

ANA (*se volvió, suspicaz, y clavó su mirada ojerosa y purpúrea en el desconcertado anfitrión*): ¿Qué quiere decir con *todos*?

SALCEDO: Todos los huéspedes, claro. Yo pensé... Es raro que hayan alquilado la casa por habitaciones. Lo normal es que vengan grupos enteros de amigos o familiares.

ANA: ¿Van a venir más personas?

SALCEDO: Estamos completos, señora. Por primera vez.

Salcedo salió y Carlos, medroso, se aproximó a su pareja junto a la lumbre. Ruiz tomó una revista antigua, se sentó en uno de los sillones y comenzó a pasar páginas mientras observaba meticulosamente la espalda de sus dos compañeros de posada. Al cabo de un minuto, Ana Freire torció el cuello y dejó ver su huesudo perfil izquierdo.

ANA: ¿Sabía usted que iba a haber más personas aquí?

RUIZ: La verdad es que no me lo planteé (*respondió con absoluta parsimonia*).

ANA: Nosotros creímos que estaríamos solos.

RUIZ: Si les he estropeado algún plan, lo siento mucho.

ANA: No; no es eso. Simplemente pensábamos que este no sería un lugar propicio para coincidir con nadie más.

RUIZ: Pues no lo parece, la verdad. Pero lo cierto es que está completo, por lo que ha dicho el conserje.

ANA: ¿No es el dueño?

RUIZ: No lo creo, pero no estoy seguro.

CARLOS: ¿Ha venido usted a hacer turismo?

RUIZ: Eso es. Quizá suba mañana a la Laguna Negra. ¿Ustedes también?

CARLOS: Es posible.

RUIZ: Aunque hay muchos lugares interesantes por aquí. ¿Tienen pensado quedarse muchos días?

CARLOS: No. Nos iremos mañana.

ANA: Seguramente (*apostilló, aunque en realidad quería decir «cállate la boca»; Ruiz se dio cuenta al instante*).

RUIZ: He de confesar que yo también he pensado en marcharme pronto. El sitio no es lo que me esperaba. Se anuncia como «hotel rural», pero es evidente que no lo es.

CARLOS: Es una mera casa rural, y no de las mejores.

RUIZ: Publicidad engañosa, ¿cierto? No es que me trastorne demasiado estar sin servicio, pero uno tiene ahora que cambiar las expectativas… En fin, al menos es barato.

ANA: No hay más salones que este, ¿verdad?

RUIZ: Parece que no. Hay una cocina al fondo del zaguán, pero no sé en qué condiciones está.

Salcedo entreabrió la puerta y asomó la cabeza por el vano. Cargaba una mochila de deporte negra, casi vacía, y en su rostro fulguraba el intenso color del frío.

SALCEDO: ¿Quieren elegir habitación?

ANA: Ve tú.

Carlos obedeció de manera sumisa y acostumbrada. Por primera vez, Ana Freire se separó de la lumbre y caminó lentamente hasta la mesa, mirando con desdén la mantelería y los servicios de cena. Parecía que el haber preparado una mesa común para todos los huéspedes fuese algo así como un agravio personal. Ruiz la miraba sin empacho desde su sillón. Ni siquiera había reparado en que tenía su revista cogida del revés.

RUIZ: ¿Han venido ustedes por Soria?

ANA: Sí; hemos pasado por el polígono industrial.

RUIZ: ¿Por la carretera de Valladolid?

ANA: No lo sé. No conozco las carreteras.

RUIZ: Muchos enebros. ¿Pueblos abandonados?

ANA: Eso creo. No es que me haya fijado especialmente, pero eso me ha parecido.

RUIZ: Dígame, por curiosidad. ¿Han encontrado fácilmente el hotel?

ANA: La verdad es que nos lo pasamos de largo la primera vez.

RUIZ: Eso me temía. La señal de la pista forestal no se ve de noche, ¿verdad?

ANA: Puede ser. No sé. Carlos conducía muy rápido. Nos la pasamos y llegamos hasta el pueblo que hay más allá, donde termina la carretera.

RUIZ: Y tuvieron que volver.

ANA: Así es.

RUIZ: No son ustedes de por aquí, me imagino. De Soria, quiero decir.

ANA: No. No somos de aquí.

Voces nuevas se escucharon en el zaguán; la cancela no se había oído esta vez. La puerta de la sala se abrió de golpe y una pareja de edad avanzada se asomó desde el umbral y recorrió la estancia con la vista, con una meritoria habilidad para no posar los ojos en los dos seres humanos que allí estaban, sino exclusivamente en los objetos y el mobiliario. Ella era algo gruesa y parecía sofocada; tal vez por las innumerables capas de ropa que la cubrían. Él era poca cosa a su lado: enjuto y bajo, era todo nariz y lentes en una cabeza lisa y apepinada. Un hombre joven asomó la cabeza tras ellos, y tocó dulcemente el hombro del caballero, que se apartó para dejarlo pasar. El joven se aproximó al fuego, mirando con atención, pero sin aspereza, a los que ya estaban allí.

ROBERTO: Buenas noches, por decir algo (*dijo, por decir algo, y metió las manos entre las llamas*). ¿Ninguno de ustedes es…?

RUIZ: No. Está arriba, mostrando una habitación.

La señora Julia Martínez se volvió pausadamente hacia su esposo y le susurró algo al oído. Él *dejó de sostener la puerta de la sala, que, también pausadamente, se fue cerrando hasta ocultarlos.*

ROBERTO: Oigan, ¿los coches tienen que quedarse necesariamente ahí?

RUIZ: Eso parece.

ROBERTO: No hay ni un cobertizo siquiera… Pues no sé yo si esta noche no helará.

RUIZ: ¿Usted cree?

ROBERTO: Tiene toda la pinta. Cuando el cielo está tan claro por esa parte de Calatañazor…

ANA: ¡Ah!, es usted de por aquí, entonces.

ROBERTO: Sí. Por eso les digo…

SALCEDO (*entró sin preámbulos en la sala, hablando con la señora Martínez*): Hombre, no sé; yo creo que las diferencias son mínimas...

JULIA: La reserva especificaba que la habitación tenía baño completo.

SALCEDO: Sí. Todas tienen baño completo.

JULIA: La que nos ha enseñado, no.

SALCEDO: ¿Cómo que no?

JULIA: Como que no. ¿Ha visto usted la bañera por algún sitio?

SALCEDO: Todas tienen plato de ducha.

JULIA: ¿Seguro que todas?

SALCEDO: Segurísimo.

JULIA: O sea, que ninguna tiene baño completo.

SALCEDO: Bueno, yo creo que sí... No sé qué considera usted que es un baño completo.

JULIA: Ni yo lo que considera usted.

SALCEDO: Pues no sé... Visto desde esa perspectiva, ninguna tiene baño completo; claro.

JAIME (*su esposo entró cabizbajo en el salón, con cierta clase de prisa*): ¿Qué más te da?, si no te vas a bañar ni a duchar... Buenas noches (*dijo, en general*).

SALCEDO: Van a dar las ocho y media. ¿Quieren que empiece a servir la cena, o es muy pronto aún?

RUIZ: ¿No falta uno?

SALCEDO: ¿Cómo dice?

RUIZ: Hay cinco habitaciones. Si usted dice que el hotel está completo, falta uno.

SALCEDO: Muy observador. Sí, falta un huésped. Telefoneó antes de que usted llegara. Avisó de que no lo esperásemos para la cena; que llegaría cerca de las diez.

ANA: ¿A qué hora se marcha usted?

SALCEDO: A las diez.

JULIA: ¿Usted se marcha? ¿Cómo es eso?

SALCEDO: Mi turno acaba a las diez, señora.

JULIA (*se fue rezongando hacia el ventanal*): Bueno, bueno, bueno...

La cena se sirvió inmediatamente después: embutido de caza y queso de oveja, y un guiso de ternera pasado de especias. Nadie comió demasiado; Ana Freire ni siquiera se movió de la lumbre. Salcedo iba y venía de la cocina sin mucho afán, consultando constantemente el reloj, que se iba aproximando a su hora de salida. Ruiz había regresado a su sitio junto al revistero, y el viejo matrimonio ocupaba una esquina de la gran mesa de sabina, despojada ya de los burdos manteles. Roberto Polo los miraba, divertido, desde la esquina opuesta. La escuálida pareja de Ana Freire, con los ojos perdidos en un punto de la pared, permanecía inmóvil, como agarrotado por una tensión interior y recóndita. Tras bostezar y desperezarse, Ruiz se dirigió a la señora Martínez, que jugueteaba en ese instante con un palillero tallado en una rama hueca de brezo.

RUIZ: ¿Van ustedes a visitar algo mañana?

JULIA: Sí. Vamos a ir a la Laguna Negra. Quizá a las otras también.

ROBERTO: ¿Las lagunas de Neila?

JULIA: Sí.

ROBERTO: Les advierto que quedan bastante más apartadas.

JULIA: ¿Sí?

ROBERTO: Y mucho más altas. Es realmente la cumbre de Urbión. No tienen el encanto de la Laguna Negra.

JAIME: Entonces no iremos (*dijo aburrido*).

JULIA: Ya veremos si vamos o no. Desde que se ha jubilado (*masculló irritada*) no hay forma de hacer que se mueva.

ROBERTO: Hay lugares más bonitos por allí arriba. Les recomiendo un paraje que se llama Castro Viejo. Muy especial para ir de merienda.

JULIA: Tomamos nota, muchas gracias. ¿Y si quisiéramos quedarnos más días? Cosa que dudo... (*Sus ojos llenos de aborrecimiento recorrieron rápidamente la humilde sala*).

ROBERTO: Si van a quedarse más días por la zona, les recomiendo ir al cañón del río Lobos, que es el sitio más bonito de la

Tierra de Pinares, posiblemente; y, mucho más cerca de aquí, La Fuentona, que es preciosa si tiene agua. El otoño es mala época para el agua.

RUIZ: Usted, desde luego, no está aquí para hacer turismo.

ROBERTO: No. Yo no.

RUIZ: ¿Es usted de Soria?

ROBERTO: Sí, nacido aquí cerca.

ANA: Y, si no es meterme donde no me llaman, ¿cómo es que se ha venido usted a pasar la noche aquí? Soria está a menos de media hora.

ROBERTO: Necesito estar mañana en el coto de trufas. De madrugada, en realidad.

ANA: ¿Qué coto de trufas?

ROBERTO: El coto. ¿No se fijaron al venir? Aquí mismo empieza la explotación, a doscientos metros de la casa.

ANA: No nos fijamos.

RUIZ: ¿Se dedica usted a eso? Qué interesante.

ROBERTO: En realidad, no me dedico más que a desbrozar donde me dicen. La finca no es mía; más quisiera yo. El campo de trufas tiene que mantenerse siempre en unas condiciones determinadas, especialmente en el perímetro de los árboles.

RUIZ: Qué interesante, repito.

CARLOS: Esta tierra lleva fama por las setas. Algunos amigos me cuentan que suelen venir a Soria a cogerlas, y a Guadalajara también.

ROBERTO: Sí. Y la gente de los pueblos anda un poco quemada con eso. En cuanto llega el otoño, se empiezan a ver coches aparcados en las cunetas, y cuadrillas de domingueros peinando los campos. Algún día van a llegar a las manos, y habrá que lamentar algo.

ANA: El campo es de todos.

ROBERTO: Bueno. Yo creo que de unos más que de otros.

ANA: Yo creo que no.

CARLOS: Tú vienes aquí de excursión; pero hay gente que vive de esto.

El argumento, aunque rebatía a la muchacha, no pareció molestarla, y asintió conforme, y hasta se diría que sonrió a su pareja. Ruiz apreció este detalle desde su sillón.

ROBERTO: Yo siempre he dicho que, si quieres perder un amigo, le enseñes el sitio donde coges setas.

JULIA: Bueno, pero esto que hay aquí es distinto, ¿no? Es una finca privada.

ROBERTO: Sí; esto es distinto.

ANA: ¿Tiene vigilancia?

ROBERTO: Va por días.

JAIME: A mí las trufas me huelen a pies. El hermano de esta es muy aficionado a echárselas a todo. ¿Habrá manera más tonta de joder un huevo frito?

ROBERTO: Yo tampoco soy muy aficionado, no se crea.

JULIA: Pues yo creo que, si son típicas, habrá que ir a probarlas.

ROBERTO: ¿Usted también viene de turismo? (*Le preguntó a Ruiz, que dejó enérgicamente la revista en su lugar*).

RUIZ: Pues sí. Pienso quedarme un par de días por aquí. Y la casa... No sé. En un principio me desagradó, pero ya le voy cogiendo el punto.

ANA: Ya me dirá usted cómo lo ha hecho. Si no estuviera muerta de frío, ya me hubiera ido a acostar. Me va a coger olor a humo la ropa, además.

ROBERTO: Si la casa no le gusta, habrá visto que hay un hotel de carretera en el empalme con la nacional, a unos diez minutos. La próxima noche pueden probar allí, si quieren, pero tampoco es el Palace. Yo me he quedado alguna noche allí, también por cosas del trabajo.

ANA: No lo descarto. Solo falta que, encima, la cama sea incómoda...

RUIZ: ¿Usted ya ha sido huésped de esta casa?

ROBERTO: No; es la primera vez.

RUIZ (*abrió con cierto interés sus ojillos sempiternamente entornados*): ¿Y a qué ha dicho usted que se dedica en concreto? En la finca, me refiero.

ROBERTO: Pues… labores de mantenimiento, en general. Ya les decía: desbrozar, mantener la señalización… Cosas así. Lo que me mandan, en realidad (*sonrió con modestia*).

RUIZ: ¿Y hace mucho que ese es su empleo?

ROBERTO (*de repente lo miró con extrañeza. Tardó en responder, aunque no se debía a que estuviera haciendo memoria*): Pues sí. Bastante, diría yo.

Ruiz se levantó de su silla, se sacudió las migas de su regazo y se encaminó hacia la puerta.

RUIZ: Con su permiso (*salió*).

ANA (*a Carlos*): ¿Qué habitación cogiste?

CARLOS: La primera.

ANA: ¿La primera al subir?

CARLOS: Sí.

ANA: Bien.

CARLOS: Están bien, ¿sabes?

ANA: ¿Las habitaciones?

CARLOS: Sí. El tipo me las mostró. Tienen todas un baño.

ANA: ¿Ah, sí?

JULIA: Decían que era un baño completo, pero no lo es.

JAIME: Deja de darle vueltas, coño, y disfruta un poco. A fin de cuentas, no te cuesta un duro.

JULIA: Esa no es la cuestión. Bien es cierto que nos lo podíamos haber imaginado. (*Se volvió hacia Ana confidencialmente*). A mi marido le tocó esta estancia en un sorteo, por ser usuario de una página de reserva de hoteles.

ANA: ¿Sí?

JULIA: Sí. Supongo que esperarían que no aceptáramos el premio. La fecha era innegociable: un miércoles de octubre, ya ve usted.

JAIME: Se equivocaron.

JULIA: Sí. Por mí, no hubiéramos venido, la verdad.

ANA: ¿Solo están esta noche, entonces?

JULIA: En principio, sí. Gratis, sí. Pero creo que sí. Solo esta noche.

CARLOS: ¿Han visto el resto de la casa?

JULIA: ¿La cocina y ese baño común? Ni se me ha ocurrido.

CARLOS (*se sonríe*): Son un auténtico desastre. Y luego hay una especie de trastero, por el pasillo que sale a la derecha de la cocina. Les recomiendo que no entren ahí; les podría caer cualquier cosa a la cabeza.

ANA: ¿Qué cosas?

CARLOS: De todo. Las vigas están llenas de cacharros.

JAIME: Me imagino que sería la cuadra.

CARLOS: Supongo.

ANA: ¿Y qué más hay allí?

CARLOS: Nada; el cuarto está vacío. Un montoncito de leña en un rincón. Muy poca, por cierto.

JULIA: Oigan. Si no es una indiscreción…, ¿cuánto les han cobrado por la noche? Ya me pica la curiosidad.

ROBERTO: Oh, baratísimo.

ANA: Treinta y dos euros.

JULIA (*dando su conformidad*): Bueno, algo es algo.

La puerta se abrió y Ruiz descendió al salón, seguido por Salcedo, con quien venía hablando.

RUIZ: Bien, pero no se vaya antes, si eso sucediera.

SALCEDO: No se preocupe. Me quedaré. Bueno, me quedaré hasta una hora prudencial, compréndalo. No creo que el huésped que falta tarde demasiado en llegar, pero yo no puedo esperarlo indefinidamente.

RUIZ: ¿No sabe cómo se llama?

SALCEDO: Sí, lo tengo ahí apuntado. ¿Quiere que se lo diga?

RUIZ: No, es igual. ¿Es una mujer?

SALCEDO: No. Es un hombre.

RUIZ: Ah…

ROBERTO (*a Salcedo*): Oiga, ¿no hay ninguna televisión en toda la casa?

SALCEDO: No. Lo siento.

ROBERTO: Hoy había *Champions*; jugaba el Madrid.

SALCEDO: Lo lamento. Sí que hay un *router*; tienen la contraseña en la mesita del teléfono. A lo mejor con eso se apañan.

CARLOS: ¿Cómo es que no han puestos televisores?

JAIME: Ya va a terminar, de todos modos.

SALCEDO: Pues no sé. Son decisiones de los dueños. Pero no es la primera queja por eso, la verdad. Tendrán que replanteárselo.

JAIME: Son las diez ya.

ANA: ¿Quiénes son los dueños?

JAIME: Estamos jugando de puta pena, además.

SALCEDO: Yo siempre hablo con el gerente, pero la finca es de una inmobiliaria de Soria.

CARLOS: ¿Y por qué no han puestos teles; no le han dicho?

RUIZ (*sentándose en su butaca*): Así es más bucólico.

SALCEDO: Eso será. Supongo que pensarán que no vale la pena. Un turista que viene a un sitio como este, lo hace para desconectar.

CARLOS (*se dio la vuelta con desdén*): Desconectar…

SALCEDO (*tomó un folleto de la repisa del aparador y lo ofreció, en general, a la concurrencia. Solo Julia alargó la mano para aceptarlo*): Además, lo bueno está en el exterior.

JAIME: A mí no me importa. Voy a ir a acostarme de un momento a otro. Usted también tendrá que madrugar, ¿no?

ROBERTO (*le costó un tanto comprender que la pregunta iba dirigida a él*): Sí, tengo que madrugar, sí.

JULIA (*abrió el folleto turístico y leyó en voz alta*): «El sabinar de Calatañazor y la Fuentona. Incluido en la Red de Espacios Naturales de Castilla y León, el sabinar de Calatañazor contiene la masa de sabinas albares (*Juniperus thurifera*) más extensa y mejor conservada de la península. Este árbol de porte imponente, reliquia del Terciario, habita los páramos más altos…».

RUIZ (*dirigiéndose animadamente a Roberto Polo*): Oiga, ¿qué son las sabinas?

ROBERTO: ¿Las sabinas? Pues, lo que dice ahí. Son…

RUIZ: Ya, ya. Quiero decir que cuáles de los árboles de ahí afuera eran las sabinas.

ROBERTO: No sé cómo decirle… Son árboles más bien altos.

RUIZ: ¿Parecidos a los pinos?

ROBERTO: Pues… realmente, sí. Bastante parecidos.

RUIZ: Ya veo.

ANA: Nada especialmente interesante, entonces.

ROBERTO: No sé qué decirle. Son árboles.

RUIZ: Les echaremos un ojo mañana. Por cierto, he escuchado antes que la mayoría de nosotros tiene pensado visitar mañana la Laguna Negra. Yo he contratado una visita guiada; he quedado con un grupo en Vinuesa, a las once y media. Si quieren ustedes apuntarse, no creo que haya ningún inconveniente. Son cinco euros por cabeza.

JAIME: Por mí, de acuerdo. Podemos ir en un solo coche, además; si le parece bien.

JULIA (*a Ana*): ¿Y ustedes?

ANA: Vamos a ir con unos amigos, muchas gracias.

JULIA: Bueno. (*Volviéndose hacia Salcedo*). Oiga, usted conoce aquello, ¿verdad? ¿No será una caminata muy dura? Digo por mi marido…

SALCEDO: ¿A la Laguna? No, en absoluto. Bueno, depende de dónde se empiece a caminar. Creo que el último aparcamiento está bastante arriba, muy cerca del lago.

JULIA (*a Ruiz*): Eso habrá que tenerlo en cuenta. No sé qué intenciones tendrá el grupo ese con el que va.

CARLOS (*se palmeó, exasperado, las perneras de los pantalones*): ¡Ah, qué aburrimiento, por favor! Esto de la tele me ha matado. ¿En qué cabeza cabrá…?

ANA: Vete a acostarte.

CARLOS: No quiero acostarme. Son las (*mira su teléfono móvil*) diez y veinte, no me jodas.

ANA (*confidencialmente, se le acercó hasta rozarle la mejilla con su nariz*): Vete a descansar si quieres. Yo voy a quedarme.

CARLOS: Te digo que no quiero. ¿Qué hago en ese cuartucho?

ANA (*zanjando el asunto*): Vale; entonces tranquilízate y no des un escándalo.

JAIME: Yo sí voy a acostarme.

RUIZ: ¿Tan pronto?

JULIA (*que pasaba, sin leerlas, las páginas satinadas del folleto*): Ya es muy tarde para él.

JAIME: Llevo toda la vida en el turno de noche, ¿sabe? Desde que me he jubilado, no perdono una.

RUIZ (*muy ufano, se rio de la broma*): ¿En qué trabajaba?

JULIA: Era ferroviario.

JAIME: En los Cercanías de Madrid. Me jubilaron el año pasado. Aún me quedaban un par de años de servicio, pero como ando un poco perjudicado del oído…

JULIA: Desde lo del atentado de Atocha.

RUIZ: ¡Caray! ¿Estuvo usted presente?

JAIME: Por allí andaba, sí; por la estación. Había acabado el turno hacía poco.

ROBERTO: ¡Qué horror!

JAIME: Un espanto.

RUIZ: Fue tremendo ese día. A mí también me pilló por allí, bajando por el Paseo del Prado. Cuando llegaba a la cuesta de Moyano, iba subiendo la gente en tropel. No pregunté nada a nadie, a pesar de las caras que traían. Me enteré después de lo que había pasado, al llegar al trabajo.

JAIME: ¿Dónde trabaja usted?

RUIZ: Ese año trabajaba en un instituto que hay allí, al final del Retiro, en el cerrillo de San Blas.

SALCEDO: Se lo iba a decir: que parece usted profesor.

JULIA: ¡Qué cosa más espantosa fue! Y allí, en su colegio, ¿hubo algo que lamentar?

RUIZ: Pues no. Los muchachos cogían ese tren, pero media hora antes, porque las clases empezaban a las ocho y cuarto. Me quiere sonar que algún padre sí falleció…

ROBERTO: Es una de esas cosas que no se pueden olvidar, ¿verdad? Todos recordamos ese momento, qué hacíamos, cómo nos enteramos…

RUIZ: ¿Sí? ¿Qué estaba haciendo usted?

ROBERTO: Pues yo… (*se azoró en un instante y comenzó a reír*). ¡Vaya! Pues yo… no me acuerdo, la verdad.

JAIME: Bien, ahora sí que me marcho.

JULIA (*súbitamente, a Salcedo*): Oiga, ¿qué calefacción tienen arriba?

SALCEDO: Radiadores eléctricos. Los pueden apagar si les da mucho calor, aunque no creo.

JULIA (*a su esposo*): Echa otra manta, por si acaso.

Jaime Frutos le respondió con un hastiado gemido y se despidió de todos levantando la mano como un indio mientras ascendía los dos escalones y rebasaba el umbral. Alguno respondió a su gesto; no Ruiz, que observó su retirada en silencio. Entonces Salcedo se sobresaltó por la acometida de un recuerdo súbito, una obligación que se le pasaba por alto.

SALCEDO: Se me olvidaba el obsequio, discúlpeme.

JULIA: ¿Me habla a mí?

SALCEDO (*abrió el aparador donde guardaban las botellas de licor y extrajo una de ellas*): Sí. Además de la noche, tienen este licor de la región incluido en el premio. Se me olvidó dárselo al llegar.

JULIA (*tomando la botella violácea*): Ah. Pues muchas gracias.

CARLOS: ¿Qué es? ¿Pacharán?

SALCEDO: Sí, pacharán; lo hacen en Calatañazor.

JULIA: Pues muy agradecidos. Ábrala; así la prueban estos señores. Nosotros no bebemos en casa, la verdad.

SALCEDO: Enseguida.

RUIZ: ¿Llamamos a su marido? No se habrá acostado aún.

JULIA: ¡Uy, no! ¡Menudo grito me iba a dar si me presento con esas!

RUIZ: Voy yo si lo prefiere.

JULIA: Muchas gracias, pero déjelo. Cuanto menos beba, mejor. No está delicado del oído solamente.

Salcedo abrió la botella y fue llenando unos pequeños vasos de chupito, que colocó en el centro del mantel. Luego, dejó la botella junto a ellos y se fue retirando hacia la puerta.

JULIA: Sírvase usted también, hombre.

SALCEDO: No, muchas gracias. Me voy a ir enseguida.

ANA: ¿Y el hombre que falta? No esperará que estemos nosotros pendientes de abrirle cuando llegue.

SALCEDO: ¡No, por Dios! Voy a esperar hasta las once; lo llamaré y le diré que su reserva queda cancelada y que no se presente.

ROBERTO: Lo más probable es que ya no piense presentarse.

JULIA: Pues debería haber llamado, si es el caso.

ROBERTO: La gente es así.

JULIA: En fin, que les guste.

Todo el mundo tomó su vaso y lo dejó frente a sí mientras Salcedo salía de la estancia.

CARLOS: A su salud (*dijo, levantando el vaso hacia Julia Martínez, y después lo vació de un trago. Todos lo imitaron, pero tomaron solo un sorbito. Ruiz se acercó la botella a los ojos y comenzó a leer la etiqueta*).

RUIZ: «Pacharán El Ciervo: elaborado con endrinas autóctonas del alto páramo de Soria, de sabor y astringencia superiores, ricas en hierro, potasio, calcio, carotenoides y misoprostol».

ROBERTO (*elevó sus ojos hacia Ruiz con extrañeza*): ¿Ricas en qué?

RUIZ (*sin necesidad de leer otra vez la etiqueta, repitió*): Hierro, potasio, calcio, carotenoides y misoprostol.

CARLOS: Todo beneficios. (*Alargó su vaso hacia la botella*). ¿Otra ronda? (*pero la mayoría de los presentes no parecían tener interés por terminar la primera; solo Julia Martínez iba dando sorbitos de su vaso. Roberto Polo lo había alejado de sí, y algo parecido había hecho Ruiz, tras reparar en ello*). Yo me pondré otra (*añadió, y lo hizo*).

Los focos de un vehículo iluminaron la habitación. El haz de luz barrió la sala y un motor revolucionado fue apagándose lentamente. Era una motocicleta que se detenía ante el portalón. La conversación se suspendió inmediatamente y todos los huéspedes prestaron atención a los sonidos que llegaban del zaguán. Salcedo recibía al último cliente, y sus dobles pisadas repicaban sobre el enlosado y hacían crepitar los escalones de madera. La tarima del piso superior vibró como un bombo y después los sonidos se apagaron y volvieron a reproducirse en orden inverso. Salcedo abrió la puerta y dejó pasar a un caballero entrado en años, vestido con ropa de caza y bastante sucio y despeinado.

SALCEDO: Les presento a nuestro último huésped.

TORRES: Buenas noches.

No todos respondieron a su saludo. El recién llegado avanzó hasta la mesa, se quitó el chambergo y lo colgó en el respaldo de una silla. Salcedo adoptó postura solemne y se dispuso a despedirse.

SALCEDO: Buenas noches, señores. Mañana los espero a las nueve para el desayuno. (*Se volvió, sin embargo, enseguida*). ¿De verdad que no quiere que le prepare algo de cena?

TORRES: No, estoy bien.

SACEDO: De acuerdo. Buenas noches.

El portejón superior de la casa encajó con ruido de chapa sobre el inferior. Después, todo quedó en silencio. En el salón, todos los huéspedes observaban con disimulo al recién llegado, que se frotaba las manos ateridas junto al hogar. Roberto Polo se acercó al ventanal y movió suavemente los visillos con la punta de sus dedos. Se volvió amistosamente hacia Torres, cuyo nombre aún no habían oído, ni llegaron a oír jamás.

ROBERTO: Usted es el que ha logrado aparcar más cerca.

TORRES: De milagro. La moto pasó por encima de una raíz de sabina y casi me la pego. Está muy mal montado esto, ¿no creen? Aparcando ahí, en medio de un calvero…

ANA: Ni que lo diga.

JULIA (*con retintín*): Creíamos que ya no iba usted a venir.

TORRES: ¿Por qué? ¿Es que me esperaba alguien?

JULIA: No. Por la hora que es, digo.

TORRES: Esto está lejos de… narices. Bueno, yo los voy a dejar ya. Hasta mañana, si nos vemos, que no creo.

ROBERTO: ¿Madrugará usted?

TORRES: Bastante.

RUIZ: ¿Sigue camino?

TORRES: Sí. Como todos. Bien, buenas noches.

RUIZ: Buenas noches.

TORRES (*tomó su abrigo y caminó con resolución hacia la puerta, pero se volvió lentamente antes de alcanzarla*): Disculpen. ¿Saben si hay alguien más alojado aquí?

JULIA: Sí, mi esposo. Está durmiendo ya.

TORRES (*la miró de hito en hito; luego se volvió, sin más*): Ya. Hasta mañana.

Los pasos del rudo caballero atronaron por el zaguán y el pasillo superior, y luego cesaron de repente. Nadie abrió la boca hasta ese instante.

JULIA: Qué hombre más desagradable.

RUIZ: Pues sí.

ROBERTO: ¿Por qué demonios se habrá hospedado aquí si va de viaje? Tiene la venta en la misma carretera.

RUIZ: No está de viaje. Está buscando a un tipo.

ANA: ¿Qué? ¿Por qué dice eso?

RUIZ: Me parece obvio. El señor Polo tiene razón: no hay motivo para hospedarse aquí si tan solo se trata de un alto en el camino.

CARLOS: Puede que tenga razón.

RUIZ: Busca a alguien, pero ese alguien no está aquí. Quizá se muestre tan hosco por ese motivo.

JULIA: Pues yo no estoy muy cómoda ahora, compartiendo casa con alguien así.

RUIZ (*sonriendo*): Dicen que en ningún momento de nuestra vida estamos a más de dos metros de una araña.

JULIA: ¿Qué quiere decir con eso?

RUIZ: Pues que la gente desagradable nos rodea indefectiblemente. Es inevitable. ¿No ha pensado nunca, mientras ocupaba una habitación de hotel, qué clase de persona estaría durmiendo en el cuarto de al lado? O peor aún, quién habría sido el huésped que durmió la noche anterior en su misma cama.

JULIA: En los hoteles hay buen servicio. Esto no es un hotel; no es más que una sucia casa de campo.

RUIZ: No se lo discuto.

CARLOS: ¿Me permite que me sirva otra copa?

JULIA: Haga lo que quiera.

CARLOS (*a Roberto y Ruiz, con extrañeza y algo de encono*): Ustedes no han tocado sus vasos.

ROBERTO: Lo he probado. El pacharán no me sienta bien.

CARLOS: A mí no me está sentando nada mal. ¿Van a tardar mucho aún en acostarse?

ANA: ¿Qué dices, hombre?

CARLOS: Solo digo que podíamos hacer algo hasta la hora de acostarnos: buscar una baraja o algo así.

RUIZ: Yo no tengo inconveniente (*significativamente, a Polo*); no tengo que madrugar demasiado.

ROBERTO: Yo sí, en efecto; pero no sé qué me pasa esta noche, que estoy con los ojos como el dos de oros.

JULIA: Me parece que no hay barajas ni nada por el estilo.

Carlos se dirigió al armario de la vitrina y abrió los cajones inferiores.

CARLOS: Aquí hay un pequeño bombo para jugar al bingo..., pero faltan las bolas y los cartones. No hay nada más... Unos libracos de derecho canónico, y este libro (*lo arrojó sobre la mesa antes de seguir rebuscando*). Nada más.

ANA: Bueno, pues déjalo entonces.

CARLOS: Hay unas labores de ganchillo empezadas, por si alguien quiere... Vaya mierda. ¿De dónde habrán sacado estas porquerías?

JULIA: Vendrían con la casa. La pregunta sería por qué no se han molestado en tirarlas antes de abrir el establecimiento.

RUIZ (*tomando el pequeño libro caído del cielo*): Es un libro de relatos de horror, según dice.

JULIA: ¡Uy, lo que me faltaba!

ROBERTO: ¿No le gusta el género?

JULIA: En absoluto.

ROBERTO: Pues a mí me gusta mucho. Podíamos leer un cuento, a ver qué tal.

JULIA: Pues entonces esperen que me marche. Los dejo y hagan ustedes lo que quieran.

ROBERTO (*divertido*): No se marche, mujer; si son muy divertidos.

JULIA: A mí no me gustan esas cosas. Me sueño luego.

ANA: A mí tampoco me hacen mucha gracia.

CARLOS (*achispado ya*): ¿Que no? Eso no lo sabía yo. ¿Desde cuándo?

ANA: Nunca me ha gustado, y menos en lugares como este.

CARLOS: ¡Ah! A mí todo eso me da igual, la verdad. Nunca he creído en fantasmas ni cosas por el estilo. No creo en nada que no pueda ver.

JULIA: Pues hace usted mal.

CARLOS: ¿Sí? ¿Por qué? ¿Le ha ocurrido a usted algo interesante en ese sentido?

JULIA: No a mí, pero sé de historias que no tienen explicación alguna. Historias verídicas, eso se lo digo yo.

CARLOS: ¿Cómo cuál?

JULIA: Pues verá usted… Y no debería contárselo porque ya se me erizan los pelos solo de pensarlo. Mire; mi madre me contó muchas veces que en su pueblo había un perro que sabía cuándo iba a morirse la gente. Se paraba un día delante de la casa de un vecino, se tumbaba en el suelo y a los pocos días ese vecino se moría. Y esto es como haber Dios, se lo digo yo. Quince años vivió el perro en el pueblo y nunca falló. Era un perro negro, sin dueño; la gente le echaba de comer porque lo querían mucho, pero al final alguien debió de matarlo a palos, no sé por qué.

CARLOS: Lo vería sentado a su puerta.

JULIA: No haga bromas. Le digo que esto es como el Evangelio. Mi madre no era de contar tonterías.

ROBERTO: Los animales tienen algún sentido más que las personas para esas cosas. Yo no veo nada especialmente tétrico en esa historia.

CARLOS: ¡Ay, los perros…! Si yo les contara…

ANA: Cállate la boca, anda.

ROBERTO: ¿Usted qué dice?

RUIZ: ¿Yo? Que creo que lleva usted razón en este caso. Además, tratándose de un animal irracional, no hay motivo para la sospecha. Es la mera actuación de la naturaleza lo que da carta de naturalidad al caso. Yo no apuntaría esa anécdota en la lista de hechos sobrenaturales, señora; insólitos, desde luego.

JULIA: Insólitos.

RUIZ: Pues sí. Mire; cuando yo me saqué la plaza de profesor, acudí a la oposición sin haber estudiado ni uno solo de los setenta temas del examen —setenta y dos, en concreto—. Mientras estaba allí sentado, esperando que sacaran una bola de un bombo parecido a ese que hay ahí, en el armario, me puse a pensar: «Qué puedo hacer. Si al menos saliera algún tema de literatura medieval… Tal vez, el tema de la épica medieval, o el del mester de clerecía…». Esos eran los únicos temas en los que podía defenderme. Pues bien; sacaron la primera bolita —eran dos temas los que te proponían, de los cuales debías elegir uno—, el presidente del tribunal la coge y dice: «La épica medieval». Yo no podía dar crédito. Sacan la segunda bolita: «El mester de clerecía».

CARLOS: ¡Joder! ¿Eso es verdad?

RUIZ: Y tanto. Por eso soy profesor a día de hoy. ¿Qué me dice de eso?

JULIA (*desdeñosa*): Que no es lo mismo que lo del perro.

CARLOS: Pues yo creo que sí. No muere nadie, eso es verdad, pero me resulta más increíble semejante casualidad.

JULIA: Ni hablar.

CARLOS: Y a usted, ¿nunca le ha pasado nada raro, trabajando en el monte?

ROBERTO: ¿A mí? No. Aunque, ahora que recuerdo, sí me ocurrió una cosa que no he podido explicarme jamás.

ANA: ¿Aquí? ¿En la finca?

ROBERTO: No, no… Fue hace algunos años, en la carretera que lleva a Logroño. Era de noche; yo iba con las luces largas y vi a lo lejos un animal tendido en la carretera. Por el tamaño pensé que era un burro o un ternero: se veía como el contorno del lomo y el color pardo del pelaje. Era extraño que lo hubieran atropellado sin provocar un accidente tremendo. «Quizá ha sido un camión o un tractor», pensé. En fin, reduje, y me fui acercando lentamente. Entonces, cuando estaba apenas a setenta metros, el bicho levantó una cabeza de una zona donde yo no me esperaba que la tuviera... O quizá, fue el tamaño lo que me sorprendió, porque era una cabeza pequeña y más bien redondeada; nada que ver con la de un ternero. Le brillaron los ojillos con el relumbrón de las luces y luego, en un instante, el bicho se deslizó sobre el asfalto y salió de la carretera por el lado del río. No levantó un palmo del suelo; reptó. Y fue rapidísimo.

CARLOS: ¡Coño, qué susto! ¿Y qué podía ser?

ROBERTO: Pues lo único razonable que se me ha ocurrido es que fuera una nutria, pero eso tampoco tiene sentido, porque no creo que haya nutrias de ese tamaño. Yo qué sé… Era de noche… No sé.

RUIZ: Esta actitud que tenemos es más favorable para los cuentos de terror, creo yo (*sonrió maliciosamente*). Nuestro escepticismo tiene las fisuras adecuadas para que una historia de fantasmas pueda llegar a interesarnos. ¿Les parece que lea un cuento, entonces?

CARLOS: Por mí, sí.

ROBERTO: Adelante. Empiece; yo voy un momento al servicio.

RUIZ: Muy bien. El libro se titula *¿Es que no me conoces?, y otros relatos de horror*, de Juan Lablanca.

Tras carraspear un par de veces, Alberto Ruiz comenzó a leer.

PARTE VII:

¿Es que no me conoces?

I

Has de saber que el camino serpea por el bosque, dibujando sobre la tierra roja enormes meandros y curvas leves, que se repliegan sobre sí mismas con trayectorias disparatadas, dejando a derecha e izquierda las sabinas grises y retorcidas. El pueblo siempre se ve a lo lejos —lleva viéndose a lo lejos varias horas interminables—. De noche, las luces de los candiles titilan en la ladera, sobre las copas de los árboles achaparrados, y no dejan de divisarse un solo instante, para desesperación del viajero, que no acierta a saber si cada paso que da lo acerca, o lo aleja en realidad, de su destino.

El lugar donde crece este cadejo abigarrado de árboles parece ser una llanura o páramo, flanqueado por pequeños cerros y colinas plateadas. Una llanura que se eleva lentamente hacia las estribaciones del monte. Una llanura regular, sin buzamientos ni collados. Una llanura que es como una lámina plúmbea y lisa; no como un mar petrificado en pleno oleaje.

No entenderás por qué el camino ondula y se retuerce. Verás que no hay plantaciones que bordear, ni paramentos que cierren finca alguna.

Verás que no hay majadas, ni claros despejados para pastos, ni arroyos, ni acequias.

Te preguntarás qué loco perezoso, qué enemigo de la diligencia y la premura, trazó las líneas de este sendero interminable. Verás el pueblo iluminado frente a ti, tan inmediato y al tiempo tan lejano; las fatigas de Sísifo te morderán las carnes y el pensamiento, y al fin dirás:

—¿Por qué no abandonar el sendero y atrochar?

—¿Atrochar? —murmuró el arriero.

—El pueblo está ahí mismo en línea recta.

—Pero el camino es este.

Lorenzo dirigió la mirada hacia las ventanas refulgentes y la devolvió con rencor al camino umbroso. El arriero caminaba parsimoniosamente al principio de la cordada de mulas, giboso y taciturno, mientras el sendero viraba y tornaba a virar en su deriva incomprensible. El caballero, que montaba su vieja yegua cerrando la reata, maldijo no tan quedamente como para no ser oído por el arriero, pero apartó de sí la idea de saltar por encima de los jaramagos y cantuesos que cercaban el camino y enfilar directamente hacia el poblado. Sabrás que hizo bien.

II

—Todos los documentos que usted necesita se guardan en la planta de abajo —explicaba con gentileza el alcalde a Lorenzo.

Una comitiva de ciudadanos había salido a esperar la recua a las eras del pueblo y lo habían conducido ceremoniosamente hasta los aposentos que los secretarios administrativos tenían reservados en el propio ayuntamiento. No era más que una habitación con alcoba y balconada a la plaza, amueblada torpe y frugalmente; pero Lorenzo apenas reparó en las estrecheces del dormitorio, tan cansado como estaba.

—¿Dejó mucho trabajo atrasado mi antecesor? —preguntó mientras llenaba de agua una jofaina de lata.

—No —respondió el alcalde—. Hay un par de transacciones recientes que necesitan de su rúbrica. También quedó bajo custodia el acta de los últimos comicios. Don Antonio la dejó firmada y sellada.

—¿Y solo es eso? —preguntó con resquemor el nuevo secretario.

Los regueros de agua se deslizaban por sus negras barbas dándole un aspecto feroz.

—Solo eso —contestó el alcalde—. Es un pueblo con poco trajín.

Lorenzo no pudo reprimir un bufido de cólera, y arrojó la toalla sobre la cama. El alcalde, un hombre grueso y de maneras indolentes, lo observó con desconcierto y le preguntó qué era eso que tanto lo contrariaba.

—He tardado tres horas en llegar hasta aquí —refunfuñó Lorenzo, abotonándose rápidamente el cuello de la camisa—. Pensé que, al menos, la travesía merecería la pena. Ahora me dice usted que no hay más que unos papeluchos por firmar.

—Tanto mejor para usted —sonrió el alcalde, cuya gandulería natural le impedía comprender el motivo de disgusto de su nuevo secretario. Lorenzo tampoco porfió más por hacerse entender, y siguió acicalándose para la cena—. Es cierto que el camino es agotador —murmuró el alcalde con tolerancia—, pero puede usted consolarse pensando que no es necesario que venga hasta aquí más de una vez al mes. Quizá el resto de las aldeas que tiene asignadas requieran más de su presencia.

—Es posible —condescendió Lorenzo, para añadir a continuación—, pero los caminos que conducen a ellas no son tan endiabladamente estúpidos.

—El camino es el que es —dijo lacónicamente el alcalde, en un tono parecido al que empleara el arriero una hora atrás.

Lorenzo volvió la cara hacia su huésped, pero no encontró en su rostro la acritud que esperaba a razón de su comentario, sino una perfecta y franca naturalidad.

—El camino es el que es —trató de repetir con la misma sencillez, fracasando en su intento por completo—. Ya me habían advertido en Soria de que el sendero era un tanto demencial. ¿Se molesta usted si hablo en estos términos?

—¿Por qué habría de molestarme? —preguntó el alcalde con su acostumbrada ingenuidad.

—¡Qué sé yo! A fin de cuentas, es su camino.

—El camino de las luces lleva siglos ahí; es tan viejo como el pueblo —sonrió el alcalde—. No es cosa nuestra, como usted dice. No es que nosotros lo hayamos trazado a través del sabinar; lo limpiamos de broza y arreglamos el firme cuando se anega.

Lorenzo se colocó ante el espejo del palancanero y se ajustó con minuciosidad el lazo del corbatín. Después se puso la chaqueta y dirigió al alcalde algo parecido a una sonrisa.

—¿El camino de las luces? —exclamó—. Ya me figuro por qué lo llaman así.

—¿De veras?

—Supongo que es porque, al llegar de noche, el viajero se pasa horas y horas mirando las luces del pueblo, que no llegan a alcanzarse jamás.

—No es por eso —respondió el alcalde de forma lapidaria.

—¿No han pensado en modificar el sendero? Desde Calatañazor podría hacerse el viaje en apenas una hora si se trazara una línea recta a través del páramo.

El alcalde se situó frente al umbral de la habitación y sujetó servicialmente la puerta mientras Lorenzo la trasponía.

—Los caminos no se pueden modificar —dijo—. Se pueden hacer caminos nuevos, pero llevarían a destinos nuevos también.

III

Cuando los manteles se levantaron y se sirvieron las copas de anís, Lorenzo había desterrado casi del todo su mal humor, que solo se reavivaba un poco si sentía la punzada que el dolor de la cabalgadura le había dejado en la cadera.

Como el pueblo carecía de mesones y fondas, la cena se había celebrado en la casa del alcalde y a ella habían concurrido algunos aldeanos que debían de merecer el honor de ser invitados, sin duda, pero que no dejaban adivinar tales méritos en sus hechuras o en sus atuendos; menos en su conversación. Eran casi todos aparceros y pastores, y ninguno despegó sus labios durante el convite, a excepción de un caballero, de modales bien distintos, que resultó ser el médico de la comarca.

De cuando en cuando, aparecía por el comedor, para llevar y traer las viandas, una muchacha joven y hermosa, hija del alcalde, de nombre Violeta, y que había contribuido en igual medida que la cena a calmar el enojo del secretario. Semejante recibimiento lo había dejado algo atónito —no podía negarlo—, especialmente por conocer Lorenzo las costumbres recias y un tanto destempladas de la región, así que empezó a preguntarse si todo aquello no sería un agasajo al que más tarde tuviera que corresponder. El alcalde le había dicho que sus labores en el ayuntamiento eran pocas y de escasa importancia, pero cabía la posibilidad de que hubiera mentido; por otra parte, Lorenzo había oído rumores sobre su antecesor en el cargo y su extravagante muerte.

—¿Atendió usted al anterior secretario, don Andrés? —le preguntó abruptamente al médico, que hablaba entonces de no sé qué asunto relacionado con los cangrejos del río.

—¿Disculpe usted? —preguntó el doctor, con un desconcierto medio teñido con el color de la indignación.

—A don Antonio, digo —repuso Lorenzo sin el menor empacho—. ¿Lo atendió usted durante su convalecencia?

—¿Qué convalecencia? —intervino el alcalde—. No sé qué habrá oído usted, pero don Antonio… ¿Qué ha oído usted, exactamente? —preguntó tras un instante de turbación.

Lorenzo reunió en un colladito las migas de pan que había ido barriendo con su mano, y después repuso con parsimonia que no había oído gran cosa sobre el asunto.

—Lo encontramos en el sabinar una mañana —explicó el alcalde, más sombrío de lo que hasta entonces se había mostrado.

—¿Y qué sucedió?

—Que le dimos tierra —respondió el médico—. Estaba muerto; no requirió de mis cuidados.

—Hum… —murmuró el nuevo secretario, frunciendo el ceño. El asunto (descubrió en ese mismo instante este sentimiento) no solo le intrigaba, sino que, por alguna extraña razón, también le divertía. Tal vez fuera por la mudanza en los rostros de sus hasta el momento joviales anfitriones—. En Soria se hablaba de… No sé cómo decir —masculló el caballero. Los aldeanos, que hasta entonces le habían suscitado la duda de si entendían el idioma, se miraban ahora con gesto severo y endurecido. Lorenzo procuró buscar la palabra más vaga—. En Soria se hablaba de desvaríos.

—¿De don Antonio? —inquirió el médico.

—Antes de morir —afirmó Lorenzo.

—No dudo de que haya oído desvaríos —sonrió irónicamente don Andrés—, pero no fue don Antonio quien los pronunció. Llevaba horas muerto cuando lo hallaron.

—¿Pero cómo murió ese hombre? —preguntó al fin Lorenzo, apurando su copa de anís—. No era tan mayor. ¿Lo atacaron acaso?

—No lo atacaron —masculló por vez primera uno de aquellos gañanes que parecían carecer de lengua.

Su mirada hosca impresionó a Lorenzo, aunque solo fue un instante, pues enseguida bajó los ojos hacia el mantel, como un perro avergonzado, que sabe que se ha excedido.

—No sufrió violencia —intercedió el doctor—. Sin duda fue el agotamiento lo que acabó con él.

—Perdió el camino —dijo el alcalde—. Anduvo por el sabinar quién sabe cuánto.

—¿Perderse en el sabinar? —exclamó Lorenzo tras una carcajada brusca que se apagó al instante de nacer—. ¿Quién podría perderse en el bosque? ¿Acaso no tenía ojos para ver el pueblo brillando en la ladera?

—Quizá padecía del corazón —volvió a intervenir el médico.

—Además, yo no he dicho que se perdiera en el sabinar —apostilló el alcalde—; he dicho que perdió el camino.

El secretario lo observó, perplejo. La conversación prosiguió brevemente por otros derroteros, hasta que Lorenzo terminó por hastiarse de la compañía y se despidió del resto de comensales para irse a acostar a sus aposentos de la plaza.

IV

El alcalde no le había mentido. Al rayar el alba, Lorenzo estaba abriendo el arca donde se custodiaban los documentos del cabildo, y poco después de las nueve ya los había leído, revisado y sancionado si era menester.

Salió a la plazuela, que, a la luz del sol, no le pareció más que una era rodeada de casas pequeñas y pobres como tainas. Por los intersticios del enlosado crecían profusamente las correhuelas y las margaritas, y los rincones umbríos del juego de pelota se hallaban invadidos por las ortigas y la cicuta. El cielo estaba despejado y azul, y la tierra, dura del puro frío.

Lorenzo se encaminó a la casa del alcalde, pero no lo encontró allí.

Su esposa le dijo que estaba en el molino y llamó a voces a su hija para que acompañara al secretario. No le quiso prestar atención cuando el caballero declinó amablemente su ofrecimiento: ya sabía él dónde estaba el molino; había cruzado el puentecillo del río, a lomos de su yegua, la noche anterior.

Violeta descendió ligera del piso de arriba y sonrió al secretario, cediéndole el paso.

—No es necesario que me acompañe —le repitió a la muchacha mientras cruzaban la plaza—. El río se ve refulgir desde aquí: mírelo; y aquello es el molino —dijo, señalando un claro entre las sabinas, por donde despuntaba el tejado parduzco de un edificio—. Apenas son diez minutos de paseo.

—Algo más —sonrió la chica.

Dejaron atrás las últimas casas del pueblo —o las primeras, según se mire—, y tomaron el camino, que, al instante, viró, en una curva demencial, en el sentido opuesto a donde se encontraba el molino. Lorenzo tornó la cabeza, exasperado, en aquella dirección, observando el lugar de donde se alejaban, en vez de aproximarse, pero no protestó.

El sendero descendía suavemente por el declive del ejido, que olía a mielga y a chirle, pero rápidamente, después de dos revueltas enigmáticas, se introducía en el sabinar. El sol de la mañana incidía tangencialmente sobre las copas de los árboles, que proyectaban en el camino las sombras esféricas de los gálbulos y las bulbosas de las hojas escuamiformes.

Lorenzo caminaba distraído, haciendo equilibrios sobre el caballón de las rodadas del camino, y seguía a Violeta un par de pasos por detrás. La muchacha llevaba un andar ligero y alegre, pero cuando se volvía a comprobar que el secretario no se hubiera rezagado más de la cuenta, sus ojos lo asaetaban con dardos de premura y recelo.

La senda tornó a virar, y la techumbre del molino se vio aparecer sobre los árboles, en un claro circuido de enebros.

—¿Su familia explota el molino? —preguntó Lorenzo, solo por recordar el sonido de la voz de la muchacha.

—Sí, señor —le respondió ella.

—Mis padres también eran molineros, en el campo de Cariñena.

—¿Está eso cerca? —preguntó la muchacha, afable.

—En Aragón— respondió Lorenzo—. No demasiado lejos.

—¿Y cómo es aquello?

—¿Mi tierra? Es poco más o menos como esta. Como la mayor parte de la provincia de Soria.

—Yo nunca he estado en Soria —dijo la joven.

—¿Nunca ha ido a la capital? —se extrañó Lorenzo.

La muchacha ya debía de andar por los diecisiete o dieciocho años, si no más.

—Yo no he salido nunca del pueblo. He ido hasta Calatañazor un par de veces, pero eso es más o menos lo mismo. ¿Es allí donde usted va a vivir, verdad; en Calatañazor?

—Sí —respondió Lorenzo con algo semejante al pesar—, ya estoy instalado.

El molino quedaba ya a poco más de doscientos metros. El camino había descendido una vaguada y ya el tejado había dejado de divisarse por encima del follaje. El río se escuchaba correr a pocos metros de distancia, con una cadencia tranquila y brillante. Al llegar al fondo del collado, la senda dibujó una de sus desaforadas curvas y se orientó en sentido opuesto al que se dirigían; una larga recta apareció ante sus ojos, la cual se alejaba y se alejaba hasta volver a girar en la distancia. Lorenzo vio que la muchacha proseguía por el camino arcilloso sin vacilar, pero él se quedó plantado en la misma curva con una estúpida mueca de incomprensión. Cuando la joven dejó de escuchar los pasos de su acompañante tras los suyos, volvió la cabeza y lo vio en aquel lugar, mirando, atónito, la escasa fronda tras la que aguardaba el molino.

—¿Qué hace usted? —preguntó la chica—. Es por aquí.

—El molino está aquí mismo —protestó Lorenzo, con el brazo apuntando a la espesura y la mirada fija en la de la muchacha.

—No —respondió ella—. Si va por allí, se perderá.

Lorenzo bufó y pateó un rimerillo de guijarros. No quiso dar su brazo a torcer.

—¿Cómo podría perderme? —exclamó—. Llevo diez minutos viendo el molino. Sé que está ahí mismo, tras los enebros, a menos de cien pasos. Hasta creo que acierto a ver las piedras de los muros.

Violeta negó con la cabeza. Su semblante era ahora distinto.

—Por favor —rogó—, hágame caso. No encontrará el molino si va por allí.

Lorenzo dio un par de pasos hacia ella, pero volvió a detenerse con vehemencia, y se cuadró en mitad del sendero.

—Esto me parece absurdo —farfulló—. ¿Pretende usted que demos un rodeo de media legua, cuando estamos al lado de nuestro destino? Su compañía me es muy agradable, pero…

—No es ningún rodeo —lo interrumpió la muchacha—. Es el camino. El único camino que hay.

—¿Está usted insinuando que, si salgo del camino y ando en esa dirección entre los enebros, no llegaré nunca al molino? —la desafió Lorenzo.

—Es posible que llegue —respondió con sincera congoja—, y es posible que no. Usted no conoce el bosque, de manera que eso no depende en absoluto de usted. ¿Sabe una cosa? Cuando era una niña y me portaba mal, me amenazaban con llevarme al camino y hacerme salir de él. A todos los críos nos decían lo mismo en el pueblo. La amenaza nos aterrorizaba. Y dicen que, hace siglos, allá por la Edad Media, a los criminales se les castigaba de esta manera. No se los ejecutaba, ¿sabe usted? Simplemente, se les forzaba a abandonar el camino.

—Ya ha habido tiempo para que alguien se animase a probar que eso no son más que sandeces —repuso el secretario, meneando la cabeza.

Violeta le clavó sus profundos ojos severos.

—¿Quiere usted terminar como don Antonio?

Lorenzo se irguió con un respingo y caminó a grandes zancadas hacia la muchacha. No pudo reprimir la osadía de tomarla por los hombros y acercarla a su pecho.

—¿Qué le pasó a ese hombre? —rugió—. ¡Contésteme!

—Se perdió en el sabinar —repuso ella sin apartar la mirada—. Salió del camino y tomó otro cuyo destino le era desconocido. Mi padre me matará si le permito hacer lo mismo. Hágame caso y venga por aquí. Ni siquiera es media legua, como usted dice.

Pero no hizo falta que la discusión se resolviera con bravatas; ninguno de los dos se vio obligado a claudicar, pues al instante les llegó a los oídos las campanillas de los arreos de una mula y vieron aparecer por la enorme recta a la cabalgadura, montada galantemente por el alcalde.

V

Lorenzo abandonó la aldea hacia el mediodía; no quiso quedarse a comer en casa del alcalde, con quien había mantenido una breve disputa a razón de unos documentos rubricados con una firma que el prócer reconocía como de don Antonio y Lorenzo no.

Se despidieron, no obstante, cordialmente y, a la salida del pueblo —allí donde el camino iniciaba su descenso por la ladera del ejido—, Lorenzo se encontró con el arriero que lo había acompañado la tarde anterior, y que aguardaba allí, parado junto al camino, sin otra cosa que hacer —según parecía— más que esperarlo.

Lorenzo pasó a su lado sin dirigirle la palabra y el arriero puso en marcha a las mulas y se colocó a su zaga. Aún anduvieron un buen rato así hasta que al secretario lo venció la malicia.

—¿Me pone espías el alcalde? —exclamó, sin volver la cara.

—No, señor —respondió el arriero con desgana—; yo voy a la venta.

—¿Qué venta?

—La que hay en la carretera de Soria.

—Anoche, cuando vine yo, también estaba usted allí.

—Sí, señor.

—¿Es usted mi escolta?

—¿Yo? Lo que guste usted mandar.

Prosiguieron un centenar de metros en completo silencio, pero enseguida comenzó Lorenzo a rezongar; no bien se hubo topado con la primera revuelta estúpida.

—¿Pero se da cuenta usted de semejante sandez? —prorrumpió. El arriero lo observaba impávido, y apenas mudó el semblante cuando el caballero le señaló el camino con tal vehemencia que parecía que se le salía el hombro de la coyuntura—. La curva, digo —le aclaró—. Fíjese: llega el camino recto hasta ese claro, que tan ricamente podría atravesar con la misma trayectoria. Sin embargo, se retuerce en medio de la pradera y da una curva a la derecha para dirigirse hacia esa sabina solitaria…

—Sí —asintió el arriero.

—Pasa junto a la sabina, dejándola a su izquierda, e inmediatamente la rodea y vuelve casi a la altura por donde iba en un principio.

—Ya veo —respondió el otro anodinamente.

—¿Y a qué viene esa curva? —vociferó el secretario—. ¿La da acaso para sortear un arroyo, o un barranco, o una finca, o una sima?

—No, señor. Ahí no hay nada de eso.

—¿Entonces, por qué demonios se desvía, si luego vuelve al mismo punto? —se desgañitaba el caballero, haciendo aspavientos con los brazos.

—No le queda otra —repuso el arriero como si estuviese leyendo los evangelios—. ¿No ve la sabina?

—¿Qué le pasa?

En vez de contestar, el arriero sobrepasó a Lorenzo y le hizo un gesto con la boca para que lo siguiera. Lentamente, se fueron aproximando al árbol solitario, que estaba casi ralo y vencido hacia su izquierda y, probablemente, seco. El aldeano se detuvo ante su tronco retorcido y fue señalando.

—Primera rama al poniente, segunda al oriente (cuente desde el suelo), y el cogollo hacia el sur —recitó—. Se pasa por la diestra.

—¿Qué dice usted?, ¿qué cogollo? —balbució Lorenzo, admirado por la rotundidad con que había hablado el gañán.

—Cogollo le decimos a ese nudo que nace del tronco —explicó el arriero—; eso que parece una rama cortada, pero que no lo es.

—¡Pero qué sandeces está usted diciendo! ¡Qué me importa eso a mí! —rugió el secretario—. ¿Está usted diciendo que el camino se ha trazado en función de eso?, ¿de las ramas de los árboles?

—No de todos los árboles —se apresuró a explicar el arriero—; han de tener uno de esos cogollos…

—¡Calle la boca! —exclamó Lorenzo, fuera de sí—. ¡Está loco si pretende que lo siga hoy a través de este camino del diablo! ¡No pienso perder el día por una estúpida superchería!

El arriero, sin ánimo de discutir, bajó del pescante y echó mano a uno de los arreos de sus bestias.

—Yo no pretendo nada, señor —repuso, sin mirar al secretario—. Si no quiere atenderme, váyase en hora mala, que yo tengo faena en mi casa.

—¿Ya no tiene que ir a la venta? —dijo sardónicamente el caballero, espoleando a su yegua.

—No —respondió arriero, que ya estaba, a su vez, dando la vuelta al carro—. Eso era una mentira, y por ella me disculpo. Ya que se pone en manos del azar, que Dios lo guarde y lo libre de lo que mató a don Antonio.

Naturalmente, al oír esto, Lorenzo volvió a refrenar a su animal y regresó junto al carro. En su ceño se distinguía un odio feroz que, sin embargo, resultó insustancial al grave arriero.

—Explíquese —le ordenó.

El arriero asintió y volvió a montar en el carro. Dio la vuelta a la sabina por donde era menester y comenzó a hablar, indiferente a si el orgulloso secretario lo venía siguiendo.

—El alcalde no quería hablarle a usted de este asunto— comenzó—. Supongo que sentiría pudor ante la posibilidad de que usted lo considerase un estúpido que cree en… ¿Cómo las ha llamado usted?

—Supercherías— repitió Lorenzo.

—Eso es. Pero bien sabía él que alguien tendría, antes o después, que ponerle a usted al corriente si queríamos conservarlo algún tiempo en el cargo.

—¿Pero qué dice usted? —lo interrumpió ansioso el secretario—. ¿Qué tiene esto que ver con don Antonio?

—Don Antonio —replicó el arriero— falleció porque se le ocurrió hacer lo mismo que usted pretendía. Todos le dijimos al alcalde que debía ser él quien lo pusiera a usted al corriente de todo, pero ya sabe... Las apariencias. Sin embargo, él no tuvo reparo en que fuese yo quien le informara, y por eso me ordenó acompañarlo hoy.

—Y también el otro día.

—También. Usted debe de pensar que el camino del sabinar es el capricho de un loco, y es verdad que puede parecerlo. Ayer noche, en la oscuridad, usted solo intuyó las vueltas y revueltas que el camino da a través del bosque. Bien sé que esto lo irritó, pero el ir acompañado y la falta de luz lo obligaron a amolarse y permanecer en el sendero. Sin embargo, hoy, a la luz del día, verá usted que sus vagas impresiones de anoche se acreditarán y hasta se verán superadas, porque los desvaríos del camino son mucho mayores de lo que usted pudo llegar a figurarse. «Se cansará de dar vueltas y se saldrá de la senda», le advertimos al alcalde: «Debe usted hablarle. Háblale tú, Isidoro», me dijo él. «Cuéntaselo todo si hace falta».

—Bien —repuso Lorenzo, sumamente intrigado. Algo se había operado allí, que o había acrecentado la figura del arriero o menguado la suya, hasta hacerlos casi iguales—. Cuéntelo todo, pues.

—El camino que atraviesa el sabinar y lleva al pueblo es este —sentenció el arriero—. Eso es lo principal que debe usted entender. Este y no otro. Le resultará algo difícil de creer, y hasta enemigo de su propia experiencia, pero sepa usted que no hay otra forma de atravesar el sabinar si lo que se desea es terminar en la aldea. Usted puede mandar todo al diablo y enderezar por allí mismo, atravesar el bosque entre los matorrales y...

—Y llegar a la venta en media hora —exclamó Lorenzo, dando una palmada en el arzón de su silla.

—No sé adónde llegaría —respondió el arriero—. Pero no sería a la venta. El bosque se ha cobrado cientos de vidas hasta que las gentes de la región lograron entenderlo. ¿No lo ve usted? El camino es el que conduce al destino.

—Todos llevan a Roma, dicen por ahí.

—Pamplinas —rezongó el hombre.

—Pero, vamos a ver —lo interrumpió otra vez Lorenzo—. ¿Qué sucedería exactamente, según ustedes, si alguien atravesara el sabinar a la buena de Dios?

—Que él acudiría y querría acompañarlo —contestó el arriero entre escalofríos.

El bosque se cernía en ese punto sobre el camino, creando un dosel verde por encima de la pista. Los pobres rayos del sol alcanzaban solo a iluminar pequeñas franjas rojizas entre la penumbra. Lorenzo tragó saliva y preguntó:

—¿Quién es él?

—La pantalla —respondió el arriero, procurando expulsar cuanto antes la palabra de su boca—. Qué sé yo…

—¿Usted lo ha visto?

—He visto las luces por los montes.

La certeza con que el arriero se expresaba sobrecogió al jactancioso caballero, que permaneció silente hasta que el sabinar dio paso a un nuevo claro y el sol vivificador se derramó sobre su cabeza. Entonces se animó a sonreír.

—Así pues —dijo—, esa criatura… La pantalla, como usted la llama, viene a buscar a quien se sale del sendero.

—No necesariamente —negó el arriero con pesadumbre—. No es el camino lo esencial, sino los árboles.

—¿Los árboles con cogollo? —trató de burlarse el secretario.

—Sí —asintió el arriero—. Quizá no solo sean los árboles lo que lo llaman… Esta sabiduría se perdió hace muchos siglos. Hoy solo nos queda el camino que nuestros antepasados trazaron a través del bosque, entregando muchas vidas, supongo, mientras trataban de entender el misterio de la criatura.

—Sigo sin entender.

—Yo solo sé lo que he podido deducir observando el camino. Sé que, si la primera rama apunta a poniente y la segunda a oriente, y el cogollo está hacia sur, entonces ha de pasarse la sabina por la diestra. Pero, si no hubiera una rama hacia poniente sino dos, entonces habría que pasar por la izquierda. Cuando hay dos cogollos hacia el mismo punto…

Lorenzo lo detuvo con un gesto de la mano.

—Basta —le ordenó—. Eso son fantasías.

—No, señor —negó el arriero—. No son fantasías, pero, aun así, todos nuestros conocimientos son insuficientes. Sabemos que el camino es seguro, pero, a decir verdad, no sabemos por qué lo es… Una vez, siendo yo niño, llegó al pueblo un quincallero que dijo haber atravesado el bosque obviando el camino. Y ese hombre llegó sano y salvo; no lo atrajo… Quizá no sean solo las sabinas… ¡Pueden ser tantas cosas!

—Así que, según usted, mi antecesor en el cargo murió porque atrajo a la criatura, ¿no es eso? Se salió del camino y…

—Eso es lo que pasó, señor —asintió el arriero, y levantó el dedo para señalar unas tainas hundidas que se veían sobre un collado—. Allí lo encontramos.

—¿Y no les dio miedo salir del camino para ir a buscar el cadáver? —se sonrió maliciosamente Lorenzo.

El arriero permaneció impasible.

—Allí abajo se cruza el camino con el cauce de un arroyo, y remontando el cauce se puede ir con seguridad a las tainas. Se sabe.

—Se sabe —insistió Lorenzo—. El médico dijo que no habían ejercido violencia sobre don Antonio.

—Nunca hay violencia.

—Pero ellos mueren.

—De horror.

Lorenzo se pasó la mano por los labios y, al apartarlos de su boca, dejó entrever de nuevo su sonrisa burlona. El arriero era un pobre hombre, un ignorante con los que no vale la pena discutir, pues se niegan a escuchar lo que les es ajeno; Lorenzo lo había visto tantas veces desde que había sido destinado al campo de Castilla… El hombre seguía su linde: ni la burla ni la lógica podían apartarlo un ápice de ella. Era inútil agotarse. La venta de la carretera había empezado a divisarse desde hacía unos minutos: aguardaba sobre la muela del otero, a un tiro de piedra. El camino, sin embargo, se enredaba sobre sí mismo como si se negara a terminar.

—¿Todos han muerto? —preguntó el secretario, extrañamente ufano, tras unos minutos de silencio—. ¿Nadie regresó al camino bueno?

El arriero puso los ojos en el recuerdo y, para sorpresa de Lorenzo, respondió:

—Alguno.

—¿Sí?

—Alguno logró volver —afirmó el arriero—. Por pura casualidad, supongo… Esas gentes decían haber oído tras ellas a la pantalla. Haberla oído, digo; no visto, pues verla es morir. Por pura casualidad, habían desandado el camino errado y regresado a la senda buena.

—Me imagino que don Antonio no atinó a volver por donde fue —se rio Lorenzo.

—Hay algo muy raro en el asunto de don Antonio —musitó el arriero, meditando.

Lorenzo soltó una carcajada, que restalló sobre la línea de árboles como sobre un cántaro de lata.

—¡No me diga que hay algo raro! —repitió—. ¿Usted lo cree así?

—No me puedo imaginar a don Antonio apartándose del camino —susurró el hombre, obviando por completo la burla de su compañero—. A usted sí me lo puedo imaginar. Después de lo que le he dicho, es usted capaz de tirar por medio del bosque la próxima vez que le toque atravesarlo. Usted cree que yo soy un estúpido… Pero don Antonio era de aquí, ¿comprende? Él era natural de Calatañazor, pero su madre era de aquí; y él conocía las normas del sendero —el arriero volvió a sumirse en sus reflexiones—. No puedo entender qué lo llevó a salir del camino.

—¿No se da cuenta de que ese hombre estaba enfermo? —le dijo Lorenzo, cambiando el tono—. No le dé más vueltas. Perdió las fuerzas y su corazón falló.

—Es posible —asintió el arriero.

Llegaron a la venta y Lorenzo convidó a su acompañante a un vaso de vino, que el otro rehusó humildemente. Se dirigió al pilón de la fuente y estuvo más de veinte minutos dando de beber a sus bestias.

Lorenzo, sentado a la sombra en el porche del establecimiento, tomaba su jarra mientras veía arar una yunta en la heredad que quedaba tras la carretera de Valladolid. A su derecha, detrás de un leve collado, se veía a lo lejos la arruinada torre del homenaje del castillo de Calatañazor, adonde debía dirigirse. El día era soleado y alegre; sin embargo, una borrasca extraña se había formado en la cabeza del secretario; un barrunto que ya lo rondaba y que había sido cebado por las palabras del arriero. En el fondo de su mente, Lorenzo estaba de acuerdo en eso de que había algo raro en la muerte de su antecesor. No es que diera el menor crédito al cuento de la pantalla ni nada por el estilo, eso no; pero, no obstante…

El carro del arriero se cruzó ante el porche y la larga sombra de las bestias ocultó los pies de Lorenzo. El arriero lo observaba con un aire de pesar. Sin aspereza; con un tono que no se sabría traducir, le dijo antes de irse:

¿Y qué esperabas hallar?
Si estás en mi morada,
y son mis aposentos;
y son mis corredores,
mi jardín el que pisas,
el olor de mis flores,
la carne en mi banquete,
mi reflejo en el pozo…
¿Es que no me conoces?

VI

Un mes tardó Lorenzo en regresar a la aldea. Nadie le dijo que estuviese tardando mucho o poco en hacerlo, ni él se puso a meditar sobre tal cuestión. Un buen día, sin saber muy bien por qué, salió de su casa y preparó la yegua para el viaje.

Llegó a la venta de la carretera y buscó infundadamente al arriero, que no tenía nada que hacer allí ese día y, por supuesto, no estaba.

Detenido sobre la bestia, las manos cruzadas en el cuerno y la mirada perdida, permaneció unos segundos hierático, escrutando estúpidamente la puerta de la fonda. Una especie de graznido le brotó de la garganta y puso sonido a la extraña desolación que lo atenazaba, y le hizo emprender la marcha por el camino del sabinar.

—¡Cogollo a cuatro metros! —exclamó con una jovialidad fingida en cuanto vio el primer requiebro del sendero—. Rama hacia poniente; la segunda, hacia el sur; y eso de ahí..., pues no sé si se puede considerar rama... Y el cogollo hacia el norte —se rio—. Por lo tanto, como es natural, el camino ha de pasar el árbol por la izquierda, pero... ¿Por qué una curva tan pronunciada? ¡Ah, claro! ¡Porque ahí mismo hay otro! Dos primeras ramas hacia el este, otras dos hacia el sur, y dos cogollos... Otra vez a la izquierda.

Así cabalgó un buen rato, convencido de que tal cosa era diversión y no un deshonroso repelente del miedo. Pero al cabo de una hora, la impostada diversión dejó de serlo, y Lorenzo empezó a mirar con rencor la aldea, que se veía en lontananza —a ratos, cerca; a ratos, lejos— como burlándose de sus temores.

Lorenzo maldijo, claro; maldijo mil veces. Volvió a burlarse en alta voz de las ridículas figuraciones de los campesinos. ¿Acaso podía un hombre cabal considerar siquiera semejantes cuentos? ¿Podía él caer en tales celadas de la imaginación? ¿Se imaginaba algún descerebrado que aquello podría causar pavor en un hombre cultivado y sano de espíritu?

Todo eso se decía, pero no abandonó jamás el camino.

Llegó al pueblo poco antes de la hora del almuerzo, y el alcalde lo recibió con gran regocijo, cosa que ofendió el suspicaz orgullo de Lorenzo: «Se alegra porque sabe que he seguido el sendero», se decía para sus adentros. No obstante, afectó cordialidad y buen humor, y acudió a su casa para comer. No vio aquel día a Violeta por ningún lado, cosa que lo contrarió más de lo que se hubiera figurado. El alcalde lo acompañó a su despacho del ayuntamiento y le mostró un contrato de leña, que era, al parecer, el único documento reciente que requería de su atención.

—¿Dónde está el último papel que revisamos la vez anterior? —preguntó el secretario, tras revolver a conciencia los documentos de un enorme rimero de hojas.

—¿Cuál dice usted? —preguntó el alcalde, y como Lorenzo ya se esperaba esa respuesta, sintió que la sangre le alborotaba en las sienes.

—Ese sobre el cual no nos poníamos de acuerdo —respondió.

—¡Oh! —exclamó el alcalde como si fuera cosa de poca o ninguna importancia—. Creo que lo llevé a mi casa. ¿Importa mucho?

Lorenzo se calló por unos segundos y meditó si aquello importaba mucho o poco, y se respondió al instante que no importaba ni mucho ni poco. Sintió que el hastío, convertido en un ejército bárbaro, lo vencía y arrasaba, y sus palabras olieron como a cenizas de un incendio:

—No importa en absoluto —dijo.

Salieron a la plazuela y el alcalde se puso en actitud de despedida. Le habló de reparaciones urgentes en la voladera del molino. Lorenzo le estrechó la mano con desdén: «¿Dónde está tu hija?», parecía decir todo su cuerpo. Dejó que el alcalde se alejara una docena de pasos antes de gritarle:

—La próxima vez que venga, ¿quiere que le dé aviso antes?

El alcalde retrocedió unos pasos.

—¿Aviso, para qué?

—¿Qué sé yo? —dijo Lorenzo, encogiéndose de hombros—. ¿Cuándo quiere usted que regrese?

El alcalde tornó a rascarse el cogote y caminó unos pasos más sobre las correhuelas. Le habló en tono íntimo, aunque no había ningún vecino a la vista.

—No sé qué decirle —respondió—. ¿Cada cuánto pensaba venir?

—Yo no he pensado nada —repuso Lorenzo—. ¿Qué costumbre tenía mi antecesor?

—Don Antonio venía muy a menudo, pero es cierto también que él tenía familia en el pueblo, y algunas tierras arrendadas.

—¿Cada cuánto?

—Yo diría que todas las semanas —respondió el alcalde.

Lorenzo soltó un bufido altanero y caminó unos pasos al albur por el pobre enlosado.

—¿Todas las semanas hacía ese camino infernal?

—Era distinto —contestó el alcalde—. Ya le he dicho que don Antonio tenía familia aquí, y casa. Se puede decir que vivía tanto tiempo en el pueblo como en Calatañazor…

—¿Qué le parece si vengo una vez a la semana también yo? —espetó el secretario, cortando las palabras del alcalde, quien repitió desconcertado:

—¿Cada semana? —y añadió—: Claro, como guste usted.

—¿Y si fuera una vez al mes? —preguntó Lorenzo enseguida.

—Me parece bien —balbució el otro.

—Bien —asintió Lorenzo con maldad—; vendré una vez al mes.

—De acuerdo.

—O cada dos meses, quizá. ¿Sería eso aceptable?

El alcalde no supo qué contestar. Finalmente, se encogió de hombros como dándole su beneplácito. Lorenzo se sonrió.

—¿Y qué le parecería que no volviera más por aquí? ¿Los trastornaría mucho llegarse hasta Calatañazor y darme a firmar lo que gustasen? Le aseguro —susurró, mascando la hiel de sus palabras— que le firmaré cualquier cosa que me traiga…

El alcalde dejó traslucir por vez primera el pinchazo de la ofensa; no es que no hubiera sentido el veneno de otros comentarios de igual índole que Lorenzo le había dirigido, pero su naturaleza afable y despreocupada le había permitido obviarlos sin más. Se arregló los bajos de la levita enharinada y asintió solemnemente.

—Me parece bien —respondió con lentitud—. Ya sé que el camino es enojoso y lúgubre…

Lorenzo lo miró de pies a cabeza con insolencia.

—¡Al diablo el camino! —exclamó, y dándose la vuelta, volvió a internarse en el caserón oscuro que hacía de ayuntamiento.

El alcalde escuchó el repicar de sus zancadas por las losas del zaguán y se volvió complacido. No escuchó, sin embargo, las zancadas de vuelta. Lorenzo lo sorprendió por la espalda cuando el molinero se marchaba por las eras del ejido.

—¿Por qué se salió don Antonio del camino? —le gritó Lorenzo, como si le lanzase un escupitajo.

—¿Cómo dice? —exclamó el alcalde, deteniéndose en seco.

Ahora sí los observaban varios rostros desde las ventanas y los portejones de las casas cercanas.

—¿Por qué don Antonio cometería la locura de salirse del camino? —repitió el caballero, irguiéndose frente a la achaparrada figura de su interlocutor—. Él ya estaba al corriente de los peligros del sabinar. Isidoro, el arriero, me lo contó.

El alcalde echó un vistazo en derredor, y respondió acobardado, como si estuviera en realidad ante una gran multitud.

—Sí, claro… —balbució—; él lo sabía, naturalmente. Él era de aquí…

—¿Y cómo cometió semejante insensatez? —insistió Lorenzo, rezumando bilis.

—No lo sé —respondió el alcalde, severo y triste—. La gente entrada en años pierde a veces el tino.

—También es posible que lo obligaran a salirse de la senda, ¿verdad? —masculló Lorenzo—. Horrores se encuentran también en el camino mismo. Y a veces son peores que los del bosque.

—¿De qué habla usted, hombre de Dios? —preguntó el alcalde, cuyo sudor caía por sus sienes empolvadas de harina, formando un engrudo sobre sus mejillas.

Lorenzo se limitó a carcajearse y a asentir, como si hubiese dado en el clavo de un problema que ni siquiera se había planteado. El alcalde se dio media vuelta y se alejó por el camino.

—Si pretende marcharse hoy —le dijo sin mirarlo—, es mejor que parta ahora. Se le hará de noche.

—¡De ninguna manera! —rio Lorenzo—. ¡No quisiera verme en el bosque a oscuras con la pantalluca!

—¡Y plantéese lo de no volver más! —le gritó el alcalde fingiendo no haberlo oído. Se perdía ya de vista entre los enebros—. ¡Por mí no hay inconveniente!

Lorenzo se esforzó por que sus últimas carcajadas se oyeran a lo lejos, y después regresó por el ejido. ¿Qué le había irritado de aquella manera en apenas dos horas?, se preguntó. Por la mañana no se sentía de aquella forma. ¿Podía ser, acaso, no haber podido ver, y hablar, siquiera un instante, con Violeta? ¿Y por qué había decidido, súbitamente, acudir a la aldea aquel día? Tal vez por el mismo motivo...Ahora ya era algo tarde; el alcalde tenía razón: pronto caería la noche. «Tendré que dormir en el ayuntamiento», se dijo el caballero.

Cuando salía de las eras, una mujer de pelo plateado y frondoso salió por la puerta de una de las infames casas que se levantaban en aquella parte y se plantó en medio de la calleja, encorvada sobre su garrocha. Otros rostros femeninos —francamente añosos, duros y curtidos— se asomaban por los ventanucos de las viviendas. Lorenzo dobló la cerviz a manera de saludo.

—Hay que tener más conocimiento, majo —le dijo con voz temblorosa por la enfermedad, no por la indecisión—. Mira el monte.

Lorenzo, que no llevaba intención de responder ni de detenerse, hubo de hacerlo para seguir la dirección que la mano de cuero de la anciana le mostraba. Señalaba hacia los montes pedregosos que cercaban la aldea y el sabinar por el oeste. Las rocas calcáreas se erguían en ellos como leznas entre la escasa vegetación de las laderas grises. Unos destellos fugaces parecían brotar de las rocas y fulguraban apenas un instante, antes de extinguirse y aparecer en otro lado. Era un solo destello en realidad; una sola luz que se prendía y reaparecía a muchos metros de distancia, tan rápido que aún persistía en el iris el fulgor ya sofocado cuando el siguiente chispeaba lejos de él; pero no era más que una luz, vivaracha y pálida.

—¿Qué quiere usted? —le preguntó Lorenzo después de observar el fenómeno por unos segundos.

—¿Qué necesidad tienes de nombrarlo? —dijo la anciana.

—¿Se refiere usted a las luces?

Pero la mujer ya se internaba de nuevo en su casa, dejando a Lorenzo con la palabra en la boca. El caballero devolvió la mirada al monte. Los destellos atraían hacia ellos su atención de una forma casi voluptuosa.

Lorenzo se dio cuenta de que las luces no se producían por el simple albedo del sol sobre la roca bruñida: eran erupciones de luz que brotaban hacia arriba con la forma de la candela en los fanales, pero su fosforescencia, que vibraba levemente con una languidez acuosa, se extinguía de repente —no como si se consumiera, sino como si, sencillamente, desapareciese—. No obstante, dijo en voz alta, para que los rostros rugosos de las ventanas pudieran oírlo bien:

—No es más que el sol en la roca...

¿Y qué otra cosa, en definitiva, podía ser? El ocaso ya había comenzado y su sombra se alargaba cada vez más ante su espigada figura. A grandes zancadas, se dirigió de nuevo hacia la plaza, pisoteando con furor las malas hierbas de las calles rojas. No vio a nadie aparecer por los callejones ni rebullir en las cuadras de las casas abiertas; alguna yunta se veía a lo lejos, en la planicie fósil que llevaba a las estribaciones del monte. Al llegar al portón del ayuntamiento, se volvió y apoyó galantemente la bota sobre el poyo, mirando con enojo —desafiándolo— al pueblo vacío y quedo. Nadie pasó para hacer aprecio de su ira.

Una vez en su aposento, Lorenzo echó un vistazo a la pequeña alacena; alguien había estado allí aquella tarde, porque le habían llenado la jofaina y el botijo con agua fresca, pero no le habían dejado nada para comer. Lorenzo se aseó y miró con resquemor por la ventana enrejada: no pensaba acudir aquella noche a la casa del alcalde, y sin embargo…

¿Dónde diablos se había metido ella? ¿Es que no pensaba dejarse ver? Era tan estúpida y anodina como el pueblo entero. El cielo se cubría poco a poco de un oscuro azul como si estuviera empapándose de un tintero derramado.

A la pobre luz de la palmatoria, que tenía colocada sobre la repisa de la ventana, la habitación parecía más profunda y alta, llena de rincones y vértices oscuros. Los vidrios le devolvieron la imagen de un rostro crispado; el rostro de un imbécil, pensó, y apagó la vela de un soplido.

Cayó de espaldas sobre el lecho, vencido por aquella pesada irritación que se estaba desenterrando desde lo profundo de sus vísceras, excitada por motivos incomprensibles.

Soltó un gemido de hastío y cerró los ojos. Docenas de filigranas lechosas se le dibujaron sobre las pupilas. Al abrir los ojos aún estaban allí, culebreando encima de sus iris, entre las sombras de los machones.

Lentamente, a medida que el zumbido de la sangre se iba mitigando en sus oídos y el silencio ocupaba la pieza, los destellos blanquecinos se fueron apagando hasta que solo quedó uno… Quedó uno, uno solo, sí; pero…

«¿Qué es esto?», se dijo Lorenzo, frotándose de nuevo los párpados. Las fosforescencias volvieron a cubrir el entarimado del techo, pero de forma más vivaz que en la ocasión anterior, también se fueron amorteciendo, hasta que quedó solo una.

El rayo de luz, la hebra luminosa por mejor decir, se prendía intermitentemente, iluminando los contornos carcomidos de uno de los machones del techo.

—Pero ¿qué es? —exclamó ahora en voz alta.

Irguió su cuerpo rendido y observó que la luminiscencia procedía del exterior y fulguraba también en el cristal esmerilado de la ventana.

«¿Será ella?», se dijo, dando un brinco, y corrió a quitar los pasadores del marco. Pero la plaza estaba desierta y congelada por el silencio.

Candiles anaranjados brillaban tras los visillos de las casas e iluminaban levemente el enlosado comido por la vegetación. Ni un paso se oía en la distancia; ni las bestias coceaban en las cuadras. Solo aquella extraña luz parpadeaba a lo lejos, en mitad del sabinar.

¡Pueblo de miseria! —voceó.

VII

Al bajar la pendiente del ejido, el extraño resplandor que refulgía en algún lugar profundo del sabinar había dejado de observarse, cubierto por el frondoso follaje de los árboles. La luna estaba llena, colorada y baja sobre los alcores, pero brillaba desvaída y tibia, como las ascuas tras la humareda.

En la penumbra rojiza se distinguía apenas el camino y su discurrir a no más de veinte pasos; a sus orillas se reconcentraba una negrura originaria. Pero el camino sí se veía: la graba apelmazada junto a la maleza de las lindes, y los charcos quietos en las rodadas de los carros.

—De haber más luna…, malditos estúpidos —rugió Lorenzo, volviendo la cara hacia donde debía de estar Calatañazor.

Era la oscuridad lo que lo atenazaba a la senda; ¿por dónde caminar, si apenas se veía? Era la oscuridad; no el miedo. De haber más luna, atrocharía por el bosque y saldría a la carretera en un santiamén, riéndose a cada paso de los miserables aldeanos. Jamás volvería a aquel lugar indigno.

—De haber más luna —gruñó, dejando la frase a medias.

¿El miedo lo trababa al sendero? ¿No sería más lógico que, de haberlo sentido, hubiese preferido refugiarse entre las sábanas calientes? La repugnancia hacia un misterioso sentimiento le había impedido pasar otra noche entre aquellas gentes, y era esa misma repugnancia la que lo conducía por el sendero.

¡Miedo! ¡Qué estúpido siquiera pensarlo!

Era ese ardor extraño en su orgullo. ¿Sería por ella? ¿Acaso si la viera allí, plantada en mitad de la senda, dudaría en pasar los pies sobre la linde frondosa y adentrarse en el bosque al tiempo que la fulminaba con los ojos? Se hacía preguntas como si él mismo fuera otra persona, pero sabía que, aunque así fuese, aquella otra persona desconocía las respuestas.

Llevaba media hora de camino y se encontraba fatigado. La yegua pisaba quedamente tras él, arrastrada por el ronzal. No había querido montarla en la oscuridad, pero bien pudiera haberlo hecho, pues era un animal sumiso y él se hallaba agotado. Y quedaban más de dos horas de viaje, de virajes estrambóticos en torno a sabinas de una rama hacia el sur, dos hacia el norte…

El pueblo ya no se veía lucir a sus espaldas, pero estaba seguro de que, en cualquier momento, un repliegue del camino, una vaguada desierta de árboles, se lo pondría ante los ojos, tan cercano como si acabara de abandonarlo. Y, en cierto modo, casi lo deseaba, pues la oscuridad en aquella zona del bosque se había hecho más honda e impresionante. Un olor desconocido se había avivado a su alrededor: un olor vegetal, sin duda, pastoso y amargo como el del beleño.

No se veía nada ya. La rama estriada de una sabina le rozó la cara y lo hizo sangrar. ¿Se había salido del camino? Se puso en cuclillas y tocó el suelo. No. Allí estaba la graba de las orillas, y los jaramagos que las cercaban. Era una curva pronunciada. A tientas, estirando su pierna izquierda para sentir sobre la bota el roce de las malas hierbas de la linde, fue dando la curva y, al enfilar la siguiente recta, vio la luna colorada brillando en mitad del cielo, partiendo el bosque y el camino en una simetría exacta. Lorenzo vio que no se había llegado a salir del sendero, y suspiró. Ahora tornaban a divisarse los diez o doce metros de delante, y, a su derecha, el resplandor de los candiles del pueblo volvió a aparecer.

Se giró y acarició el hocico de la yegua, que había permanecido serena en aquellos momentos de confusión. La recta subsiguiente era larga y descendía con una pendiente más acusada de lo habitual. Lorenzo recordaba aquel tramo de su anterior viaje. Lo iluminó con la luz de su recuerdo y pudo discernir el largo descenso que lo aguardaba, y la curva cerrada hacia la izquierda, que ahora se escondía tras largos metros de profunda oscuridad. Reanudó la marcha con un paso tímido, que bailó sobre el caballón de una rodada estrecha. ¿Qué le pasaba ahora? ¿No sería miedo?

La voz del orgullo herido le respondió que no. Quizá había sido una estupidez salir aquella noche; sin duda lo era, pero eso ya lo sabía antes: no era la prudencia lo que lo había expulsado de aquel lugar insoportable. Era una rebelión absoluta y desconocida ante un enemigo recóndito de su espíritu. Ahora pensaba que no tenía nada que ver con ella.

Siguió bajando por la cuesta, hacia la oscuridad inmensa de la curva.

El olor de aquella planta, que se figuraba bulbosa y velluda, volvió a infestarle la nariz y la garganta. No era un aroma desagradable en realidad, pero la enormidad de su fragancia lo sobrecogió. ¿Cuántas plantas debían reunirse para tamaña profusión de aroma, que se agigantaba por momentos como una ola colosal en el océano?

La yegua empezaba a remolonear y a piafar disgustada. Lorenzo le susurró palabras de reproche, pero en el fondo sabía que el animal llevaba razón. ¡Qué estúpida locura había sido aquella de salir esa noche! ¿Y qué estúpida locura había hecho salir al viejo secretario la noche de su muerte? Esa era una pregunta que golpeaba a las puertas de su cerebro desde hacía un tiempo. El viejo secretario, que era de aquel lugar. ¿Qué desazón le había hecho comprometer su vida en plena noche; qué rencor hacia aquella gente, que era de su misma estirpe en ese caso? ¿Qué fue lo que le insufló el brío para aventurarse en el lugar proscrito, augusto, para los de su misma raza? Y una vez allí, ¿qué lo había movido a obviar los tabúes de su casta, de aquella ralea de ignorantes y fanáticos? La endogamia es horrible y se busca a sí misma, y se alimenta a sí misma como en el frenesí antropófago. ¿Por qué uno de ellos saldría del camino sagrado? ¿Uno de ellos estaba por encima del miedo comunal, casi un miedo idolatrado? Algo lo había empujado al camino, y luego lo había empujado del camino. Y luego había muerto. Y no era difícil saber que lo que lo movió, y luego lo empujó, y finalmente lo mató había sido lo mismo: el idolatrado miedo.

¿No tendría que ver con aquellos papeles…? ¿Podían intervenir los asuntos mundanos en la vida misteriosa de esas gentes? Una jauría de miserables, por ejemplo, de trapaceros y estafadores, se planta en la casa del secretario… «Sal al páramo o te mataremos». «Ahora, abandona el camino». Pero uno de aquellos trastornados aldeanos, que llevaban el horror en su cerebro igual que el tuétano en los huesos, jamás habría aceptado… «Matadme a palos, si queréis». Cualquier cosa antes que eso.

Lorenzo resbaló sobre la arena del camino y se agarró fuertemente de las riendas. La yegua rezongó y clavó las herraduras en tierra. No se veía a un metro de distancia. Lorenzo no vislumbraba la cabeza del animal tras su mano; solo una vibración palpitante en la oscuridad, que debía de ser la bestia cuando cabeceaba.

—¡Vamos! —le gritó, y dio un poderoso tirón de las riendas.

Las pezuñas de la yegua resbalaron sobre la arena suelta y el animal caminó un par de metros. Luego se detuvo y reculó un trecho igual, sin que Lorenzo pudiera hacer nada para impedírselo.

Otra vaharada de olor acre le inundó los pulmones. ¿Qué era aquello; esa enorme glándula viscosa, pubescente, que emanaba tal aroma? Ni el más abigarrado fárrago de plantas podía reconcentrar ese hedor velloso, que ya ni siquiera parecía vegetal. Era una densidad pastosa y amorfa, que se posaba lentamente sobre el camino.

Lorenzo volvió a maldecir y cargó todo su peso sobre las bridas. La yegua dobló la cerviz y caminó por la cuesta abajo. «Eso está mejor», se dijo el secretario; y, además, debía de haber salido la luna entre las nubes, porque ahora la curva del soto se veía claramente, y una luz pálida refulgía sobre las bruñidas piedrecitas afloradas. Sin embargo, no se veía luz alguna en el cielo; la luna, que había salido roja y enana, debía de seguir aún su deambular por el nadir del cielo. Entonces, el caballero vio que una claridad opalescente palpitaba tras la fronda, oscureciéndose en su movimiento cuando pasaba tras los troncos de los árboles. No estaba en el camino, en la recta subsiguiente, o al menos eso le pareció; debía de estar mucho más profunda en la espesura, pero el resplandor que desprendía llegaba en haces potentes hasta donde hombre y cabalgadura estaban. Y, súbitamente, todo volvió a la oscuridad.

Doblar aquella curva le costó horrores. La yegua quería volverse y él, sudoroso y agotado, más luchaba contra su deseo, que era el mismo que el del animal, que contra el animal mismo. Al fin, acabaron de descender y dieron el giro hacia la izquierda. Ahora sí vieron la luna asomar sobre las sabinas y rielar en los guijarros del camino arcilloso, cubriendo la senda con un indumento sedoso del color de la sangre. Lorenzo se detuvo en la revuelta y escrutó la oscuridad del bosque, en busca del rescoldo blanco de aquella fosforescencia que lo había iluminado apenas hacía medio minuto.

La yegua tornó a resoplar y quiso volver la cara atrás. El secretario miró al frente, y el leve fulgor carmesí de la luna le permitió alcanzar con la mirada tan solo un dosel de ramas que las abigarradas sabinas formaban sobre el camino veinte pasos más allá. El animal no quería penetrar en esa sombra dentro de la sombra, que parecía una boca hedionda de donde brotara el aire corrupto y cargado de pólenes asfixiantes. Y, de pronto, las ramas de aquella cobertura se erizaron y un sonido como de tela rasgada le llegó nítidamente a los oídos. Una sombra alargada fue avanzando desde el área sombría del dosel, y se desplazó pesadamente, corpóreamente, por la superficie iluminada del camino. Lorenzo gimió de espanto al ver una figura humana aparecer entre las sombras. Era pequeña y achaparrada, como los árboles, y también lo había visto, pues se detuvo en seco y lo observó largamente sin mediar palabra. Lorenzo sentía sobre sí los ojos de aquella figura, perdidos en el volumen oscuro de su pequeña cabeza.

La yegua se puso de manos y él la soltó. Sin poderse contener, giró en redondo y echó a correr con los brazos extendidos, apartando de su trayectoria las ramas de las sabinas y los ramos trémulos de los enebros. No escuchó la voz del arriero, que, desde el camino, le pedía por Dios que se detuviera y que regresara al camino por donde había salido.

VIII

Cuando Lorenzo se detuvo, había recorrido ya más de media legua por el sabinar. El aire, cargado de aquel hedor que poco a poco había ido tornándose pútrido, le ardía en los pulmones y en la garganta, y sentía su resabio acre y algodonoso adherido al velo del paladar.

La luz pálida había vuelto a brillar, pero ya no se movía, sino que permanecía quieta en el mismo lugar, allí donde se suponía que estaba el camino. Fue entonces cuando el secretario reparó en que llevaba minutos deambulando por el bosque, y apartó con horror su brazo del tronco en el que se apoyaba. Su mano resbaló por la superficie del meristema escamoso que el arriero había llamado «cogollo», y que él —sin demasiado interés— se había imaginado que no sería otra cosa que el tocón de una rama podada y luego seca. Sin embargo, no era así: se trataba, en realidad, de una yema vellosa y blanda, como el rizoma de algunas plantas; aunque el tacto le transmitió algo así como un calor animal. Repugnado, retrocedió unos pasos, y se pasó los dedos por la palma, sintiendo el roce inmaterial de la electricidad estática; pero algo corpóreo debía haberle dejado el bulbo sobre la mano, porque ahora esta hedía con el olor amargo que infestaba el bosque.

Dos ramas a la derecha del cogollo, observó espantado. A su espalda había otra sabina retorcida. ¿Qué había hecho? ¿Por dónde había llegado hasta allí? Miró atrás, al punto luminoso que brillaba tras el sendero. Debía de estar muy lejos de allí. La voz del arriero se oía resonar entre los árboles, pero le llegaba apagada y deforme, como si las ondas se irradiaran desde dentro de un pozo. Lorenzo no reconoció una garganta humana tras aquellos sonidos, y solo sirvieron para espantarlo aún más. Si aquel ser que vociferaba fuera un hombre, se dijo Lorenzo, sus palabras lo alcanzarían nítidamente a través de una distancia tan nimia. Y llevaba razón. Pero no era así.

Prosiguió avanzando por el bosque sin comprender aún el recelo irracional que su sistema nervioso le gritaba desde las entrañas. Era la voz del miedo, que le decía «párate». Pero no podía pararse, ni regresar atrás. Debía continuar a tientas por el sabinar; el pueblo no podía estar muy lejos: bastaba con sentir en los muslos la fatiga de la cuesta arriba, porque el pueblo no se veía ahora, pero debía estar hacia arriba, en la falda del monte. La voz del miedo le decía «párate, estás profanando el rito», pero aquello era absurdo —no podía ya deshacer lo hecho; no recordaba cómo había llegado allí, ni podía desandar el trayecto entre las sombras—. Debía llegar al pueblo.

Cada sabina que dejaba a su izquierda era un tormento. Cada sabina que dejaba a su derecha era una atrocidad. Los bulbos hediondos pasaban ante sus ojos, incomprensibles y ajenos, y él los miraba con reverencia, pero sin comprender el idioma arcano; empezó a sentir los eones de distancia que lo separaban de esos seres anteriores al bosque.

Anduvo otra media legua más, y vio la silueta oscura del poblado sobre el ejido. Suspiró y la cintura se le aflojó súbitamente. ¿Todo se había arreglado en un solo instante? Sonrió. Le había bastado con subir ese collado árido y desbastado, cubierto de espliego y aliagas, para sentir de nuevo el vigor inundar su pecho. La luz blanquecina ya no brillaba en el bosque, y hasta el olor putrefacto de los bulbos parecía ya solo un resabio que le volvía al tragar. El pueblo no tenía una sola luz prendida, pero la noche estaba estrellada y la silueta del campanario temblaba bajo la Osa Mayor. Se enderezó de nuevo y comenzó a caminar por la loma.

Observó un par de majadas derruidas a su derecha y vio un pequeño vallecito que hasta entonces le había quedado vedado, pues no se podía ver desde el camino. Lo contempló unos instantes y lo repelió su oscuridad y la abigarrada disposición de sus árboles, que apenas levantaban un metro por encima del sotobosque. Devolvió la vista al pueblo y continuó. Con un tímido regocijo, se dio cuenta de que no tenía por qué volver a internarse en el sabinar para llegar hasta él: el declive del collado iba a parar al arroyo —la fuente y el lavadero se veían al fondo de la vaguada—, y el sabinar quedaba definitivamente a su izquierda.

Siguió descendiendo a grandes trancos, haciendo crujir bajo sus botas las matas secas de cantueso y de tomillo, que reventaban sonoramente, expeliendo su exiguo aroma, conservado desde el verano. Notó que ese era el único sonido de la noche del páramo. Se detuvo y comprobó que, en efecto, era así. Desde el pueblo no llegaba el menor rumor de humanos ni bestias; ni los perros aullaban a la luna redonda y llena. Tampoco el aire zumbaba al herir las hierbas híspidas. Lorenzo no pudo evitar sentir que el sonido despreocupado de sus pasos revelaba su posición a un enemigo invisible. El miedo tornó a prenderse en su cerebro, y él prosiguió por la ladera procurando no hacer ruido.

Al aproximarse al lavadero, sintió la humedad ascender desde la tierra. Por fin escuchó el chapoteo del agua entre las piedras y el fino gotear del caño de la fuente. Pero nada en aquel lugar sirvió para reconfortarlo, pues el murmullo era monótono y lúgubre. Cuando se disponía a saltar el pobre regato, una figura, que hasta entonces había confundido con un leño tendido a la otra orilla, se movió; una cabeza pequeña giró como la de un búho y dos ojos amarillos se clavaron en él. Entonces sí distinguió Lorenzo una panza abultada y velluda, pero ¿qué era? Parecía un cordero o un borrico tumbado. Sin embargo, al instante el animal se deslizó hacia unos escaramujos sin incorporarse ni mostrar sus extremidades. Había reptado, con un poderoso vaivén de su vientre. El secretario contempló el espacio desalojado, absorto: ¿qué clase de animal había visto? Enseguida pensó en un gran roedor de los que jamás han habitado el alto páramo.

Inmediatamente, un fragor inesperado y violento brotó del edificio del lavadero. Lorenzo volvió el rostro hacia el lugar; apenas reparó en sus botas, que tenía sumergidas en la corriente hasta los calcañares. Tras el inicial espanto, pensó que aquel crepitar agudo no podía ser de ropa restregada y, por otro lado, ¿quién podía estar lavando ropa en la oscuridad y a esas horas de la noche? No pasó por su mente la idea de ir a averiguarlo, y se alejó de allí saltando sobre el regato donde había estado tendida la bestia misteriosa. Sacó un cigarro de la pitillera y se lo echó a los labios, pero el mechero se negó a hacer lumbre tantas veces como lo intentó.

El chapoteo del caño llegaba de forma extraña a sus oídos, atenuado por la atmósfera corpórea de la noche. Las gotas no caían al agua del pilón, sino que se disgregaban de ella y ascendían al caño... Pero eran figuraciones suyas. Ni siquiera alcanzaba a ver la fuente ya.

Solo un repecho, poblado de cambrones y aliagas, lo separaba del pueblo. A su izquierda quedaban los corrales y la balsa; corrales vacíos, tal vez, porque no llegaba de ellos el menor sonido.

Entró en la aldea por una calle desconocida para él y caminó hacia donde debía de estar la plazuela. La primera casa frente a la que pasó tenía el portejón abierto, a pesar de estar en completa oscuridad y silencio; del zaguán no brotaba el menor aliento tibio. Toda la casa parecía tan fría como la calle, aunque, bien mirado..., tampoco en la calle hacía demasiado frío. No se había dado cuenta hasta ese momento, pero era cierto: al salir de sus aposentos aquella noche, y al ensillar la yegua y al partir, hacía un frío atroz, frío de enero en el páramo. Ahora no hacía frío ya. La luz de la luna se colaba por el portal y se prendía en haces a una pátina que parecía como de polvo o arena, pero que no lo era, porque por ella revoloteaban a veces, como si fueran trozos de papel o copos de nieve, o plumas menudas, partículas mayores que las motas de polvo. Y al sentir de nuevo el hedor, Lorenzo supo qué eran aquellas escorias volátiles: eran las esporas vellosas que habían infestado el bosque con su aroma. Pero no se trataba de emanaciones descabelladas salidas de alguna especie de planta infecta —no podían emanar esas partículas de plantas de ninguna clase—. No sabía de dónde brotaban: de los cogollos, quizá; pero sí sabía que había estado aspirando aquello a lo largo de todo el camino.

Lorenzo siguió caminando por la calleja y observó que todas las casas estaban abiertas de par en par, igual de mudas y frías que la primera, tan ajenas a sus habitantes que se diría que no eran casas, que su existencia no obedecía a que algún ser humano pudiera habitar en ellas. No eran casas, pensó Lorenzo. Y luego pensó lo que debiera haber pensado primero —lo que debiera haberlo sobrecogido desde el principio, desde que había visto el pueblo en lontananza, oscuro y mudo, y vacío—: allí no había nadie. Era evidente que nadie ocupaba la aldea. Y debiera haberlo sabido mucho antes de llegar, pero el pavor que lo atenazó en el bosque había constreñido los senderos de su mente, obligando a su razón a abrirse paso por la más pequeña vereda. Pero era obvio que allí no había nadie. ¿Estaré en otro pueblo?, se preguntó Lorenzo, desesperado, pero enseguida sus pasos lo condujeron a un lugar conocido —la plaza y el juego de pelota— y tuvo que abandonar esa pobre esperanza.

Una luna pálida iluminaba el frontón y la fachada del ayuntamiento. Las correhuelas estaban cubiertas de aquel polen velludo y blanquecino, y las puertas del ayuntamiento se hallaban abiertas. Lorenzo caminó hasta el umbral, pero no se atrevió a penetrar en la asfixiante oscuridad del interior. El miedo paralizaba sus músculos y su entendimiento. Sentía el horror supremo de no tener adónde huir. Gritó —ni él mismo supo qué— y su voz reverberó en la plaza oblonga y le retornó diluida y amortecida. Al instante, otra voz distinta llegó a sus oídos:

—Lorenzo…

El caballero se dio la vuelta. Vio una figura más sombría que la sombra ocupar un espacio indefinido del juego de pelota. Lorenzo pensó que pudiera ser aquel hombre que lo había sorprendido en mitad del camino, pero se hubo de desengañar rápidamente, pues aquella figura era muy distinta y, solo muy vagamente, podía reconocerse a un hombre tras ella. Era un ser alto —casi tres metros, quizá; pues su estatura parecía variar a cada segundo—, cubierto por un sombrero de ancha ala, y una saya o un traje talar que le llegaba hasta… Hasta donde debiera tener los pies, pues no los tenía.

Lorenzo, cuyo rostro desencajado era ya apenas una ridícula broma de lo que hubiera sido, quiso correr, pero no acertó más que a clavarse las uñas en la cintura y balbucir:

—¿Qué quieres? ¿Quién eres tú?

Y la pantalla, antes de iniciar su movimiento, le respondió:

—¿Es que no me conoces?

FIN

PARTE VIII:

Nadie se quería ir a dormir

La bombilla de la sala iluminaba tenuemente la habitación, refulgiendo en arrebatos de luz, como si ya le faltase el aliento, después de varias horas circundada por la oscuridad exterior. Todos permanecían absortos en sus propias meditaciones; especialmente Carlos —¿o estaba ya dormido?—.

Con parsimonia, Alberto Ruiz cerró el libro de cuentos y tamborileó con sus dedos sobre la tapa.

RUIZ: No ha estado mal.

JULIA: Ha sido horrible.

ROBERTO: A mí me ha gustado. No escribe nada mal ese hombre.

RUIZ (*a Ana*): Usted parece muy impresionada. ¿Le ha dado miedo?

ANA: Lo ha leído usted muy bien. Sí, la verdad es que me ha asustado.

RUIZ: Tiene un vago resabio a los cuentos de Lovecraft, al que yo admiro mucho. Ese monstruo vegetal y tentacular…

JULIA: ¿Qué tentacular? El monstruo era la pantalla. En muchos pueblos hay leyendas sobre la pantalluca.

RUIZ: Bueno, claro. Pero también el propio sabinar es un monstruo, ¿no cree? U otra faceta del monstruo.

ANA (*balbuciendo*): Sí, el sabinar.

RUIZ: Mañana lo veremos con otros ojos, quizá. Incluso usted, que está más acostumbrado a él.

ROBERTO (*se rio sin mucho afán*): No creo.

JULIA: Su marido se ha quedado roque (*dijo, señalando a Carlos, que reposaba, en un incómodo escorzo, sobre su brazo derecho*).

CARLOS (*irguiéndose súbitamente al oír que se le mencionaba*): No estoy dormido.

ANA: Sí estás. Harías mejor en subirte.

CARLOS: Cuando tienes razón... (*murmuró, levantándose de la silla*). Buenas noches a todos.

ANA: Ahora subiré yo.

CARLOS: Tranquila, no me voy a dormir.

Carlos caminó hacia la salida.

RUIZ: Su marido llevaba mala cara.

ANA: Lleva mucho tiempo sin dormir, y, además, no sé cuántas copitas se ha tomado...

ROBERTO: Y hace demasiado calor ya. ¿Les parece que deshaga la lumbre?:

RUIZ: No, por favor. Yo aún voy a quedarme un rato aquí.

JULIA: ¿Sí?

RUIZ: Sí. Es posible que toda la noche.

ANA (*se rio —o, al menos, lo intentó— por primera vez*): ¡Venga ya!

RUIZ: Lo digo muy en serio.

ROBERTO: ¿Y qué piensa hacer?

RUIZ (*volvió a tomar el libro de relatos y empezó a pasar páginas sin ton ni son, abanicándose con la brisa del papel*): Mientras sigan ustedes por aquí, conversaré. Después, quizá lea un poco más de este Lablanca.

JULIA: Yo estoy bastante cansada; hasta mareada, diría. No sé si será por la lumbre, o por ese licor de las narices.

ANA: Yo tengo algo de sueño también. No tardaré en irme.

RUIZ: Yo, ni pizca. Pero es algo habitual en mí.

JULIA: Debe de ser insoportable eso del insomnio. Un compañero mío lo padecía; daba pena verlo. Estaba permanentemente de baja, y acabó cogiendo una enfermedad dura en el intestino. Murió.

ANA: ¿Qué tiene que ver el intestino?

ROBERTO: ¿Con el sueño? Muchísimo. Todo tiene que ver con el sueño. Hay enzimas que el organismo solo produce en las fases de sueño profundo. Si no se duerme lo suficiente, simplemente dejas de asimilar determinadas proteínas y… más cosas.

RUIZ: Puede. De todas formas, yo no he hablado de insomnio. He dicho, sencillamente, que duermo poco. Cinco o seis horas me son suficientes.

ANA: Eso es una barbaridad.

ROBERTO: Todos los médicos recomiendan al menos ocho.

RUIZ: Napoleón dormía seis. Decía que seis era lo óptimo para un hombre sano; siete para una mujer, y ocho para un cretino. En cualquier caso, no es decisión mía; no duermo más de seis horas y ya está.

ROBERTO: Pues si se va a quedar mucho más rato aquí, tendrá que ir por más leña.

RUIZ: He oído que hay leña allá atrás, en la antigua cuadra.

ANA (*se levantó atolondradamente, como si hubiese recordado una labor pendiente. En su rostro había una mueca de vaga frustración*): Bueno, pues yo me acuesto ya.

JULIA: Yo también los dejo. ¿Quiere usted que vayamos a Vinuesa en nuestro coche? (*le preguntó a Ruiz*).

RUIZ: O en el mío; como prefieran.

JULIA: Bien, ¿a qué hora?

RUIZ: Mañana hablamos. Supongo que nos veremos en el desayuno.

JULIA: Es verdad. Buenas noches.

ROBERTO: Hasta mañana.

RUIZ: Que duerman bien.

Ambas salieron y los dos caballeros quedaron solos y silenciosos. Ruiz volvió a dejar el libro con desidia sobre la mesa y se estiró en su silla, observando con cautela a su compañero. Roberto se había arrimado a la ventana y guiñaba los ojos, intentando en vano ver las estrellas. Se volvió hacia Ruiz y le sonrió sin mostrar los dientes.

ROBERTO: Es una chica agradable, ¿verdad?

RUIZ: ¿Ella? Sí, claro. ¿Le gusta?

ROBERTO: No mucho; pero es agradable escucharla. El tono de su voz…

RUIZ: Supongo que sí.

ROBERTO: Mucho más que al tarugo de su novio.

RUIZ: Sin duda.

ROBERTO (*rascándose la cabeza, con vacilación*): ¿Prefiere usted que yo también me vaya? Quizá quiere leer.

RUIZ: Usted es tan huésped como yo. No tiene por qué importarle eso.

ROBERTO: De todos modos, se lo pregunto.

RUIZ: Entonces le respondo que no me molesta en absoluto.

ROBERTO: De acuerdo.

RUIZ: Aunque me sorprende un poco que quiera usted mantenerse despierto, teniendo que madrugar mañana.

ROBERTO: Tampoco es tanto lo que tengo que hacer.

RUIZ: Ya. Desbrozar y esas cosas…

ROBERTO: Sí, eso es.

RUIZ: Estoy pensando… (*se detuvo un largo rato, como si no fuese a continuar, pero después se sonrió y prosiguió*). Estoy pensando que quizá sea yo quien molesta.

ROBERTO: ¿A quién?

RUIZ: Pues a usted, por ejemplo. O tal vez a la señorita que se acaba de marchar.

ROBERTO (*se encogió de hombros*): No sé por qué lo dice.

RUIZ: ¿No?

ROBERTO (*molesto*): Le repito que me marcharé ahora mismo

a mi habitación si eso es lo que desea. Parece que tiene usted especial interés en quedarse aquí solo.

RUIZ: Si me hace el favor.

ROBERTO (*absolutamente confundido*): ¿Cómo dice?

RUIZ: Si me hace el favor…

ROBERTO: ¿Qué?, ¿quiere que me vaya?

RUIZ: Si me hace el favor.

ROBERTO: ¡Joder!, ¿lo está diciendo en serio?

RUIZ: Sí.

ROBERTO: ¿Y si no me da la gana?

RUIZ: Entonces, quédese. Yo prefiero que se vaya, pero ya le he dicho que es usted tan huésped como yo.

ROBERTO: Creo que me voy a quedar.

RUIZ (*abrió el libro de cuentos con impostado interés y comenzó a leer*): Como quiera.

ROBERTO: No sé si es que se cree usted muy gracioso. Yo no le cojo el punto.

RUIZ: ¿No? Yo a usted sí, sin embargo. Prácticamente desde el momento en que lo vi.

ROBERTO (*se incorporó lentamente y se inclinó hacia Ruiz desde el lado opuesto de la mesa, apoyando sus manos sobre el mantel arrugado*): ¿Me quiere explicar eso?

RUIZ (*con absoluto aplomo*): Es muy sencillo: es usted un embustero.

ROBERTO: ¿Un embustero?

RUIZ: Usted es un embustero. Usted no sabe lo que es una explotación agraria; esas manos no han cogido una azada en su vida; antes me ha dicho que una sabina es parecida a un pino, con lo que, quizá, ni siquiera sea de la región; tiene un coche de treinta y cinco mil euros… ¿Quiere que siga?

ROBERTO (*demudado, se resistía a la derrota*): Sí, por favor.

RUIZ: Usted no pretende madrugar mañana, porque solo ha venido a este lugar a encontrarse con una persona; una persona que, quizá, no ha comparecido… o quizá sí. Tal vez esté esperando a que yo me acueste para poder tener esa reunión aquí mismo.

ROBERTO: Ha leído usted muchas novelas.

RUIZ: No. No me gustan.

ROBERTO: ¿Con quién he venido a encontrarme?

RUIZ (*levantó los ojos del libro, con una mueca cómica*): ¿Disculpe?

ROBERTO: Termine su historia. ¿Ha venido o no ha venido esa persona con quien debía verme?

RUIZ: Yo diría que sí.

ROBERTO: ¿Y quién es?

RUIZ: El garrulo que subió inmediatamente a su cuarto.

ROBERTO: No es la chica joven, entonces, como usted insinuó antes.

RUIZ: Yo no he insinuado nada. Y lo cierto es que podría ser. Pero yo apuesto por el gañán.

ROBERTO (*se carcajeó sonoramente*): Está usted de coña, ahora lo veo.

RUIZ (*se sonrió también*): En términos generales, creo que sí. Pero usted no deja de ser un embustero.

ROBERTO: Bueno, y si eso fuera cierto, ¿qué? ¿A usted qué le importa?

RUIZ: ¿A mí?

ROBERTO: Parece que haya decidido que esa estupidez es cierta y se proponga molestarnos a mí a mi fantástico compañero.

RUIZ: ¡No, por Dios! Vaya a reunirse con él, vaya. No tengo inconveniente en ello. Es solo que yo no me iré a dormir.

ROBERTO (*sardónicamente*): Tiene miedo de que mi compinche y yo los cacemos a todos desprevenidos.

RUIZ: ¿Miedo? No, no es eso.

ROBERTO: Ya veo que no. Lo cual me hace pensar que también usted es un jodido mentiroso.

RUIZ: ¿En qué les he mentido yo?

ROBERTO: Puede que en todo (*comenzó a caminar en torno a la mesa oblonga, como si fuera a acercarse a* él; *aunque lo cierto era que, a cada paso, se alejaba más*). ¿Cómo es que tiene usted semejante sangre fría?

RUIZ: ¿Por qué lo dice?, ¿por hacerle frente a usted? No sea ridículo.

ROBERTO: Tal vez yo no sea quien dije, pero eso no significa que usted sepa quién soy realmente.

RUIZ: Es cierto; no lo sé.

ROBERTO: Yo podría ser un tipo peligroso, al que no le gusta que lo llamen embustero. Usted, sin embargo, convencido de que yo no soy quien digo ser, se atreve a buscarme las cosquillas. Es un tipo duro, al parecer.

RUIZ: ¿Eso le parece?

ROBERTO: Muy duro para ser un maestro, como dice.

RUIZ: No soy maestro, sino profesor de secundaria, y si ese es el único argumento que tiene usted para defender que miento, que me atrevo a encararme con usted… Da un poco de pena, la verdad.

ROBERTO: Usted no es profesor. ¿Dónde es usted profesor, de qué?

RUIZ: Déjeme en paz, querido…

Un ruido metálico y estridente golpeó la tensa atmósfera de la habitación.

ROBERTO: ¿Qué ha sido eso? ¿La puerta?

RUIZ: Sí. Alguien se va.

Roberto Polo corrió hacia la puerta de la sala y la abrió. El aire gélido de la noche penetró violentamente en la casa. Afuera se escuchó el resoplido inerme de un motor.

ROBERTO: Creo que es la moto de ese tipo. Mi supuesto compinche.

RUIZ: Eso parece.

ROBERTO (*se volvió para mirarlo a los ojos*): Se va sin hablar conmigo.

RUIZ: Demasiada gente por aquí, tal vez.

ROBERTO: Puede que sea eso…, o puede que sea usted un bocazas.

RUIZ: Sí. Pueden ser ambas cosas. Cierre esa puerta; nos vamos a congelar.

Roberto Polo puso un pie en el zaguán en el preciso instante en que la moto soltó su último estertor y resonó una abominable maldición.

Segundos después, Torres volvió a entrar en la casa y cruzó el portal como una exhalación, sin apenas reparar en ellos.

TORRES: ¡Maldito hijo de perra!

RUIZ: ¿Qué hace?

ROBERTO: No sé. Ha ido directo hacia las escaleras. Está subiendo.

Un estrépito de mil demonios se escuchó en el piso de arriba: golpes en las paredes, portazos violentos, un hombre que grita y otro que le responde…, alguien que cae de la cama… Una persona bajaba apresuradamente las escaleras. ¡No! Eran dos personas. Un segundo después, Jaime entró en la sala a toda prisa. Iba en pijama, descalzo. Tenía una herida en la sien que manaba sangre, y se tambaleaba al moverse. Roberto Polo lo sostuvo antes de que diera con sus huesos en el suelo, y lo ayudó a sentarse en una silla. Torres apareció en el umbral con los puños crispados.

TORRES: ¡Maldito hijo de perra! ¡Voy a matarte!

ROBERTO (*interponiéndose*): ¿Pero qué está diciendo usted? ¿Qué pasa aquí?

JAIME: ¡Está loco!

TORRES: ¡Jodido imbécil! ¡No bastaba con hacerme venir aquí!

JAIME: ¡No sé de qué está hablando!

RUIZ: ¿Por qué no se tranquiliza un poco, amigo?

TORRES (*entró con aplomo en la habitación*): No bastaba con hacerme venir aquí… Tenías que joderme los manguitos de la bomba. ¡Están cortados, joder!

ROBERTO: ¿Pero qué es lo que pasa?

TORRES: ¡Están cortados!

JAIME: ¡Ayúdenme! ¡Está loco! No sé de qué me está hablando… Ha entrado en mi cuarto diciendo cosas terribles sobre mi esposa.

TORRES (*el rictus de su semblante enloquecido aún pudo dar una vuelta de tuerca más, y extendió el brazo para señalarlo con el dedo*): ¡Cierra esa bocaza, payaso! ¿Qué te propones? No me la vas a jugar más. ¡Antes te degüello!

JAIME: ¡Dice que yo lo he hecho venir para matar a mi esposa!

TORRES (*se lanzó hacia él*): ¡Hijo de puta!

Roberto Polo se colocó frente a Torres y Alberto Ruiz trató de retenerlo por la espalda. Forcejearon con él durante medio minuto sin lograr someterlo. Finalmente, Torres extrajo un cuchillo de caza de su cinturón y lanzó unas estocadas azarosas al aire. Los dos hombres hubieron de soltarlo y alejarse unos pasos.

ROBERTO: ¿Pero está loco, hombre? ¡Tranquilícese!

TORRES: ¡Apartaos de mí, cabrones!

RUIZ: Nadie se le va a acercar más, pero tranquilícese.

TORRES: ¡Ese cerdo me la quiere jugar!

JAIME (*desesperado, se cubría la herida con los dedos*): ¡Pero si yo no te conozco de nada! ¡No te conozco! Está loco, señores…

ROBERTO (*volviéndose hacia Jaime, le hizo un gesto para que se sosegase*): Bueno, tranquilícese usted también. ¿No es posible que se haya producido un malentendido?

TORRES: No hay ningún malentendido. No sé qué se propone, pero antes le arranco la piel a tiras.

RUIZ: Mire, cálmese. Guarde ese cuchillo y no haga estupideces, hombre. ¿Qué es lo que sucede? Su moto no arranca, parece ser.

TORRES: No arranca porque le han cortado los manguitos de la bomba de aceite; por eso no arranca.

RUIZ: Y usted piensa que ha sido este caballero.

JAIME: ¡Pero si yo no entiendo nada de motos! ¡Y no conozco a este hombre!

RUIZ: Bueno; en cualquier caso, sea cierto o no, no es algo tan serio como para ponerse así, me parece a mí. Guarde el cuchillo, hágame caso.

TORRES (*a Ruiz*): ¡Cállate de una vez! Me hace venir al culo del mundo, y ahora… ¡Maldito cabrón! ¡Llevo un mes sin pegar ojo!

JAIME (*la hemorragia iba haciendo mella en él*): Yo… no entiendo nada.

ROBERTO: Oiga, este hombre no está bien. Deberíamos llevarlo a urgencias.

TORRES: ¡Una mierda!

RUIZ: Es lo mejor. ¿Quiere que le pase algo? Todavía no ha hecho nada grave, pero imagínese que se muere.

TORRES (*fuera de sí completamente*): ¡Cállate! ¡Tú no me hables más! ¡Joder! ¿Era lo que tenías pensado, eh, cabrón? No lo vamos a llevar a ningún lado. Que se muera.

ROBERTO: Pero, hombre, razone usted. Está claro que aquí ha habido una confusión. Y ese caballero tiene razón: todavía no ha llegado la sangre al río. ¿Por qué no se marcha usted y deja que nos llevemos a este señor a urgencias?

TORRES: ¡Irme! ¡Eso era lo que yo quería, y el muy cerdo me lo ha impedido!

La puerta de la sala se abrió con timidez, y aparecieron en el marco Ana Freire y Carlos, vestidos con ropa de cama, pero cubiertos por sus anoraks. Su visión llevó hasta Torres una nueva vaharada de desolación; dejó caer la cabeza sobre el pecho.

ROBERTO: ¿Por qué no se marcha? Puedo darle las llaves de mi coche, o llevarlo yo mismo, ¿qué le parece?

TORRES: ¿Usted?

ROBERTO: ¿Qué me dice?

TORRES: ¡Váyase a la mierda!

ROBERTO: ¡Venga, hombre! Usted sabe que se ha equivocado esta noche.

Torres se volvió hacia la pared y la golpeó lastimosamente con las cachas del cuchillo. Ana y Carlos entraron en la sala y fueron a colocarse al otro lado de la mesa, junto a Ruiz, que se había dejado caer en su butaca y observaba la escena con su inevitable mueca de indolencia.

CARLOS: ¿Qué pasa aquí?

RUIZ (*sin darle mayor importancia*): Ese caballero golpeó a ese otro que se desangra.

TORRES (*hablando consigo mismo*): Debería haberme marchado en cuanto llegué…

ROBERTO: Hágame caso, váyase ahora. Le digo que estoy dispuesto a llevarlo.

TORRES: ¡Oh, cállate de una vez! ¡No voy a ir contigo a ningún lado! Mañana por la mañana estaría ya en el cuartelillo.

JAIME (*balbució*): ¿Dónde está Julia?

ROBERTO: No tiene por qué ser así, ¿quién lo conoce?

TORRES: ¿Qué dice?

ROBERTO: ¿Quién de aquí lo conoce? ¿Dio su nombre real en la reserva? Aquí no lo conoce nadie y nadie se va a preocupar por usted, siempre y cuando no le pase nada a este señor.

TORRES (*señalando con la punta del cuchillo a Jaime*): Él me conoce.

JAIME: Es mentira…

ROBERTO: ¿Está usted seguro? Todo tiene pinta de ser un gran malentendido. No creo, sinceramente, que este señor sepa quién es usted.

TORRES: Sí lo sabe. Eres tú el que no tiene ni puta idea de lo que habla.

ANA (*entre susurro, hablándole a Ruiz*): Ese hombre está a punto de desmayarse; mire cómo tiene la cabeza.

RUIZ (*anodinamente*): Lo veo. Pero ese caballero prefiere dejarlo morir. Al parecer, tiene sus razones. Verá, según afirma…

ROBERTO: ¿Qué demonios hace, Ruiz?

RUIZ: Le explico a la señorita. El caballero del cuchillo afirma que este pobre hombre lo ha hecho venir para liquidar a su esposa. Naturalmente, al ver la casa tan concurrida…

TORRES: ¡Cierra la boca! ¿Quieres que te corte el cuello?

RUIZ: ¡Oh! ¿Acaso tienes otra opción?

TORRES: ¿Cómo dices?

RUIZ: Digo que, si ese hombre se muere, ¿qué alternativa te queda? Tendrás que matarnos a todos, cosa que no conseguirás. Sin embargo, como pareces lo suficientemente idiota como para intentarlo, te explicaré qué haría un tipo sensato. Deberías aceptar la oferta del señor Polo: subir en su cochazo —no te preocupes por la moto; ya verás que cabe en la parte de atrás de su todoterreno— y pedirle que te lleve adonde tú prefieras. Aquí nadie te conoce, excepto ese pobre hombre que se está muriendo —y eso solo si tu historia es cierta y él te contrató para matar a su mujer, en cuyo caso no creo que vaya a buscarte líos con la Policía—.

Torres escuchó boquiabierto las palabras de Ruiz —todos lo hicieron—. Después, comenzó a bailotear sin moverse del sitio, lanzando miradas hostiles hacia el hombre que ya apenas podía moverse.

ROBERTO: ¿Qué dice? Ruiz tiene razón, y el tiempo apremia.

TORRES (*dubitativo*): No sé… Él lo ha preparado todo…

ROBERTO: Hágame caso: esta noche se ha equivocado usted de persona.

TORRES (*negó vehementemente con la cabeza*): No me he equivocado.

RUIZ: Mejor para usted: no lo denunciará.

TORRES (*a Roberto*): No sé… ¿Usted me llevaría?

RUIZ (*soltó una carcajada que a todos estremeció*): ¡Claro que lo hará! Roberto Polo lo llevará adonde usted le diga. Así podrá por fin hablar tranquilamente con usted, ¿verdad, señor Polo? Mañana tenía que desbrozar y esas cosas que se hacen en una finca, pero…

Bueno, supongo que los jefes serán comprensivos.

ROBERTO (*con profundo odio*): ¿Qué diablos hace, Ruiz? ¿Le parece sensato seguir con eso?

TORRES (*blandiendo el puñal*): ¡Bueno, callaos de una puta vez! Está bien, vamos a hacer eso. Cogemos la moto y me voy contigo. Luego, dejáis pasar cinco minutos y os lleváis al viejo a urgencias, ¿entendido?

CARLOS (*viendo que ahora el cuchillo enderezaba hacia él*): Sí, de acuerdo.

TORRES: Una cosa más; largaos todos de aquí. Subid a vuestras habitaciones; tengo que hablar un minuto con este tío. Cuando acabe con él, te llamaré a ti para que me ayudes a llevar la moto a tu coche. Los demás os quedáis arriba hasta que nos oigáis marchar.

ROBERTO: Muy bien.

Todos fueron saliendo lentamente mientras lanzaban miradas de recelo hacia Jaime, que yacía sobre su brazo, amoratado y casi inconsciente.

Cuando Torres oyó cerrarse las puertas en el piso de arriba, se acercó hacia Jaime y se sentó a su lado; le dio unas bofetadas sobre la mejilla derecha y le levantó la cabeza sosteniéndola por el mentón.

TORRES: ¿A qué ha venido lo de la moto? ¿Qué coño tienes en la cabeza?

JAIME: No sé de qué me hablas… La moto…

TORRES: ¡Aquí hay ciento y la madre! ¿Para qué cojones querías que me quedase? Tú tenías planeada una jugada, cabrón. Dime cuál era o te dejo morir aquí como a un cochino.

JAIME: No… no te conozco…

TORRES: No me conoces, ¿eh?

Se levantó y empezó a hurgarle en los bolsillos del pijama. Enseguida entendió que había muy poca tela en la que hurgar.

TORRES: ¿Dónde tienes el retal?

JAIME: ¿Qué?

TORRES: ¿Dónde tienes el retal?

JAIME: El retal…

TORRES (*furibundo*): ¿Dónde tienes el retal? ¿Dónde tienes el retal? ¿Dónde tienes el retal? ¡Hijo de puta! *(lo abofeteó)*.

Jaime cayó sobre la mesa y allí se quedó, boqueando con dificultad. Torres maldijo varias veces, golpeó paredes y derribó sillas; finalmente, se quedó en silencio y respiró hondo.

TORRES (*mirando al techo de maderos*): ¡Usted, Polo, baje ya!

Las pisadas de un hombre repicaron sobre la tarima, sobre los escalones y sobre el enlosado del zaguán. La puerta de la sala se abrió y Roberto Polo, cubierto con su abrigo, entró en la habitación.

ROBERTO: ¿Nos vamos ya?

TORRES: Sí, ¡andando!

ROBERTO (*reparando en Jaime*): Espere; está en una postura horrible. Voy a colocarlo de lado. (*Se acercó hasta el huésped y le pasó la mano suavemente sobre la frente para cambiarlo de postura. Al instante, entendió que algo no marchaba bien y volvió a colocar la cabeza como en un principio*) ¿Le ha hecho algo usted?

TORRES: ¿Yo? No.

ROBERTO: No respira.

TORRES: ¿Qué?

Torres avanzó un paso hacia los dos individuos; tal vez pretendía dar más de uno —todos los necesarios para llegar hasta ellos, quizá—. Roberto Polo se lo impidió, en cualquier caso. Tras ese primer paso, Polo sacó una pistola del bolsillo de su abrigo y le pegó un tiro en la frente. Torres cayó como un trapo. Inmediatamente, con el faldón de la camisa del pijama de Jaime, limpió las huellas del arma y la colocó en la mano del moribundo. Acto seguido, salió al zaguán y prorrumpió en gemidos. Todos los huéspedes, excepto la señora Julia, descendieron en un instante.

ANA: ¡Oh, Dios! ¿Pero qué ha pasado?

ROBERTO: ¡Tenía una pistola! ¡Tenía una pistola!

RUIZ: ¿Qué dice, hombre? ¿Ese pelele tenía una pistola?

ROBERTO: ¡La tenía escondida en un bolsillo, Ruiz! ¡Yo tampoco podía creerlo!

CARLOS: ¿Pero qué ha pasado?

ROBERTO: Cuando bajé, el salvaje este lo tenía cogido de la pechera. Debía de haber estado zurrándole más. Le dije que nos marcháramos; él se levantó, avanzó hacia mí y, entonces, el hombrecillo lo llamó, le dijo que se volviera, y le pegó un tiro en la cara. Después, creo que perdió el conocimiento.

Ana se acercó con prudencia hacia Jaime y le colocó la mano frente a la cara.

ANA (*sobrecogida*): Yo creo que no respira.

CARLOS (*fue hasta ella y la imitó*): Es verdad; está muerto.

ROBERTO: ¡Santo Dios! Esto se ha vuelto una locura. Voy a llamar a la Policía.

CARLOS: ¡Vaya mierda!

ANA: ¿Y su mujer? Ha estado acostada todo el rato. Deberíamos decírselo a ella primero.

RUIZ: Sí, deberíamos. ¿Alguien quiere subir?

ANA (*tras pensarlo un instante*): Iré yo.

Salió de la habitación al tiempo que Ruiz caminaba hacia el cadáver de Jaime y se ponía a escrutarlo desde cierta distancia, con las manos aferradas a su espalda.

RUIZ (*con notorio escepticismo*): ¿Este hombre escondía una pistola?

ROBERTO: La sacó de debajo de la mesa. En un solo instante... Debía de guardarla en el bolsillo del pijama.

RUIZ: ¿En el bolsillo del pantalón?

ROBERTO: No sé. Quizá en el de la camisa.

RUIZ: Es igualmente absurdo. Lo hubiéramos notado.

ROBERTO: No sé qué decirle… Yo no me fijé. No podría jurarlo. (*A Carlos*): ¿Y usted?

CARLOS: Pues… no, no me fijé. De todos modos, si tenía una pistola, ¿por qué no la usó antes?

ROBERTO: Estaba grogui. Le había dado más duro de lo que pensábamos.

CARLOS: ¿Y qué coño hacía, además, este viejo durmiendo con un pipa en el bolsillo del pijama? Esto es alucinante.

Ana empujó violentamente la puerta de la sala, que rebotó contra su tope; sin embargo, ella no entró.

ANA: Está muerta.

CARLOS: ¿La mujer también?

ROBERTO: ¿Qué le ha pasado?

ANA: No lo sé, pero no respira. Parecía dormida, pero…

Carlos y Roberto salieron de la estancia y subieron ruidosamente al piso superior. Ana caminó lentamente hacia la chimenea. En su trayecto, tuvo que pasar sobre el brazo extendido del cadáver de Torres, cosa que hizo apresuradamente, con el rostro crispado.

RUIZ: ¿Se encuentra bien?

ANA: Estoy atacada.

RUIZ: Muchas muertes, ¿verdad?

ANA (*lo observó con incomprensión*): Y, usted…, ¿se encuentra bien usted?

RUIZ: Estoy bastante aturdido.

ANA: ¡Cualquiera lo diría!

RUIZ: Pues lo estoy. Esto era lo que menos esperaba al venir aquí.

ANA: ¡Vaya cosa dice! Yo ni siquiera esperaba que hubiera más gente en esta casa.

RUIZ: Sí. Algunos no esperaban encontrar a nadie más aquí; otros, en cambio…

ANA (*exasperada, al ver que Ruiz no concluía*): ¿Qué?

RUIZ (*cambiando de expresión y de asunto*): ¿Qué le ha pasado a la señora?

ANA: ¿A la señora? Ya he dicho que no lo sé.

RUIZ: Bueno, pero ¿qué diría usted?

ANA: No tengo ni idea.

Carlos y Roberto entraron de nuevo en la habitación.

ROBERTO: Tiene unos moretones en el cuello.

CARLOS: Muy pequeñitos.

ROBERTO: Yo no creo eso; lo bastante grandes como para ser de dedos. Yo diría que la han estrangulado.

ANA: ¡¿Quién?!

Roberto hizo un gesto con la cabeza, señalando al finado Torres.

RUIZ (*sardónicamente, casi a punto de soltarse a reír*): ¿Él lo hizo? (*Se inclina levemente hacia el cadáver de Torres*). ¿Y bien? ¿Va a dejar que digan cosas tan feas sobre usted?

CARLOS: ¿Qué haces, tío?

RUIZ: El caballero no se defiende ante esas acusaciones.

ROBERTO: Bueno, no creo que tengamos más tiempo para sus chorradas. Voy a llamar a la Policía.

RUIZ: Adelante, hágalo.

CARLOS: ¡Jod…!

Carlos se dirigió a toda prisa hacia un jarrón repleto de espadañas secas, las sacó de él y vomitó en su interior.

ANA (*alarmada*): ¿Qué te pasa?

CARLOS (*limpiándose la boca con la manga*): Estoy mareado…

Desde que me quedé dormido en la mesa, estoy así.

ROBERTO: ¿Quiere usted algo?

CARLOS (*dejándose caer sobre un sillón*): No. Ya estoy un poco mejor.

ANA (*le acercó un vaso con agua, que aún permanecía sobre la mesa*): Toma, bebe.

ROBERTO: Bueno, voy a llamar. A ver si pueden venir pronto.

RUIZ: Llame. No obstante, debe saber que tengo perfectamente presente en mi memoria la sucesión exacta de los hechos que aquí han ocurrido.

ROBERTO (*desconcertado*): Bien, fenomenal. ¿Qué quiere decir?

RUIZ: Quiero decir que no lo voy a respaldar en la historia que nos ha contado. Puede que tenga más suerte con estos dos jóvenes.

ROBERTO: ¿Qué historia? ¿A qué se refiere?

RUIZ (*con una media sonrisa*): Llame; no pierda tiempo.

ROBERTO: ¿De qué historia está usted hablando?

RUIZ: Llame.

ROBERTO (*furioso*): ¡No! ¡Explíquese!

ANA: ¡Llame ya! ¿Qué más da? Todos queremos acabar cuanto antes, ¿no?

ROBERTO (*dando unos pasos hacia Ruiz*): ¿Está usted insinuando que me he inventado algo?

RUIZ (*con desdén*): No. El caballerete tenía una pistola en el bolsillo del pijama. Entendido. Llame.

ROBERTO: Este animal lo atacó y él le dio un tiro en la cara. ¡Yo lo vi! ¿Qué problema tiene con eso? Usted y todos vimos la forma en que lo agredió. ¡Quería degollarlo con su cuchillo!

RUIZ: Le repito que recuerdo perfectamente la sucesión de los hechos. (*Con siniestra sorna, se inclinó sobre la cabeza sanguinolenta de Jaime y le habló al oído*): Tuvo usted que hacerlo, don Jaime, nadie se lo reprocha; no hace falta que dé ninguna explicación.

ANA: ¡Bueno, esto es ridículo! ¡Voy a llamar yo misma!

ROBERTO: ¡Espere! Este tipo está tramando algo, y no me gusta un pelo.

CARLOS (*cogió de la muñeca a Ana*): Espera un momento.

RUIZ: Yo estoy con usted, Ana. Deberíamos llamar antes de que la casa empiece a apestar por todos lados.

ROBERTO: Usted no lo sabe todo, Ruiz. ¿Le parece extraño que este anciano durmiera con una pistola? Bien, a mí también; pero no lo es tanto si esperase sufrir algún daño. Y, visto lo visto, parece que no iba desencaminado.

CARLOS: Y esos dos se conocían, no lo olvide.

RUIZ: ¿Usted cree?

ROBERTO: ¿Es que no oyó al tipo del cuchillo? ¡Por supuesto que se conocían!

RUIZ: El tipo del cuchillo decía conocer al anciano. Este, por su parte, lo negaba fervientemente. (*Sonriendo*): Ambos defendían su postura con mucha vehemencia, la verdad.

ANA: Pero ese hombre acusó a Jaime de haberlo contratado para matar a su esposa, que está ahora muerta, por cierto.

RUIZ: No es así exactamente: fue Jaime quien dijo que el otro tipo *decía* haber sido contratado por él. Jaime lo negó tajantemente.

CARLOS: Pero el otro no. De hecho, se puso más violento tras oír hablar al viejo.

ROBERTO (*dando una palmada sobre la mesa*): Bueno, ¿qué ha pasado aquí entonces, según usted, que parece ser el único que no miente?

RUIZ: No voy a contárselo a usted. Llame a la Policía.

ROBERTO: ¡Cabrón!

ANA: ¡Calma! Llamemos ya. (*A Roberto*): ¿De qué tiene miedo? Él puede pensar lo que guste.

ROBERTO: Va a meternos en un lío a todos, ya lo veréis. Tiene la cabeza llena de pajas mentales.

CARLOS: ¿Usted qué dice que pasó?

ROBERTO: ¿Yo? Es obvio.

CARLOS: Dígalo.

ROBERTO: El tipo del cuchillo fue el último en llegar a la casa y —todos convinimos en eso; incluso usted (*señalando con rencor a*

Ruiz)— parecía haber venido con la intención de encontrarse con alguien. ¿Recuerda que fue usted mismo quien lo sugirió?

RUIZ: Lo recuerdo.

ROBERTO: Pero el tipo se marchó inmediatamente a su cuarto, bastante malhumorado, por cierto; por eso dedujimos que la persona a la que esperaba ver le había dado plantón. Pero lo cierto es que no se lo había dado, simplemente Jaime ya no estaba en esta sala.

ANA: Es cierto, estaba ya acostado cuando el último huésped vino.

CARLOS: Pero, si Jaime lo había citado aquí, ¿por qué no esperó hasta que llegara a la casa?

ROBERTO: ¿Y quién dice que no hubieran acordado previamente la forma de encontrarse? Seguramente, hablaron en el piso de arriba, cuando el nuevo visitante subió.

ANA (*meditabunda*): Pero, si ya habían acordado verse de ese modo, ¿por qué se malhumoró al entrar en esta sala y no encontrarlo?

ROBERTO: Yo creo que su enfado no se debió a eso realmente.

CARLOS: ¿No?

ROBERTO: Jaime lo había citado aquí para que él liquidara a su mujer. Un miércoles de octubre, en mitad del páramo de Soria… ¿Qué más puede pedir un criminal? Sin embargo, al abrir la puerta de la casa, se la encuentra llena de gente. Sube al piso de arriba; discuten; le dice que no va a cometer el asesinato en estas condiciones; espera hasta que supone que todos estamos dormidos y trata de largarse. Lamentablemente, se encuentra con su moto saboteada. A partir de ese momento… Ya lo sabemos.

RUIZ: ¿Quién saboteó la moto? ¿Y en qué momento?

ROBERTO (*pensó unos segundos*): Posiblemente, el propio Jaime. Y lo hizo durante el breve espacio en que el visitante estuvo en esta sala. La moto estaba justo en el poyo de la casa: salió, cortó los manguitos y volvió a su habitación. Puede que no tardara ni un minuto en hacerlo.

ANA: ¿Por qué lo haría?

ROBERTO: No lo sé, y ya se ha visto que su compinche tampoco lo entendió; por eso se puso hecho una furia.

RUIZ (*hablando otra vez con el cadáver de Jaime*): Sin embargo, algún motivo habías de tener. Eras un auténtico hijo de perra. Demasiado listo para todos nosotros… o demasiado idiota.

ANA: ¿Usted no cree que ocurriera así?

RUIZ: ¿Cómo murió la señora Julia, por cierto? Hemos de suponer que estaba muerta ya antes de la disputa; de no ser así, se hubiera despertado, como todos nosotros.

CARLOS: El tipo del cuchillo entró en su habitación y la mató antes de intentar escapar.

ROBERTO: Es más probable que el propio Jaime la estrangulara.

RUIZ (*al cadáver*): Deberías habértelo esperado.

ROBERTO: Julia sube a acostarse y su marido la mata, ¿qué más da? Supongo que ya tenía un plan para inculpar a su cómplice pasara lo que pasara.

CARLOS: A mí me cuadra.

ANA: A mí también.

RUIZ: Pues llamen.

ROBERTO: Voy a hacerlo.

RUIZ: Excelente.

Roberto Polo abrió la puerta de la sala y salió al zaguán. En el rincón que quedaba a la derecha del portón, se veía, en tinieblas, una mesita baja que sostenía un antiguo teléfono blanco de góndola. Polo echó un vistazo atrás, como pidiendo el beneplácito definitivo antes de descolgar. Al fin, lo hizo. Su rostro denotó que algo anómalo ocurría con la línea: el ruido blanco llegaba hasta los oídos del resto de huéspedes. Polo colgó y descolgó varias veces el auricular sin resultado aparente. De pronto, una voz metálica e incomprensible.

ROBERTO: ¿Sí…? ¡Hola…! ¿Oiga?

ANA: La línea no funciona.

CARLOS: Tengo los móviles arriba.

ROBERTO: Pero ¿quién eres?...

ANA: ¿Qué pasa?

ROBERTO: Colgó.

ANA: ¿Quién?

ROBERTO (*enredando otra vez con el auricular*): ¡Cojonudo! Y ahora no se oye nada.

CARLOS: ¿Qué ha pasado?

ROBERTO: Un tipo, una voz… Parecía un mensaje grabado, pero no lo era. No he entendido nada de lo que ha dicho; quizá, la palabra «camino»…

RUIZ: ¿Y nada más?

ROBERTO: No… (*Soltó dos estridentes risotadas*). Luego le pregunté quién era.

ANA: ¿Y qué dijo?

ROBERTO: Dijo: «¿Es que no me conoces?»..

CARLOS: ¡Joder! ¿En serio?

ANA (*sensiblemente afectada*): Pero ¿quién era? ¿Era un hombre? ¿Cómo era la voz?

ROBERTO: Ya se lo he dicho: era una voz saturada, digital… (*Volvió a ponerse el auricular en la oreja*). Ahora ya no se oye nada. No hay línea.

CARLOS (*tratando de incorporarse*): Iré por mi móvil…

Un espasmo lo derribó de nuevo sobre el sillón y lo hizo abrazarse al jarrón de las espadañas.

ANA (*alarmada, corrió a su lado*): ¿Qué te pasa? ¿Estás enfermo?

CARLOS: No, estoy revuelto. Se me nubla un poco la vista.

RUIZ: Descanse ahí un momento, y usted, Polo, vuelva aquí dentro.

ROBERTO: Voy a subir por mi móvil. A lo mejor este chico necesita asistencia médica.

RUIZ: Eso usted lo sabrá mejor que nadie. Entre un momento, le digo. Y cierre; se escapa el gato.

Roberto Polo obedeció con parsimonia, mirando amenazadoramente a Ruiz, que se había sentado con toda tranquilidad al lado de su buen amigo el cadáver.

ROBERTO: Vuelve usted a insinuar cosas.

ANA: ¡Déjenlo! Lo que hay que hacer es llamar a la Policía ya, y es lo que voy a hacer.

RUIZ: No.

ANA (*ofendida*): ¿Cómo dices?

RUIZ: Digo que no.

ROBERTO: ¿Ya no le parece bien llamar a la Policía?

RUIZ: No. Esta última llamada cambia las cosas.

ANA: Me importa una mierda. Voy por mi móvil.

Ruiz cogió dulcemente la pistola de la mano del cadáver y encañonó con un plácido gesto a la mujer, que se detuvo en seco.

RUIZ: Vuelva a sentarse junto a su novio.

ROBERTO: ¿Está usted loco? ¡No puede tocar esa arma! Está manipulando las pruebas de un asesinato.

RUIZ: No sea gilipollas, Polo. Deje de decir chorradas. Da igual que toque el arma: yo voy a pasar la prueba de la parafina, y mi compadre Jaime, que en paz descanse, también. Usted es el que tiene el problema, pero es demasiado lerdo como para saber de qué le hablo.

ROBERTO (*pálido como la manteca*): ¿Qué dice usted?

RUIZ: ¡Incrustaciones de pólvora en la epidermis, canelo! ¿El señor Jaime disparó?

ROBERTO: ¡Claro que disparó!

RUIZ: Bien, entonces las tendrá.

ANA: Bueno, eso a mí me da igual. ¿Por qué no llamar entonces a la Policía? Carlos tiene muy mala cara.

RUIZ: (*impertérrito*): Sí, ya veo. Pues no sé qué contestarle...

¿Tenemos tiempo de hablar, Polo, o se va a morir ese muchacho?

ROBERTO (*escandalizado*): ¿Qué? ¿Por qué me pregunta eso? ¡Yo qué demonios sé!

RUIZ: ¿No envenenó usted la botella de pacharán? Me parece que el jovencito le dio cuatro buenos tragos. La señora Julia, un par. ¿Están ustedes seguros de que esa mujer fue estrangulada?

CARLOS (*porfiando por abrir los ojos*): Tenía marcas en el cuello, eso seguro.

ROBERTO: Oiga, yo no sabía nada de esa botella. No la hubiéramos tomado si el encargado no se hubiese acordado de ella.

RUIZ: ¿Por qué no tomó usted?

ROBERTO: ¡Usted tampoco tomó!

RUIZ: No, después de notar su reacción.

ROBERTO (*llevándose las manos a la cara*): De acuerdo, está bien. ¿Quiere que le diga por qué no bebí?

RUIZ: Ardo en deseos.

ROBERTO (*a Ana*): Coja la botella, por favor. Está ahí, a su lado. Lea la etiqueta.

ANA (*con desconfianza, obedece*): «Pacharán El Ciervo: elaborado con endrinas autóctonas del alto páramo de Soria, de sabor y astringencia superiores, ricas en hierro, potasio, calcio, carotenoides y misoprostol».

ROBERTO: ¡Ahí lo tienen! Ese es el motivo.

ANA: ¿Cuál?

ROBERTO: Misoprostol. Es un fármaco; no tiene sentido que figure ahí.

RUIZ: ¿Qué es el misoprostol? ¿Es lo que ha envenenado al muchacho?

ROBERTO (*esbozó una estúpida sonrisa*): No, no lo entiende. El misoprostol es un medicamento que se usa para las úlceras; no puede producir esos efectos.

ANA: ¡¿Y qué le pasa entonces a Carlos?!

ROBERTO: ¡No lo sé! Es posible que el pacharán contuviera algún narcótico. Yo simplemente he explicado por qué no lo probé. El misoprostol no es peligroso; si lo fuera, los habría prevenido a todos.

RUIZ: De acuerdo. (*A Carlos*): ¡No se va a morir! ¿Ha oído?

CARLOS: Sí... Que... te jodan.

RUIZ: Muy bien. Ahora que se ha arrancado, Polo, no se detenga.

ROBERTO: ¿Qué más quiere usted?

RUIZ: Que nos cuente la verdad. Puede empezar así: «Yo no me llamo Roberto Polo, ni trabajo en la finca de trufas, ni he venido a este tugurio porque deba madrugar mañana...».

ANA: ¿De qué está hablando?

RUIZ: «Vine aquí para encontrarme con un hombre, al que disparé en la cabeza...».

ROBERTO: ¡Basta, cállese!

ANA: ¿Por qué no llama a la Policía?

RUIZ: Ya no estamos en ese punto. Ahora hay alguien ahí afuera que llama a la casa. Empiece a contar la verdad, Polo.

ROBERTO: ¿Qué va a hacer si no; me va a matar?

RUIZ: Sí.

ANA: No empecemos a decir barbaridades.

RUIZ: Voy a hacerlo, señorita; no estoy de broma. Verá, le confesaré una cosa: yo también —aunque a un nivel muy inferior que en el caso de nuestro peón agrícola— les he contado un embuste. Lo cierto es que no he venido a este lugar a hacer turismo —es un sitio feo de cojones, no me importa lo que diga ese folleto—. Yo he venido para entrevistarme con una persona, aunque puede que eso ya lo sepa usted, o su novio, o... los tres, ¿por qué no?

ANA: ¿Qué sabemos?

RUIZ (*sin hacerle mucho caso*): En un principio, yo pensaba que esa persona era una mujer... Luego pensé que quizá esa persona no estaba aquí. Ahora, creo que sí está aquí, o puede que fuera de esta casa. Los asuntos que me han traído aquí son serios, señores. Necesito seguir atando cabos, y voy a empezar por usted, Polo. A partir de ahora se acabaron las mentiras: si vuelvo a oír una mentira, le vuelo los sesos. Puede creerlo o no, pero me irrita que me tomen por un imbécil.

Roberto Polo resopló y buscó amparo en los ojos de Ana. Esta, sentada junto a su pareja, no apartaba la mirada del cañón de la pistola.

ROBERTO: Está bien, ¿qué quiere saber?

RUIZ: Para empezar, ¿quién coño sabe lo que es el misoprostol? Un médico, se diría.

ROBERTO: Así es.

RUIZ: Muy bien, ¿qué hace usted aquí?

ROBERTO: Vine —como usted ha dicho— para encontrarme con un hombre, con ese hombre (*señala con resquemor a Torres*).

RUIZ: Se conocían, entonces.

ROBERTO: Sí… No exactamente. Él me conocía a mí. Llevaba meses haciéndome la vida imposible…

RUIZ: ¿Por qué?

ROBERTO: Me hacía responsable de la muerte de… Bueno, de un familiar suyo, por motivos que no vienen al caso. Me ha jodido la vida, créame. Sin embargo, esta noche no me reconoció: he cambiado del todo mi aspecto habitual; me he afeitado la barba, teñido de moreno… Yo sabía que él iba a venir y no quería que me reconociese.

RUIZ: ¿Cómo se enteró de que él vendría?

ROBERTO: Hace unas semanas, contraté a un detective para que localizase al tipo que me estaba amargando la existencia. No tardó mucho en descubrirlo y me mostró una fotografía, y…

RUIZ (*señalando el cadáver con el cañón*): ¿Cómo se llamaba, por cierto?

ROBERTO: José María Cañas.

RUIZ: Bien; siga.

ROBERTO: El detective había sabido que Cañas iba a hospedarse hoy aquí.

RUIZ: ¿Con qué motivo?

ROBERTO: Lo ignoro. No me lo dijo, aunque ahora resulta obvio. Yo pensé que se hospedaría solo en un lugar como este, así que vine con la intención… ¿por qué no decirlo ya? Con la intención de matarlo.

RUIZ: ¿Quién le ha pegado el tiro al bueno de José María?

ROBERTO: He sido yo.

RUIZ: La verdad te hará libre, amigo Polo. No sabes cuán cierto es. ¿Usted qué cree, Ana? ¿Nos ha dicho la verdad?

ANA (*acongojada*): No tengo la menor duda.

RUIZ: ¿Y usted, mozo? ¿Sigue entre nosotros?

CARLOS: Sss… Sí…

RUIZ: Bien. Entonces, veamos si podemos casar las historias. Cañas es un maleante. Ha sido contratado por don Jaime para liquidar a su mujer —Dios la tenga en su gloria—, y por eso Cañas se presenta esta noche. Su detective averiguó este último punto y se lo comunicó a usted. Entonces, Cañas viene y se encuentra la casa repleta de gente. Sube al piso de arriba y habla con Jaime: le dice que no piensa llevar a cabo el plan, pero don Jaime, el muy truhan, ya ha contemplado esta reacción y, para evitar, que Cañas se marche, le sabotea la moto…

ROBERTO: Claro.

RUIZ (*mirando fijamente a Roberto*): Don Jaime sabotea la moto de Cañas.

ROBERTO: Sí.

RUIZ (*apunta con cuidado a la frente de Roberto*): Don Jaime se levanta de la cama, coge unas tenazas y le corta los manguitos a la moto de Cañas.

ROBERTO (*alarmado*): ¡De acuerdo, no fue él! ¡Fui yo!

RUIZ: ¿Ah, sí?

ROBERTO: Lo hice mientras usted leía el cuento, en una ocasión en que salí al servicio. Sospechaba que Cañas trataría de irse…

RUIZ: Bien. Hemos exonerado a don Jaime del cargo de sabotaje. (*Al cadáver*): Algo es algo. Pero sigamos con la historia: ¿cómo murió su mujer? Es de suponer que lo que contenía la botella no la mató; de lo contrario, también nuestro joven amigo habría doblado a estas alturas.

ROBERTO: Ya he dicho que el misoprostol no es la causa. Aunque siempre es posible que la botella contuviese algo más…

CARLOS (*balbució, llevándose los dedos al cuello*): Tenía marcas… La mataron.

RUIZ: Eso creo yo también, pero ¿quién? Lo más lógico sería pensar que fue Cañas.

ROBERTO: Él mismo confesó que para eso estaba aquí.

RUIZ: Le vuelvo a decir que eso no es cierto: lo supimos gracias a Jaime.

ANA: Da igual.

RUIZ: No. Por otra parte, la manera de conducirse de Cañas, el escándalo que montó… Yo creo que él ignoraba que la mujer estaba muerta.

CARLOS: Entonces, el viejo lo hizo.

RUIZ: Francamente, me parece más plausible eso. (*Se dio unos golpecitos con la culata sobre la sien, meditando*). Sin embargo, me pareció que el estupor de don Jaime era sincero… No sé qué pensar. (*A Ana*): ¿Usted qué dice?

ANA: ¿Yo? ¡Ni siquiera me importa! ¿Por qué no llamamos ya a la Policía? Usted no tiene nada que temer; no ha hecho nada malo, igual que nosotros dos.

RUIZ: ¿No han hecho nada malo? ¿Qué hacen aquí, entonces?

ANA: ¿Nosotros? Hemos venido a pasar un fin de semana. ¡Nos ha pillado toda esta mierda alrededor!

RUIZ (*guiñó sus perezosos ojillos y negó levemente con la cabeza*): Han tenido mala suerte.

ANA: ¡Sí!

RUIZ: Esas cosas pasan. El destino es caprichoso.

ANA: Ya ve.

RUIZ: Pero las casualidades, querida, no se dan de tres en tres; y menos aún, de cuatro en cuatro.

ANA: ¿Qué quiere decir?

RUIZ: Verá: de las siete personas que vinimos esta noche, hemos visto que cuatro de ellas guardaban relación, pese a que se mostraban como desconocidos. Esa relación, por cierto, es de lo más siniestra: nuestro amigo Polo vino a matar a Cañas, que a su vez vino a matar a la mujer que yace arriba; don Jaime habría contratado a Cañas para ejecutar el crimen… Y alguien colocó una droga en la botella de licor para envenenarnos indiscriminadamente.

ANA: Bueno, puede ser, pero eso no nos afecta a los demás. ¿Qué problema tiene en que podamos llamar a la Policía y salir de aquí?

RUIZ: No olvide lo que les he dicho antes: yo tampoco estoy aquí por casualidad. Yo vine a ver a una persona. Por desgracia, desconozco su identidad y su apariencia; ni siquiera sé si es un hombre o una mujer, aunque presentía que podría ser una muchacha joven, ¿sabe? (*Ana se estremeció*). En cualquier caso, el individuo que busco no es ninguno de los tres fallecidos… En realidad, no puedo estar completamente seguro de eso, pero me jugaría una mano a que es así. Por lo tanto, solo me quedan dos alternativas: esa persona no ha venido; o bien, esa persona es una de ustedes tres. Y aún diría más —y temo que esto pueda alarmarla un poco más—: de entre ustedes tres, creo que puedo descartar con absoluta certeza al tipo que se hace llamar Roberto Polo.

Carlos abrió los ojos con gran esfuerzo. Tenía el rostro amoratado y los labios resecos. Ana se acurrucó junto a él, *sentada en el brazo del sillón.*

ROBERTO: Bien, ¿y qué pretende usted?

RUIZ: Pretendo que la señorita haga lo mismo que usted ha hecho. Debe confesar la verdad.

ROBERTO: Oiga, ¿por qué este cambio de parecer? Yo estoy dispuesto a asumir mi responsabilidad.

RUIZ: ¿Qué dice, Polo? No le entiendo.

ROBERTO: Hace diez minutos quería usted llamar a la Policía. Ahora, en cambio, nos tiene como rehenes. ¿Por qué? Nada ha cambiado; excepto que he confesado mi crimen.

RUIZ: Ha cambiado una cosa. Señorita, empiece usted a hablar.

ANA: ¿Qué quiere que le diga?

RUIZ: ¿Quiénes son ustedes dos?

ANA: Pues, hemos venido…

RUIZ: ¿Cómo se llaman ustedes?

ANA: Yo me llamo Ana Freire, y él Carlos García.

RUIZ: ¿Tienen la documentación?

ANA: Arriba, en la maleta.

RUIZ: Tenga presente que dentro de unos minutos subiremos para comprobarlo. Siga.

ANA: Hemos venido…

RUIZ: ¿De dónde vienen?

ANA: De Madrid.

RUIZ: De Madrid, ¿de dónde?

ANA: Vivimos en el paseo de Extremadura.

RUIZ: De acuerdo.

ANA: Hemos venido de fin de semana. Vamos a subir a la Laguna Negra…

RUIZ: ¿Con quién?

ANA: Con… nadie. Íbamos a ir nosotros solos.

RUIZ: Antes, nos dijo que habían quedado con unos amigos.

ANA: ¡Oh! Era mentira. Solo lo dije para no tener que ir en ese grupo organizado del que usted habló.

RUIZ: De acuerdo. ¿A qué se dedica?

ANA: No trabajo. Estoy en el paro.

RUIZ: ¿Pero cuál es su oficio?

ANA: Ninguno. No tengo estudios. He sido comercial de maquillajes. Pero hace ya tiempo.

RUIZ: ¿Y usted?

CARLOS: Chófer.

RUIZ: ¿Qué lleva?

CARLOS: Un camión.

RUIZ: ¿Empresa?

CARLOS: Mencarsa.

RUIZ: ¿De dónde es eso?

CARLOS: De Arganda del Rey.

RUIZ: ¿Qué transporta?

CARLOS: De todo. Hierros, principalmente.

RUIZ: Es usted un taleguero.

CARLOS: ¿Yo?

RUIZ: ¿Me vas a decir que no? ¿Cuándo has estado?

CARLOS (*bajó la cabeza y la colocó entre las piernas, como si fuera a vomitar*): Hace dos años, la última.

RUIZ: ¿Dos?

CARLOS: Un poco más.

RUIZ: Bueno, dos años y pico está bien. Parece que vas aguantando. ¿Por qué fue?

CARLOS: Agresión.

RUIZ: ¿Y dónde?

CARLOS: Alcalá-Meco.

RUIZ: Querrás decir Soto del Real.

CARLOS (*trató de mirarlo, pero sus ojillos rojos parpadearon y se cerraron*): No. No he estado nunca en esa.

RUIZ: ¿En qué otra estuviste?

CARLOS: También estuve en Meco la otra vez.

RUIZ: ¿Por?

CARLOS: Delito contra la salud. Pero poco.

ROBERTO: Usted es policía.

RUIZ: ¿Eso cree?

ROBERTO: ¿No lo es?

RUIZ: No, ya puede tranquilizarse. (*Sonrió con malicia*). ¿O acaso preferiría ahora que lo fuese?

ROBERTO: No lo sé.

RUIZ: Así estamos, ¿eh? Yo no tengo intención de hacerles daño, siempre y cuando me digan toda la verdad. Lo único que no me puedo permitir es irme de aquí dejando cabos sueltos. Usted, Polo, sabe por qué está aquí: su presencia se explica por la presencia de Cañas. La presencia de Cañas se explica por la de mi compadre Jaime y su mujer. Ellos debían estar aquí para que se perpetrara el crimen de mi malvado compañero de mesa. Hasta ahí todo está claro. Ahora vamos conmigo: yo también estoy aquí por un motivo poderoso. Lo más lógico sería pensar que son ustedes dos (*señaló a los novios*) los que me han citado aquí; eso explicaría su presencia en la casa sin tener que recurrir a la casualidad —cosa que detesto—. De este modo, todos tendríamos un motivo plausible.

ROBERTO: Sí.

RUIZ: Sin embargo, la explicación cojea en un punto: no nos imbrica completamente.

ROBERTO: ¿A qué se refiere?

RUIZ: Las personas que ahora están muertas estaban también vinculadas entre sí por sus motivos, y a su vez también lo estaban con usted. Si estos muchachos me han citado a mí, ya tenemos un estupendo vínculo entre los tres, pero ninguno de los tres queda vinculado con los cadáveres ni con usted, Polo.

ROBERTO: ¿Y eso importa?

RUIZ: Resulta incómodo.

ROBERTO: ¿En serio? ¿Tanto lo preocupa ese vínculo entre los cuatro?

RUIZ: De momento, aún no ha quedado confirmado el vínculo que me une a esta parejita.

ANA: Ni quedará, porque nosotros no hemos citado a nadie aquí.

RUIZ (*se incorporó ágilmente*): Está bien. Vamos.

ANA (*con espanto*): ¿Adónde?

RUIZ: A su habitación, claro está. Vamos a revisar esa documentación.

ROBERTO: ¿Todos?

RUIZ: ¿Usted qué cree? ¡Oh!, lo dice por él (*Carlos había vuelto a aferrarse a su jarrón de vómitos, incapaz de ponerse en pie*). Quizá tenga razón; átelo. Busque algún retal en el cajón donde guardaban la botella y el bingo; me ha parecido que estaba lleno de trapos.

Roberto Polo abrió el cajón inferior de la vitrina y escarbó en sus profundidades. En efecto, varios trapos, servilletas y cintas de costura salieron despedidas. Tomó las que Ruiz le señalaba y con ellas amarró los talones de Carlos y también sus muñecas, prendidas por su espalda, y después lo dejó tendido de medio lado en el sillón.

ROBERTO: ¿Conforme?

RUIZ: Vamos. Quiero que ustedes dos se cojan de la mano y caminen delante de mí.

De esta guisa salieron de la habitación y atravesaron el zaguán en penumbra. Al llegar al tramo de escaleras, Ruiz los hizo detener, pues la luz de una bombilla alumbraba tenuemente una franja del enlosado.

RUIZ: ¿Qué habitación es esa? ¿La cocina?

ANA: Es la cuadra. La cocina es la puerta de la izquierda.

RUIZ: No se muevan.

Sin dejar de apuntarles, Ruiz caminó de espaldas hasta la puerta iluminada y apartó con cuidado la cortina de maromas que pendía del marco. Echó un rápido vistazo al interior y después regresó junto a sus rehenes.

ROBERTO: ¿Hay algo ahí?

RUIZ: Un desbarajuste de mil demonios; leños tirados por todas partes. Suban.

Fueron ascendiendo lentamente. En el pasillo superior, Ruiz los obligó de nuevo a detenerse, esta vez ante la puerta abierta del cuarto donde yacía el cadáver de Julia Martínez.

RUIZ: Entren y enciendan la luz. ¿Qué dice, Polo?

ROBERTO: ¿Cómo?

RUIZ: Su opinión profesional. ¿La estrangularon?

Roberto, con su compañera de la mano, se acercó al cuerpo de Julia y apartó la sábana con que la habían cubierto. Inspeccionó los moretones del cuello sin melindres ni caras raras. Ana, por el contrario, comenzaba a sentir arcadas.

ROBERTO: No puedo asegurarlo al cien por cien, pero yo diría que sí.

RUIZ: ¿El abuelete podría haberlo hecho?

ROBERTO: Es posible. Especialmente, si la mujer estaba medio inconsciente por la droga.

RUIZ: Por cierto, Ana, ¿usted no tomó también? Yo la vi dar un par de sorbos.

ANA: Uno solo, y nada más me mojé los labios. No me gusta el alcohol.

RUIZ: ¿Y se encuentra bien?

ANA (*con resquemor*): De maravilla.

Ruiz salió de la habitación y fue caminando hacia atrás a lo largo del pasillo hasta llegar a la de los jóvenes novios. Hizo pasar primero a sus prisioneros.

RUIZ: Bueno, ya sabe: los carnés.

ANA: Están en la bolsa de viaje.

RUIZ: Adelante.

ROBERTO (*mientras sostenía la mano izquierda de Ana, quien, en cuclillas, rebuscaba dentro de su bolsa deportiva*): Sigo sin entender su comportamiento, la verdad.

RUIZ: Y esa es su gran fortuna, Polo.

ROBERTO: ¿Por qué todo ha de ser un complot?

RUIZ: Visto lo visto, es lo más razonable. Si usted no se da cuenta, yo no puedo explicárselo. ¿Cree usted que esta señorita es quien dice ser? ¿Que ha venido a esta casa por los motivos que aduce?

ROBERTO: Sí, la creo.

RUIZ: Usted es muy poco inteligente, Polo; no se lo tome a mal, no pretendo insultarlo. Estoy seguro de que ya no recuerda ni tres datos de los que esta mujer me dio hace cinco minutos.

ROBERTO: Supongo que no.

ANA (*volviendo la cabeza hacia Ruiz*): No están.

RUIZ (*sarcásticamente*): ¿No, verdad?

ANA: Quizá…

RUIZ (*con el mismo tono*): Quizá los dejó en el coche, ¿no es eso?

ANA (*balbuciendo*): Puede ser. Estoy segura de que cogimos la documentación.

RUIZ: Pues iremos al coche. Bajen.

Rápidamente, urgidos por Ruiz, que ahora los observaba con ojos violentos, bajaron al zaguán y penetraron en la sala, donde Carlos los esperaba en idéntica postura. Se lo oía resoplar contra el raso de un cojín. Ruiz se acercó al muchacho y, sin desatarlo, lo enderezó y dejó perfectamente sentado contra el respaldo.

RUIZ (*rápidamente*): ¿Cómo te llamas?

CARLOS: Car… Carlos García.

RUIZ (*le sonrió*): Buen chico. Está bien; voy a coger mi abrigo y saldremos. Todos, en esta ocasión. Creo que tendrán que llevar a Carlos entre ambos. Desátele los tobillos.

ROBERTO: ¿Es necesario? Hace muchísimo frío fuera.

RUIZ: Lo sé. Y está oscuro, y los coches están a tomar por el culo. Pero es neces…

Un fajo de billetes reposaba a los pies del sillón. Ruiz se percató de ello y su extrañeza sobrecogió a Ana y Roberto, que enseguida repararon en el dinero. Eran veinte o treinta billetes de cien euros. Ruiz se acercó a Carlos y le abrió la cremallera del anorak. Otros cincuenta fajos como aquel se desparramaron sobre los cojines.

RUIZ (*sin el menor atisbo de ira*): No has podido esperar, ¿verdad, hijo?

Le voló la tapa de los sesos, manchando la pared encalada.

ANA (*sus ojos fuera de las órbitas*): ¡No!

Roberto, espantado por la atroz visión, echó a correr hacia la puerta del salón, pero las balas corrieron mucho más. Se le incrustaron en la columna y lo hicieron desplomarse penosamente. Quedó vivo aún, desvencijado sobre los escalones. Ruiz apuntó a Ana a la cara.

RUIZ: Siéntate en esa silla (*ella obedeció*). Cuando estés en condiciones de hablar, tenemos que acabar de resolver esto. (*Se volvió hacia Roberto*): ¿Usted cómo lo lleva, Polo? ¿Cree que aguantará?

Roberto se retorcía en el suelo, incapaz de apartar la mirada de sus propias manos, manchadas de sangre. No lo sabía —ni lo llegó a saber—, pero ya no podía moverse de cintura para abajo. Sollozando, contestó a Ruiz.

ROBERTO: Tiene que llamar a una ambulancia… Estoy mal.

RUIZ: Lo sé. Pero no me refería a aguantar hasta ese punto; no me he expresado con propiedad. Si pudiera usted aguantar hasta que todo esto esté claro… Eso quería decir. (*Con una dulzura siniestra —sobre todo porque tenía más de sincera que de cruel— se dirigió a Ana*): Debes tranquilizarte, Ana. Esto no ha sido culpa tuya; culpa de tus mentiras, quiero decir. ¿Quieres que te confiese una cosa? Habríais acabado de la misma forma en cualquier caso. Vuestra equivocación fue contemplar opciones irrealizables. Eso pasa muy a menudo. Luego trataste de engañarme, de crear un camino falso para los dos; pero tú ya estabas en un camino tomado hace mucho tiempo. Es abrumador, pero es cierto: vivir no es más que pagar las consecuencias de decisiones que ya ni recordamos haber tomado. ¿Volveríais a intentar joderme? No te hagas mala sangre con eso: es un dilema imposible ya.

ROBERTO: ¡Hágame caso, Ruiz; llame a un médico!

RUIZ: No puedo, Polo. El teléfono no funciona, ¿recuerda? Hay un tío diciendo gilipolleces al otro lado. Procure estar en silencio y quedarse con los detalles. Quizá luego tenga algo que aportar. Llegados a este punto, le voy a explicar quién es esta señorita, y por qué me ha hecho venir aquí. La señorita Ana Freire se llama en realidad Manuela Jiménez. Es del puente de Vallecas, aunque es posible que ahora viva en el paseo de Extremadura, como nos dijo. Su padre fue un antiguo empleado mío —lleva muerto muchos años, la verdad; desde que ella era bien chiquita—. Ya antes de la muerte del Canijo, que así se le conocía, yo asumí la manutención de su familia, porque al pobre muchacho lo habían metido preso. En realidad, lo habían encarcelado por un asuntillo del que éramos ambos responsables; no tengo empacho en reconocerlo. Él se comió el marrón y yo me ocupé de su familia hasta después de su muerte. Pues bien, hace un par de meses, recibí una carta de la señorita, en la que me exigía treinta mil euros, ni más ni menos. Decía que conservaba una carta de su padre en la que el Canijo le detallaba, con pelos y señales, los entresijos de ese crimen que lo llevó a la cárcel. Allí se decía que yo era el único culpable y... ¿Qué se está preguntando, Polo? ¿Por qué le di verosimilitud? La señorita me envió una fotocopia—un extracto de la carta— en el que figuraban datos que solo el Canijo podía saber. Además, ella sabía que el delito aquel estaba a punto de prescribir (trece meses le quedan) y me amenazó con acudir a la Policía, para limpiar el nombre de su padre, etcétera. Finalmente, me citó aquí. Y aquí estamos... Ese dinero que tenía su novio dentro de la chaqueta es el que yo llevaba en mi abrigo para pagar el chantaje, si me veía conducido a ello. Las cosas les iban saliendo mal: Manuela tomó la decisión adecuada —negar su verdadera identidad, y no se equivocó, porque tal vez hubiera podido marcharse de aquí con vida; sin el dinero, pero con vida—. ¡Qué lástima para usted esa llamada estúpida! Nos podríamos haber ido los cuatro de aquí, escoltados por las fuerzas del orden. Usted, Polo, hubiera ido para dentro, no lo dude: había mucha necedad en su crimen. Pero vosotros dos,

Manuela, hubierais salido de aquí, envueltos en la maravillosa y protectora duda: ¿serían ellos de verdad? El ansia de tu novio os delató definitivamente. El idiota ha aprovechado estos minutos de nuestra ausencia para liberarse y buscar el dinero que sabía que yo había de traer. ¿Qué le parece, Polo?

ROBERTO: Me importa una mierda.

RUIZ: Ya lo imagino. Pero debe concentrarse un poco más, Polo, porque aún no ha quedado cerrado el círculo. Todavía no sabemos qué vínculo nos une con usted, y debemos averiguarlo, porque si no lo hacemos, jamás podré dar con el tipo que hizo la llamada; que, quizá, esté ahora mismo allí afuera.

ANA (*con solemne frialdad*): No eres más que un imbécil.

RUIZ: ¡Oh, has vuelto, Manuela!

ANA: Yo no me llamo Manuela. Todo lo que has dicho antes no tiene nada que ver conmigo. No eres más que un idiota que se cree muy listo.

RUIZ: Ya no estamos en ese punto, cariño. Tenemos que seguir avanzando.

ANA: Mira en tu abrigo.

RUIZ: ¿Qué?

ANA: ¡Tu abrigo! ¡Míralo!

RUIZ: ¿Dónde quieres ir a parar?

Ruiz caminó hasta la esquina donde estaba la silla en que su abrigo reposaba. Lo levantó hasta la altura de sus ojos, lo palpó...

RUIZ: Pero ¿qué...? (*Del bolsillo interior, extrajo más de veinte fajos de billetes. El dinero se le fue desmoronando de sus manos crispadas. Realmente, parecía un estúpido en ese instante*).

ANA: ¡Ahí tienes tu dinero, hijo de puta!

RUIZ: ¿Qué es esto?

ROBERTO: ¡Es tu dinero! ¿Acaso no lo ves? ¡Ella no te mentía!

RUIZ (*aturdido*): ¿Qué?

ROBERTO: Tu dinero sigue donde lo dejaste… Ella decía la verdad.

RUIZ: ¡Una mierda! (*Se abalanzó sobre Ana y le colocó el cañón en la sien*). ¿Por qué habéis traído ese dinero? ¿Qué jugada tenías pensada?

ANA: ¡Yo no te conozco! ¿Quieres entenderlo de una vez? No he venido por ti a esta casa. ¡No sé quién eres tú!

RUIZ (*tratando de volver a su calma anterior, sin conseguirlo*): ¿De dónde habéis sacado ese dinero?

ANA: De la cuadra.

RUIZ: ¿Cómo?

ANA: Sabíamos que estaba escondido en la cuadra. Siempre lo hemos sabido; por eso vinimos al hotel.

RUIZ: ¡Mientes! ¿De dónde os habíais sacado eso?

ANA: ¡Que te jodan! ¡No voy a decirte una sola cosa más!

Ruiz la golpeó con el dorso de la mano. El chasquido de la bofetada se mezcló con el primer timbrazo estridente. El teléfono volvía a sonar. Ruiz saltó sobre el cuerpo de Polo y salió al zaguán. Miró con pavor el aparato antes de descolgar.

RUIZ: ¿Quién es…? ¡No! ¡No te conozco! ¡¿Quién es…?! ¿Quién?

Habían colgado. Ruiz dejó caer el auricular y regresó a la habitación, sombrío.

ROBERTO: Llame…

RUIZ: Cállese, Polo.

Ruiz pasó sobre el cadáver del último visitante y se sentó en la silla que había ocupado, junto al anciano. Dejó la pistola sobre el mantel y se acercó la botella de pacharán. Leyó la etiqueta artesanal y volvió a colocar la botella en la mesa. Ana, sentada frente a él, al otro lado de la mesa, sangraba por la comisura de los labios.

RUIZ: El dinero estaba en esta casa… ¿De quién es esta casa?

ANA: No sé de quién es ahora; sé de quién fue.

RUIZ: Fue de Juan Lablanca.

ANA (*asintiendo tristemente*): De modo que lo sabías.

RUIZ: En absoluto.

ANA: ¿Y de dónde has sacado ese nombre?

RUIZ: Del libro de cuentos.

ANA (*con un suspiro, mezcla de alivio y decepción*): Ah, sí; el libro.

RUIZ: Además, es la persona que acaba de llamar.

ANA (*se irguió, presa del terror*): ¡Eso es mentira!

RUIZ: Es lo que ha dicho la voz del teléfono. ¿Va a venir aquí ese Juan Lablanca?

ANA: Juan Lablanca está muerto.

RUIZ: No se te ve muy convencida.

ANA (*lo miró a los ojos, agotada ya*): Pues lo estoy.

RUIZ: ¿Tú lo mataste? ¿Lo mataste para hacerte con el dinero?

ANA: No.

RUIZ (*señalando a Carlos*): ¿Él encontró el dinero?

ANA: Sí.

RUIZ: Después de subir don Jaime y el acosador de Polo, tu novio fue el siguiente en abandonar el salón, pero tú y Julia no tardasteis ni diez minutos en retirarse. ¿Fue en ese lapso cuando encontró el dinero?

ANA: Sí.

RUIZ: No debía de estar muy bien oculto.

ANA: Ahora, no. Estaba bajo una baldosa. Hace tiempo, la cuadra estuvo llena de cacharros y rimeros de madera de más de dos metros. Apenas se podía entrar.

RUIZ: Ya. Hoy os la encontrasteis barrida y completamente despejada… Cuando Julia y tú os retirabais para ir a dormir, encontrasteis al estúpido de tu novio con las manos en la masa, ¿verdad?

ANA: ¿De dónde te sacas eso?

RUIZ: Verás, aunque he oído acusaciones cruzadas sobre el asesinato de la vieja, o sobre el propósito de asesinarla, lo cierto es que se me atragantan las dos explicaciones más obvias. En primer lugar, y aun dando por cierto que Cañas hubiera venido a cometer el crimen, no creo que él lo hiciera. De hecho, por su actitud, diría que él ni siquiera llegó a saber que la mujer estaba muerta. La otra solución plausible es que mi amigo Jaime la matara: ella llega a la cama, un poco mareada por la droga, y él la mata, pues ya tiene preparada una trama para incriminar a Cañas. Y, sin embargo, ¿sabes una cosa? (*Ruiz colocó la mano sobre el cráneo de don Jaime, como si estuviera acariciando a su mascota*). Creo que este pobrecito es también inocente. ¿Tú piensas que de verdad contrató a alguien para matar a su mujer?

ANA: Sí, lo creo.

RUIZ: ¿A este inútil? ¿Por qué a este inútil? (*Elevando la voz*): ¡Polo! ¿Quién era este inútil? ¿Averiguó algo más sobre él...? Polo no contesta.

ANA: Lo has matado.

RUIZ (*sin prestarle atención*): Yo creo que ocurrió lo siguiente: la señora Julia vio luz en la cuadra y entró, seguida por ti. Ella ya está muy aturdida, pero aun así se sorprende al ver a tu novio arrodillado sobre el suelo, sacando fajos de billetes de un agujero. Quizá le dice algo; quizá ni siquiera eso. Sube a su habitación y se acuesta. Tú ayudas a tu novio a guardar el dinero, mientras le recriminas su estupidez: «Eres idiota, ¿tenías que hacerlo en este momento? ¿No podías esperar?». Voy bien, ¿a que sí?

ANA: Déjame en paz.

RUIZ: Como si lo estuviera viendo. Bueno; subís y os acostáis —él más contento, porque es más idiota—. Tú, sin embargo, sabes que ella os ha visto y que no va a permanecer callada. Al cabo de un rato, oís el escándalo. Salís al pasillo y veis que todo el mundo está abajo, excepto la señora. Escucháis la discusión; las acusaciones cruzadas que ponen a Julia en el centro de la diana. Y le dices a Carlos: «Ciérrale la boca para siempre». Es un gran plan: hay sospechosos de sobra aquí abajo. Hecho esto, os ponéis vuestros abrigos, rellenos de billetes, y bajáis.

ANA: Es una estupidez.

RUIZ: ¿Lo es? Puedes reconocer la verdad (*con perversa sorna*): la parte buena es que nadie te va a juzgar por ello.

ANA: ¿A qué estás esperando?

RUIZ: Me equivoqué contigo; pensé que eras Manuela… Ninguno de vosotros ha resultado tener que ver algo conmigo.

ANA: ¡Pues acaba ya y lárgate!

RUIZ (*con una exasperación algo paternalista*): No puedo, no seas cerril. ¿No ves que Lablanca anda por ahí fuera? Y ten por seguro que él sabe todo lo que está pasando en la casa.

ANA (*furiosa*): ¡Lablanca está muerto! ¡Su cuerpo está pudriéndose en el sabinar!

Ruiz meditó un instante. Se levantó de la silla y caminó hasta Ana, que sollozaba sobre sus brazos.

RUIZ: Vas a hacer una cosa. Hablarás tú con él.

ANA: ¿Qué?

RUIZ: Supongo que ese tipo no es Lablanca, y veo que tú tienes buenas razones para estar segura de ello, pero el caso es que dice ser Lablanca. Si tiene algo que decir, es lógico pensar que será a ti.

ANA: ¡No voy a coger ese teléfono!

RUIZ: Es justo lo que vas a hacer.

ANA: (*se soltó de la mano con que* él *la aferraba*): ¡No!

Ruiz le dio un puñetazo en la mejilla y la derribó del asiento. Después, con absoluta presencia de ánimo y sin excesos de energía, la arrastró por la muñeca hasta dejarla al pie de los escalones de la sala.

RUIZ: Tú sabes que esto durará hasta que yo consiga entenderlo.

Ana, que había quedado tendida sobre las piernas del cadáver de Roberto Polo, se levantó lentamente y se agarró con ambas manos al marco de la puerta. Se secó las lágrimas y procuró apartar la mirada de Ruiz, que continuaba impertérrito. Subió al zaguán y, con mano temblorosa, agarró el auricular y se lo llevó a la oreja. El ruido blanco resonó por todo el portal; un burbujeo metálico ascendía por el hilo telefónico.

ANA: ¿Quién es…?

Ruiz observaba, expectante, pero Ana no volvió a pronunciar palabra; simplemente escuchaba, con la mirada perdida. Dos lagrimones recorrieron sus mejillas. Negó con la cabeza. El gorgoteo de la línea se hizo más estridente. Ruiz creyó identificar un acento humano. Quién sabe. Ana se quebró con un horrible alarido, dejó caer el auricular y ella misma se desplomó sobre las losas. Ruiz corrió hacia ella; le levantó la cara; la tomó de los carrillos y habló con ella. Logró ponerla en pie y la hizo entrar en el salón.

RUIZ: Vamos, vamos…, tranquilízate. Tienes que tranquilizarte. ¿Quieres agua?

ANA (*desquiciada*): Era él… ¡Es él!

RUIZ: ¿Quién es?

ANA: ¡Juan…! Es… es…

RUIZ: Bueno, bueno; respira. Ven. ¿Quieres un poco de agua?

Ruiz caminó con ella hasta la chimenea y, con infame desdén, agarró por la cabeza el cadáver de Jaime y lo hizo caer de la silla sobre el de Cañas. Después hizo sentar en esa silla a Ana y él se acomodó a su lado en la que llevaba ocupando casi toda la noche. La botella de pacharán estaba frente a ellos y, un poco más lejos, en el centro del mantel, la jarra de agua y los vasos que habían quedado de la cena. Ruiz alargó el brazo hasta allí, acercó la jarra y un vaso vacío y comenzó a llenarlo.

RUIZ: Cálmate y bébete esto. Tienes que pensar con friald…

Se detuvo porque escuchó, a su lado, el estruendoso ruido de la botella de licor, que Ana había cogido por el cuello y estampado contra los ladrillos de la chimenea. En un segundo, que a ambos se hizo eterno, clavó lo que quedaba de botella en el cuello de Ruiz, seccionándole la carótida. Ruiz por fin dejó traslucir una expresión de auténtica fascinación; saltó instintivamente hacia la pared y después cayó al suelo, derribando su silla. Desde el lugar donde moriría apenas dos minutos después, apuntó con la pistola a Ana y le disparó en el vientre. A ella le sorprendió el indescriptible dolor; tardó un par de minutos en recuperar el aliento, pero luego comprendió que no iba a morir de inmediato. Ruiz tenía ya la tez cenicienta. ¡Tan rápido! Eso la esperaba a ella. Se levantó de la silla y caminó hasta el lado opuesto de la mesa. Allí estaba el libro de relatos y, junto a él, un bolígrafo con el que Ruiz había estado jugueteando durante la lectura. Abrió el libro y buscó la primera hoja en blanco. Comenzó a escribir. Un leve ruido la sobresaltó. Era Polo; vivo todavía.

ROBERTO: Ana…
ANA: No… Déjame. No queda tiempo…
ROBERTO: Por favor…
ANA: No queda tiempo. ¿La puerta está abierta?

PARTE IX:

Una carta sobre la mesa

Sí, yo te conocí.

Declaro eso, como se me pide.

No es la primera vez que estoy en esta casa. Sé quiénes fueron sus anteriores dueños y confieso que te conocí.

Yo no llegué a ver jamás a su otro propietario, que era —o es todavía, supongo—, un tío paterno tuyo.

Fue mi pareja, Andrés Hernández, quien me habló de este lugar por primera vez. Él realizó un trabajo en varios pisos que este tío posee en Soria: concretamente, le instaló las persianas en todas sus viviendas, y también en un apartamento que pertenecía a una hija de la mujer —creo que esto ocurrió allá por el mes de octubre del año 2012—.

En el transcurso de sus tareas, Andrés escuchó algunas conversaciones que más tarde me contó, y que desencadenaron una serie de acontecimientos trágicos, a fin de cuentas, pero también patéticos, exagerados y profundamente absurdos.

Al parecer, tu tío había vendido hacía poco tiempo un gran rebaño de ovejas de una forma irregular, sin declarar —sospecho— nada a Hacienda, pues su mujer le reprochaba no haber emitido, al menos, una serie de facturas falsas. Todo esto lo sé vagamente, porque fue Andrés, repito, el testigo de las discusiones. Tu tío debía de haber cobrado íntegramente en negro; era esto lo que se deducía de sus palabras.

Lo que llamó realmente la atención de mi pareja fue otra recriminación de tu tía; una a la que el marido no daba la menor importancia, cosa rara, pues lo que a ella le preocupaba era que ese dinero (más de setenta mil euros) estaba ahora desprotegido, en la leñera de esta casa que recientemente habían abandonado. El esposo le contestaba que haberse marchado de aquí no comprometía en absoluto la seguridad del dinero; estaba convencido de que su sobrino, que ahora era el único habitante de la casa, jamás encontraría el escondrijo donde se hallaban los billetes. Además, dudaba de que permanecieses demasiado tiempo en el lugar. Según se traslucía de sus palabras, debías de ser un tipo de lo más raro: enclenque, perezoso y medio trastornado. La mujer rezongaba, pero él no estaba dispuesto a trasladar el dinero a Soria; pensaba que era demasiado dinero para guardarlo en un apartamento de la ciudad y que estaría más seguro en este lugar inhóspito.

Andrés quería venir y maniatarte, registrar la casa y largarnos con el dinero. Yo me negué. Él decía que, si lo hacíamos de la forma adecuada —enmascarados, naturalmente—, tú no resultarías herido y no habría manera de seguirnos la pista. Yo lo conozco y sabía que ese plan se iría volviendo cada vez más endeble a medida que transcurrieran los minutos: él ya había cumplido condena por una cosa parecida.

Vinimos aquí y te observamos durante un par de días. Realmente parecías un loco, tal como había oído Andrés decir a tus tíos. Andrés se había enterado también de que eras, o habías sido, escritor, de modo que busqué tus escritos por internet y vi que en la biblioteca municipal de Soria se guardaban varios volúmenes de este libro sobre el que ahora escribo. Lo leí y no me disgustó, pero no pudo menos que reforzar mi idea de que el autor estaba como una cabra.

Así pues, vinimos; tomamos una habitación en la venta cercana y esperamos ansiosos a que el pronóstico de tu tío se cumpliera y tú acabaras abandonando la casa; sin embargo, pálido y enfermizo, continuabas por aquí, dando vueltas por el corral como un alma en pena. Andrés iba algunas noches hasta la finca; no sé qué diablos haría —supongo que intentar amedrentarte—, pero lo único que lograba era poner histérico a un mastín enorme. Luego volvía al hotel y me lo contaba entre carcajadas. Pero llegó un día en que su paciencia —y la mía, por qué negarlo— se terminó. Aun así, yo me negaba a entrar por la fuerza en la casa.

Aquella mañana, Andrés salió de la venta hecho una furia. Condujo a toda velocidad por la pista congelada y se detuvo en el barrizal donde empieza la senda de la casa. Me pegó dos bofetadas cuando traté de hacerlo entrar en razón. La casa se veía ya tras la fronda; la puerta estaba abierta y salía humo por la chimenea y también por un ventanuco de la fachada norte. Saliste al corral y te restregaste los ojos, y realizaste una cómica gimnasia para estirar la espalda. Andrés se caló el pasamontañas y me dijo que aguardase su llamada. Yo sabía que todo aquello acabaría de la peor manera.

En el último instante, le rogué que me dejara intentar algo, y salté entre los enebros antes de que él pudiera echarme mano. Lo cierto es que no tenía la menor idea de lo que iba hacer; solo intentaba evitar que Andrés te matara a palos. Tú me viste acercarme y tu expresión me causó terror.

No se me ocurrió otra cosa que decirte que yo era la hija de tu tía, ¿de quién podía decirte si no? Cualquier otra cosa, *a priori*, hubiera tenido más probabilidades de éxito, lo sé, y, sin embargo, lo cierto es que no las habría tenido. Para mi sorpresa, me escuchaste. Por las conversaciones que Andrés había oído a tus tíos, daba la impresión de que su relación contigo era prácticamente inexistente. Enseguida observé hasta qué punto lo era: solo recordabas vagamente haber oído mencionar a esta prima política tuya y, posiblemente, jamás os habíais visto.

Te conté una estúpida historia sobre una fuga; problemas matrimoniales y cosas así. Traté de sacar provecho de tu predisposición contra tus tíos. El caso es que te tragaste el anzuelo. Sin embargo, a punto estuve de ponerme a chillar cuando me dijiste que te había sorprendido justo en el momento en que te disponías a marcharte de la casa. Era una broma de pésimo gusto. Me dijiste que estabas hastiado de la finca, que no la podías soportar por más tiempo.

Naturalmente, yo te habría dejado marchar con mis bendiciones, pero te empeñaste en comunicar a tus tíos que su hija acababa de llegar, acosada además por un marido despechado. Logré, al menos, convencerte para que pospusieras un día tu marcha y, por consiguiente, la conversación con tus tíos.

Aquella noche inutilicé la batería de tu teléfono móvil y llamé con el mío a Andrés, que aún no se había vuelto al hostal. Lo puse al corriente de lo sucedido y le dije que ahora estabas incomunicado y que yo podría disponer de muchas oportunidades para registrar la casa. Acordamos que a la mañana siguiente yo te convencería para dar una vuelta por el sabinar; entretanto, Andrés podría entrar en la leñera. Así lo hicimos. Te conté que había oído ruidos extraños durante la noche y después caminamos hasta la carretera comarcal en busca de huellas. Debimos de tardar casi una hora.

Andrés pudo entrar en la casa, que había quedado abierta, pero no encontró nada en la leñera de la cuadra; yo ya había observado que aquello era una leonera de maderos y cacharros oxidados. Nos iba a costar trabajo dar con el escondrijo en aquel lugar.

Tenías decidido marcharte al día siguiente, así que se me ocurrió otra estúpida argucia desesperada. Estuve ausente de la casa hasta las dos de la tarde; Andrés y yo nos apostamos tras unos enebros en la carretera y estuvimos hablando de nuestros siguientes movimientos. Ahora no tenías teléfono y te verías obligado a caminar hasta la venta si decidías marcharte. De todas formas, yo sabía que no lo harías hasta verme regresar. Le dije a Andrés que se hiciera notar aquella noche; entretanto, yo regresé con una cajetilla arrugada de tabaco, diciendo que me había extraviado en el bosque.

A la noche siguiente, Andrés comenzó a hacer sonidos extraños en el corral —me dijo que los producía soplando en una lata oxidada de aceite que había encontrado en la cuneta de la carretera—. Tú saliste al exterior, pero afortunadamente no lo descubriste.

Tu intención de abandonar la casa parecía definitiva. Andrés proponía que te dejáramos marchar. Tenías casi dos horas de camino a pie hasta la venta, y luego, quizá, otras dos horas hasta reunirte con su tío y delatarnos. ¿En cuatro horas seríamos capaces de encontrar el dinero en aquel vertedero que tenían por leñera? Era muy dudoso.

Yo sabía que te andabas enamoriscando de mí. Decidí fingir una extraña enfermedad; una dolencia que me impidiera traspasar los muros de la casa. Debía ser algo que no me hiciera peligrar hasta el punto de tener que avisar a un médico, y que también a ti te cohibiera de alejarte más allá de nuestra vigilancia. Entonces recordé ese cuento que habías escrito, y pensé en la pantalla de los bosques.

Durante dos noches organizamos un cisco de mil demonios. Yo pensé que ibas a caer en el estado de pánico en que yo fingía estar, pero no eras tan simple como pensábamos. Nos costó demasiados esfuerzos hacerte sospechar que, en efecto, algún suceso paranormal estaba acaeciendo en la casa. Entretanto, te negabas a dejarme sola un instante; solo durante la noche, cuando dormías, podía yo salir de mi cuarto y registrar la leñera —alguna vez ayudada incluso por Andrés, que se pasaba las noches merodeando por el corral—. Para gozar de una mayor tranquilidad en nuestras faenas, yo comencé a drogarte con unos somníferos que encargué traer a Andrés. Supongo que los efectos de las medicinas —el malestar físico, la desorientación— pudieron hacerte creer a que tú también estabas siendo presa del mal oculto que a mí me perseguía.

Finalmente, logramos asustarte y convencerte de que nuestra reclusión en la casa era irresoluble. Dejaste de pensar en huir, pues supimos hacerte ver que el ser que nos acosaba nos seguiría adonde nos fuéramos.

¿Cómo librarnos de ello? Pensaste en contactar con antiguos amigos tuyos, que dirigen un programa radiofónico de asuntos paranormales. Escribías largas cartas y acudías diariamente a la venta de la carretera para enviarlas y ver si te respondían. Andrés se veía obligado a permanecer continuamente en el hostal; temíamos que realizaras llamadas telefónicas, pero ni una sola vez lo hiciste —solo cartas—.

La situación era ideal: yo tenía más de tres horas diarias para buscar los setenta mil euros. Sin embargo, fueron los días más infaustos. Puse la cuadra patas arriba un día tras otro: llegué a sacar al zaguán los doscientos kilos de leña para dejar las paredes y el suelo despejados. Era inútil. No lograba hallar el escondrijo.

Andrés también estaba agotado. Sus pantomimas fantasmagóricas empezaban a hastiarlo. Y un día hiciste algo que te condenó: bajaste a la venta como era tu costumbre y, en lugar de acudir al buzón de correos, te dirigiste a la cabina pública y realizaste una llamada de teléfono.

Ignoras que estuviste a punto de recibir una paliza aquel mismo día, durante tu regreso a la casa. Andrés me llamó al móvil —el móvil bueno, pues el otro lo había quemado para hacerte creer que yo también estaba incomunicada— y me contó lo sucedido. Me costó convencerlo para que no lo hiciera aún, a pesar del riesgo en que aquella llamada misteriosa nos situaba. Sin embargo, al día siguiente, un hombre se presentó: un tipo escuálido y rubio, extranjero posiblemente. Aparcó su coche en la explanada y se encaminó hacia la casa. Por fortuna, Andrés estaba allí ese día —supongo que, ignorando mis peticiones, había decidido atraparte esa mañana y resolverlo todo a su manera—. Iba vestido con el atuendo negro con el que ya se había presentado ante ti en una ocasión, con la cara pintada de negro… Sin pretenderlo, asustó a aquel tipo, que se marchó de allí como alma que lleva el diablo.

Estuviste todo el día muy inquieto, aguardando la llegada de un visitante. A la mañana siguiente, saliste de la casa con un hatillo de cartas: las recibidas y las copias de las que tú mismo escribías, y con una libretita de tapas de cartón. Andrés me dijo que llegaste a la venta hacia las once; que hiciste una llamada que, al parecer, no fue contestada y que introdujiste dos paquetitos en el buzón de correos.

La última vez que te vi no fue siquiera ese día, sino la noche anterior.

Andrés se presentó a las doce y media; me dijo que te había sorprendido en la carretera, que te había propinado un golpe con el coche y que después te había rematado con una piedra.

Yo siempre supe que la historia acabaría así. Mi error fue creer por un instante que podría evitarlo. Ya no había mucho que hacer. Todo ese día estuvimos registrando la casa. El miedo a ser descubiertos por tus tíos, o por alguien a quien tú hubieras telefoneado, nos iba corroyendo poco a poco. Quizá pudimos habernos quedado una semana entera en la finca sin ser molestados, pero la angustia se apoderó de nosotros. Desesperados por no hallar el dinero, tuvimos la disciplina de volver a ordenar todo el desbarajuste que habíamos provocado. Después, cerramos la puerta con llave y nos largamos de aquí.

No sé dónde yace tu cuerpo. La única persona que lo supo está ahora muerta.

Y ahora, ya no sé si estás muerto, en realidad.

Todo esto es lo que confieso. Juzga si es bastante, pero no vengas.

Declaro que yo no te maté. Pero también declaro que viví varias semanas contigo sin dudar por un solo instante que acabarías muerto y enterrado en este páramo de mierda.

Esther Herrero Muriel. Hotel Valle de la Sangre, a 23 de octubre de 2013.

Epílogo

… y el tonto sigue

La noche era clara y tranquila, pero el frío te helaba la sangre en las venas. Las ventanas de la casa refulgían e irradiaban su luz por el claro del corral. Hacía un buen rato que todo estaba en silencio. El humo había dejado de salir por la chimenea y las estrellas se veían temblar sobre las tejas.

La mujer abrió la puerta y comenzó a caminar sobre la tierra congelada. Quizá la debilidad la desorientase, pues tomó una dirección descabellada, hacia el sabinar del norte, pero enseguida se detuvo y volvió sobre sus pasos.

Escuchó el motor viejo y ruidoso de un coche que atravesaba la carretera, tras los oscuros árboles. Musitó algo incomprensible. Sus ropas se deslizaron por las hierbas hirsutas del sotobosque; estaba abandonando el área iluminada del corral.

Tal vez hubiese tenido fuerzas para llegar hasta los coches, pero se detuvo súbitamente. Empezó a gritar, a suplicar. ¿Quién sabe lo que creyó ver? Quizá una sombra antropomórfica, un homúnculo diminuto que la observaba entre la fronda…

Cayó al suelo y trató de volver a rastras a la casa. Entonces sí se entendió lo que sollozaba: Lablanca… Debió de morir con esa palabra en la boca. Yo pasé junto a ella, y ella debió de sentir mi presencia. No imagino qué se figuraría. Por un instante, pensé en hablarle; luego decidí que no lo haría. Entré en la casa y recogí los micrófonos y las cámaras. Cuando volví a pasar a su lado, ella ya estaba muerta.

—¿A usted le complace que ella muriese así?

—Me es indiferente.

—Eso es mentira.

—¿No puedo sentir indiferencia?

—Ya lo creo que puede.

—En realidad, no me complace. En un principio, el resultado me pareció apoteósico. ¿Quién podía esperar que nadie saliera vivo de allí? Lo cierto es que apenas esperaba una muerte o dos, alguna escaramuza más… y las suficientes confesiones como para reabrir los casos. Después de lo que descubrí, casi lamento que la chica muriera.

—¿Quién fue el primero en morir?

—José Olmeda. Hizo la reserva en la casa como Luis Torres, y alguno de los huéspedes lo conocía como José María Cañas. Su nombre verdadero era Olmeda. Olmeda fue quien violó a esa niña en las Tierras Altas y la mató con una sobredosis de cloroformo. Eso sucedió hace doce años. Conseguir que este tipo viniera a la casa me llevó varias semanas de cavilaciones. No solo tenía que ir allí a morir, sino también a matar.

—Explíquemelo desde el principio.

—Cuando regresamos de Rusia, estuve varios meses dándole vueltas sin cesar a los datos de la investigación. Por supuesto, no saqué nada en claro; no había ninguna pista de la que tirar: el diario y las cartas que nos dio Vinográdov no eran más que un marasmo de desvaríos y estupideces. Y si no lo eran, requerían la luz de datos de los que yo no disponía. Entonces, una noche, borracho perdido, decidí sin más que lo único que necesitaba eran más datos; y al despertar la mañana siguiente, me seguía pareciendo una buenísima idea.

»Durante semanas estuve dándoles la paliza a los tíos de Lablanca —incluso volví a Calatayud para entrevistarme dos veces más con la prima—, y les pregunté todo lo que se me ocurrió. Estuvimos tardes enteras sentados en el sofá de su piso de la plaza del Olivo. Yo les suplicaba que hicieran memoria: quería que me contasen cualquier cosa que recordaran haber hecho desde el momento en que Lablanca regresara a la finca. Sé que fue una tortura para ellos, pero al fin, una tarde como otra cualquiera, sucedió: el tío de Lablanca me miró severamente y me dijo: «Si le cuento una cosa, ¿promete no usarla contra mí?». Yo se lo prometí, por supuesto, y él me susurró: «Hace tiempo escondí una importante cantidad de dinero en la casa».

—¡Caray! Entiendo que no se lo dijera durante la investigación, pero ¿por qué decidió confesárselo entonces? Quizá porque ya no era usted policía.

—No. Me lo confesó entonces porque el dinero ya no estaba allí: lo había sacado hacía meses. El caso es que con aquello vi el cielo abierto. De pronto, la fantasmagórica prima que había ido a vivir a la casa empezó a corporeizarse en nuestro mundo. La cuestión era: ¿alguien podía haberse enterado de que allí se guardaba dinero? Resolver esta cuestión nos llevó días también; hicimos listas, que se nos quedaron sumamente escuetas. ¿Quién podía saber una cosa así? El dinero provenía de la venta en negro de un rebaño; mi primera opción era el comprador. Sin embargo, la tía de Lablanca me dijo una tarde: «Recuerdo que, durante un cierto tiempo, estuvo viniendo a casa una persona que pudo habernos oído mencionar el dinero. Fue un persianista, que trabajaba para la empresa tal y cual». Fui a la empresa, solicité el nombre del muchacho, le pedí un par de favores a un compañero de comisaria y ¡premio!: Andrés Hernández, un tipo que acababa de salir de Alcalá-Meco por un robo con agresión severa.

—¿Trabaja aún allí?

—No, se había trasladado a Madrid más o menos en las fechas en que se le pierde la pista a Lablanca. Tardé poco tiempo en encontrarlo, y descubrí que vivía con una muchacha que era la viva imagen de la enfermiza prima de Lablanca. Se llamaba Esther Herrero. Y, desgraciadamente, eso era todo. Otro caso más con el marchamo *Manrique*.

—¿Usted cree que no se podría haber hecho nada más contra ellos, ahora que el foco los señalaba?

—Quizá sí se podría haber hecho algo. En realidad, estuve días meditándolo y llegué a la conclusión de que sí se podría haber hecho algo más. Pero finalmente pensé: ¿por qué no dejar a la naturaleza conducirse por sus propios medios?

—Preparando el hábitat apropiado, claro.

—Claro. Así nació el Valle de la Sangre. Ha de saber que el hotel Valle de la Sangre no existe. Creo que la casa ya es propiedad de una inmobiliaria, pero no estoy seguro. Hace unos meses entré por la fuerza, cambié las cerraduras e inicié una modesta rehabilitación por cuenta propia. Después tuve que recurrir a mi buen amigo Miguel Salcedo, de la comisaría de Moncloa, un tipo sensacional, que estuvo también mezclado en el asunto del chalé de El Viso. Diseñó una página web y me ayudó a poner anuncios del falso hotel rural en los portales principales de internet, y a los pocos días, ¿qué cree que sucedió?

—El persianista reservó.

—Exacto. En una fecha bien curiosa, además: un miércoles de octubre. Buscaban absoluta soledad, por supuesto. A partir de ahí, tenía apenas dos meses para encajar todas las fichas. Localizamos a Julia Martínez, la tiparraca que envenenó a su marido y a su hija. Estaba casada con Jaime Cánovas. ¿Recuerda que le conté que se había casado con él tres meses después de quedar exonerada?

—Lo recuerdo. ¿Qué quiere decir; que el tipo estaba implicado?

—¿Usted qué diría? Bueno, le mandamos un correo a él, invitándolo a una estancia en el hotel en fecha cerrada. Fue una inmensa sorpresa el que aceptara, porque no las tenía todas conmigo.

—¿Qué pretendía haciéndolos coincidir?

—De momento, solo eso: hacerlos coincidir. En los siguientes pasos, hubo que hilar más fino. Imaginé que sería estupendo que alguien compareciese en el hotel con motivos suficientes para matar a la envenenadora de El Viso, y pensé en Olmeda. Un día fui a visitar a mis viejos compañeros de la comisaría y me las ingenié para llevarme una de las prendas de la chica a quien Olmeda mató: una falda vaquera que tenía un bordado muy curioso, una vaca que está diciendo alguna cosa en inglés. Estaba seguro de que Olmeda habría de recordar ese detalle. Descosí el bordado y se lo mandé por correo; le dije que había presenciado el crimen y que me había llevado de allí la falda de la chica. En la carta le narraba ciertos hechos sobre el crimen de los que no había evidencias; eran meras deducciones extraídas por nosotros, y al parecer muy bien extraídas, porque lo cité en el polígono industrial a cierta hora de la noche, una semana más tarde, y el tipo acudió.

—Pero él lo había visto durante la investigación; lo conocía.

—Sí, pero aquella noche no me reconoció. Nos encontramos en una de las calles del polígono. Yo lo esperaba en mi coche. Cuando él llegó, le grité: le dije que retrocediera y apagase las luces de su camioneta. Prendí las largas y me coloqué frente a mi coche, de modo que solo pudiera vislumbrar mi silueta. Da la casualidad de que, visto así, no soy muy distinto de como era Jaime Cánovas: ambos calvos, de mediana estatura, parecida constitución, gafas…; y traté, además, de disimular mi timbre de voz todo lo que pude. Hablamos casi durante media hora: le dije que tenía fotos del crimen y que estaba dispuesto a delatarlo; insinué que, si no lo había hecho ya, era por ciertas… perversiones sexuales. Le dejé unas fotografías de la investigación sobre el asfalto para que las recogiera después.

—¿Qué ocurrió entonces?

—Me fui. A los pocos días, lo llamé desde una cabina: le expliqué lo que pretendía, y creo que para él resultó más aceptable el encargo de matar a mi esposa que el chantaje económico, que era lo que se esperaba. Aceptó y lo cité en el Valle de la Sangre. Pero, como le he dicho antes, era de crucial importancia que Olmeda no compareciese allí como mero verdugo, sino también como víctima. Para tal fin, pensé en Hernando Sanz, que se presentó en la casa bajo el nombre de Roberto Polo. Por fortuna, ya tenía un buen trecho recorrido cuando me dispuse a tantearlo. Verá: el crimen del bebé del campo de Gómara me produjo tanta repulsión que no pude jamás olvidarlo. Durante años he mandado notas anónimas a ese tipo, notas amenazantes y desagradables. Desde hace dos meses, recrudecí el asedio: le dejaba muñecas ensangrentadas en la puerta de su casa; hice pintadas en la comunidad de vecinos; le destrocé los cristales del todoterreno... Incluso le escribí una carta muy explícita al dueño de la consulta oftalmológica donde ahora trabajaba.

—¿Lo despidieron?

—No lo sé. Un día me presenté en su casa, pues sabía que Sanz jamás me había visto. Le dije que era un detective y que había sido contratado por el exmarido de Carmen Cañas. ¿Quién era Carmen Cañas? La mujer a la que Sanz envenenó, y que ahora vive en Barcelona. Pues bien, le expliqué que el exmarido de Carmen, que es vecino de Gómara, estaba siendo acosado por un desconocido desde hacía tiempo. Yo había descubierto —Soria es un pueblo, a fin de cuentas— que él se hallaba en el mismo trance, y le dije que estaba al tanto del juicio que terminó con su inhabilitación como médico. Como el tipo de acoso era muy semejante, le expliqué que, sin duda, el autor era la misma persona: una persona relacionada con Carmen, o la propia Carmen. Él aceptó colaborar conmigo y, durante las siguientes dos semanas, el acoso al que lo sometí fue infernal. Tras esto, volví a aparecer en su casa: le dije que había descubierto la identidad de aquel sujeto: era José María Cañas, el hermano de Carmen. Le conté que Carmen había contraído una enfermedad mortal y que su hermano hacía responsables a aquellos dos hombres que tan mal se lo habían hecho pasar.

—¿Y él mordió el anzuelo?

—Naturalmente. Le dije, en el tono más barriobajero que he podido aprender, que yo era partidario de medidas expeditivas con ese individuo, y Sanz lo suscribió por completo. Le conté que el exmarido —mi otro cliente— era un mequetrefe, incapaz de mover un dedo, aun cuando yo había descubierto una información absolutamente propicia para eliminarlo. Él se interesó muchísimo —no es por darme pisto, pero debo reconocer que lo tenía amargado de vivir—, y le dije que había descubierto que Cañas pensaba hospedarse en una casa rural solitaria, perdida en mitad del páramo. Lo único que él debía hacer era cambiar radicalmente su apariencia, presentarse allí con cualquier excusa y pegarle un tiro con una pistola que yo mismo le vendí y le enseñé a usar.

—¡Por Dios!

—¿Esperaba otra cosa? Ya solo me quedaba una persona por reunir. Su verdadero nombre no era Alberto Ruiz, sino Santiago Roa —ya le hablé de él, y de la simpatía que le profesábamos en Madrid—. El tipejo había convencido a un pobre diablo para cumplir la condena por el crimen que él había cometido. Busqué a la familia de este individuo: seguían viviendo en el Puente de Vallecas —la viuda y dos hijas, a las que llamaban las Canijas, por el apodo que tuvo su padre—. Les conté que Victoriano Jiménez, el Canijo, había muerto en prisión por encargo de Roa, cosa que ellas ya se figuraban, pese a que no tenían (ni yo tampoco, la verdad) pruebas fehacientes. Cuando comprendí que no mantenían ningún contacto con Roa, ni les era persona grata, les conté abiertamente mi propósito. Le pedí a Manuela, la hija mayor, que escribiera varias cartas y luego les pagué un hostal en el centro durante un mes, pues todos sabíamos que Roa trataría de localizarlas inmediatamente.

—Lo hizo, ¿verdad?

—Es de suponer, pero no estoy seguro. Después de tres cartas, lo llamamos por teléfono y lo citamos en el Valle de la Sangre. Le pedíamos treinta mil euros, que ya tienen las Canijas, por cierto.

—Pero era obvio que Roa no iba a aparecer en el hotel con la intención de pagar.

—Claro. Roa iría dispuesto a salirse con la suya, como era su costumbre.

—Y, naturalmente, sus sospechas recaerían sobre la muchacha, la prima falsa.

—Cuando lo tuve todo cuadrado, arreglé la casa, limpié la cuadra y escondí algún dinero bajo una baldosa ostensiblemente floja. Salcedo me ayudó a colocar micrófonos en todas las habitaciones y un par de cámaras, en la sala y en la leñera.

—Y luego dejó que entre ellos se entendieran.

—Sí.

—Y cree que eso atenúa su responsabilidad.

—Ni me lo he planteado.

—Ahora vuelve a mentir.

—Querido amigo, yo solo les dije a ciertas personas: «Hay alguien que sabe lo que hicisteis». No los obligué a resolverlo de la manera en que lo hicieron.

—Eso tampoco es verdad; de hecho, es una argumentación completamente tramposa.

—Lo sé, Ezequías, lo sé. ¿Sabe una cosa? Lo que más lamenté de todo esto fue no poder hacerle a usted partícipe del desenlace. Quiero decir que lo lamenté por mí, no por usted. Una vez lo tuve todo dispuesto, estuve a punto de llamarlo para invitarlo a venir conmigo a la casa, pero aquella vez no debía de haber bebido suficiente, y colgué el teléfono. Sin embargo, hubo una cosa más que no lamento haberle ahorrado. Cuando salí de la casa con los aparatos y con el dinero, lo pensé mejor y decidí arrastrar el cadáver de la chica adentro; apagué todas las luces y cerré la puerta.

»Mis ojos tardaron un par de minutos en acostumbrarse a la tenue claridad de la luna; para cuando eso ocurrió, yo ya me había internado en el sabinar por un camino equivocado. Traté de regresar a la casa, pero debí de rodearla por el lado oeste; me confundí en alguna bifurcación entre la fronda. El caso es que no logré dar con ella: la columna de humo de la chimenea ya se había extinguido, y las sabinas se unían abigarradamente, demasiado como para permitirme divisar el tejado. Al cabo de dos minutos, estaba perdido. Ya sé que resulta una incongruencia, pero sentía la absoluta certeza de que cualquier paso que diera, sin importar el sentido, habría de alejarme inexorablemente de la casa y de la carretera.

»Y así fue. Durante horas, vagué a ciegas entre los enebros y los sotos de aliagas y, aun así, la espina del orgullo me impedía emprenderla a gritos. Creo que hice bien, pues aquello hubiera sido como abrir la espita de la histeria.

»Al fin, la turbación dio paso a la fatiga, y luego creo que también me acostumbré a esta. Había en el ambiente un aroma floral, vagamente agradable y vagamente molesto, pero que fue creciendo y creciendo hasta subsumirlo todo en sí, y después de un rato, ese aroma lo era todo, y yo ya no erraba por un bosque de sabinas, sino por el aroma, que se corporeizaba en suelo y cielo, y árboles y más árboles.

»Cuando ya había perdido la esperanza de salir del bosque esa noche, noté bajo los pies la dureza del asfalto y observé que por fin estaba en la carretera. No sabía a qué distancia estaba de la explanada donde se hallaban los coches, pero sí sabía qué sentido tomar. Al girarme, lo vi. Un enorme traje talar, que ondeaba con un viento que no había. Apareció a cincuenta metros de mí, donde la carretera declinaba; y un segundo más tarde, se encontraba ya mucho más cerca…

—Manrique, es usted idiota, y está borracho ahora mismo, ¿verdad?

—Pues claro. ¿Es que no me conoce?

FIN

Esta edición se terminó
de imprimir
en España
en septiembre de 2024

Made in the USA
Coppell, TX
19 January 2025

44631900R00215